Über den Autor:
Christian Kraus wurde 1971 in Hamburg geboren. Nach dem Studium der Humanmedizin und Promotion an der Universität Hamburg war er lange als Arzt und wissenschaftlicher Mitarbeiter im Zentrum für Psychosoziale Medizin, Psychiatrie und Psychotherapie des Universitätsklinikums Hamburg Eppendorf tätig. Seit 2006 ist er Facharzt für Psychiatrie und Psychotherapie. Er absolvierte Zusatzausbildungen in Psychoanalyse, forensischer Psychiatrie und Sexualtherapie und arbeitet heute als niedergelassener ärztlicher Psychotherapeut und Psychoanalytiker in eigener Praxis in Hamburg. Christian Kraus ist verheiratet und hat eine Tochter.

CHRISTIAN KRAUS

TIEFER ALS DER ABGRUND

PSYCHOTHRILLER

Besuchen Sie uns im Internet:
www.droemer.de

Aus Verantwortung für die Umwelt hat sich die Verlagsgruppe
Droemer Knaur zu einer nachhaltigen Buchproduktion verpflichtet.
Der bewusste Umgang mit unseren Ressourcen, der Schutz unseres Klimas
und der Natur gehören zu unseren obersten Unternehmenszielen.
Gemeinsam mit unseren Partnern und Lieferanten setzen
wir uns für eine klimaneutrale Buchproduktion ein, die den Erwerb von
Klimazertifikaten zur Kompensation des CO_2-Ausstoßes einschließt.
Weitere Informationen finden Sie unter: www.klimaneutralerverlag.de

Originalausgabe Juli 2023
Droemer Taschenbuch
© 2023 Droemer Verlag
Ein Imprint der Verlagsgruppe
Droemer Knaur GmbH & Co. KG, München
Alle Rechte vorbehalten. Das Werk darf – auch teilweise – nur
mit Genehmigung des Verlags wiedergegeben werden.
Redaktion: Clarissa Czöppan
Covergestaltung: Sabine Kwauka
Satz: Adobe InDesign im Verlag
Druck und Bindung: CPI books GmbH, Leck
ISBN 978-3-426-30908-7

2   4   5   3   1

Für Simon

Schicksalsschläge kann man ertragen, sie kommen von außen, sind zufällig. Aber an der eigenen Schuld leiden – ach!, das ist der Stachel des Lebens.

Oscar Wilde

PROLOG

Es war wunderbar dunkel und still. Eine weiche Unterlage schmiegte sich an den Rücken des Jungen, sodass sich sein Körper beinahe schwerelos anfühlte. Das einzige Geräusch war das seines Atems. Er hätte die Ruhe und den Frieden gerne noch eine Weile genossen, aber sein erwachender Verstand ließ sich nicht weiter einlullen, sondern stellte Fragen: Wo war er, was war geschehen? Wie lange lag er schon hier?

Er öffnete die Augen, blinzelte, um sie an das taghelle Licht zu gewöhnen. Über ihm ragten die nackten Sparren des offenen Dachstuhls in die Höhe. Die Holzhütte im Wald. Der Gedanke tropfte in sein Bewusstsein wie zäh fließender Sirup auf einen Pudding.

Sein Gehirn funktionierte bestenfalls im Zeitlupentempo, und sein Körper fühlte sich an wie in Watte gepackt. Als wären allein seine Sinnesorgane aus dem Tiefschlaf erwacht, während der ganze Rest noch in einer dämmerigen Zwischenwelt festhing.

Er hob den Kopf. Das ging notdürftig, aber sein Herz protestierte mit lauten Schlägen gegen die Minibewegung. Vor seinen Augen regnete es bunte Sterne. Für eine Sekunde befürchtete er, der Puls könnte aussetzen, und er würde augenblicklich in das dunkle Nichts zurücksinken.

Er nahm einen tiefen Atemzug. Die Extraportion Luft schien seine Lebenskräfte anzuregen.

Der Junge sah an sich hinab. Sein Atem stockte, und das Herz schlug einen nervösen Trommelwirbel. In der rechten Hand hielt er den Holzgriff eines Küchenmessers mit schlanker, spitz zulaufender Klinge. Angetrocknetes Blut bedeckte beide Hände und Unterarme wie ein Paar roter Handschuhe. An den Handgelenken klafften quer verlaufende Schnitte mit noch feucht glänzenden Wundrändern. Auch sein T-Shirt und die Jeans waren blutgetränkt, einige Tropfen hatten es bis zu seinen nackten Füßen geschafft.

Neben ihm lag jemand, erkannte er aus den Augenwinkeln. Er stemmte den Oberkörper in die Höhe, drehte sich herum. Erneut flackerten Sterne durch seinen Kopf.

Es war Laura. Seine Schwester. Er stellte sich ihr Gesicht vor: Goldblonde, halblange Haare umrahmten ihre tiefblauen Augen, darunter markante Wangenknochen und ein schmaler Mund, in dessen Winkel sich lustige Falten bildeten, wenn sie lächelte.

Die Flimmersterne verblassten, und der Anblick der aus dem Streulicht auftauchenden echten Laura traf ihn wie eine Abrissbirne.

Sie lächelte nicht. Und würde es nie wieder tun. Ihr Gesicht war blass und wächsern, die Lippen weiß wie Kalk. Das linke Auge schwamm in einer tiefroten Pfütze, das rechte Auge starrte ins Nirgendwo. Laura war tot.

»Nein!« Es war ein leises Gewimmer, für einen Schrei reichte die Luft nicht. Irgendwie richtete er sich auf, kam auf die Beine, taumelte, schaffte die wenigen Schritte Richtung Tür, hob den Arm, sah das Messer, das er noch immer in der blutbefleckten Hand hielt, ließ es fallen, packte den Türgriff und zog daran. Die Tür war verschlossen, aber der Schlüssel steckte von innen im Schloss. Der Junge bot alle Reste an Kraft und Entschlossenheit auf, drehte ihn herum, stieß die Tür auf und torkelte ins Freie.

1

»Beschreiben Sie bitte, woran Sie sich erinnern. In der Gegenwartsform, als würden Sie alles noch einmal durchleben.«

»Ich versuche es. Also, ich sehe die dunkle Straße. Die Straßenlaternen sind kaputt oder abgeschaltet, auch der Bürgersteig und die meisten Hauseingänge liegen im Dunkeln. Auf beiden Seiten der Fahrbahn parken Autos, es sind nur Schatten. Ich überlege, ob ich den Umweg über die Hauptstraße nehme, um zu meiner Wohnung zu kommen. Ein Umweg von fünfzehn Minuten. Hätte ich nur auf mein Gefühl gehört.«

»Ich verstehe, dass Sie sich das wünschen. Aber bleiben Sie bitte bei den konkreten Sinneseindrücken.«

»Mir ist mulmig zumute. Man hört ja immer wieder von nächtlichen Überfällen. Aber ich gehe los, deutlich schneller als normal und nahe an der Hauswand. Es wird schon nichts passieren, sage ich mir, um mich zu beruhigen. Zur Not kann ich laut schreien, die Leute in den Mietshäusern würden mich hören und mir zu Hilfe eilen. Ich denke an meine helle Wohnung und meine Mitbewohnerin Sarah, die versprochen hat, mit dem Essen auf mich zu warten. Ich bin vielleicht zwanzig Meter gegangen. Die Anspannung wächst. Mein Herz pocht, es kribbelt am ganzen Körper, ich bekomme schlecht Luft. Ich hatte noch nie in meinem Leben eine Panikattacke, aber ich ahne, worauf das hinausläuft. Ich kann umdrehen, denke ich. Und doch den Umweg nehmen. Aber wie albern ist das bitte? Ich bin in meiner eigenen Straße, ein paar Hundert Meter von meiner Wohnung entfernt. Nein, das ziehst du jetzt durch, sage ich mir. Wenn du hier nachgibst, haben die, die Angst und Schrecken verbreiten, schon gewonnen. Ich atme also tief durch und gehe weiter. Laufen beschreibt es wohl besser. Auf der Fahrbahn steht ein Lastwagen. Von einer Umzugsfirma. Der blockiert mindestens drei Parkplätze und versperrt die Sicht auf die Straße. Ich drücke mich dichter an die Hauswand. Inzwischen renne ich, obwohl meine Brust wie zugeschnürt ist und ich schlecht Luft kriege. Es sind noch fünfzig Meter bis zu meiner Wohnung. Dann tauchen diese beiden Typen auf. Wie aus dem Nichts. Tatsächlich müssen sie hinter diesem Möbelwagen gewartet und mir aufgelauert haben. O mein Gott, mein Herz rast noch immer wie verrückt, wenn ich daran denke.«

»Nehmen Sie sich gerne einen Moment Zeit, wenn Sie möchten. Atmen Sie ein paarmal tief durch.«

»Es geht schon wieder.«

»Dann erzählen Sie bitte weiter.«

»Beide waren …, 'tschuldigung, ich soll ja in der Gegenwartsform erzählen: Also, beide sind mit Kapuzenpullis bekleidet. Sie eilen auf mich zu. Ich erstarre vor Schreck. Kann mich nicht rühren, nicht atmen. Trotz der Dunkelheit und der Kapuzen bilde ich mir ein, ihre Gesichter zu erkennen. Sie schauen mich an wie … wie eine Beute. Und genauso fühle ich mich. Als Beute. Dann sind sie bei mir. Der eine packt mich am Arm, der andere greift nach meinem Rucksack. Ich wehre mich nicht. Nicht einmal schreien kann ich. Ich meine, es ist eine Wohnstraße. Hätte ich gerufen, wären in wenigen Sekunden meine Nachbarn bei mir gewesen.«

»Was passiert weiter?«

»Der eine reißt mir den Rucksack runter, der andere verpasst mir einen Stoß, ich taumele zurück, verliere das Gleichgewicht und knalle rückwärts hin, die beiden rennen weg. Ich bleibe einfach liegen. Ich bin bei Bewusstsein, nicht schwer verletzt oder so, aber trotzdem bleibe ich liegen. Ich kann mich nicht rühren, bekomme kaum Luft. Es vergehen Minuten. Irgendwann rappele ich mich hoch, knie mich hin, Tränen laufen mir übers Gesicht, in meinem Kopf dreht sich alles, und noch immer kann ich nicht atmen. Ich schnappe nach Luft, immer wieder, aber es geht nichts rein. Mein ganzer Körper kribbelt, ich zittere. Ich befürchte, nein, ich bin mir sicher, dass ich an Ort und Stelle ersticke. Mein Gott.«

»Was spüren Sie jetzt, wenn Sie daran denken?«

»Meine Brust ist furchtbar eng. Mein Herz pocht im ganzen Körper. Alles kribbelt.«

»Okay. Erzählen Sie weiter.«

»Ich weiß nicht, wie lange ich dort knie. Aber dann kommt dieser ältere Herr mit seinem Hund aus der Tür. Ich reagiere zunächst gar nicht. Er spricht mich an, berührt mich an der Schulter. Da macht es irgendwie klick, und ich komme zurück. Das ist das Ende der Geschichte. Puh. Ich habe es erzählt, von vorne bis hinten. Und das, ohne erneute Panik.«

»Ja, das haben Sie geschafft.«

»Ich bin bereit, weiterzumachen.«

»Okay. Gibt es in Ihren Erinnerungen ein einzelnes Bild, das den Moment der schlimmsten Belastung darstellt?«

»Da muss ich nicht lange nachdenken. Es sind die Gesichter der beiden Männer. Der Raubtierblick, während sie auf mich zukommen.«

»Welche Worte oder welcher Satz beschreibt Ihre Gefühle und Gedanken zu sich selbst am besten angesichts dieses Bildes?«

»Ich bin schwach und hilflos. Ich bin die Beute. Echt erbärmlich. Ich fühle mich ohnmächtig und habe Todesangst.«

»›Ich bin die Beute.‹ Okay. Wenn Sie sich noch mal die Männer mit dem Raubtierblick vorstellen: Was würden Sie aus heutiger Sicht gerne über sich denken und fühlen?«

»Ich weiß nicht. Vielleicht: Ich habe es überstanden. Ich hatte keine Chance. Ich hätte mich schützen müssen. So etwas in der Art.«

»Wie wäre es mit: Ich habe es überstanden. Und ich kann lernen, mich zu schützen?«

»Ja, das passt besser.«

»Gut. Ich möchte Sie jetzt bitten, sich noch einmal an das Raubtierbild zu erinnern und die damit verbundenen Gefühle zuzulassen. Während Sie das tun, folgen Sie mit Ihrem Blick der Bewegung meines Zeige- und Mittelfingers vor Ihrem Gesicht.«

»Ich habe ehrlich gesagt etwas Angst davor. Was wird passieren?«

»Die rhythmischen Augenbewegungen helfen Ihrem Gehirn, die traumatischen Erfahrungen besser zu verarbeiten. In den meisten Fällen werden die Gefühle milder, die Erinnerungen verblassen. Manchmal verstärken sich die Emotionen kurzzeitig, und Sie müssen weinen oder spüren Angst, bevor es besser wird. Vielleicht fallen Ihnen Situationen aus Ihrem Leben ein, die ähnliche Gefühle ausgelöst haben wie der Überfall. Die werden wir dann später bearbeiten.«

»Okay, ich bin bereit.«

»Gut. Machen wir weiter.«

2

Es war ein kurzer Weg von der Praxis in der Altstadt bis runter zum Hafen. Eine Strecke, die Malte regelmäßig in seiner Mittagspause zurücklegte, selbst an trüben Tagen wie diesem. Graue Wolken hatten sich am Hamburger Mittagshimmel festgesetzt, für einen Tag im Juni war es viel zu kalt. Die Tourismusmeile rund um die Landungsbrücken präsentierte sich entsprechend lustlos einer überschaubaren Anzahl von Besuchern. Die Nachfrage nach Hafenrundfahrten, Helgolandtouren und Fischbrötchen hielt sich in Grenzen.

Dem Wetter zum Trotz war Malte bester Stimmung. Er freute sich über die Fortschritte seiner Patientin Hannah Weber. Sie hatte richtig gut auf die Therapiesitzung angesprochen und war erleichtert, fast schon fröhlich aus der Stunde gegangen. Wenn es so weiterging, konnte sie bald ihre Arbeit als Ergotherapeutin wieder aufnehmen, die sie aufgrund ihrer starken Ängste nach dem Raubüberfall aufgegeben hatte.

Malte stieg die Treppe hinunter zu den Schiffsanlegern, die er weitgehend für sich allein hatte, setzte sich auf einen der Poller unmittelbar an der Kaimauer und ließ den Blick über die Wellen des dahinplätschernden Elbwassers schweifen. Es war ein wenig so, als schickte er seinen Geist auf Reisen. Weg von seinen Patienten und der Arbeit als Psychotherapeut. Weg aus seiner Heimatstadt, weg aus dem Alltagsleben mit all den kleinen und großen Problemen.

Das Flusswasser hatte, wenn es hier vorbeiströmte, bereits eine Strecke von gut tausend Kilometern durch Tschechien und Deutschland zurückgelegt, und wenn es sich bei Cuxhaven in die Nordsee ergoss, ging der eigentliche Trip durch die

Weltmeere erst los. Manchmal, wenn Malte den Kopf nicht frei bekam und die Last seiner eigenen oder der ihm zugetragenen Themen ihn über Gebühr quälte, stellte er sich Hunderte kleiner Papierschiffchen vor, auf die er seine emotionale Last verteilte, um sie mit dem Wasser davontreiben zu lassen.

Sein Mobiltelefon klingelte in der Jackentasche. Er zog es hervor, sah auf dem Display den Namen des Anrufers und ging ran.

»Hallo, Julius«, sagte er. »Willst du dich entschuldigen, weil du wochenlang nicht auf meine Nachrichten reagiert hast?«

»Ich ertrinke in Arbeit, wie immer.« Julius lachte gepresst. Das kurze Schweigen und der hörbar tiefe Atemzug ließen Malte aufhorchen. Der unbeschwerte Teil seiner Mittagspause endete vermutlich gerade.

»Du erinnerst dich vielleicht daran, wie du mal sagtest, ich hätte etwas gut bei dir«, sagte Julius. »Damals.«

»Natürlich erinnere ich mich.«

»Ich … ich möchte dich jetzt um einen Gefallen bitten.«

»Ich bin ganz Ohr.«

»Ich betreue anwaltlich einen jungen Mann. Er heißt Elias. Ich habe dir nie von ihm erzählt, aber er ist mir im Verlauf der Jahre ans Herz gewachsen. Er wird demnächst aus dem Gefängnis entlassen. Und ich fürchte, ohne psychotherapeutische Begleitung geht er innerhalb kürzester Zeit vor die Hunde. Würdest du ihn in Therapie nehmen?«

»Du weißt, dass ich schon lange nicht mehr mit Straftätern arbeite. Du weißt das besser als jeder andere.«

»Woraus du ermessen kannst, dass ich dich nicht leichtfertig um diesen Gefallen bitte. Er ist ein besonderer Junge. Ohne Hilfe hat er keine Chance. Aber genau die hat er verdient.«

»Was hat er denn angestellt?«, fragte Malte. Obwohl er es eigentlich gar nicht wissen wollte.

»Elias wurde zu zehn Jahren Jugendstrafe wegen Mordes verurteilt.« Julius schnaufte erneut in den Hörer. »Er hat seiner Schwester ein Küchenmesser ins Auge gestochen und sich anschließend die Pulsadern aufgeschnitten.«

»Puh!«, sagte Malte. Er spürte die emotionale Welle, die von der Geschichte ausging. Sein Freund Julius war in dieser Welle offenbar jahrelang tapfer mitgeschwommen.

Malte hätte sich nur zu gern davongeschlichen. Eine Ausrede aus dem Ärmel gezaubert, auf Zeit gespielt oder auf kompetente Kollegen verwiesen. Wenn er hart bliebe, würde Julius zurückrudern, was sollte der auch sonst tun?

Aber zur Wahrheit gehörte auch, dass der Anwalt in der Zeit, die er als ›damals‹ bezeichnete, ihm ohne Wenn und Aber beigestanden hatte. Malte konnte sein damaliges Versprechen nicht brechen. Nicht ohne gute Gründe. »Wie ist es zu der Tat gekommen?«, fragte er.

»Nun, ich könnte dir alles erzählen und dir Hunderte Aktenseiten zur Verfügung stellen«, sagte Julius, und Malte konnte sich den erleichterten Gesichtsausdruck seines Freundes bildlich vorstellen. »Oder du sprichst selbst mit ihm.«

3

Die Geschichte der Justizvollzugsanstalt Fuhlsbüttel reichte bis zum Ende des 19. Jahrhunderts zurück, damals waren die roten Backsteingebäude errichtet und erstmals in Betrieb genommen worden. Während der NS-Zeit hatte ein Teil der Anlage den Nazis als Konzentrationslager gedient, inzwischen umfasste das weitläufige Areal im Norden Hamburgs mehrere Haftanstalten mit Einrichtungen für Regelvollzug, Sozialtherapie, Sicherungsverwahrung sowie ein eigenes Gefängniskrankenhaus.

Maltes persönliche Knastgeschichte war zeitlich deutlich überschaubarer: Er hatte hier knapp zehn Jahre als Anstaltspsychologe gearbeitet, bevor ein Gewaltverbrecher fast alles, was ihm lieb und teuer gewesen war, zerstört hatte.

Das war lange her, Malte hatte sich gefangen, die Wunden waren verheilt, gelegentlich schmerzten die Narben, doch damit kam er zurecht. Gleichwohl konnte er an einer Hand abzählen, wie oft er seitdem seine alte Wirkungsstätte aufgesucht hatte, in der das Verhängnis damals seinen Lauf genommen hatte.

Vor ihm öffnete sich die schwere Metalltür der ersten Sicherheitsschleuse. Die Frau hinter der Panzerglasscheibe kannte er nicht. Malte legte seinen Personalausweis in ein kleines Schubfach und sprach in die ins Glas integrierte Sprechanlage. »Ich bin Doktor Malte Fischer. Ich habe einen Gesprächstermin mit dem Häftling Elias Kandel. Der Termin ist mit Frau Geppert abgesprochen.«

Die Beamtin zog das Schubfach auf ihre Seite des Sicherheitsglases, sichtete den Ausweis, tippte etwas in die Tastatur ihres PCs, griff zum Telefon, redete kurz mit jemandem, sah dann zu ihm hoch. »Haus fünf. Kennen Sie den Weg?«, klang es aus dem Lautsprecher.

Malte nickte. Nur zu gut, dachte er. Er trat durch eine zweite Metalltür in einen von hohen, stacheldrahtbewehrten Mauern umgrenzten Hof. Vor ihm lag eines der Häuser für Langzeitgefangene. Sein Weg führte rechts daran vorbei. Auf einer Rasenfläche hinter einem hohen Drahtzaun kickte eine Handvoll Gefangener lustlos einen Ball hin und her und beachtete ihn nicht. Malte erreichte die Zugangstreppe eines weiteren Rotklinkerbaus.

Er wurde erwartet. Vanessa Geppert, eine frühere Kollegin, stand am oberen Ende des Treppenaufgangs und winkte ihm zu.

»Schön, dich zu sehen, Malte«, sagte sie, als er oben angekommen war. Sie umarmten sich. Und obwohl es eine kurze und unzweideutige kollegiale Geste war, fiel Malte auf, wie selten er in den Genuss körperlicher Nähe kam.

»Du siehst gut aus«, sagte Vanessa. »Deutlich besser als deine blassgesichtigen Ex-Kollegen, mich eingeschlossen. Die Arbeit in der eigenen Praxis scheint dir gutzutun.«

»Ja, ist super«, sagte er.

Vanessa führte ihn durch das Eingangsportal über eine weitere Sicherheitsschleuse in einen Vorraum, hinter dessen panzerverglaster Rückseite die Zellentrakte des Hauses zu sehen waren.

»Wie geht es Emma?«, fragte sie. »Wie alt ist sie jetzt? Sechzehn?«

»Siebzehneinhalb«, sagte er. »Hat im Frühjahr ihr Abi gemacht, ist jetzt frisch immatrikulierte Physikstudentin und vor zwei Wochen für ein Auslandssemester nach Liverpool gegangen. Sie macht sich prächtig.«

»Wow«, sagte Vanessa. »Das freut mich zu hören.«

»Und wie geht es dir und Helen?«

Sie erzählte kurz von sich und ihrer Partnerin, dem Kauf eines Ferienhauses an der Schlei und einem geplanten Rucksackurlaub in Thailand. Dann kam sie zum Grund seines Besuchs. »Elias Kandel wartet im Gutachterzimmer auf dich«, sagte sie. »Du willst den echt in Therapie nehmen?«

»Ich denke zumindest darüber nach.«

»Hast du seine Akte gelesen?«

Malte nickte. »Zum Teil. Ich bin mit seinem Anwalt befreundet, der hat mir einiges berichtet und Unterlagen zur Verfügung gestellt. Ich hatte noch keine Zeit, alles gründlich zu lesen. Wie ist denn dein Eindruck von ihm?«

Vanessa verzog das Gesicht zu einem Ausdruck voller Sorge und Skepsis. »Elias Kandel wurde vor knapp drei Jahren aus der Jugendhaft zu uns verlegt, seitdem haben wir uns die Zähne an ihm ausgebissen. Er hat einen IQ von hundertachtunddreißig, das weißt du sicherlich. Und er gilt als hochsensibel. Er hat das psychosoziale Team regelrecht in zwei Lager gespalten. Die einen halten ihn für einen hoch manipulativen Blender, der genau weiß, was er tut, und mit seiner Intelligenz und empathischen Begabung alle nach Strich und Faden verarscht. Die anderen sehen in ihm einen armen Jungen, der zeitlebens mit sich und seinem Leben überfordert war.« Sie zögerte einen Augenblick, bevor sie weitersprach. »Nur in einem sind sich alle einig.«

»Nämlich?«

»Dass er eine tickende Zeitbombe ist.«

Die Zeitbombe entpuppte sich als schmächtiger Mann mit wuscheligen blonden Haaren und blassem Gesicht. Die rot umränderten Augen verstärkten den Eindruck, dass dieser

Junge in den langen Jahren der Inhaftierung erkennbar gelitten und nur mit Mühe durchgehalten hatte.

»Guten Tag«, sagte Malte. »Sie sind Elias Kandel, richtig?«

Der Angesprochene nickte. »Und Sie Doktor Fischer? Danke, dass Sie mit mir sprechen.«

Malte schloss die Tür des Besprechungszimmers, dessen Mobiliar aus zwei schlichten Lederstühlen an einem kleinen Tisch bestand. Ein vergittertes Fenster ließ etwas Sonnenlicht herein. Sie setzten sich.

»Ihr Anwalt Julius Kießling hat mich gebeten, Sie in Therapie zu nehmen.«

»Er glaubt, dass ich nach meiner Entlassung psychologische Hilfe brauche.« Der schwächlichen Erscheinung zum Trotz blickte Elias Kandel Malte neugierig ins Gesicht.

»Und?«, fragte Malte. »Hat Julius recht?«

Elias Kandel zuckte mit den Schultern. »Schon möglich.«

Malte unterdrückte ein Schmunzeln. Mehr Offenheit konnte er von dem jungen Mann fürs Erste offenbar nicht erwarten. »Wie ich hörte, haben Sie bereits einige Zeit mit Psychologen gearbeitet. Ist Ihrer Meinung nach etwas dabei herausgekommen?«

»Allesamt kompetente Leute, die versucht haben, mir weiterzuhelfen.« Kandel lächelte auf eine Weise, die Malte herablassend und selbstgefällig vorkam. Er fragte sich, wie viel vom Auftreten des jungen Mannes nur Show war und dem Versuch diente, seine Unsicherheit zu verbergen. Oder ob er wirklich so cool war, wie er tat. »Bis auf den einen vielleicht, Manfred Münch«, redete Kandel weiter. »Dem ging es vor allem um sich selbst. Der wollte mich knacken, um vor seinen Kollegen damit anzugeben.«

Malte zog die Augenbrauen hoch, was dem Gefangenen nicht entging. »Entschuldigen Sie«, sagte der, ohne dass sein

Blick und seine Stimme etwas von dem Selbstbewusstsein einbüßten. »Vermutlich steht es mir nicht zu, über die Anstaltspsychologen zu urteilen. Aber ich habe da so gewisse Antennen.« Er neigte den Kopf. »Nach drei Sitzungen hat Münch es übrigens aufgegeben.«

Malte kannte den angesprochenen Psychologen. Und er konnte der Einschätzung des jungen Mannes komplett zustimmen. Ex-Kollege Münch war einer der wenigen Unsympathen aus dem alten Team. Ein unverkennbarer Narzisst. Allerdings hatte Malte deutlich länger gebraucht, um das herauszufinden. »Das scheint Ihnen zu gefallen«, sagte er. »Sie haben ihn geknackt, nicht umgekehrt.«

»Geht so. Zum Dank hat Münch mir eine krass miese Beurteilung in die Akte geschrieben.« Der belustigte Teil verschwand aus dem blassen Gesicht. »Ich bin seit fast zehn Jahren inhaftiert. Genau genommen sind es dreitausendsechshundertfünfundfünfzig Tage. Sieben Jahre Jugendknast, fast drei Jahre geschlossener Erwachsenenvollzug.«

Kandel beugte sich auf seinem Stuhl zu Malte herüber. »Ich habe die Fähigkeiten, sie alle an der Nase herumzuführen. Ich hätte mir einfach irgendeine Geschichte ausdenken können. Ein unentdecktes Kindheitstrauma aus meiner Grundschulzeit als Beginn einer tragischen Leidensgeschichte, die mich durch eine Verkettung unglücklicher Auslöser zu der Tat getrieben hat. Die ersten Erinnerungen daran hätte ich als Höhepunkt einer intensiven Sitzung mit einem der Anstaltspsychologen aus mir herausbrechen lassen können. Alle wären froh und erleichtert gewesen über meine vermeintliche Offenheit. Ich hätte ihnen vorspielen können, intensiv an meinen ungelösten Konflikten zu arbeiten und dabei Fortschritte zu erzielen. Sie hätten mir Lockerungen gegeben, eine vorzeitige Entlassung in Aussicht gestellt inklusive Vorbereitung auf das

Leben nach dem Gefängnis. Ich wäre vermutlich nicht mehr in Haft, wenn ich es so gemacht hätte.« Er schüttelte den Kopf. »Warum sitzen wir also hier? Weil ich von Anfang an bei der Wahrheit geblieben bin.«

»Dass Sie sich nicht an die Tat erinnern können?«

»Ich habe meine Schwester Laura ermordet. Meine Adoptivschwester, genau genommen. Ich habe ihr ein Messer durchs linke Auge ins Gehirn gestoßen.« Er lehnte sich wieder zurück, seine Stimme klang jetzt dünn wie Seidenpapier. »Sie war fünfzehn Jahre alt.« Fast sah es aus, als legte sich ein feuchter Schimmer auf die Augen des jungen Mannes. »Nach der Tat habe ich mir die Pulsadern aufgeschnitten. Mit demselben Messer, mit dem ich sie getötet habe. So ist es gewesen. Das habe ich akzeptiert und nie bestritten. Es gibt keine andere logische Erklärung. Und trotzdem, ja. Ich kann mich nicht erinnern. Ich wünschte, ich könnte es. Ich wünschte, ich könnte die Antwort liefern auf die Frage, die sich seitdem alle stellen: Warum hat Elias Kandel diesen schrecklichen Mord begangen?«

»Keine Idee?«, fragte Malte.

Der junge Mann blinzelte. Falls es einen Anflug von Tränen gegeben hatte, waren sie wieder verschwunden. »Natürlich. Dutzende. Sie sind alle psychologisch plausibel und könnten zutreffen. Aber ohne Erinnerung sind es bloße Theorien.«

»Der Psychiater, der Sie kurz nach der Tat begutachtet hat, ist von einer überschießenden Wutreaktion ausgegangen. Sie seien eifersüchtig auf Ihre Schwestern gewesen, weil diese immer wieder von Ihren Eltern bevorzugt wurden. Kann da was dran sein?«

»Der Gutachter war ganz in Ordnung. Ich verstehe, wie er auf diese Geschichte gekommen ist.«

»Das ist keine Antwort auf meine Frage.«

Elias Kandel nickte. »Wissen Sie, ich habe mir immer vorgestellt, dass normale Eltern die meiste Zeit des Tages an ihre Kinder denken. Dass sie sich am Vormittag fragen, ob ihr Sohn in der Mathestunde mitkommt. Oder nachmittags, wie er sich mit den anderen Jungs in der Fußballmannschaft versteht. Eine innere Verbindung, die zu einem positiven Grundrauschen wird und dem Kind Kraft und Mut gibt, wann immer es in Not ist.«

»Eine schöne Vorstellung. In der Psychologie gibt es dafür das Wort Urvertrauen.«

»Ich kenne das Konzept. In der Theorie.«

»Ihre Lebenswirklichkeit war eine andere?«

»Ich hätte es als Kind nicht in Worte fassen können. Aber vor vielen Jahren, ich war gerade von der Grundschule aufs Gymnasium gewechselt, habe ich einen Bericht über die internationale Raumstation im Fernsehen gesehen. Es ging darum, dass die Außenhülle immer wieder undicht wurde und dass aus den Lecks die Atmosphäre der Station ins Vakuum des Weltalls entwich. Je größer das Loch, desto weniger Zeit blieb der Besatzung, um den Defekt aufzuspüren und zu flicken. Ich glaube, so habe ich mich gefühlt. Falls fühlen das richtige Wort ist. Ein Objekt in absoluter Leere, im Vakuum, in dessen Hülle immer wieder Löcher gerissen wurden, die ich flicken musste, bevor mir die Luft ausging.«

»Ein eindrucksvolles Bild. Und das verbinden Sie mit Ihren Eltern? Mit Ihren leiblichen oder Ihren Adoptiveltern?«

»Meine Adoptiveltern haben es sich irgendwann zur Aufgabe gemacht, mit immer neuen Nadelstichen meine Außenhülle zu durchlöchern und mir dabei zuzuschauen, wie ich verzweifelt versuche, die Lecks zu flicken. Aber dass ich mich überhaupt wie eine verlorene Kapsel im Weltraum fühlte, verdankte ich wohl meinen leiblichen Eltern.«

»Wissen Sie denn etwas über sie?«

»Ich weiß, dass sie mich nicht wollten. Mein Vater war Junkie, meine Mutter hatte eine Borderline-Störung. Sie sind früh gestorben, und ich habe sie nie kennengelernt. Ich habe mal einen Text von einem deutschen Psychoanalytiker gelesen. Er hat vom Glanz in den Augen der Mutter beim Betrachten ihres Säuglings gesprochen als die vielleicht wichtigste Grundlage in der seelischen Entwicklung eines Kindes. Der Blick meiner leiblichen Mutter, so habe ich es mir unendlich oft vorgestellt, hat sich bereits Sekunden nach meiner Geburt für immer von mir abgewandt. Falls er mich überhaupt je berührt hat.«

»Wann haben Sie erfahren, dass Sie adoptiert wurden?«

»Ich kann mich nicht an den einen Moment erinnern, an dem meine Adoptiveltern es mir erzählt haben. Es ist eher so, als hätte ich es immer schon gewusst. Oder zumindest gespürt.«

»Warum haben die sich Ihnen gegenüber so feindselig verhalten?«

Elias Kandel verzog das Gesicht. »Kennen Sie das Gefühl, dass Sie etwas unbedingt haben wollen? Und kurze Zeit nachdem Sie das Begehrte endlich bekommen haben, merken, dass Sie sich getäuscht haben?«

Eine offensichtlich rhetorische Frage. Malte schwieg und wartete, dass der junge Mann weitersprach.

»So ging es meinen Ersatzeltern mit mir. Meine Adoptivmutter ist, wenige Monate nachdem die Adoption rechtskräftig vollzogen war, entgegen allen medizinischen Prognosen schwanger geworden. Mit Zwillingen. Neun Monate später hatten die beiden, was sie sich immer gewünscht hatten – leibliche Kinder. Nicht nur eins, sondern gleich zwei. Noch dazu zwei zum Niederknien süße Töchter mit Goldlöckchen und sonnigem Temperament. Aber dann gab es da noch mich. Einen stillen, überempfindlichen Jungen, der viel weinte, schlecht schlief und dem man es kaum recht machen konnte. Hätten sie mich ohne viel Aufhebens zurückgeben oder entsorgen können – ich bin sicher, sie hätten es getan.«

»Erzählen Sie mir etwas von Ihrem Familienleben. Wie ist es bei Ihnen zu Hause zugegangen?«

»Mein Vater war nie da. Ich nehme an, Sie wissen, dass er leitender Oberstaatsanwalt war. Seine Arbeit lief wie ein stummer Begleiter immer neben ihm her. Er war durchgängig im Dienst. Er trug nicht nur eins, sondern gleich zwei empfangsbereite Handys bei sich. Es vergingen selten mehrere Stunden am Stück, in denen nicht mindestens eines der beiden klingelte. Wahrscheinlich haben sie ihm die Dinger mit ins Grab gelegt.«

»Er ist tot?«, fragte Malte.

»Vor vier Jahren gestorben. Herzinfarkt, wie es sich gehört für einen Workaholic. Die drei hatten da schon länger in Kapstadt gelebt und den Kontakt zu mir komplett abgebrochen.« Kandel zuckte mit den Schultern. »Meine Adoptivmutter hat immer gesagt, dass es genau drei wichtige Dinge gibt im Leben meines Vaters: die Arbeit, die Arbeit und die Arbeit. Dann kommt lange nichts. Dann irgendwann sie und die Zwillinge. Sie hatte sich damit arrangiert, was hätte sie auch tun sollen? Sie hat sich um den Haushalt und uns Kinder gekümmert, sich nebenher in der Schule und der Kirchengemeinde engagiert. Laura und Melissa waren die strahlenden Mittelpunkte ihres Lebens. Meine Rolle hat sich von der des schwarzen Schafs zum Sündenbock weiterentwickelt. Ich war überempfindlich, kam in der Schule nicht zurecht, fand keinen Anschluss zu Gleichaltrigen. Eben das typische Schicksal von Kindern, deren Hochbegabung nicht oder zu spät erkannt wird.« Elias schwieg einen Moment, presste die Lippen aufeinander, suchte Maltes Blick. »Also, ja. Eigentlich hatte ich allen Grund, auf die Zwillingsmädchen eifersüchtig zu sein.«

»Waren Sie es denn?«

»Ehrlich gesagt weiß ich nicht, was ich für die beiden empfunden habe. Ich mochte sie, glaube ich. Vor allem Laura war sehr sanftmütig, sensibel. Ich verbrachte gerne Zeit mit ihr. Ich glaube, sie war der einzige Mensch auf der Welt, dem ich mich je nahe gefühlt habe.«

»Mmh.« So recht schlau wurde Malte nicht aus dem, was der junge Mann ihm präsentierte. Eine üble Biografie, keine Frage, die Anlass bot für eine ganze Palette an miesen Gefühlen: allen voran Trauer, Wut, Neid und Eifersucht, dahinter Verzweiflung, Verbitterung, innere Leere und existenzielle Angst. Das Problem war: Von alldem war so gut wie nichts zu spüren. Elias Kandel erzählte seine Lebensgeschichte plastisch und bildreich, aber mit einer emotionalen Distanz, als spräche er über den Protagonisten eines langweiligen Romans. Malte nahm ihm die Coolness nicht ab. Der junge Mann versteckte seine Gefühle, absichtlich oder unbewusst. Vermutlich, weil sie ihn massiv überforderten. »Waren Sie verliebt in Laura?«, fragte er.

Kandel schüttelte den Kopf, schien aber nicht sonderlich überrascht über die Frage. Malte war sicher nicht der Erste, der sie ihm stellte. »Sie war meine Schwester.«

»Adoptivschwester wohlgemerkt. Sie waren nicht leiblich verwandt.«

Er zuckte mit den Schultern. »Wissen Sie, das ist genau mein Problem. Ich gelte als hochsensibel. Ich rieche und höre Dinge intensiver, erspüre die Stimmungen und Emotionen anderer auf eine Weise, die vielen unheimlich ist. Meine Antennen sind immer auf Maximalempfang eingestellt, ob ich nun will oder nicht. Ich kann in den meisten Menschen lesen wie in einem offenen Buch. Aber meine eigenen Gefühle bleiben mir verschlossen. Die Wahrheit ist: Ich weiß überhaupt nicht, wie es sich anfühlt, verliebt zu sein. Genauso wenig kenne ich Eifersucht oder Neid. Ich habe gelitten, keine Frage. Aber Eifersucht oder Neid? Keine Ahnung.«

»Welche Gefühle kennen Sie denn?«

»Angst. Manchmal regelrechte Panik. Wenn ich aus einem Albtraum erwache oder wenn mich jemand bedroht. Hier im Knast habe ich ständig Angst. Beim Essen, beim Hofgang, es fühlt sich an, als ob meine Eingeweide unter Dauerstrom stünden. Es gibt hier einen Haufen Typen, die mich auf dem Kieker haben. Aber alle sonstigen Gefühle …«

»Traurigkeit? Mitleid oder Freude? Unsicherheit? Scham? Oder Wut?«

»Ich spüre das bei anderen, aber nicht bei mir selbst. Manchmal versuche ich, es mir einzureden. Dass ich mich freue, traurig bin, wütend und so. Aber eigentlich ist da nichts.«

Malte nickte. Schwieg.

»Was glauben Sie? Als Experte. Was stimmt nicht mit mir?« Der junge Mann neigte den Kopf zur Seite.

Derselbe Schachzug, dachte Malte. Kandel spielte ihm den Ball zu, um ihn aus der Reserve zu locken, und blieb selbst in Deckung. Nun, dieses Spiel beherrschte er auch. »Sie sind von zig Psychologen und Psychiatern begutachtet worden«, sagte er. »Ich nehme an, Sie haben die Gutachten und die Einschätzungen gelesen. Was glauben Sie selbst?«

»Es war alles dabei: Autismus, schizoide Persönlichkeit. Psychopathische Gefühlskälte. Extreme Verdrängung aufgrund frühkindlicher Traumata bis hin zur dissoziativen Identitätsstörung. Letztlich konnte mir keiner der Experten sagen, ob ich meine Gefühlswelt tief in mir vergrabe – oder ob ich schlicht keine Gefühle habe.«

Malte nickte, und es entstand ein spontanes Schweigen, in dem die beiden sich musterten und Malte sich fragte, ob Elias Kandel auch in ihm lesen konnte wie in einem offenen Buch. Falls ja, dachte er, würde er Neugierde gepaart mit Skepsis und Misstrauen vorfinden. Und darunter, nun ja, Malte wollte es sich selbst kaum zugestehen, eine gute Portion Sympathie. Irgendwie mochte er diesen forschen, klugen und dabei tief im Innern so hilflosen jungen Mann. Nach einigen Sekunden des Schweigens sah Malte auf seine Armbanduhr. Wohl wissend, dass sein Gesprächspartner dies bemerken und als Signal für das nahende Ende ihres Gesprächs interpretieren würde.

»Haben Sie sich entschieden?«, fragte der mit einem Ausdruck dreister Neugierde im Gesicht. »Nehmen Sie mich in Therapie?«

Malte schüttelte langsam den Kopf, schwieg weiter. Kandels Mimik blieb unbewegt. »Das ist nicht die entscheidende Frage«, sagte er.

»Sondern?«

»Sie kommen frei, das steht fest. Morgen verlassen Sie dieses Gefängnis, dann können Sie tun und lassen, was Sie wollen. Julius wird Sie unterstützen, sich im Alltag zurechtzufinden. Die Frage ist, was Sie darüber hinaus in einer Therapie erreichen wollen.«

Kandel presste die Lippen aufeinander, nickte. »Ich habe meine Schwester umgebracht. Und beinahe mich selbst.« Erneut bildete sich dieser feuchte Schimmer in seinen Augen, und Malte fragte sich, ob die Rührung echt oder nur sehr gutes Schauspiel war. »Ich habe gelernt, das als Teil meiner Vergangenheit zu akzeptieren. Jetzt kann ich nach vorne sehen. Ich will leben, verstehen Sie? Eine zweite Chance. Mein Psychologiestudium abschließen, das ich an einer Fernuni begonnen habe. Leute kennenlernen, die keine Knastis sind.« Er wandte sein Gesicht in Richtung des vergitterten Fensters. »Ich habe keine Ahnung, wie ich draußen zurechtkomme. Leicht wird es sicher nicht.« Kandel verzog das Gesicht zu einem bitteren Grinsen. »Umbringen kann ich mich zur Not immer noch. Ich weiß, dass ich dazu in der Lage wäre. Sterben kann ich allein. Aber beim Leben brauche ich Ihre Hilfe.«

4

Freya Svensson starrte an den Deckenventilator. Er lief auf der niedrigsten Stufe, so langsam, dass sie mit den Augen der Bewegung der einzelnen Blätter folgen konnte. Der Luftzug, den er erzeugte, war kaum der Rede wert. Aber der Anblick und das leise Geräusch beruhigten sie, wenn sie mitten in der Nacht erwachte, das blasse Licht der Laterne unten an der Straße durch ihr Schlafzimmer waberte und die Zeit stillzustehen schien. Die verlässliche, nicht endende Drehung half ihr dabei, ihre Gedanken einzufangen, die sich in alle möglichen Richtungen davonschleichen wollten.

Neben ihr bewegte sich etwas.

Ach ja, der Typ. Marc oder Mario oder so. Sie drehte den Kopf. Marc oder Mario lag auf der Seite, das Gesicht ihr zugewandt, sodass seine Atemluft über ihre Wangen und Lippen strich und das Aroma des Whiskys, den sie zusammen gekippt hatten, in ihre Nase trug. Seine Lippen waren einen Hauch geöffnet und zu einem seligen Lächeln verzogen.

Schlecht waren beide nicht gewesen. Weder der Whisky noch der Typ. Aber so zuverlässig, wie der Whisky-Geschmack im Mund mit zunehmender Nüchternheit immer bitterer wurde, verwandelten sich die hübschen Jungs, die sie in ihrer Stammbar kennenlernte und nach einer Handvoll Drinks immer wieder mal mit nach Hause und in ihr Bett nahm, in lästige Fremdkörper.

Dieser hier fing gerade an zu schnarchen. Das Geräusch erinnerte sie unangenehm an sein verhaltenes Stöhnen, als er vorhin gekommen war.

»Hey!« Sie stupste ihm mit dem Ellbogen in die Seite und

ließ ihm ein paar Sekunden Zeit, aufzuwachen und sich zu orientieren.

»Freya.« Er hatte sich ihren Namen gemerkt. Natürlich, das passte zu ihm. Er lächelte sie an, wollte den Arm um sie legen und sich an sie kuscheln, in völliger Verkennung der Situation.

»Feierabend«, sagte sie, und das Wort vertrieb das Lächeln schneller aus seinem Gesicht, als es jeder Faustschlag vermocht hätte. »Ich will, dass du gehst.«

»Freya, was …«

»Sofort.« Sie setzte sich auf. Das Bettlaken fiel von ihr ab, sie verschränkte die Arme über ihrem nackten Busen.

Marc oder Mario starrte sie an, schüttelte den Kopf. Aber dann schälte er sich unter der Decke hervor, sammelte seine Klamotten vom Fußboden zusammen und begann sich anzuziehen.

»Sollen wir reden?«, fragte er. »Ist etwas nicht in Ordnung?«

Der arme Tropf war echt hartnäckig, dachte sie. Sie tat ihm unrecht, das war ihr durchaus klar, und tief im Inneren schämte sie sich für die kalte Abfuhr, die sie ihm verpasste. Marc oder Mario war ein netter Typ. Aufmerksam, freundlich, selbst mit ihrem bitterbösen Humor war er fertiggeworden. Er sah gut aus. Schlank und auf eine natürliche Weise muskulös, nicht so künstlich aufgepumpt wie diese Gockel, die immer um sie herumscharwenzelten, wenn sie sich in einer Bar blicken ließ. Auch im Bett war er okay gewesen, ziemlich okay sogar, von dem schnarchigen Gestöhne mal abgesehen. Er hatte sie erst zärtlich verwöhnt und genau im richtigen Moment auf eine härtere Gangart hochgeschaltet.

»Nein. Verschwinde einfach.«

»Soll ich …«

»Nein. Melde dich nicht bei mir. Und komm nie wieder hierher.«

Der Bursche sah ein, dass sie ihn nicht verarschte und eigentlich nur noch eins von ihm erwartete. Und das tat er. Sie hörte ihm zu, wie er barfuß durch den Flur tapste, die Wohnungstür öffnete und hinter sich schloss. Schuhe und Socken zog er sich offenbar erst im Treppenhaus an, vielleicht unten vor der Haustür, egal, Hauptsache, er war weg.

Sie sah kurz auf ihr Handy. Drei Uhr dreißig, also blieben ihr ein paar Stunden Schlaf. Die sollten reichen, um sowohl den Anflug von Kater als auch die Erinnerung an Marc oder Mario aus ihrem Gehirn zu vertreiben.

5

»Hab ich was verpasst? Beginnt unsere Arbeit neuerdings um zehn statt um acht?«

Freya kniff die Augen zusammen. Zumindest das mit der Erinnerung an den Typen, neben dem sie aufgewacht war, hatte mehr oder weniger geklappt. Sie nippte an ihrem Kaffee und versuchte sich vorzustellen, wie das Koffein mit dem Blut ins Gehirn strömte und dort die elenden Kopfschmerzen wegspülte. »Ich habe beschissen geschlafen, okay?«

»Schon das vierte Mal in diesem Monat«, setzte Tom nach. Er stand im Türrahmen, der den Flur mit der kleinen Küche verband. »Und der ist noch nicht Mal zur Hälfte rum.« Er kam herein, trat neben sie vor den Kaffeeautomaten, stellte eine eigene Tasse unter den Auslauf und drückte auf die Cappuccino-Taste. Er grinste, immerhin. Tom wusste besser als die meisten anderen, dass man ihr in dieser Verfassung nicht mit ernst gemeinten Ermahnungen kam.

Das Mahlwerk des Vollautomaten machte sich an die Arbeit, und Freya wartete, bis der Krach vorbei war. »Ich geh mal davon aus, dass du mich angerufen hättest, wenn was Dringendes passiert wäre.«

»Der Chef hat nach dir gefragt«, sagte Tom. »Ist das dringend genug?«

Sie schielte über den Rand ihrer Kaffeetasse in seine Richtung. »Und? Was hast du ihm gesagt?«

»Dass du zur Nachbefragung eines Zeugen unterwegs bist. Im Steinhöfer-Fall.« Die Maschine war fertig mit der Arbeit. Tom nahm seine Tasse, schlürfte am Cappuccino und leckte sich mit der Zunge einen Rest Milchschaum von der Oberlippe.

»Der ist abgeschlossen, die Akte liegt beim Staatsanwalt. Das müsste der Chef eigentlich wissen.« Ob es der Kaffee war oder nur ihre Einbildung: Die Kopfschmerzen ließen tatsächlich etwas nach.

»Ich glaube, er hat es geschluckt.«

»Danke«, sagte Freya.

»Aber ich habe echt keinen Bock, immer wieder für dich zu lügen.«

»Verstanden«, sagte sie. »Dafür hast du was gut bei mir.«

»Wie wär's mit einem Feierabendbier?«

Freya senkte die Kaffeetasse, neigte den Kopf und musterte ihren Kollegen. Sie arbeiteten seit acht Monaten zusammen in der Sondereinheit. Tom war ein anständiger Kerl, keine Frage. Zehn Jahre älter als sie, nicht unwitzig, so zuverlässig und wartungsarm wie diese Kaffeemaschine – und leider ähnlich facettenreich. Er ging fünfmal die Woche ins Fitnessstudio, sah entsprechend durchtrainiert aus. Er hatte ein etwas schräges Faible für Fantasy-Rollenspiele, trieb sich am Wochenende mit anderen Spinnern mittelalterlich kostümiert im Wald herum. Und das war es dann auch.

»Glaub mir. Du willst viel lieber mein hochgeschätzter Kollege sein als ein weiteres Grab auf dem Friedhof meiner gescheiterten Dates.«

»Darauf würde ich es ankommen lassen.«

»Du schon.« Sie kippte den letzten Schluck Milchschaum hinunter. »Und, steht was Besonderes an?«, fragte sie.

Tom schüttelte den Kopf. Er ließ sich nicht anmerken, ob die Abfuhr ihn gekränkt hatte. Vermutlich nicht allzu sehr, dachte sie. Es war schließlich nicht die erste.

»Ein paar Aktensachen, mehr nicht.« Er leerte seine Tasse. »Vorher einen zweiten Kaffee?«

»Ach, hier sind Sie. Und sogar Frau Svensson ist eingetru-

delt. Schön, dass Sie gelegentlich die Zeit finden, hier vorbei-
zuschauen.«

Freya drehte sich um. In der Tür zur kleinen Küche stand
Kai Sievers, ihr Chef. Wie üblich mit Nikotinfahne, nachlässig
rasiert und mit Jeans, Rollkragenpulli und Allerweltssakko bekleidet. Er hatte die Hände in die Hüften gestemmt.

»Ich war heute Morgen zu einer …«

»Sparen Sie sich diesen Mist!«, sagte Sievers. »Sie beide
müssen los. Ein Zivilfahnder hat Aktivitäten an einem der von
uns überwachten Objekte beobachtet. Ich möchte, dass Sie
dort hinfahren.«

»Wo ist es?«, fragte Freya.

»Jonischkies Gebrauchtwagen in Billwerder. Ein stillgeleg-
tes Betriebsgelände. Sie fahren hin, sehen sich um.«

Tom streckte den Rücken durch. Freya nickte.

Der Blick des Chefs fiel auf den Kaffeeautomaten. Er griff
hoch zum Regal und fischte sich eine Tasse heraus. »Falls Sie
auf verdächtige Personen stoßen, schießen Sie Fotos. Aber
greifen Sie auf keinen Fall ein.«

6

»Guten Morgen, meine Kleine!«

»Hi, Dad!«

Vormittags um kurz nach zehn. Für seine Tochter eine ungewöhnliche Zeit, um zu Hause anzurufen. Aber Emmas Stimme klang fröhlich, und Malte freute sich über das unverhoffte Lebenszeichen. Er klemmte sein Handy mit der linken Schulter ans Ohr und trocknete sich die Hände an einem Geschirrhandtuch ab.

»Passt es gerade?«, fragte sie.

»Klar. Ich beseitige das gröbste Chaos in der Küche, bevor ich in die Praxis fahre. Ich muss gestehen, es ist eher unordentlicher geworden, seit du nicht mehr hier bist.«

Emma lachte. »Du schaffst das schon, Daddy! Ich wollte dich etwas fragen«, sagte sie und kam damit zum Grund ihres Anrufs. Malte warf das Handtuch neben die Spüle, nahm das Handy in die linke Hand und griff mit der rechten nach der vollen Teetasse, die schon beim Wasserkocher wartete. Er trank einen Schluck, während Emma weitersprach. Es ging um irgendeine Bescheinigung für ihre Auslandskrankenversicherung. Kein Problem, er würde sich drum kümmern. Wie es bei ihm laufe, wollte sie wissen, und weil ihr seine oberflächliche Antwort offenbar nicht reichte, wurde sie konkreter: »Mit den Dates, meine ich.«

Ungewohnt, mit der eigenen Tochter über seinen Beziehungsstatus, besser gesagt Nicht-Beziehungsstatus zu reden. Aber Emma war zu einer aufgeweckten und emanzipierten jungen Frau herangewachsen und hatte sich von seinem kleinen Mädchen zu einer gleichberechtigten und ernsthaften Gesprächspartnerin gemausert. Außerdem war sie es gewesen, die ihn vor einigen Wochen überredet hatte, sich bei einem dieser Dating-Portale anzumelden.

»Es hat sich nichts ergeben«, sagte er. »Diese Ärztin hat mehr nach einer Vaterfigur respektive einem Therapeuten gesucht als nach einem Partner. Sie hat sich nicht mehr gemeldet, nachdem ich das angedeutet hatte. Und mit der Buchhändlerin hat die Chemie nicht gestimmt, wir hatten uns schon am zweiten Abend nichts mehr zu sagen. Aktuell schreibe ich mit einer Apothekerin. Aber ehrlich gesagt ist mir das Rumgedate ein bisschen über.«

»Nicht aufgeben, Daddy. Früher oder später ist die Richtige dabei. An mangelndem Charme scheitert es sicher nicht.«

»Lieb von dir!«, sagte er. »Und wie läuft es bei dir? So insgesamt?«

Emma erzählte vom Beginn ihres Studiums, ihren Mitbewohnerinnen und Kommilitonen und ihren durchwachsenen ersten Eindrücken von Liverpool. Sie lebte sich ein, hatte nette Menschen um sich herum, kam zurecht. Lauter Dinge, die ein Vater gerne von seiner Tochter hörte. Emma war endgültig flügge geworden und aus dem Nest geflogen.

Unwillkürlich war Malte mit Handy und Teetasse in den Händen durch den Flur bis vor die geöffnete Tür von Emmas Zimmer getrottet. Er blieb dort stehen, auch nachdem sie sich verabschiedet und das Gespräch beendet hatten. Der Raum sah aus wie immer. Als wäre sie nur übers Wochenende zu einer Freundin nach Berlin gefahren. Und nicht für ein halbes Jahr nach England gegangen.

Er fühlte sich einsam in der Altbauwohnung, wurde ihm klar. Er vermisste seine Tochter jeden Tag und freute sich von Herzen, ihre Stimme zu hören und sie spätestens in den Semesterferien im Herbst wiederzusehen, wenn er sie in England besuchen würde. Und trotzdem, er mochte es sich kaum eingestehen, war er gleichzeitig erleichtert darüber, dass sie weggegangen war. Seit er und Emma hier vor knapp fünf Jahren eingezogen waren, hatte über ihrem Zusammenleben der graue Schleier des Verlustes gelegen, den sie erlitten hatten. Sie waren die Übriggebliebenen. Die, die überlebt hatten. Emma war gerade mal zwölf Jahre alt gewesen, als sie ihre Mutter und ihren Bruder verloren hatte. Doch bereits nach ein paar Wochen, als Schmerz und Trauer die Taubheit und Lähmung abgelöst hatten, hatte Malte gewusst, dass sie besser mit dem Verlust zurechtkommen würde als er. Das Leben lag vor ihr. Sie würde früh fortgehen aus Hamburg, das hatte er damals schon geahnt, neue Leute kennenlernen, den grauen Schleier abwerfen und ihr Leben in die eigenen Hände nehmen.

Emma hatte offengelassen, ob sie nach dem Englandsemester zu ihm zurückkehren und in Hamburg weiterstudieren wollte. Vermutlich wussten sie beide, dass es dazu nicht kommen würde.

Und er? Er musste, nachdem ihm Frau und Sohn entrissen worden waren, jetzt auch seine Tochter loslassen. Freiwillig und mit einem tapferen Lächeln auf den Lippen. Das war Teil der Jobbeschreibung als Vater, und er würde es erledigen, so gut er konnte. Aber er spürte immer häufiger, wie die Angst vor der Einsamkeit nach ihm griff. Klar hatte er seine Arbeit, ein paar Freunde und vertraute Kollegen. Doch gab es diesen bestimmten Bereich in seinem Leben, den er nur mit Bettina geteilt hatte. Und der seit ihrem gewaltsamen Tod zusehends verkümmerte.

Vielleicht bot Emmas Weggang auch ihm die Chance, den grauen Schleier wegzureißen.

Malte schloss die Tür zu Emmas Zimmer, ging durch den

Flur zurück in die Küche. Er hatte noch eine knappe Stunde Zeit, bevor er sich in die Praxis aufmachen musste. Zeit genug, um sich mit einem zweiten Tee und ein paar Nachrichten auf andere Gedanken zu bringen. Er goss sich einen frischen Earl Grey auf, griff sich den Tabletcomputer und setzte sich an den Küchentisch, überflog die Nachrichtenseite der *Hamburger Tageszeitung* und blieb an einer groß aufgemachten Überschrift hängen:

Gefährlicher Mörder kommt auf freien Fuß.

Elias Kandel hatte es samt pixeligem Foto in die Schlagzeilen geschafft. Der Artikel beschrieb die Lebensgeschichte des verurteilten Mörders, sparte nicht an den schrecklichen Details der Tat und betonte mit Verweis auf diverse Gutachten dessen vermeintliche Gefährlichkeit, bevor der Text die alle paar Jahre wiederaufflammende Diskussion über den Umgang mit gefährlichen Straftätern aufgriff.

Malte strich sich mit der Hand übers Kinn. Elias Kandel hatte sich im Gespräch über weite Strecken selbstbewusst, fast schon unnahbar präsentiert. Malte hatte ihm das keine Sekunde abgenommen und konnte erahnen, wie sehr der mediale Pranger dem sensiblen jungen Mann zusetzen musste. Und gleichzeitig traf der Artikel genau den wunden Punkt: Elias Kandel hatte gemordet. Aus Gründen, die er bisher für sich behalten hatte. Die ihm vielleicht selbst nicht zugänglich waren. Die irgendwo in den verborgenen Tiefen seines Unbewussten lauerten und erneut hervorbrechen konnten.

Malte hatte ihm einen Termin für morgen gegeben, dem Tag nach seiner Entlassung. Fast hoffte er, dass Kandel einen Rückzieher machte, gar nicht erst zur Therapie erschien und

Malte so von der Verantwortung entband, die er mit seinem Angebot auf sich genommen hatte. Doch falls Kandel den Termin wahrnahm, dachte Malte, hätte der hochsensible junge Mann überaus bewegte erste Stunden in Freiheit hinter sich.

7

Alles war zu viel: Das Sonnenlicht brannte in Elias' Augen. Das Geräusch eines beschleunigenden Lastwagens dröhnte in den Ohren und ließ seine Schädelknochen vibrieren. Selbst der laue Sommerwind, der erschöpft durch die Straße seufzte, fühlte sich unangenehm an. Zu warm, zu nah, wie eine schwitzige Umarmung.

Am liebsten wäre er umgekehrt. Schnell wieder raus aus der Welt, die sich in den letzten zehn Jahren unermüdlich ohne ihn weitergedreht hatte.

Er stellte seine vollgepackte Sporttasche neben sich auf den Gehsteig, zog sein Smartphone aus der Hosentasche und schaltete es ein. Es war ein älteres Modell, das Julius für ihn hinterlegt hatte. Es dauerte ein paar Sekunden, bis es hochgefahren war und sich ins Mobilfunknetz eingewählt hatte.

Das Handy hielt eine Nachricht für ihn bereit. Sie war von Julius und lautete:

Willkommen in der Freiheit, Elias. Ich verspäte mich um ein paar Minuten. Am besten wartest du drinnen auf mich. Dort ist es am sichersten. Julius.

Elias schaute zurück. Hinter ihm fiel die schwere Außentür der Justizvollzugsanstalt mit einem metallischen Klicken ins Schloss. Es war eine Tür, die sich grundsätzlich nicht nach den Wünschen von Leuten wie ihm richtete. Vergiss es!, schien sie zu sagen. Wieder reingehen war keine Option.

Julius hatte ihn vorgewarnt. »Es wird nicht leicht werden in den nächsten Wochen und Monaten«, hatte er bei seinem letzten Besuch vor ein paar Tagen gesagt, als er den Reisekoffer mit Elias' überschaubaren Habseligkeiten abgeholt hatte. Julius hatte ›nicht leicht‹ nicht weiter präzisiert. Und Elias hatte nicht nachgefragt.

Er bückte sich, griff mit der freien Hand nach der Tasche und marschierte los. Seine ersten Schritte in die Freiheit führten ihn durch einen schmalen, von Gefängnismauern begrenzten Seitengang raus auf die Hauptstraße.

»Da vorne! Das ist er.«

Elias zuckte zusammen. Das Telefon fiel ihm aus der Hand, knallte auf den Boden und zerlegte sich in eine Handvoll Einzelteile.

Sie waren zu viert. Reporter. Drei Männer, eine Frau. Sie standen im Schatten unter einem Vordach neben dem breiten Hauptzugangstor der Justizvollzugsanstalt. Einer der Typen hielt eine Kamera in seine Richtung, die Frau schwenkte ein Mikrofon. »Herr Kandel, einen Moment bitte!«

Die Worte klangen freundlich, aber mit ihren verbissenen Gesichtern und den hektischen Bewegungen, mit denen die vier auf ihn losstürmten, sahen sie aus wie ein Rudel Raubtiere, das sich auf seine Beute stürzte.

Elias tat, was sich für Beute in solchen Fällen gehörte – er rannte los. Weg von der Meute, den Fußweg neben der Hauptstraße runter, entlang der meterhohen Außenmauer der Strafanstalt. Das Smartphone oder das, was davon übrig war, musste er zurücklassen. Die Lust auf Handys war ihm eh vergangen. Aber die Tasche hielt er fest in der Hand. Die würde er nicht opfern, selbst wenn er ohne sie deutlich schneller wäre.

»So warten Sie doch!«

Zu dem Ruf erklangen laute Schritte. Die vier rannten ihm offenbar nach. Elias konnte nur hoffen, dass sie mit ihrer Reporterausrüstung noch langsamer waren als er mit seiner Tasche. Oder sich mit den Bildern des in die Freiheit flüchtenden Elias Kandel zufriedengaben und die Verfolgung abbrachen.

»Stellen Sie sich Ihrer Verantwortung!« Das war die Stimme der Frau mit dem Mikro. Dicht hinter ihm.

Elias näherte sich dem Ende der langen Knastmauer. Sie verstellte den Blick auf die Einmündung einer Seitenstraße, die mit einer Fußgängerampel gesichert war. Sie zeigte Rot. Egal, das Risiko musste er eingehen. Er rannte weiter, sprang auf die Fahrbahn. Warum zum Teufel sollte gerade jetzt …

Von rechts schoss ein Auto heran. Ein alter Volvo. Weiterrennen oder stehen bleiben? Irgendein motorischer Reflex übernahm das Ruder und entschied sich für Letzteres. Elias erstarrte in der Bewegung. Er stand mitten auf der Straße und konnte nur zusehen, wie der Wagen auf ihn zuraste. Reifen quietschten, die Frontpartie des Autos brach zur Seite aus, offenbar versuchte der Fahrer ein verzweifeltes Brems- und Ausweichmanöver.

Trotz des irren Tempos dehnte sich irgendwie die Zeit. Das Heck des Volvos bewegte sich mit brutaler Endgültigkeit auf ihn zu, und doch schien es eine Ewigkeit zu dauern, bis es ihn erreichen, mit voller Wucht erwischen und von den Beinen fegen würde.

Die Tasche fiel Elias aus der Hand. Er schloss die Augen.

Ein jäher Schlag, ein kurzer Flug durch die Luft, vielleicht noch das Aufblitzen von Schmerz, aber vermutlich ginge alles sehr schnell, dachte er. Spätestens der Aufprall auf der Straße würde ihm sämtliche Knochen brechen und das Licht ausknipsen. Er wartete auf das Ende. Die Reporter hätten die Story des Tages, und die Zeitungsleser und Fernsehzuschauer könnten sich anhand der aufgenommenen Bilder davon überzeugen, dass die schauerliche Geschichte des Elias Kandel einen Abschluss gefunden hatte. Manch einer würde denken, dass er endlich die verdiente Strafe erhalten hätte. Viele wären erleichtert, dass ein verurteilter Mörder nun doch nicht frei durch ihre Stadt streifte und auf sein nächstes Opfer lauerte. Und die meisten würden meinen, dass so ein schmerzloser Tod zu gnädig für ihn war.

Die Gedanken hängten sich wie Bleigewichte an sein Gemüt. Und obwohl er realisierte, dass das Geräusch quietschender Bremsen und über den Asphalt rutschender Reifen verstummt war und er noch immer auf den eigenen Beinen stand, wünschte er, der Mann am Steuer des Volvos wäre nicht so geistesgegenwärtig in die Eisen gegangen und hätte sein Fahrzeug nicht rechtzeitig zum Stehen gebracht.

Elias öffnete die Augen.

Der Volvo hatte sich um neunzig Grad gedreht. Er brauchte nur die Hand auszustrecken, um den hinteren Kotflügel zu berühren. Viel hatte nicht gefehlt.

Die Fahrertür wurde aufgerissen, ein hünenhafter Mann sprang heraus, stapfte auf ihn zu.

»Elias, was in aller Welt ...« Es war Julius. Er baute sich vor ihm auf, packte ihn an den Schultern und schüttelte ihn, als wollte er sich vergewissern, dass Elias aus Fleisch und Blut und noch alles an ihm dran war. »Ey Junge, bist du okay?« Der riesige Mann musterte ihn aus kleinen braunen Augen, die von buschigen Augenbrauen umwuchert wurden. Das dichte Netz aus feinen Äderchen im Gesicht seines Anwalts war für Elias ein vertrauter Anblick. Neu war der Alkoholgeruch in seinem Atem. Der war kaum wahrzunehmen in dem starken Pfeifendunst, den die Kleidung und wahrscheinlich jede Zelle seines Körpers verströmten, aber eindeutig. Krass, dass Julius trotz Alkoholisierung so schnell reagiert hatte.

Elias nickte.

Hinter ihnen erklangen die Rufe der Reporter.

Der Anwalt streckte den Kopf in die Höhe. »Ist es das, wonach es aussieht, Junge?«, fragte er. »Verfolgen die dich?«

Eine Antwort war hier nicht nötig. Er schob Elias sachte zur Seite. Julius war allein aufgrund seiner Körperfülle eine eindrucksvolle Erscheinung, Elias fand mit seiner schmächtigen Gestalt locker hinter ihm Platz. Die Reporter verharrten am Straßenrand, die Kamera hielten sie im Anschlag.

Julius zielte mit dem Zeigefinger in ihre Richtung, sein lautes Organ dröhnte über die Straße. »Ihr jagt einen jungen Menschen vor euch her, sodass er beinahe überfahren wird. Ihr solltet euch schämen!« Er holte Luft, streckte sich noch ein bisschen, offenbar wollte er jeden Zentimeter Körpergröße aus sich herausholen. »Schert euch fort«, brüllte er. Elias konnte die Vibration der Stimme in seinen Eingeweiden spüren. »Sonst hetze ich euch die Polizei, den Presserat und die Anwaltskammer auf den Hals, und ihr verbringt die nächsten Wochen damit, Stellungnahmen zu schreiben und kritische Nachfragen zu beantworten.«

In der kleinen Truppe machte sich Unsicherheit breit. Die Frau murmelte ihren Kollegen etwas zu, einer schüttelte den Kopf, allein der Kameramann blieb unbeirrbar bei der Sache und filmte, was das Zeug hielt.

»Los, steig ein, Junge«, sagte Julius. »Wir verschwinden!«

Elias packte seine Tasche, lief um den Volvo herum, öffnete die Beifahrertür und ließ sich auf den Sitz plumpsen, die Tasche nahm er auf den Schoß. Julius startete den Wagen und fuhr los, bevor Elias die Tür richtig geschlossen und sich angeschnallt hatte.

»Arschlöcher.« Julius konzentrierte sich mehr auf den Rückspiegel als auf die Straße vor ihnen und rang erkennbar nach Luft. Irgendwo aus der Tiefe seiner Lunge drang ein ungesundes Pfeifen.

»Folgen die uns?«, fragte Elias.

»Ich glaube nicht.«

Elias drehte sich um. Ein einsamer SUV fuhr hinter ihnen her. Der Fahrer, ein Yuppie mit Hipsterbart und Anzugjacke, war Banker, Berater oder Versicherungsvertreter, aber sicher kein Klatschreporter. Elias atmete durch. Er sank tiefer in den weichen Ledersitz. Das leise Brummen des Motors und die gemächlichen Bewegungen des Fahrzeugs wiegten ihn für einige Sekunden in Sicherheit.

Der Volvo war ein in Würde gealtertes und stilvoll versifftes Liebhaberstück. Auf der Mittelablage und der Rückbank lagen Unmengen an Krimskrams herum. Leere Briefumschläge, eine zerknitterte Krawatte, Snackverpackungen. Ein Duftbäumchen am Rückspiegel hatte gegen den Pfeifengeruch keine Chance und offenbar schon lange den Dienst quittiert.

»Wo fahren wir hin?«, fragte er.

»In meine Kanzlei. Das ist bis auf Weiteres deine neue Meldeadresse.«

»Ich wohne in deinem Büro?«

Julius schüttelte den Kopf. »Nur offiziell. Für deine Post. Und ungebetene Besucher. Ich habe eine kleine Wohnung angemietet, dort wirst du unterkommen.«

Er bog auf eine vierspurige Durchgangsstraße ein, sah erneut in den Rückspiegel, schien sich allmählich zu entspannen. »Du solltest dich erst mal verkriechen, bis sich die ersten Wogen geglättet haben. Du hast Internet, einen Laptop, Netflix und diesen Kram. Ich komme jeden Tag vorbei und bringe dir Lebensmittel, und was du sonst noch brauchst. Mit etwas Glück findet niemand heraus, wo du dich aufhältst.«

Die Aussicht, sich wochenlang verstecken zu müssen, drückte ihn immer tiefer in den Sitz. So hatte er sich seine zweite Chance nicht vorgestellt. »Wie schlimm ist es?«, fragte er mit leiser Stimme. »Da draußen, meine ich.«

»Die *Hamburger Tageszeitung* hat sich auf dich eingeschossen, ein paar weitere nehmen gerade Witterung auf. In den sozialen Medien braut sich der übliche Shitstorm zusammen. Aufrufe zu Selbstjustiz und Hetzjagden eingeschlossen.« Julius drehte sich zu ihm, sah ihn an und gab sich keine Mühe, die Sorge zu verbergen, die sich in Form tiefer Falten in sein Gesicht grub. »Also ziemlich schlimm.«

Er wandte den Blick wieder der Straße zu.

Elias schluckte trocken. »Das Handy«, sagte er. »Es ist mir runtergefallen und kaputtgegangen, als ich vor den Reportern weggelaufen bin.«

»Kein Problem. Kriegst ein neues. Ich setze es auf die Liste.«

Julius bog in eine gepflasterte Einbahnstraße ab. Zu beiden Seiten der schmalen Fahrspur erhoben sich anonyme Häuserblocks. Altbauten, die sich dem Zustand der Fenster und Fassaden nach erfolgreich dem Renovierungswahn der letzten Jahre widersetzt haben mussten. »Wir sind gleich da«, sagte er. »Wir lassen das Auto stehen, gehen rein und verlassen das Haus durch die Kellertür im Innenhof. Dann geht's zu Fuß weiter. Möglich, dass sie die Kanzlei beobachten.«

Das sollte souverän klingen, aber Elias entging nicht das nervöse Zittern in Julius' Stimme. Sein Unterstützer war alles andere als zartbesaitet. Als unbeirrbarer Kämpfer für seine Überzeugungen hatte er sich einen Ruf als linker Szeneanwalt erstritten, was ihn wiederholt massiven Anfeindungen von Neonazis und deren Gesinnungsgenossen aussetzte. Der Anwalt hatte bei seinen Besuchen im Gefängnis oft davon erzählt. Das Allermeiste klatschte an Julius ab wie eine fette Fliege an einer Windschutzscheibe. Einmal spülen, wischen, weg. Kein Problem.

Aber in seinem Tonfall schwang mehr mit als spülen, wischen und weg.

Er bremste, steuerte den Volvo in eine Parklücke. Sie hielten vor einem Ladengeschäft, das im Erdgeschoss des Mietshauses untergebracht war. Elias kannte die Kanzlei seines Unterstützers nur aus Erzählungen. Eine eingeworfene, mit dicken Bahnen Klebeband notdürftig geflickte Schaufensterscheibe war darin ebenso wenig vorgekommen wie bunte Farbkleckse an der Hauswand und unleserliche Schmierereien in schwarzer und roter Schrift. Zwei Worte konnte Elias entziffern: *Mörderfreund* und *Drecksau*.

»O scheiße«, sagte er.

»Es gibt immer Idioten, die das Recht in die eigenen Hände nehmen wollen. Zum Glück bin ich gegen so was versichert.« Das sollte souverän klingen, tat es aber nicht. Elias hörte dasselbe Vibrieren in Julius' Stimme. Der schaltete den Motor aus, löste den Sicherheitsgurt, öffnete die Fahrertür.

Auch Elias stieg aus. Julius verschloss den Wagen, sah sich um, zog ihn zum Hauseingang, sperrte auf und führte ihn hinein. Der Pfeifengeruch war auch hier drinnen allgegenwärtig.

Allein auf dem Schreibtisch zählte Elias drei Aschenbecher und fünf Pfeifen, die neben verwaisten Kaffeebechern und mehreren Zettelhaufen die Schreibfläche bevölkerten. Vier abgewetzte Ledersessel waren ohne erkennbare Anordnung im Raum verteilt. Auf dem Boden vor einem schmalen Bücherregal stapelten sich dicke Wälzer. Gesetzestexte und dazugehörige Kommentare, soweit Elias das erkennen konnte.

Es war das Büro eines Mannes, der es nicht für nötig hielt, sich den ästhetischen Wünschen gut betuchter Mandanten anzupassen. Vermutlich, weil Julius seit Jahren ohnehin nur Angehörige der linksautonomen Szene vertrat.

»Pass auf, dass du nicht in die Scherben trittst. Der Fuzzi von der Versicherung war noch nicht hier, deswegen konnte ich sie nicht wegräumen.«

Auf dem Teppich unter dem Schaufenster lagen einzelne Glassplitter, etwas weiter Richtung Raummitte ein faustgroßer Stein.

Elias schluckte einen Kloß herunter, der ihm ähnlich groß und schwer vorkam. »Tut mir leid, dass du Ärger hast wegen mir. Das will ich nicht.« Er widerstand der Versuchung, den Kopf zu senken, zwang sich stattdessen, den Blick seines Anwalts zu erwidern. »Vielleicht wäre es besser gewesen, wenn ich einfach weiter im Gefängnis ...«

Julius packte ihn unvermittelt an der Schulter. So fest, dass es wehtat. »Hör mir genau zu, Junge, denn ich werde das hier nur ein einziges Mal sagen. Du bist jetzt frei. Ohne Wenn und Aber. Du hast deine Strafe verbüßt. Sie durften dich gar nicht länger festhalten, so gesehen hast du gar keine Wahl.« Er lockerte den Griff, bevor er weitersprach. »Ich zeige dir das Chaos hier nicht, um dir Schuldgefühle zu bereiten, sondern damit du kapierst, dass du hier draußen nur dann eine Chance hast, wenn du es klug anstellst. Wenn du in Deckung bleibst.«

Elias nickte.

»Falls es nötig ist, werden wir kämpfen«, sprach Julius weiter. »Aber nur, wenn sie uns dazu zwingen, verstanden? Ansonsten warten wir, bis die Hetzer sich ein neues Ziel gesucht haben, auf das sie einprügeln können.« Julius' Augen glühten.

»Okay, kapiert«, sagte Elias. Den bitteren Beigeschmack schluckte er herunter. Julius zahlte einen hohen Preis dafür, dass er Elias unterstützte. Ein Streiter mit Herz und Leidenschaft, ein Begleiter durch dick und dünn. Elias kannte seinen

Anwalt gut genug, um zu wissen, dass der keinen überschwänglichen Dank erwartete. Und schon gar kein Mitleid.

»Ich war immer überzeugt, dass ein guter Mensch in dir steckt, Elias. Ganz gleich, was sie über dich sagen und schreiben.« Julius hob den Arm, wies in Richtung der zerborstenen Glasscheibe. »Also mach was draus, verdammt noch mal. Beweise ihnen, dass sie falschliegen.«

8

Dies war ein dreckiger Ort. In nahezu jeder Hinsicht. Zum ehemaligen Betriebshof von Jonischkies Gebrauchtwagenhandel an der Südgrenze Hamburgs gehörten drei heruntergekommene Wellblechbaracken, ein ausgedienter Campinganhänger, der vermutlich als Behelfsbüro gedient hatte, sowie ein riesiger Sandplatz, auf dem noch ein gutes Dutzend Autos vor sich hin gammelten. Der ohnehin schon ekelige Gestank nach altem Öl wurde getoppt vom dumpf-süßlichen Geruch eines verendeten Tieres. Ein Fuchs oder ein mittelgroßer Hund, so genau wollte Freya es gar nicht wissen, der keine zehn Meter von ihrem Standort entfernt seine letzte Ruhestätte gefunden hatte und allmählich verweste. Eine mannshohe, an einigen Stellen mit einer Stacheldrahtkrone aufgemotzte Steinmauer schirmte den Hof von der Außenwelt ab. Der Zahn der Zeit hatte der Ziegelwand ordentlich zugesetzt und etliche Löcher hineingefressen. Aber den heimlichen Nutzern dieses vergessenen Niemandslandes bot er noch ausreichenden Schutz vor neugierigen Blicken.

Zumindest bis jetzt. Freya und Tom hielten sich hinter der ausgeweideten Leiche eines alten Opel Kadett versteckt. Tom hatte eine Kamera gezückt und dokumentierte, was bisher ein bloßer, auf Gerüchten und Hinweisen verdeckter Ermittler beruhender Verdacht gewesen war: Dieser vermeintlich verlassene Ort wurde nicht nur von verwilderten Hunden und Katzen aufgesucht. Vor der größten der drei Baracken stand ein weißer Kleintransporter. Das Kennzeichen konnten sie von ihrer Position aus nicht erkennen. Freya und Tom warteten bereits über eine halbe Stunde, ohne dass irgendetwas geschehen war, und Freya fragte sich allmählich, ob der Mercedes Sprinter hier auch seine letzte Ruhestätte finden sollte. Doch dann öffnete sich die Tür der Blechhütte, und ein grobschlächtiger Typ mit Glatze, Bart und durchgeschwitztem T-Shirt trat heraus.

»Er ist bewaffnet«, flüsterte Tom, der durch das Teleobjektiv seiner Kamera mehr sah als sie. »Eine Pistole. Vorne im Hosenbund.«

Selbst mit bloßem Auge erkannte sie, dass der Mann eine in Folie eingeschweißte Großpackung Wasserflaschen in der Hand trug. Er trat zum Heck des Wagens, zog den linken Teil der Flügeltür auf.

»Gib mal her.« Freya nahm ihm die Kamera ab, stellte das Tele scharf. Durch den Sucher sah sie mehrere Arme, die sich aus dem Inneren des Transporters den Plastikflaschen entgegenstreckten.

»Da sind Menschen drin«, sagte Freya. »Ich gehe dichter ran.«

»Nein«, raunte Tom ihr hinterher. Aber sie hatte sich bereits in Bewegung gesetzt. Ihr Ziel war das Wrack eines ausgebrannten Passats, hinter dem sie nicht nur näher dran war am Transporter, sondern durch die günstigere Position auch einen Blick in dessen Innenraum werfen und das Nummernschild erkennen konnte. Sie erreichte mühelos die neue Deckung, brachte die Kamera in Stellung. Der Sprinter hatte ein Berliner Kfz-Kennzeichen. Sie hielt es auf einem Foto fest.

Jetzt hörte sie Stimmen. Hektisches Geschimpfe drang aus dem Laderaum des Lieferwagens. Der Glatzkopf bellte etwas Richtung Fahrzeug, trat dabei einen Schritt rückwärts. Zwei junge Menschen mit dunklen Haaren, ein Mann und eine Frau, tauchten an der Innenseite der Hecktür auf, redeten auf den Wassermann ein, gestikulierten mit den Händen.

»Da geht ja was ab.« Freya zuckte zusammen, aber es war nur Tom, der ihr gefolgt war und neben ihr in die Hocke ging.

»Sie streiten sich«, flüsterte Freya. »Die Frau beschwert sich in gebrochenem Deutsch, dass es zu heiß sei im Auto und sie fast erstickt wären. Der Mann hat zurückgebrüllt, dass sie die Klappe halten solle. Sonst gäbe es Ärger.«

Die Frau sprang aus dem Wagen. Sie war mit einer Tuchhose und einem dünnen Hemd bekleidet und schien ihre Kraft zu überschätzen, denn ihre Beine knickten weg, und sie fiel der Länge nach hin, dem Glatzkopf direkt vor die Füße. Sie rappelte sich hoch, schimpfte ohne Unterbrechung weiter. Bevor sie wieder stand, traf sie die Faust des Typen mitten ins Gesicht. Die Getroffene schrie, presste sich die Hand vor Mund und Nase. Blut sickerte durch ihre Finger. Der junge Mann an der Fahrzeugtür stieg von der Ladefläche, trat neben die blutende Frau. Er legte ihr einen Arm um die Schulter. Mit dem anderen fuchtelte er wild herum, die Hand hatte er zur Faust geballt. An der Türöffnung tauchten zwei weitere Gestalten auf.

Der Wassermann hob seine Hände in die Höhe, es mochte eine Geste der Beschwichtigung sein. Er trat einen Schritt zurück, zog ein Mobiltelefon aus der Hosentasche, tippte darauf herum, hielt es sich ans Ohr und wechselte ein paar Worte mit einem unsichtbaren Gesprächspartner. Nach wenigen Sekunden steckte er das Handy wieder weg. Er fuhr sich mit der Hand über den kahl rasierten Schädel, schüttelte den Kopf.

Und zog seine Pistole aus dem Hosenbund.

»Scheiße«, sagte Tom.

»Wir müssen …«, fing Freya an zu sprechen. Aber dann fiel der erste Schuss.

Die Kugel durchbohrte die Brust des jungen Mannes. Ihm blieben ein oder zwei Augenblicke, um den sich ausbreitenden Blutfleck auf dem Hemd zu bestaunen, bis seine Beine den Dienst quittierten und er zu Boden sank. Die Frau kreischte. Der Schütze zielte auf sie und feuerte einen weiteren Schuss ab.

Freya zuckte. Sie konnte, nein, sie wollte nicht glauben, was sie sah. Der Kerl hatte der Frau aus nächster Nähe ins Gesicht geschossen. Sie sackte in sich zusammen, jegliches Gekreische verstummte. Der Mann schwenkte seine Waffe herum, zielte jetzt Richtung Fahrzeug. Offenbar wollte er niemanden am Leben lassen. Eine verdammte Hinrichtung.

»Aufhören! Polizei!« Freyas Walther P99 steckte im Brustholster. Sie zog die Waffe heraus, entsicherte sie, lud durch und sprang aus ihrer Deckung. Sie rannte um den ausgebrannten Passat herum und hielt auf den Kleintransporter zu. Ein weiterer Schuss ertönte, der Schütze stand breitbeinig vor dem Sprinter und vollendete sein mörderisches Werk Kugel um Kugel. Freya blieb stehen, riss ihre Walther hoch und feuerte. Sie traf den Kerl an der linken Schulter, der fuhr herum, sein Waffenarm schwenkte in Freyas Richtung. Sie zielte. Diesmal würde sie besser treffen müssen. Bevor sie abdrücken konnte, hallten zwei weitere Schüsse über den Platz.

Der Glatzkopf erschlaffte mitten in der Bewegung. Die Pistole fiel ihm aus der Hand, sein T-Shirt färbte sich blutrot, seine Knie gaben nach, er fiel vornüber zu Boden und vergrub seine hässliche Visage im Sand.

»Alles klar mit dir?« Tom tauchte neben ihr auf. Auch er hielt seine Dienstwaffe in der Hand. Er atmete schwer und war erkennbar blass um die Nase. Vermutlich sah sie selbst kaum anders aus. Das Verhindern von Massakern und wilde Schießereien standen nicht gerade weit oben in ihrer Stellenbeschreibung. Aber sie waren in die Sache hineingestolpert, hatten getan, was nötig gewesen war. Der ganze emotionale

Scheiß musste warten, bis sie das hier durchgezogen hatten. »Sehen wir nach«, sagte sie mit trockener Stimme.

»Wir müssen aufpassen«, sagte Tom. »Vielleicht war er nicht allein.« Er zückte sein Handy. Während er Verstärkung rief, näherte sich Freya dem Kleintransporter. Der am Boden liegende Glatzkopf verbreitete eine ordentliche Blutpfütze und rührte sich nicht. Für die Frau und den Mann, die ebenfalls vor dem Sprinter lagen, kam jede Hilfe zu spät.

Sie schritt mit einigen Metern Sicherheitsabstand um den Transporter herum, bis sie hineinsehen konnte. Die Innenverkleidung war mit Blut gesprenkelt. Ein weiterer Mann lag auf dem Boden des Laderaums, der Schütze hatte auch ihn mit einem gezielten Kopfschuss getötet.

In der hintersten Ecke kauerten zwei Überlebende. Dem Anschein nach Mutter und Tochter, vielleicht auch Schwestern mit deutlichem Altersunterschied, beide mit dunklen Locken. Sie hielten sich eng umschlungen, zitterten, wimmerten und starrten Freya mit vor Angst aufgerissenen Augen an.

Sie senkte ihre Waffe demonstrativ zu Boden, streckte den beiden die freie Hand entgegen. Sie versuchte zu lächeln. Aber dazu hätte sie ihr Gesicht mit einer Zange bearbeiten müssen.

»Polizei«, wiederholte sie. Falls die Frauen verstanden, schien es sie nicht zu beruhigen.

Aus den Augenwinkeln sah sie Tom. Er hatte das Handy weggesteckt, kam im Laufschritt auf sie zu. Er führte seine Walther mit beiden Händen und blickte in Richtung des Campingwagens.

»Zwei Überlebende«, sagte Freya.

»Es ist nicht vorbei.« Tom flüsterte. »Da vorne ist noch einer. Hinter dem Camper. Rechte Seite.«

Der Anhänger war gute dreißig Meter von ihnen entfernt. Tatsächlich bemerkte Freya dort eine Bewegung. »Sollen wir warten?«, fragte Tom. »Die Kavallerie ist unterwegs, braucht aber ein paar Minuten.«

»Wir sitzen hier auf dem Präsentierteller«, sagte Freya. »Und die beiden da drinnen auch.«

»Also los. Schnappen wir ihn uns. Zwei gegen einen.« Er zielte mit seiner Pistole Richtung Wohnwagen, Freya folgte seinem Beispiel. Sie traten voneinander weg, um kein gemeinsames Ziel abzugeben, näherten sich mit langsamen Schritten dem Camper.

»Polizei«, rief Tom. »Kommen Sie mit erhobenen Händen raus. Sofort. Sonst eröffnen wir das Feuer.«

Noch zwanzig Meter Entfernung. Ein Mann kam aus der Deckung. Kurze Haare, mittelgroß, schlank. Die Arme hatte er nicht erhoben, sondern ließ sie lässig herabbaumeln. In der Hand hielt er einen kleinen Revolver, dessen Lauf nach unten gerichtet war. Immerhin.

»Waffe fallen lassen, sofort«, schrie Tom. Er nahm den Mann ins Visier.

Hinter sich hörte Freya leises Getuschel. Sie riskierte einen Blick. Die Frau und die Jugendliche kletterten von der Ladefläche des Transporters. Ein denkbar schlechter Zeitpunkt. Die beiden boten perfekte Zielscheiben, falls der Typ es auf einen Schusswechsel ankommen ließ.

»Letzte Warnung«, rief Tom. Der Typ am Camper reagierte noch immer nicht. Freyas Blick flog zwischen ihm und den beiden Frauen hin und her. Die Ältere packte die Jüngere am Arm.

»Zurück in den Wagen!«, zischte Freya und zeigte mit der freien Hand auf das Auto. Die Jüngere sah zu Freya hoch, und für eine Sekunde begegneten sich ihre Blicke. Riesengroße hellblaue Augen, in denen eine unermessliche Leere gähnte, die von Panik und Entsetzen aufgewirbelt war.

Die Ältere zog die Jüngere mit sich Richtung Wellblechbaracke.

»Nein«, rief Freya.

Es fielen Schüsse. Keinen Schritt von Tom entfernt spritzte Sand in die Höhe. Die Frauen kreischten, rannten los. Tom feuerte zurück, Freya wirbelte herum und sah, wie der Typ hinter dem Wohnwagen verschwand. Toms Schuss hatte ein Stück aus der Eckverkleidung des Campers herausgesprengt.

»Okay, Rückzug!«, rief er.

Freya konnte nicht erkennen, ob der Schütze weiter auf sie lauerte oder die Beine in die Hand nahm und im Sichtschutz des Wohnwagens stiften ging. Die beiden Frauen jedenfalls waren zwischen den Baracken verschwunden. Tom hatte recht, sie hatten genug riskiert. Sie zogen sich hinter den Lieferwagen zurück. Erst als der Sprinter ihnen Deckung bot, ließen sie die Waffen sinken. Tom lehnte sich gegen die Motorhaube des Kleintransporters. Aus der Ferne ertönten Martinshörner.

»Was war das für eine verfickte Scheiße«, sagte er.

9

Julius hatte das Menschenmögliche getan, keine Frage. Elias'
Wohnung lag im dritten Stock eines Mietshauses. Es war einer
von einer Handvoll baugleicher Betonblöcke, die eine lang ge-
zogene Einbahnstraße flankierten. Eine Gegend, in der zwar
niemand wohnte, der eine Wahl hatte, in der man sich gleichwohl damit trösten konnte, dass es in der näheren Umgebung
deutlich üblere Ecken gab. Auf den letzten Metern des gut
halbstündigen Fußwegs von der Kanzlei zur Wohnung hatten
sie einen kleinen Park mit Spielplatz durchquert, in dem die
Geräusche spielender Kinder und singender Vögel den allgegenwärtigen Verkehrslärm verdrängten. In Gehreichweite lag
ein Supermarkt, die nächstgelegene U-Bahnstation war auch
nicht weit. Also alles ganz okay.

Die Wohnung selbst war ein großes Zimmer mit Küchenzeile. Vom schmalen Flur zweigte ein mickeriges Badezimmer ab,
in das ein findiger Architekt neben Kloschüssel und Waschbecken sogar eine Badewanne gequetscht hatte.

Eine Badewanne!

Elias konnte sich nicht erinnern, wann er das letzte Mal ein
warmes Bad genommen hatte. Auch sonst kam er sich vor wie
in einem Palast. Es gab keine Gitter, kein Sicherheitsglas, keine
massiven Stahltüren mit Mehrfachverriegelung. Das Fenster
war weder zugeschraubt noch zugig. Und, der überhaupt
größte Luxus: Er war allein! Kein Zellengenosse, mit dem er
sich auf Gedeih und Verderb arrangieren musste. Keine Voll-
zugsbeamten, die nach Gutdünken durch den Sehschlitz
schauen oder einfach reinkommen konnten. Keine Schließ-
zeiten, keine reglementierten Hofgänge, keine …

Gott. Er konnte die Liste endlos fortsetzen.

Es war gut, wirklich.

Zumindest versuchte er, sich das einzureden. Seit Julius sich davongemacht und ihn allein gelassen hatte, klammerte er sich an die positiven Gedanken wie ein Ertrinkender an ein Stück Treibholz.

Elias trat an das einzige Fenster seiner Wohnung, drehte am Griff, zog es auf. Mit der aufgeheizten Stadtluft umhüllten ihn der Abgasgeruch und Verkehrslärm der nahe gelegenen vierspurigen Durchgangsstraße. Aber er hörte auch Vogelgezwitscher und das fröhliche Geschrei spielender Kinder.

Der Park, den er auf dem Hinweg gesehen hatte, grenzte direkt an die gegenüberliegende Straßenseite. Er war, soweit er das erkennen konnte, von allen Seiten eingezäunt und von einer hohen Hecke umgeben. Eine kleine grüne Lichtung inmitten der ringsum aufragenden Mietshäuser. Er musste sich ein Stück aus dem Fenster lehnen und den Kopf unnatürlich weit herumdrehen, um den blauen Himmel zu sehen, auf den sich bereits der Schatten der nahenden Nacht legte. Unten auf der Straße taten die Menschen das, was ihm selbst zehn Jahre lang verwehrt gewesen war: Sie lebten ihr normales Leben. Kamen von der Arbeit nach Hause, erledigten Einkäufe. Suchten einen Parkplatz für ihr Auto, schlossen ihr Fahrrad an oder trugen es in den Keller. Elias versuchte sich vorzustellen, wie sich der abendliche Alltag der Straßenmenschen fortsetzte. Kinder und Lebenspartner kamen heim, wurden begrüßt. Leute setzten sich an Abendbrottische, plauderten über den Tag oder hielten stille Zwiegespräche mit ihren Smartphones. Sie stritten und versöhnten sich, schlugen und liebten sich. Brachen noch einmal auf, um ins Kino oder Theater zu gehen. Um die letzten Stunden des Tages in einer der öffentlichen Anlagen Tischtennis zu spielen, Skateboard zu fahren oder mit einem

Bier in der einen und einem Joint in der anderen Hand mit Freunden abzuhängen. Das ganz normale Leben, das jedem freien Menschen offenstand.

Auch Elias war jetzt frei, zumindest auf dem Papier.

Zehn Jahre lang hatten die Gefängnismauern sein Leben bestimmt. Während er sich in der ersten Zeit vor allem von ihnen eingesperrt gefühlt hatte, hatte sich ihre Bedeutung im Lauf der Zeit unmerklich gewandelt. Irgendwann hatten die Mauern ihn weniger eingesperrt als geschützt. Vor der Welt da draußen, die sich stetig weitergedreht und von der er sich immer stärker entfremdet hatte. Und vor den Menschen, die die Gegenwart entlassener Mörder ungefähr so sehr schätzten wie Gourmetköche die Anwesenheit von Ratten.

Ein einzelner Spaziergänger unten auf dem Bürgersteig erregte Elias' Aufmerksamkeit. Es war ein Mann mittleren Alters mit Jeans und Lederjacke. Nicht weit von Elias' Hauseingang blieb er stehen, hob den Kopf.

Elias wandte sich ab und zog den schweren Vorhang vor das Fenster, bevor der Typ ihn sehen konnte.

Ein Reporter? Ein Stalker? Wahrscheinlich einfach ein zufällig vorbeilaufender Mann ohne weitere Bedeutung. Jetzt nur nicht durchdrehen, Elias!

»Wie wär's mit einem Deal?«, sagte er laut. »Ich lasse euch in Frieden. Und ihr mich dafür auch, abgemacht?« Er drehte sich Richtung Zimmer. Sein Blick wanderte über den Fernseher, den Wandschrank, den kleinen Tisch. Der Ausflug endete beim Schlafsofa.

Ihm graute vor der ersten Nacht in Freiheit.

Der Knast hatte ihn nicht nur vor der Welt da draußen beschützt. Mehr noch, das hatte er in einer der vielen unruhigen Nächte auf der durchgelegenen Gefängnismatratze verstanden, hatte er ihn vor sich selbst geschützt. Die durchstrukturierten Tage, die geringe Privatsphäre, die permanente Beob-achtung und überhaupt das Wissen, eine gerechte Strafe zu verbüßen, hatten die Gedanken und Gefühle ferngehalten, die wie lichtscheue Gespenster allenfalls in den dunkelsten Nacht-stunden aus den hintersten Ritzen seines Unbewussten her-vorgekrochen waren und mit knochenharten Fingern an sei-nem Verstand gekratzt hatten.

Was hast du getan, Elias? Du bist ein Mörder, Elias. Du hast ein Leben ausgelöscht. Niemand wird dir das verzeihen. Nie-mand wird dich lieben. Niemand wird dir je wieder trauen.

Am wenigsten du dir selbst.

In den Gefängnisnächten waren die Gespenster einige Se-kunden geblieben, höchstens Minuten, hatten ihn im Halb-schlaf oder in flüchtigen Albträumen aufgesucht, ihre Sprüche aufgesagt und waren wieder verschwunden. Verschreckt vom Schnarchen oder Furzen eines Mitgefangenen, den schweren Schritten eines Schließers draußen auf dem Gang oder von der durchs Gitterfenster dringenden Morgendämmerung.

Gefangen war Elias noch immer. Doch im Unterschied zu den meterdicken Gefängnismauern boten ihm seine neuen vier Wände nur geringen Schutz vor der Welt dort draußen – und überhaupt keinen vor seiner Gefühlswelt. Er wollte die Chance ergreifen, die sich ihm mit seiner Entlassung bot. Das wollte er unbedingt. Aber er fürchtete sich vor dem Moment, wenn er auf seinem Schlafsofa lag, das Licht löschte und die Gespenster aus ihren dunklen Löchern krochen, ihn anklag-ten und ihn mit seiner Schuld konfrontierten. Ihn, Elias. Den Mörder.

10

»Das ist er.« Freya tippte mit dem Zeigefinger auf den Monitor, auf dem ein halbes Dutzend Männergesichter abgebildet war. »Ralf Pontiak.« Sie öffnete die mit dem Foto verknüpfte Datei. »Ein Krimineller mit angeblichen Verbindungen zur Balkanmafia. Strafverfahren wegen Betrugs und Körperverletzung. Eine Bewährungsstrafe wurde widerrufen, deswegen hat er ein knappes Jahr eingesessen. Danach ist es still um ihn geworden.«

»Okay. Ich habe auch einen Treffer.« Tom saß vor seinem eigenen Bildschirm auf der gegenüberliegenden Seite des Schreibtisches. »Der Erschossene ist Tarik Simic. Ein Bosnier mit gesicherten Verbindungen zur organisierten Kriminalität. Sein Telefon ist bei der Kriminaltechnik. Die versuchen, die Anrufe auszuwerten.«

»Und die Männer und Frauen im Laderaum?«

»Junge Leute aus Südosteuropa. Moderne Arbeitssklaven, aber alle mit gültigen Papieren. Die Reisepässe und Visa lagen im Handschuhfach des Vans. Die Daten sind schon im System.«

»Okay.« Freya klickte sich durch die Menüs, bis zwei Passfotos ihren Bildschirm ausfüllten. Donika Malo und Arjana Guri, fünfundzwanzig beziehungsweise siebzehn Jahre alt. Die beiden Überlebenden des Massakers waren nicht verwandt, stammten jedoch aus demselben Dorf im Norden Albaniens an der Grenze zum Kosovo. Freya vergrößerte das Bild des Mädchens. Im Gegensatz zu dem verhuschten Wesen, das aus dem Kleintransporter geklettert und an der Hand der Älteren davongelaufen war, war die Arjana Guri auf dem Passbild ein bildhübscher Teenager mit dunklen Haaren und strahlenden Augen, aus denen Neugierde und Lebenswille strahlten. Für die Menschenhändler eigentlich ein Zwölfer im Lotto. Die Kleine wäre im gehobenen Prostituiertenmilieu für stattliche Summen herumgereicht worden. Wäre. Doch nun waren sie und ihre Begleiterin Donika die einzigen Überlebenden eines Massakers. Unliebsame Zeugen, die nichts mehr zu verlieren hatten und deswegen, davon mussten die Menschenhändler ausgehen, mit der Polizei zusammenarbeiten würden. Sie kannten Fahrtrouten und Zwischenstationen, hatten Gesichter gesehen, vielleicht Namen aufgeschnappt, wer weiß. Männer wie Ralf Pontiak würden es nicht riskieren, sie laufen zu lassen.

»Wir müssen los«, sagte Tom. »Wir sollten den Chef nicht warten lassen.«

Kai Sievers ließ sich die Vorfälle auf dem Schrottplatz detailliert schildern, betonte, dass Tom und Freya unter schwierigen Umständen richtig entschieden und besonnen gehandelt hatten. Er bot, wie in solchen Fällen üblich, eine vorübergehende Beurlaubung und psychologische Beratung an. Und, wie in solchen Fällen ebenfalls üblich, lehnten Freya und Tom beides ab.

»Die Balkanmafia.« Kai Sievers unterbrach die entstehende Schweigepause. Er zog die hohe Stirn in Falten. »Habe ich da etwas verpasst? Ich dachte immer, die sei vor etlichen Jahren von der Bildfläche verschwunden. Verdrängt von den Russen oder zersplittert in kleine rivalisierende Gruppen. Und jetzt das. Vier Leichen auf einem Schrottplatz. Ein Mann mit mutmaßlichen Verbindungen zu den Schleusern. Und zwei junge Frauen auf der Flucht. Das wird Wellen schlagen. Also, irgendwelche Ideen?«

Ralf Pontiak sollte noch am Abend europaweit zur Fahndung ausgeschrieben werden. Die Fotos der entkommenen Albanerinnen gingen an alle Kommissariate mit dem Hinweis, dass es sich um wichtige Zeuginnen und gefährdete Personen handelte. Bald würde jeder Hamburger Streifenpolizist und Zivilfahnder nach ihnen Ausschau halten. Mehr konnten sie nicht tun.

Nach einer halben Stunde, was in der Zeitrechnung des Chefs drei bis vier Zigarettenlängen entsprach, verließen Freya und Tom dessen Büro und schritten den schmalen Gang entlang, der am Besprechungsraum und der Küche vorbei zu ihrem eigenen Arbeitsraum führte. Es war kurz nach neunzehn Uhr und somit höchste Zeit für den Feierabend.

»Ich wusste gar nicht, dass du ein so guter Schütze bist.«

»Scharfschützenausbildung beim Bund«, sagte Tom und verzog Mund und Augenbrauen, als schämte er sich für diese Qualifikation.

Freya blieb stehen und wartete, bis Tom sich zu ihr drehte und sie ansah. »Danke«, sagte sie. »Dass du ihn erschossen hast. Wäre sonst knapp geworden.«

Tom nickte und schwieg.

»Dein erstes Mal?«, fragte sie. »Kommst du damit klar?«

»Nicht mein erstes Mal. Und ja, ich komme damit klar.« Er fuhr sich mit der Hand durchs kurz geschnittene dunkle Haar. »Es war überhaupt keine Frage, dass ich ihn erschießen musste. Andernfalls hätte er einfach weitergemacht. Wenn es je einer verdient hat, dann dieses Arschloch.« Er zuckte mit den Achseln. »Und trotzdem fühlt es sich merkwürdig an. Jedes Mal. Ich meine …« Er hob die Arme in die Höhe, ließ sie gleich wieder fallen. »Ein Mensch ist tot. Endgültig ausgeknipst. Und du warst es, der den Schalter gedrückt hat.«

»Verstehe«, sagte sie.

»Hast du schon mal …«, setzte er an.

»Ja, einmal«, sagte Freya. »Vor ungefähr vier Jahren. Im Streifendienst. Ein Fall von häuslicher Gewalt mit Geiselnahme. Ein besoffener Typ hatte seine Frau mit einem Küchenmesser bedroht, ihr die Messerspitze in den Hals gedrückt, es floss bereits Blut. Wir waren vor dem MEK am Einsatzort. Ich musste mich entscheiden. Ich habe geschossen und bin bis heute überzeugt, dass es richtig war. Der Kerl war nicht sofort tot, ist erst Tage später im Krankenhaus gestorben. Die Frau und die gemeinsame Tochter haben mir einen Brief geschrieben. Sie haben mich beschimpft und eine Mörderin genannt.« Sie schüttelte den Kopf. »Ich wünschte, ich könnte sagen, dass ich darüber hinweggekommen bin. Aber das wäre gelogen. Ich schaffe es, ausreichend oft nicht dran zu denken.«

Tom nickte. Sie standen sich schweigend im Flur gegenüber. »Sinnlos, dich zu fragen, ob wir noch was trinken gehen, oder?«, fragte er. »Ich glaube, etwas Gesellschaft täte uns beiden gut.«

»Ja.«

»Ja, was?«

»Ja, sinnlos.«

»Na denn.« Tom kniff die Lippen zusammen, nickte. »Wir sehen uns morgen.«

Er ging zurück ins Büro, Freya stieg direkt in den Fahrstuhl und drückte den Knopf für die Tiefgarage. Vielleicht hatte Tom recht, dachte sie, während die Kabine sich in Bewegung setzte. Aber irgendwas in ihr sträubte sich gegen die Vorstellung, in einer Bar abzuhängen, zu trinken, vertrauliche Gespräche zu führen und ihm am Ende zu stecken, dass der Abend spätestens unten an ihrer Haustür enden würde. Die Alternative? Auch nicht gerade einladend, aber unterm Strich das kleinere Übel. Sie würde nach Hause fahren, sich unterwegs irgendeinen Nudelscheiß vom Vietnamesen holen, ihn mit einer halben Flasche Wein runterspülen und versuchen, die Eindrücke des Tages aus dem Kopf zu vertreiben: die kaltblütigen Hinrichtungen auf dem Schrottplatz; die Schusswechsel, erst mit dem kahlköpfigen Schleuser, dann mit diesem dubiosen Ralf Pontiak. Und den Blick in das Gesicht der jungen Albanerin mit den dunklen Haaren und den wunderschönen Augen, aus denen jedes Strahlen verschwunden war. Die von einem neuen, aufregenden Leben in Deutschland geträumt hatte und in einem Albtraum erwacht war.

Sie stieg in ihren roten Golf, schnallte sich an, startete den Motor, brauste aus der Tiefgarage und hinein in die Abenddämmerung.

11

Arjana Gori wusste, dass sie und Donika sterben würden.

Vielleicht war es ihr siebter Sinn, der es ihr verriet. Ihre besondere Gabe, wie ihre Großmutter es immer genannt hatte. Oma war noch mit ihrer Romafamilie in Pferdewagen durchs Land gezogen und hatte sich mit Gaben dieser Art ausgekannt. Oder es war schlicht die Erkenntnis, dass sie beide nie wirklich eine Chance gehabt hatten, als sie sich in den Transporter gesetzt und ihr Leben in die Hände dieses Kahlkopfes und seiner Kumpane gegeben hatten? Durch ihre Flucht vom Autohof hatten sie ein paar Stunden gewonnen. Aber eigentlich waren sie bereits tot gewesen, als der Fahrer seine Pistole gezogen und entschieden hatte, sie der Reihe nach abzuschlachten wie eine Schar Gänse.

Arjana schüttelte sich und versuchte, die entsetzlichen Bilder und Geräusche der Schießerei aus ihrem Kopf zu vertreiben. Sie stand im Schatten eines Hauseingangs und musterte das viergeschossige Mietshaus auf der gegenüberliegenden Straßenseite, zu dem Donika sich aufgemacht hatte, um ihre alte Schulfreundin Svetlana zu kontaktieren, die dort wohnte und arbeitete. Die meisten Fenster des Hauses waren dunkel, lediglich in den oberen Stockwerken deuteten vereinzelte Lichter darauf hin, dass hinter den trostlosen Mauern Leute lebten.

Es war riskant gewesen, herzukommen, klar. Aber hatten sie eine Wahl? Dies war der einzige Ort, Svetlana der einzige Mensch, den Donika in der Stadt kannte. Die beiden konnten sich nicht endlos verstecken oder ziellos durch die Straßen irren. Vor Müdigkeit, Erschöpfung und Hunger konnten sie kaum noch stehen, brauchten ein Dach über dem Kopf, etwas zu essen und zu trinken und einen Platz zum Schlafen. All das versprach das Haus, das sich vor ihr in den Nachthimmel erhob. Hinter einem dieser Fenster wohnte Svetlana.

»Geh nicht!«, wollte sie ihrer älteren Freundin hinterherrufen. Aber sie presste die Lippen zusammen und ignorierte ihren siebten Sinn. Sie mussten das Risiko eingehen, dass die Helfer des Kahlkopfes ihnen hier auflauerten.

Donika ging, ohne sich umzudrehen. Sie überquerte die Straße und näherte sich dem Haus. Eine Halogenfunzel beleuchtete den Eingangsbereich, aber bereits die kleine Rasenfläche und die Hauswand zu beiden Seiten der Tür verloren sich in Finsternis.

Sie erreichte die Tür, beugte sich zum Klingelschild hinunter.

Arjana zuckte in ihrem Versteck zusammen. Hinter Donika tauchte eine Gestalt aus der Dunkelheit auf wie ein Gespenst aus der Unterwelt. Es war ein schlanker, mittelgroßer Mann in dunkler Kleidung, eine Kapuze über dem Kopf. Es konnte der Typ vom Schrottplatz sein. Der Kerl, der auf die Polizisten geschossen hatte und dem sie am Nachmittag nur knapp entkommen waren.

Arjana wollte schreien und ihre Freundin warnen, aber es war zu spät. War es schon immer gewesen. Also schob sie sich die Hand in den Mund, biss zu, so fest sie konnte, und unterdrückte den Schrei. Sie sah Donika zusammenzucken, als der Kerl sie an der Schulter packte und zu sich herumdrehte. Seine linke Hand griff nach ihrem Hals, in der rechten blitzte die Klinge eines Messers auf. Das Gespenst zog Arjanas Freundin vom Hauseingang weg und hinein in die Finsternis, aus der es gekommen war.

Sekunden vergingen, und Arjana hatte das Gefühl, selbst in

eine unendliche Dunkelheit zu stürzen. Donika war immer für sie da gewesen, nachdem ihre Mutter bei einem Verkehrsunfall ums Leben gekommen war. Statt ihrer hatte Donika mit Arjana gespielt, auf sie aufgepasst, sie erzogen, ermahnt, behütet und vor den größten Dummheiten bewahrt. Fast wie eine Schwester.

Gerade starb sie durch die Hand eines Teufels in Menschengestalt, und Arjana vermochte ihr nicht zu helfen. Vielleicht sollte sie losgehen und sich dem Mörder, der sie zweifellos ebenfalls suchte und früher oder später finden würde, ausliefern und ihrer Freundin auf diesem letzten Weg folgen.

Aber sie war unfähig, sich zu rühren. Also starrte sie weiter auf das gegenüberliegende Haus, den beleuchteten Eingang und den angrenzenden Schatten.

Die Gestalt kehrte zurück ins Licht. Sie hielt das Messer in der Hand, wischte mit einem Tuch über die Klinge. Sie ließ den Lappen fallen, das Messer verschwand in irgendeiner Innentasche, und dann stand sie einfach da. Die Haltung leicht gebückt, der Kopf angehoben. Ein Raubtier, das zwar Beute gemacht hatte, aber lange nicht satt war und nun erneut Witterung aufnahm. Arjana spürte, wie die Augen des Mannes nach ihr tasteten. Wie ein kaltherziger Verstand schlussfolgerte, dass dort, wo die ältere der beiden Freundinnen auftauchte, die jüngere nicht weit sein konnte. Und dass einer der dunklen Hauseingänge auf der gegenüberliegenden Straßenseite das naheliegende Versteck sein musste.

Das Raubtier setzte sich in Bewegung, und es kam direkt auf sie zu. Die ausladenden Schritte ließen keine Zweifel daran, dass es sein Ziel ausgemacht hatte und Arjana jagen würde, bis es sie erwischt und zur Strecke gebracht hatte. Ihr blieben bestenfalls Sekunden, um ihre Angststarre zu überwinden. Und um ihr Leben zu rennen.

12

Der Wetterbericht im Regionalfernsehen erlöste Elias aus einem surrealen Traum, in dem er verzweifelt versucht hatte, einem dunklen Nebel zu entkommen, der von allen Seiten auf ihn zukroch und ihn zu verschlingen drohte.

In der echten Welt erwartete ihn kein Nebel. Stattdessen: sonnige fünfundzwanzig Grad, kaum Wind, gegen Nachmittag vereinzelte Wärmegewitter mit lokalem Niederschlag. Der Wettermann turnte vor seiner Landkarte herum, die vielen gelben Sonnensymbole über dem Norden Deutschlands schienen ihn in einen Rausch zu versetzen.

Elias trug noch Jeans und T-Shirt vom Vortag und lag mit angezogenen Beinen unter einer Wolldecke auf dem Wohnzimmersofa, das sich mit wenigen Handgriffen eigentlich in eine halbwegs komfortable Schlafstätte umbauen ließ. Er erinnerte sich vage an eine Tierdoku im Spätprogramm des NDR über die generationsübergreifende Wanderung des Monarchfalters von Mexiko nach Nordamerika. Irgendwo jenseits der Sierra Nevada musste er vor dem laufenden Fernseher eingeschlafen sein.

Eine oben ins Bild eingeblendete Uhr zeigte die aktuelle Zeit an: kurz nach zehn. Wahnsinn! Als er das letzte Mal so lange geschlafen hatte, war er ein Teenager gewesen.

Elias zog die Wolldecke von sich herunter, streckte sich und setzte sich auf. Immerhin, dachte er, hatte er seine erste Nacht in Freiheit überstanden, ohne den Verstand zu verlieren. Der Traum vom dunklen Nebel war für ihn ein Horrortrip der harmlosen Sorte.

Heute kein Antreten und Schlangestehen im Essensraum.

Stattdessen konnte er sich gemütlich einen Kaffee machen, frühstücken und dann in aller Ruhe …

Das Fernsehbild schwenkte vom zappeligen Wettermann zu einer im Vergleich statuenhaften Nachrichtensprecherin.

»Hamburg«, verkündete sie und lächelte ihm verkniffen aus dem Fernseher entgegen. »Nach zehnjähriger Strafhaft ist gestern der sechsundzwanzigjährige Elias K. aus dem Gefängnis entlassen worden.«

Elias zuckte zusammen, als er seinen Namen hörte. Seine Hände tasteten nervös über das Polster und durch die Sofaritzen, sein Blick jagte durchs Zimmer. Wo war nur die Fernbedienung? Die Nachrichtensprecherin holte Luft für einen Nachschlag. »Anstaltspsychologen und psychiatrische Gutachter halten den Mann für allgemeingefährlich und hatten sich vehement gegen jegliche Haftlockerung zur Entlassungsvorbereitung ausgesprochen. Der Fall hatte vor zehn Jahren bundesweites Aufsehen erregt. Der damals Sechzehnjährige hatte …«

Die Fernbedienung. Verdammt. Der einzige Gegenstand in Griffweite war ein halb gefülltes Wasserglas, aus dem er gestern Abend getrunken hatte. Elias griff danach.

»… seine ein Jahr jüngere Adoptivschwester Laura brutal und ohne erkennbaren Anlass in einer einsamen Waldhütte …«

Das Wasserglas flog. Es zog seinen Inhalt als nassen Schweif hinter sich her und traf den Bildschirm ziemlich genau im Zentrum. Der Treffer stoppte die Sprecherin mitten im Satz. Ihr Bild gefror für eine Sekunde und ertrank dann in einem Meer bunter Pixel.

Das war's mit den Nachrichten. Und mit dem Fernseher.

Aber der Trip in seinem Kopf lief einfach weiter. Laura. Eigentlich hatte er gemeinsam mit ihr sterben wollen. Stattdessen war er in der Waldhütte erwacht, alles war voller Blut gewesen und ihr Gesicht …

Kalter Schweiß brach ihm aus. Vor seinen Augen flimmerte es, und ein bedrohliches Brummen schwoll in der Tiefe seines Schädels an, als wäre sein Gehirn kurz vor dem Durchbrennen. Sein Herz klopfte, der wilde Pulsschlag wummerte durch seinen Körper. Gleichzeitig schnürte sich seine Brust zusammen, das Engegefühl machte das Atmen schwer bis unmöglich.

Reflexhaft setzte Elias sich in Bewegung. Er sprang vom Sofa runter, stieß mit der Hüfte gegen die Tischkante, taumelte Richtung Wandregal und fing sich am Türrahmen ab. Die Anspannung wurde unerträglich.

Er torkelte weiter, landete im Badezimmer vor dem Waschbecken, riss den Wasserhahn auf, füllte sich die Handflächen, tauchte sein Gesicht in das kalte Wasser, wartete und hoffte, dass es besser würde.

Wurde es auch. Und noch mehr, als er die Prozedur ein zweites und zur Sicherheit ein drittes Mal wiederholte. Danach stand er japsend in seinem Minibad und fühlte sich zumindest gewappnet, ins Wohnzimmer zurückzukehren. Er holte tief Luft, schaute hoch in den Spiegel – und erstarrte.

Das Gesicht, das er vor sich sah, war nicht sein eigenes. Es war nicht einmal ein Gesicht. Lediglich eine dünne, blasse Haut bedeckte die Vorderseite des Kopfes. Dunkel verfärbte Vertiefungen markierten die Stellen, an denen eigentlich Augen, Nase und Mund zu erwarten wären. Und obwohl die Gruselvisage keine Augen hatte, fühlte Elias sich auf eine durchdringende Weise angestarrt. Durchleuchtet traf es vielleicht besser. Als wäre die durchschimmernde Gesichtshaut des Gruselwesens ein unheimliches Sinnesorgan, das ihm tief in die Seele blicken könnte.

»Nein!«, schrie Elias. Das Schauergesicht zerbarst, und er brauchte eine Sekunde, um zu begreifen, dass er seine Faust in den Spiegel gerammt hatte. Einzelne Scherben fielen herab und schepperten ins Waschbecken, die verbleibenden Stücke spiegelten ein blasses Gesicht mit vor Schreck weit aufgerissenen Augen – sein Gesicht. Immerhin.

Er hob seine Hand. Das Blut an den Fingerknöcheln und der einsetzende Schmerz brachten ihn endgültig zur Besinnung.

Was für ein kranker Psychoscheiß!, dachte er. Zumindest konnte er wieder denken. Und handeln.

Elias hielt sich an das Naheliegende. Er vergewisserte sich, dass keine Spiegelsplitter in der Haut steckten, wickelte sich Toilettenpapier um die verletzte Hand, ging ins Wohnzimmer und zog den Netzstecker des kaputten TV-Geräts aus der Dose, bevor auch im Fernseher eine Sicherung durchbrannte. Das Trinkglas war zerbrochen, und das Wasser hatte auf dem Fußboden eine Sauerei angerichtet. Er sammelte die Scherben auf, griff sich ein Geschirrhandtuch von der Spüle, wischte die Pfütze auf und versuchte, sich allein darauf zu konzentrieren. Wasser, Handtuch, wischen, trocknen. Nichts weiter. Ganz simpel. Es tat gut, sich abzulenken. Als er fertig war, hängte er das Handtuch über die Stuhllehne, schnappte sich den Mülleimer, ging wieder ins Bad und beseitigte die Spiegelscherben. Zurück im Wohnzimmer, stellte er den Eimer an seinen Platz unter der Spüle und hatte keine Idee, was er als Nächstes tun konnte.

Er wanderte zwischen der Küchenzeile und der Wohnzimmerwand hin und her. Immer einen Schritt nach dem anderen. Das machte es nicht besser, im Gegenteil. Die Luft im Zimmer kam ihm zu warm und stickig vor, der Raum zu eng, er brauchte gerade mal fünf Schritte von Wand zu Wand.

Zehn, wenn er den Umweg über den Flur nahm. Er riss das Fenster auf, vermied es dabei, sein Spiegelbild in der Glasscheibe zu betrachten.

Die Anspannung stieg trotz der frischen Luft. Er dachte an die Spiegelscherben im Mülleimer. Er könnte einfach eine der größeren in die Hand nehmen und …

»Reiß dich zusammen!«, rief er in die leere Wohnung. Unwillkürlich stellte er sich Doktor Fischer vor, den Psychologen, der ihn im Knast aufgesucht und bei dem er heute einen Termin hatte. Sofern er bis dahin nicht komplett durchdrehte.

»Blinde Panik hilft Ihnen nicht weiter. Versuchen Sie zu verstehen, was mit Ihnen los ist. Benutzen Sie Ihren Verstand.« Der imaginierte Malte Fischer sprach mit ihm. Das war kaum weniger irre als dieses Hautgesicht im Spiegel, aber es beruhigte ihn.

Alles ist los!, war der erste klare Gedanke, den er fassen konnte. Seine abgeschirmte Welt im Knast, so beschissen sie auch gewesen war, war Vergangenheit. Der Gegenwart fühlte er sich komplett ausgeliefert. Kein Wunder, dachte er weiter, wenn es in seiner Psyche drunter und drüber ging.

Puh. Er fuhr sich mit der Hand durch die Haare und über die Stirn. Die Haut war schweißnass. Aber die Anspannung wich.

Er checkte die Uhrzeit auf der kleinen Digitaluhr, die in den Backofen integriert war: halb elf. Um ein Uhr war sein Termin bei Doktor Fischer. Julius hatte sich für sechzehn Uhr angekündigt. Also: Arschbacken zusammenkneifen und durchhalten. Er sollte sich schon mal überlegen, wie er seinem Anwalt die Sache mit dem Fernseher und dem Badezimmerspiegel erklären konnte.

13

»Was für ein Schuppen«, sagte Freya. Wenn die Freie und Hansestadt Hamburg je einen Preis für das trostloseste, hässlichste und heruntergekommenste Gebäude der Stadt vergeben würde, würde sie ein Monatsgehalt auf das viergeschossige Mietshaus setzen, vor dem sie standen. Die Straße vor dem grauen Betonklotz war mit Polizeifahrzeugen zugestellt. Freya parkte ihren Golf in der zweiten Reihe neben dem weißen Kleinbus der Spurensicherung.

»In der Rotlichtszene nennen sie es den Balkanpuff. Die Betreiber sind Serben. Die Frauen stammen aus ehemaligen Sowjetrepubliken und Osteuropa.«

Sie stiegen aus. Ein kurzer Pfad aus schlecht verlegten Gehwegplatten führte zur Eingangstür des Mietshauses. Auf der Rasenfläche links vom Eingang hatten die Kriminaltechniker ein Behelfszelt aufgebaut und die umgebende Fläche mit Flatterband abgesteckt. Die Leute der Spurensicherung hatten sich in einigen Metern Entfernung als Gruppe zusammengefunden. Sie hatten ihre Arbeit bereits erledigt und verstauten ihre Tütchen, Plastikschalen und Reagenzgläser in großen Metallboxen. Auch die Ärztin von der Rechtsmedizin war offenbar schon wieder weg. Zwei ernst dreinblickende Herren in schwarzer Kleidung standen mit einer Trage vor ihrem Leichenwagen und warteten darauf, die Tote abzutransportieren.

Robert Kantig, ein von Freya wenig geschätzter Ermittler der Mordkommission, trat ihnen entgegen.

»Weiler und Svensson«, sagte er und klatschte in die Hände. »Welch Glanz in meiner Hütte. Wir wollten eigentlich gerade einpacken und verschwinden. Aber für die Kollegen von der Spezialabteilung bleiben wir natürlich gerne etwas länger.«

Freya sparte sich ihre Replik. Sie und Tom streiften sich Plastiküberzieher auf die Schuhe und folgten Kantig in den abgesperrten Bereich bis unters Zelt.

»Albanische Staatsbürgerin«, sagte der. »Sie wurde erstochen. Kein schöner Anblick. Aber ihr seid ja alte Hasen.«

Die Tote war mit einer weißen Plastikfolie bedeckt. Kantig packte die Bedeckung am oberen Ende und zog sie ab. »Voilà«, sagte er.

Das Mordopfer war mit Jeans, Bluse und Turnschuhen bekleidet. Freya erkannte Donika Malo auf den ersten Blick und versuchte vergeblich, den Kloß wegzuschlucken, der sich in ihrem Hals festsetzte.

»Ihr seht es ja selbst. Ein einziger Stich, genau durchs linke Auge und tief rein ins Hirn«, sagte Kantig. »Keine weiteren Verletzungen. Tatzeit laut Gerichtsmedizin zwischen elf Uhr abends und drei Uhr nachts. Keine Zeugen. Und ihr kennt die Tote?«

Tom nickte. »Donika Malo. Sie war eine der beiden Überlebenden des Blutbads gestern in Billwerder.«

»Also ein Mord im Auftrag des organisierten Verbrechens? Ungewöhnlich, dass die so einen Aufwand betreiben. Für ein einzelnes Mädchen. Was ist so besonders an ihr, dass die extra einen Killer schicken?«

»Sie hat die falschen Dinge gesehen und gehört, nehme ich an.« Freya zwang sich, den Blick von der Ermordeten abzuwenden, nahm stattdessen das Haus in Augenschein. »Was hatte Donika Malo hier verloren?«, fragte sie in die Runde.

»Wir gehen davon aus, dass sie eines der Mädchen aus dem Bordell kannte«, sagte Kantig. »Und das haben die, die hinter ihr her waren, vermutlich auch gewusst.« Er wies mit dem

Kopf Richtung Gebäude. »Wir waren bereits drin, haben alle befragt und Personalien aufgenommen.«

»Und?«, fragte Tom.

»Nichts. Wie immer in diesem Umfeld. Die Frauen schweigen, als hätte ihnen jemand die Lippen zugenäht. Neben zwölf Prostituierten gibt es einen jungen Kroaten mit Schlägerstatur, der sich selbst als Hausmeister bezeichnet. Und eine Art Puffmutter aus dem Kosovo, die gebrochen Deutsch spricht. Niemand will etwas bemerkt, geschweige denn die Tote gekannt haben. Es gibt da drinnen ein paar Videokameras, die Aufnahmen haben wir sichergestellt. Aber ich fürchte, falls uns die Spurensicherung kein Wunder beschert, laufen die Ermittlungen ins Leere.« Kantig wippte von einem Fuß auf den anderen. »Okay, Freunde der Sonne.« Er rieb die Hände aneinander. »Die Bestatter würden die Leiche gerne in die Gerichtsmedizin bringen. Wenn ihr alles gesehen und keine weiteren Fragen habt …«

»Wo sind die Frauen jetzt?«, fragte Freya.

Der Mordermittler deutete erneut zum Haus. »Im dritten Stock gibt es Wohn- und Schlafräume. Meine Leute sind vor zehn Minuten raus.«

»Ich brauche deren Daten«, sagte Freya. »Ich will etwas überprüfen.«

»Kann das nicht warten, bis …«

»Nein.«

Kantig schnaufte geräuschvoll durch die Nase. Aber dann machte er sich auf den Weg.

»Was für ein Arschloch«, sagte Freya. Leise genug, dass nur der neben ihr stehende Tom sie verstehen konnte. Sie sah sich um. Eine nachlässig gepflegte Grünfläche umgab das Haus, daran grenzten in einigem Abstand zu beiden Seiten dreistöckige, rot geklinkerte Wohnblöcke, denen das Elend nicht ganz so offensichtlich anzusehen war. Die Mietshäuser auf der anderen Straßenseite beherbergten im Erdgeschoss kleine Ladengeschäfte. Ein Obst- und Gemüsehändler, eine Bankfiliale, ein Handy- und ein Tabakladen sowie ein Schnellimbiss.

»Sie muss irgendwo hier gewesen sein«, sagte sie. »Arjana.«

Tom nickte. »Unwahrscheinlich, dass sie sich von ihrer Begleiterin getrennt hat. Hoffentlich hat Pontiak sie nicht auch erwischt.«

»Falls doch, finden wir vermutlich bald ihre Leiche. Aber wenn sie fliehen konnte …«

Kantig kam mit einem Stapel Zettel zurück, hielt ihn Freya unter die Nase. »Alles noch in Rohfassung«, sagte er.

Sie nahm die Blattsammlung an sich. »Dort drüben ist eine Sparkassenfiliale.« Freya wies mit der Hand in die entsprechende Richtung. »Die haben sicher eine Kamera im Eingangsbereich. Das sollten wir checken.« Sie überflog die handschriftlichen Notizen.

»Geht klar, Chef«, sagte Kantig mit erkennbarem Unwillen in der Stimme. »Kann wenigstens die Leiche weg?«

»Einen Moment.« Sie gab ihm die Zettelsammlung zurück, zog ihr Smartphone aus der Tasche, beugte sich dicht über den Oberkörper der toten Frau und schoss mehrere Fotos.

»Was soll das werden?«, fragte Kantig.

»Ich denke, ich weiß, wen Donika Malo treffen wollte. Eine Frau namens Svetlana Gjoka. Sie stammt aus demselben Dorf wie die Getötete. Aus dem Norden Albaniens, einem Ort nahe der kosovarischen Grenze. Ich möchte mit ihr reden. Und ja, die Leiche kann jetzt weg.«

»Also gut. Allerdings ist die Dolmetscherin vor ein paar Minuten abgedüst.«

»Das sollte auch so gehen. Ich nehme an, die Frauen sprechen etwas Deutsch.«

Kantig nickte. Mit ein wenig Fantasie ließ sich ein Hauch von Anerkennung in seinen missmutigen Gesichtsausdruck hineininterpretieren.

Die drei traten zum Hauseingang. Kantig drückte die Haustür auf, sie nahmen das Treppenhaus rauf in den dritten Stock.

Die Räume dort standen dem verkommenen Außeneindruck des Gebäudes in nichts nach. Ein knappes Dutzend Frauen saß in einer Art Wohnzimmer beieinander, verteilt auf Sofas, die reif für den Sperrmüll waren, hier aber offenbar eine Resteverwertung gefunden hatten. Einige der Frauen rauchten, viele hielten Kaffeebecher in der Hand, die meisten blickten betreten zu Boden. Eine der Frauen war unverkennbar schwanger. Freya schätzte die älteste auf Anfang dreißig, die jüngste, ein blasses Mädchen mit dünnen blonden Haaren, konnte kaum volljährig sein. Natürlich hatte sie wie alle anderen saubere Papiere. Formal waren diese Frauen mündige Bürgerinnen, die sich legal und freiwillig in einem EU-Land aufhielten. Tatsächlich waren sie moderne Sklavinnen, die mittels Gewalt, Einschüchterung und materieller Abhängigkeit von den Menschenhändlern zur Sexarbeit, seltener zum Betteln oder zum Drogen- und illegalen Zigarettenhandel gezwungen wurden. Kantig hatte recht. Ohne Weiteres würde keine von denen auspacken. Ein falsches Wort zur falschen Person, diese Gewissheit las Freya in den Gesichtern, und diese Frauen würden innerhalb kürzester Zeit genauso enden wie Donika Malo.

»Svetlana Gjoka?«, brach Freya das betretene Schweigen. Es vergingen einige Sekunden, bis eine Frau mit kräftiger brauner Mähne erst den Kopf, dann die Hand hob. Freya meinte, in ihren Augen einen Rest von Kraft und Kampfeslust zu erkennen. »Ich will mit Ihnen sprechen«, sagte sie. »Allein.«

Die Angesprochene zog die Schultern nach hinten, streckte den Rücken durch und stand auf.

»Am besten geht ihr unten in eines der Zimmer«, sagte Kantig. »Auswahl gibt es genug.«

Zu viert verließen sie den Wohnbereich, gingen schweigend durchs Treppenhaus in den zweiten Stock. Eine Tür führte in einen schmalen Flur mit dunkler Auslegeware, von dem mehrere durchnummerierte Türen abgingen. Freya wählte die mit der Nummer vierzehn. Dahinter lag ein kleines Zimmer von vielleicht zwölf Quadratmetern, das von einem großen Bett mit rosafarbenem Spannbettlaken und dazu passenden Kissen beherrscht wurde. Es gab noch eine Kommode und einen Beistelltisch, auf dem Gläser und eine leere Wasserkaraffe standen. Sie schob die Albanerin vor sich hinein, drehte sich zu Tom und Kantig. »Ich brauche zehn Minuten«. Kantig zuckte mit den Achseln, Tom nickte nur, er kannte Freyas Methoden inzwischen gut genug.

Freya schloss die Tür hinter sich, musterte die Decke und die Wände. »Gibt es Kameras oder Mikrofone?«, fragte sie. Entdecken konnte sie weder das eine noch das andere. Svetlana Gjoka schüttelte den Kopf. »Nur im Flur und unten im Treppenhaus.« Sie sprach fließend Deutsch mit hörbarem Akzent.

»Setzen Sie sich bitte.« Freya deutete auf das Bett.

Die Albanerin tat wie geheißen und nahm darauf Platz.

»Kannten Sie die Frau, die heute Nacht vor der Tür ermordet wurde?«, fragte sie.

»Ich habe bereits alles gesagt.«

»Ich weiß«, sagte Freya. »Niemand hat etwas gesehen oder gehört. Und niemand kennt Donika Malo. Das habt ihr alle ausgesagt. Und genauso wird es später in den Akten stehen.«

Der verschlossene Gesichtsausdruck der Albanerin entspannte sich etwas.

»Obwohl wir beide wissen, dass es eine Lüge ist«, sagte Freya. »Donika wollte zu Ihnen. Sie sind befreundet, nicht wahr? Sie kennen sich aus der Heimat. Aus einem Ort namens Kruma.«

Svetlana presste die Lippen aufeinander, senkte den Blick zu Boden. Und schüttelte den Kopf.

Freya zog ihr Mobiltelefon aus der Tasche. »Donika und ein junges Mädchen namens Arjana Gori sind zusammen mit anderen nach Hamburg geschleust worden. Es gab eine Auseinandersetzung. Der Fahrer hat drei Menschen kaltblütig erschossen. Donika und Arjana konnten als Einzige entkommen.«

Sie öffnete das Foto der ermordeten Frau auf ihrem Handy, hielt Svetlana das Bild vors Gesicht. »Das haben die ihr angetan«, sagte sie. »Und das werden sie auch mit Arjana anstellen, wenn die sie vor mir finden.«

Die junge Albanerin erstarrte beim Anblick der Toten. Nach einigen Sekunden wandte sie den Blick ab, schluchzte und presste sich die Hand auf den Mund.

»Also noch mal, Svetlana«, sagte Freya und steckte das Handy wieder weg. »Wie gut kannten Sie sich?«

Ihr Gesicht färbte sich rot, sie rang sichtlich mit den Tränen. »Wir waren befreundet«, sagte sie endlich. »Waren auf derselben Schule. Sie hatte mir geschrieben, dass sie nach Deutschland kommen will.« Sie biss sich auf die Lippen. »Ich habe ihr davon abgeraten und sie gewarnt. Und ich wusste nicht, dass sie Arjana mitbringen wollte. Ich kenne die Kleine von früher, Donika hat sich viel um sie gekümmert. Die sollte am allerwenigsten hier sein.«

Freya nickte. »Ich jage die Männer, die für das alles verantwortlich sind. Die Menschen mit falschen Versprechen in den Westen locken. Denen es egal ist, wie viele von euch dabei auf der Strecke bleiben. Die euch kaltblütig ermorden, wenn ihr ihnen gefährlich werdet. Und die nie aufhören werden, Mädchen und junge Frauen ins Unglück zu stürzen. Sie werden Arjana finden und sie umbringen. Es sei denn, ich hindere sie daran.«

Svetlana schüttelte den Kopf. »Niemand kann die aufhalten. Die sind zu mächtig.«

»Nun, ich bin nicht allein. Und ich lasse mich nicht einschüchtern.«

Der Blick der Albanerin sprach Bände: Was willst du kleine Polizistin schon ausrichten? Gegen die. Du hältst dich für stark. Du hältst dich für mutig. Du glaubst, du kannst es mit ihnen aufnehmen. Aber du irrst dich gewaltig. Und bevor du das überhaupt bemerkst, bist du bereits tot.

Aber, Einbildung oder nicht, Freya sah noch etwas anderes in den Augen dieser Frau. Hoffnung wäre ein zu großes Wort, eher eine Art verbissenen Trotz. Dass man wenigstens versuchen musste, sich zu wehren. Wenn man bereit war, den Preis zu bezahlen. Ein Gefühl, das Freya bestens vertraut war.

»Ich benötige Ihre Hilfe. Um Arjana zu retten. Und um die Hintermänner zu finden«, sagte Freya. »Wir brauchen Frauen, die mit uns zusammenarbeiten. Die uns sagen, was sie wissen.«

Sofort kehrte die Angst in Svetlanas Augen zurück. »Die kriegen es raus. Und dann bringen sie mich um.«

»Wir können Sie beschützen«, sagte Freya.

Svetlana schüttelte den Kopf. »Wir alle haben Familien. In Albanien. In Bosnien. In Bulgarien. Eltern, Geschwister, Neffen und Nichten, einige haben Kinder dort.« Sie sah hoch, und der Ausdruck von Ohnmacht und Hoffnungslosigkeit in ihrem Gesicht schnürte Freya die Kehle zu. »Können Sie die auch alle beschützen?«

Freya schluckte. Die Antwort konnte sie sich sparen. Stattdessen griff sie ins Innere ihrer Jacke, zog eine Brieftasche hervor, aus der sie ein Foto herausnahm. Sie hielt es in die Höhe. »Dieser Mann«, sagte sie. »Haben Sie den schon mal gesehen?«

Die Augen der Frau weiteten sich beim Anblick Ralf Pontiaks. Also ja. Aber sie schwieg.

»Okay.« Freya steckte das Foto wieder weg, holte stattdessen einen Fetzen Papier hervor, der aussah, als hätte ihn jemand von einem Blatt abgerissen. Ihre Visitenkarte für besondere Anlässe, auf der nichts stand außer ihrer Handynummer, wie beiläufig mit Kugelschreiber draufgekritzelt. Sie hielt der Albanerin den Zettel hin, er schwebte an ihrer Hand in der Luft. »Rufen Sie mich an. Wenn Arjana sich meldet oder bei Ihnen auftaucht. Oder wenn Sie reden wollen.«

14

Arjana Gori hatte sich in einem Hauseingang verschanzt und beobachtete das Treiben vor dem Mietshaus auf der gegenüberliegenden Straßenseite. Die Tränen rannen ihr in stetem Strom aus den Augen, und ihr Herz schlug wie verrückt. Dabei fühlte sie rein gar nichts. Weder beim Anblick der zugedeckten Leiche ihrer Freundin da drüben auf dem Rasen noch angesichts der Tatsache, dass sie keine Ahnung hatte, was sie tun sollte.

Ihr Körper hatte das Kommando übernommen. Sie verspürte Hunger und Durst, war müde und unendlich erschöpft, aber irgendein Überlebensinstinkt hielt sie davon ab, sich einfach an der nächstbesten Hausecke niederzulassen und sich ihrem Schicksal zu ergeben. Einem Schicksal, das höchstwahrscheinlich in Gestalt dieses Killers in der Nähe lauerte und darauf wartete, dass sie aufgab und nicht weiter flüchtete, wie sie es in der Nacht getan hatte. Der Typ, der Donika umgebracht hatte, war ihr hinterhergerannt, und er war schneller gewesen als sie in ihrem Zustand. Aber statt sich auf ein nächtliches Straßenrennen einzulassen, das sie nicht gewonnen hätte, hatte sie sich erneut versteckt, diesmal nicht in einem Hauseingang, sondern inmitten einer Ansammlung von Mülleimern in einem Hinterhof, an dem sie vorbeigerannt war. Sie hatte sich dort zusammengekauert, die Augen geschlossen und war nach Minuten voller Angst und Verzweiflung weggedämmert.

Sie war früh vom Lärm eines anrollenden Müllwagens erwacht und hatte sich davongemacht. Sie hatte nichts – kein Geld, kein Handy, kein Essen, nur das wenige, das sie am Leib trug. Der glatzköpfige Mann hatte bei Fahrtantritt alles einkassiert. Sie hatte sich zwei Äpfel und eine Banane vom Straßenstand eines Gemüsehändlers gegriffen und sofort verschlungen, kurz danach eine noch zu einem Drittel gefüllte Wasserflasche vor einem öffentlichen Mülleimer gefunden. Als Hunger und Durst notdürftig gestillt gewesen waren, war sie zur Straße vor dem Mietshaus zurückgekehrt und beobachtete seitdem das Polizeiaufgebot, das sich um ihre tote Freundin versammelte. Im Minutentakt drückte sie sich die Handkante zwischen die Zähne und biss fest zu. Das half ihr, sich zu besinnen, wenn die Gedanken und Gefühle mit ihr Geisterbahn fahren wollten. Und der Schmerz über den Tod ihrer Freundin und die Verzweiflung über ihre hoffnungslose Lage sie zu überwältigen drohten. Die Hand hatte sie inzwischen blutig gebissen.

Eine Frau mit roten Haaren beugte sich gerade über Donika und schoss ein Foto mit ihrem Handy. Es war dieselbe Polizistin, die auf den glatzköpfigen Fahrer geschossen hatte, der sie alle hatte umbringen wollen. Sie sprach mit zwei Männern, dann sah sie sich nach allen Seiten um und musterte schließlich die andere Straßenseite mit den Ladengeschäften, wo Arjana sich verborgen hielt. Sie zuckte vor Schreck zusammen. Fast kam es ihr vor, als suchte die Rothaarige nach ihr. Arjana drückte sich tiefer in den Hauseingang, um nicht entdeckt zu werden.

Der Polizei war nicht zu trauen, das hatten die Männer ihnen immer wieder eingebläut. »Menschen wie ihr seid für die nicht mehr als Dreck. Die machen mit euch, was sie wollen. Und dann lassen sie euch verschwinden.« Vielleicht war es nur Angstmache, aber Arjana wagte nicht, es auszuprobieren.

Der einzige Mensch, dem sie in dieser Stadt vertraute, lebte in dem gegenüberliegenden Mietshaus. Svetlana. Donikas Freundin. Sie musste einen Weg finden, mit ihr in Kontakt zu treten.

15

So musste sich ein Vogel fühlen, der zeit seines Lebens eingesperrt gewesen war und eines Tages durch die geöffnete Käfigtür in die Freiheit geschubst wurde.

Keineswegs frei, glücklich und unbeschwert. Sondern zutiefst verunsichert, gehemmt und in nahezu jeglicher Hinsicht überfordert. Der gestrige Fußweg mit Julius von dessen Kanzlei bis zur neuen Wohnung war die Trainerstunde und Generalprobe gewesen. Die laut Google Maps knapp einstündige Strecke zur Praxis von Doktor Fischer war der Härtetest. Elias zog sich den Schirm seines FC-St.-Pauli-Fancaps tief ins Gesicht und schlich aus dem Haus. Entgegen allen Befürchtungen lauerte ihm niemand vor der Haustür auf.

Der hibbelige Wettermann aus dem Fernsehen hatte nicht zu viel versprochen – die Sonne strahlte von einem blauen Himmel herunter und mit den Leuten um die Wette. Gefühlt war die halbe Stadt auf den Beinen. Aus dem nahen Park erklang das Geschrei spielender Kinder, es wimmelte von Radfahrern und Spaziergängern. Über die Straßen polterten kleine Autos, große Lkws und noch größere Busse, und hoch über ihm dröhnten Flugzeuge.

Wahrscheinlich ein ganz normaler Mittag in Hamburg. Für ihn war es ein alle Sinne malträtierendes Martyrium. Wenn er sich zukünftig nicht in seiner Wohnung verkriechen wollte, brauchte er dringend Kopfhörer.

Er versuchte, sich auf seine Aufgabe zu konzentrieren, und folgte der Route, die er mangels Handy zu Hause auf dem Computer ermittelt und sich eingeprägt hatte.

Am Kiosk vor der U-Bahn-Haltestelle kam er an einem Zeitungsständer vorbei. Er musste nicht einmal gezielt gucken, um sein halbherzig verpixeltes Gesicht auf der Titelseite der *Hamburger Tageszeitung* zu entdecken. Darüber die Schlagzeile in fetten Buchstaben:

MÄDCHENMÖRDER AUF FREIEM FUSS.
ER KÖNNTE IHR NACHBAR SEIN.

Wobei das ER nicht nur besonders fett, sondern auch in blutroter Farbe gedruckt war. Seine Muskeln froren ein, und er musste sich mächtig überwinden, um nicht an Ort und Stelle zu erstarren. Stattdessen gab er sich einen Ruck und schlich mit klopfendem Herzen weiter. Es war, als hätte ihm die Schlagzeile seine Verkleidung heruntergerissen. Soweit es ging, drückte er sich mit gesenktem Kopf an Hauswänden entlang, obwohl er sich denken konnte, dadurch erst recht Leute auf sich aufmerksam zu machen. Aber gerade ging es nicht anders. Er meinte zu spüren, dass sich anklagende Blicke auf ihn richteten, und der kalte Griff der Panik schloss sich um seinen Brustkorb.

Er zuckte zusammen, als ihm eine von mehreren Betreuerinnen flankierte Kindergartentruppe entgegenkam. Und er wollte sich in Luft auflösen, als sich ihm ein verwahrloster bärtiger Mann in den Weg stellte, ihm eine zerknitterte Ausgabe des *Hamburger Obdachlosenmagazins* entgegenstreckte und ihn um eine kleine Spende bat.

Elias schüttelte den Kopf, ohne wirklich hochzublicken, wich dem Mann aus und hastete weiter. Er musste dringend etwas tun. Sonst würde er innerhalb der nächsten Minuten durchdrehen.

Er blieb stehen und versuchte, sich zu konzentrieren. Laut Wegbeschreibung hatte er geschätzt die Hälfte des Fußwegs zur

Praxis von Doktor Fischer geschafft. Niemand hatte ihn bisher erkannt. Und selbst wenn die Zeitungsschlagzeile sich redlich bemühte: Hinter ihm herbrüllen und ihn verfolgen konnte sie nicht. Also eigentlich, hämmerte er sich in den Schädel, eigentlich war nichts los. Er stellte sich Doktor Fischer vor, sein freundliches Gesicht, die sympathische Stimme.

Elias zählte einige Atemzüge, nahm allen Mut zusammen, hob den Kopf und zwang sich, all die Menschen zu betrachten, die um ihn herumwuselten. Und ihn überhaupt nicht beachteten. Also weiter, sagte er sich. Sein Therapeut erwartete ihn. Er würde ihn nicht enttäuschen.

Gute zwanzig Minuten später betrat er den renovierten Altbau, in dem sich die Praxis von Doktor Fischer befand. Er schloss die Haustür hinter sich und gönnte seinen überreizten Sinnen einen Moment der Entspannung. Der Hausflur mit den alten Wandfliesen, den frisch gebohnerten Dielen und dem Treppengeländer aus dunklem Holz strahlte eine bedächtige Ruhe aus. Er stieg die Treppe hoch in den vierten Stock und betrat einen schmalen Zwischenflur.

Auf halbem Weg hockte eine junge Frau an der Wand. Sie weinte. Als sie ihn bemerkte, wischte sie sich über die Augen, setzte ein falsches Lächeln auf und sah ihn an. Sie hatte schulterlanges braunes Haar, trug Jeans und eine Fleecejacke. Neben ihr lag eine schwarze Umhängetasche.

Elias ging wortlos an ihr vorbei. Und blieb dann doch stehen, drehte sich zu ihr. »Alles in Ordnung?«, fragte er.

Sie schniefte, machte ein tapferes Gesicht und nickte. »Therapie halt«, sagte sie. »Ich bin nach den Stunden immer nahe am Wasser gebaut.« Sie griff in ihre Tasche, holte eine Packung Taschentücher hervor, nahm eines heraus und tupfte sich die Tränen weg. »Aber vermutlich weißt du ja, wie das ist.«

»Eigentlich nicht«, sagte er.

»Echt nicht? Aber du bist doch auch …« Sie deutete mit dem Kopf in die Richtung, in die der Praxiseingang lag. Die Schlussfolgerung lag nahe. An diesem Ende des Flurs gab es keine anderen Räume als die des Psychologen.

»Doktor Fischer ist ein toller Therapeut«, sagte die junge Frau, und ihr anfänglich aufgesetztes Lächeln füllte sich mit echtem Leben. »Er hat mir sehr geholfen, ich bin ihm unendlich dankbar. Noch vor ein paar Wochen habe ich mich kaum aus der Wohnung getraut. Und jetzt …« Sie rappelte sich hoch, griff nach ihrer Tasche. »Jetzt quatsche ich sogar fremde Männer an.« Sie war unwesentlich kleiner als er, aber deutlich kräftiger gebaut. »Entschuldige, ich sollte das nicht tun«, sagte sie.

»Ist voll in Ordnung.« Er lächelte sie an.

»Okay. Danke. Geht auch schon wieder.« Die junge Frau hängte sich die Tasche über die Schulter. »Na dann«, sagte sie. »Ich will dich nicht aufhalten. Deine Therapie beginnt bestimmt gleich.«

»Alles klar.«

Elias ging weiter den Flur entlang. Kurz bevor er um die Ecke bog, erklang erneut ihre Stimme. »Wie heißt du denn?«, fragte sie. »Ich bin Hannah.«

»Elias«, sagte er, und ein Gedanke schlich hinter seinen Worten her: Und ich bin ein Mörder.

16

»Wie kommen Sie zurecht, Herr Kandel?«, fragte Malte. Das Erscheinungsbild seines neuen Patienten beantwortete ihm die Frage eigentlich bereits. Der presste die Lippen aufeinander, sein Gesicht war noch blasser als bei ihrer Begegnung vor zwei Tagen in der Haftanstalt. Kandel ging gebückt, als erwartete er jederzeit einen heftigen Schlag in den Nacken. Lediglich in den Augen blitzte etwas auf, was ein Anzeichen von Hoffnung oder zumindest Neugierde sein mochte.

»Macht es Ihnen was aus, mich Elias zu nennen?«, fragte er.

»Kein Problem. Wenn Ihnen das lieber ist.«

»Danke.« Der junge Mann setzte sich auf den ihm zugewiesenen Platz der Sitzecke in Maltes Behandlungszimmer. Er ruckte auf dem Ledersessel hin und her, sein Blick irrte ziellos zwischen den Möbeln, den beiden Wandbildern und dem dunklen Teppich umher. »Können Sie mich nicht irgendwas fragen?«, sagte er. »Zu meiner Biografie, über die Tat, meine Entwicklung in der Haft oder so?«

Malte zuckte mit den Schultern. »Sie haben mit Dutzenden Psychiatern und Psychologen geredet. Ich bin mir sicher, dass Sie im Schlaf einen Text zu jedem dieser Themen aufsagen können. Ich möchte keine Konserven aufgetischt bekommen. Reden Sie über die Dinge, die Ihnen spontan in den Sinn kommen. Über Sachen, über die Sie noch nicht gesprochen haben. Oder schweigen Sie. Das ist auch okay.«

Elias blickte hoch und sah ihn an. Als suchte der junge Mann in Maltes Augen nach der Antwort auf eine Frage, die ihn brennend beschäftigte. Einer Frage, ahnte Malte, die etwas mit Vertrauen, Ehrlichkeit und Ernsthaftigkeit zu tun hatte.

»Also gut.« Elias' Körperhaltung straffte sich, er beugte sich vor, sein Blick wurde fest. »Ich habe Fehlwahrnehmungen«, sagte er. »Halluzinationen.« Seine Mundwinkel bebten, die Augen zuckten. Die Mimik eines Menschen, dachte Malte, der niemandem traute, sich jedoch mit dem Mut der Verzweiflung gegen sein tief verwurzeltes Misstrauen stemmte und sich dennoch öffnete. Weil ihm aus lauter Not keine Wahl blieb.

»Es ist ein Gesicht, das von einer dünnen Haut überspannt ist. Statt Augen, Mund und Nase sind nur dunkle Flecken zu sehen. Es ist oft in Albträumen aufgetaucht, erstmals wenige Wochen nach meiner Verhaftung, in einer quälend langen Nacht in der Jugendstrafanstalt. Von da an kam es immer wieder. Die Träume sind stets gleich: Ich flüchte vor jemandem. Aber so schnell ich auch bin, so gut ich mich verstecke, am Ende steht der Verfolger vor mir. Ich versuche davonzukriechen, zumindest meinen Kopf wegzudrehen oder die Augen zu schließen, aber all das hilft nicht. Das Hautgesicht lässt nie von mir ab. Es ist wie ein Sinnesorgan, das in mich hineinleuchtet, das nach mir greift und mich nicht mehr loslässt. Heute Morgen hat dieses Ding mir aus meinem Badezimmerspiegel entgegengestarrt. Das habe ich nicht geträumt, da war ich wach, verstehen Sie? Ich habe mit meiner Faust den Spiegel zerschlagen.«

Das Abbild des Schreckens stand Elias deutlich im Gesicht. Er fuhr sich mit den Händen durch die Haare, und Malte bemerkte die frischen Schnittverletzungen an den Fingern seines Patienten. »Ich verstehe«, sagte er.

»Ich glaube nicht, dass ich das sehr lange aushalte.«

»Was ist die Alternative?«

Elias zögerte, presste die Lippen aufeinander. »Ich weiß es auch nicht.«

»Wenn Sie Selbstmordgedanken haben, müssen Sie mir davon berichten«, sagte Malte.

»Und dann?«

»Dann besprechen wir, was Ihnen helfen kann. Oder ob Sie noch weitere Unterstützung brauchen.«

Der junge Mann verschränkte die Arme vor dem Körper, schüttelte den Kopf. »Ich gehe sicher nicht in eine Klinik, wenn Sie das meinen. Ich werde nie wieder zulassen, dass hinter mir eine Tür verschlossen wird, zu der ich nicht den Schlüssel habe.«

»Dann sollten wir dafür sorgen, dass keine Situation eintritt, die das notwendig macht.«

»Und wie machen wir das?«

Malte zuckte mit den Schultern. »Indem wir versuchen zu verstehen, was diese Trugwahrnehmung bedeutet?«

»Okay.« Elias zog lautstark Luft durch die Nase. »Sie glauben, dass sie mehr bedeutet, als dass ich verrückt werde?«

»Natürlich.«

»Und was?«

»Sagen Sie es mir!«

»Schuldgefühle. Wegen des Mordes an Laura. Es ist mein schlechtes Gewissen, das mich verfolgt.«

»Eine naheliegende Erklärung. Fühlen Sie sich denn schuldig?«

»Ich bin schuldig.«

»Das ist etwas anderes.«

»Wie soll ich mich schuldig fühlen, wenn ich mich an die Tat nicht erinnern kann?« Elias schüttelte kaum sichtbar den Kopf. »Der Psychiater, der mich damals begutachtet hat, meinte, dass die Erinnerungen durch die Schlaftabletten unwiederbringlich ausgelöscht worden sind.«

»Das wäre möglich«, sagte Malte. »Genauso gut könnten Sie

einen Teil der Erinnerungen verdrängt haben, das ist keineswegs ungewöhnlich für Extremsituationen. Wenn dem so wäre, können wir sie vielleicht zurückholen.«

Elias schüttelte bereits den Kopf, bevor Malte den Satz beendet hatte. »Ich bin durch damit, verstehen Sie?« Er sprach leise, klang gereizt. »Ich habe gefühlt tausendmal erzählt, woran ich mich erinnern kann. Ich habe tage- und nächtelang mein Gehirn zermartert, um zumindest den Hauch einer Erinnerung zu erhaschen.« Er hob die Hände, presste sie sich wie unwillkürlich von beiden Seiten gegen den Kopf. »Es hat mich fast zerrissen. Ich stand in den drei Monaten der U-Haft mehrmals vor dem Suizid, und ich hätte es auch hingekriegt, trotz der Vierundzwanzig-Stunden-Überwachung. Ich habe mich aber nicht umgebracht. Stattdessen habe ich einen Deal geschlossen. Mit mir selbst.«

»Einen Deal? Welcher Art?«

»Der Gutachter damals meinte, dass die Chance von Woche zu Woche sinkt, dass die Erinnerung zurückkommt. Also habe ich mir eine Frist gesetzt. Wenn ich mich nach einem halben Jahr nicht erinnern kann, wollte ich auch so akzeptieren, dass ich Laura umgebracht habe. Und versuchen, damit zurechtzukommen. Punkt. Sie können sich vorstellen, dass die Strafhaft das reinste Martyrium für mich war. Aber ich habe versucht zu überleben. Um irgendwann freizukommen und eine zweite Chance zu erhalten.«

Malte nickte. Der junge Mann wollte sich ein Leben aufbauen, statt in der Vergangenheit herumzuwühlen. Natürlich konnte Malte das verstehen. Aber auf einer tieferen Ebene, das war für ihn ebenso offensichtlich, rang Elias um seine seelische Integrität. Der verzweifelte Kampf eines Mannes gegen den totalen psychischen Zusammenbruch.

»Überlegen wir doch gemeinsam, was Ihnen helfen kann,

sich zu stabilisieren«, sagte er. »Es gibt eine ganze Reihe von Übungen und Skills. Etliche kennen Sie vielleicht bereits, manche aber auch nicht.«

Elias' Körperhaltung entspannte sich merklich. Er nickte. Die Arbeit an der Tat und den schwierigen biografischen Themen würde warten müssen, dachte Malte. Der Wahnsinn klopfte laut an die Tür, und Elias sah für sich nur die Flucht aus dem Fenster. Maltes Job bestand jetzt erst mal darin, ihm beizubringen, besser mit der Angst umzugehen. Und ihm zur Not ein Sprungtuch bereitzulegen.

17

Elias schloss die Praxistür hinter sich, ging durch den Flur und weiter durchs Treppenhaus. Er fühlte sich, als hätte ein Paar unsichtbarer Hände sein Gehirn kräftig durchgespült und ausgewrungen.

Er wusste nicht so recht, was er über seinen neuen Therapeuten denken sollte. Er hielt ihn für kompetent, klug und aufrichtig. Darüber hinaus fiel es ihm ungewohnt schwer, sich ein Bild von Doktor Fischer zu machen. Dessen Behandlungsraum strahlte eine fast schon auffällige Unauffälligkeit aus. Schreibtisch, Sessel, Couch, Bücherregal und Teppich waren weder besonders chic noch schäbig. Der Psychologe trug keinen Ehering, auf dem Tisch standen keine Fotos von Frau oder Kindern, überhaupt mangelte es komplett an persönlichen Sachen. Die Bücher im Regal waren, soweit er das hatte sehen können, allesamt Fachbücher. Die beiden Wandbilder zeigten verschachtelte geometrische Figuren vor bunten Hintergründen und hätten ebenso im Wartezimmer eines Zahnarztes oder im Büro eines Steuerberaters hängen können. Jenseits der ganzen professionell freundlichen Fassade hatten selbst Elias' superfeine Antennen nichts über das Gefühlsleben, die Motive, Ängste und somit mögliche Schwachstellen des Therapeuten aufgespürt. Er war es gewohnt, seine Wahrnehmung auf sein jeweiliges Gegenüber auszurichten, und vertraute darauf, mithilfe seiner Eindrücke und seines psychologischen Wissens durch das Gespräch zu navigieren.

Doktor Fischer hatte ihm nichts geboten, woran er sich hätte orientieren können. Also hatte er die Flucht nach vorn angetreten und von seinen Ängsten gesprochen. Die Sitzung hatte sich angefühlt wie ein Blindflug durch unbekanntes Terrain.

Und ja, Fischer hatte gut reagiert. Er hatte Elias nicht bedrängt, die Vergangenheit aufzuarbeiten, sondern ihn aktiv darin unterstützt, nach vorne zu schauen. Und ihm einige Stabilisierungsübungen sowie einen Termin in zwei Tagen mitgegeben. Eigentlich kein schlechter Start. Allerdings hatte Elias keine Ahnung, ob das ausreichte, um ihn vor dem Wahnsinn zu bewahren.

Er schob die Haustür auf, trat ins Freie, und wie immer fühlte er sich von der Wucht des Verkehrslärms, dem grellen Licht und dem Smoggestank der Stadt überwältigt. Aber es gelang ihm zusehends schneller, sich zu fangen. Zumal etwas anderes seine Aufmerksamkeit band. Unten an der Straße stand die junge Frau mit der schwarzen Umhängetasche, die er oben auf dem Hausflur weinend vorgefunden und angesprochen hatte.

Hannah sah ihn, lächelte, ihre Wangen färbten sich rot. »Ich ... ich habe auf dich gewartet«, sagte sie, als würde sie damit mehr erklären als das Offensichtliche.

»Äh, ja«, sagte er.

Ihre Hände verknoteten sich unwillkürlich am Saum ihrer Fleecejacke. »Ich wollte mich bei dir bedanken«, sagte sie. »Dass du mich da oben angesprochen und getröstet hast. Das war total lieb von dir. Ich dachte, vielleicht könnten wir, nun ja ...«

»Ein Stück zusammen gehen? Und einen Kaffee trinken?«

Hannah nickte und strahlte ihn an, und Elias spürte mit unendlicher Erleichterung, wie sich seine Antennen von seinem Innenleben abwandten, weg von schwer zu durchschauenden Psychologen, verrückten Hautgesichtern, unterdrückten Schuldgefühlen und verschwundenen Erinnerungen, und sich stattdessen auf die Gefühlswelt der verunsicherten jungen Frau richteten. Er betrat sicheres Terrain.

18

Tatsächlich mochte Hannah gar keinen Kaffee. Das beichtete sie ihm am Verkaufstresen einer nahe gelegenen Bäckerei und bestellte sich stattdessen eine Cola mit Strohhalm. Elias nahm einen Coffee to go. Gemeinsam schlenderten sie die Straße runter, der Weg führte grob Richtung Hafen. Es war einiges los. Das schöne Wetter lockte Fußgänger und Radfahrer hervor, die vielen Autos waren ohnehin allgegenwärtig. Er versuchte, die Geräusche, das grelle Licht und die Gerüche auszublenden und sich stattdessen auf seine Begleiterin zu konzentrieren.

»Eigentlich bin ich total schüchtern und ängstlich«, sagte sie und nuckelte an ihrem Strohhalm. »Ehrlich gesagt bist du der erste Typ überhaupt, den ich angesprochen habe.«

»Wieso ich?«, fragte er.

Sie lächelte, und es wirkte schon viel gelöster. »Ich dachte mir, jemand, den Doktor Fischer als Patient annimmt, kann kein schlechter Mensch sein.«

»Du scheinst ja eine Menge von ihm zu halten.«

Sie nickte eifrig. »Eine Bekannte hat ihn mir empfohlen. Ich wurde vor vier Monaten nachts auf offener Straße überfallen.«

»Oh. Das tut mir leid«, sagte er.

»Ich war echt im Arsch. Hatte Panikattacken, habe mich nicht mehr auf die Straße getraut. Doktor Fischer macht eine Traumatherapie mit mir. EMDR. Das hilft total. EMDR steht für Eye Movement Desensitization …«

»… and Reprocessing. Ich weiß.«

»Du kennst dich aus?«

Elias nickte. »Ich habe einiges darüber gelesen.«

»Oh.« Sie blieb neben ihm stehen, sah ihn mit großen Augen an. »Hast du denn auch, ich meine …«

»Ein Trauma? Nein. Also, ich glaube nicht.«

Hannah wartete einige Sekunden, ob er mehr erzählen würde, was Elias nicht tat. Was hätte er auch sagen sollen? Ich habe ein Mädchen umgebracht, und der Anblick ihres zerstochenen Gesichts geht mir seitdem nicht mehr aus dem Kopf. Ach ja, willst du noch eine zweite Cola?

»Weswegen bist du dann bei Doktor Fischer?« Hannah sah ihn neugierig an, und Elias war gleichsam erschlagen wie fasziniert von der Direktheit der jungen Frau.

»So ein Gefühlsding«, sagte er. »Ich bin hochbegabt und hochsensibel. Sagen zumindest diverse Leute, die sich angeblich damit auskennen. Ich kann mir alle möglichen Sachen merken und komplexes Zeugs verstehen. Ich bin empfindlich bei Geräuschen und Gerüchen. Und ich spüre die Emotionen anderer Menschen. Aber was mit mir selbst ist, kann ich so gut wie gar nicht fühlen.«

»Du erkennst, was ich gerade fühle?«, sagte Hannah.

Elias nickte.

»Krass!« Ein freches Blitzen funkelte in ihren Augen. »Und? Was fühle ich denn gerade?«

»Das geht vielleicht doch ein wenig zu weit. Ich meine …«

»Du traust dich nicht? Oder kannst du es gar nicht? Das heißt, du bist entweder ein Feigling oder ein Lügner.«

»Also gut.« Elias neigte den Kopf zur Seite, sah sie an. Er musste sich nicht besonders anstrengen. Keinen Trick anwenden oder so, nicht die Augen schließen und sich auf irgendwelche esoterischen Schwingungen konzentrieren. Er musste nur ablesen und aussprechen, was bereits offen vor ihm lag.

»Du willst mich provozieren«, sagte er. »Du willst interessant erscheinen, frech und mutig, weil du glaubst, dass mir das gefällt. Aber eigentlich bist du vor allem ziemlich aufgeregt und hast Angst, etwas falsch zu machen. Du …« Puh, das wurde jetzt echt schwer. »Du bist es nicht gewohnt, dass Männer sich für deine Gefühle interessieren. Dein Doktor Fischer, den du übrigens gnadenlos idealisierst, ist da die große Ausnahme. Von mir fühlst du dich auch gesehen. Deswegen interessierst du dich für mich. Und versuchst zu flirten. Und gerade …« Er senkte den Blick. »Gerade wirst du verlegen, schämst dich, kämpfst mit den Tränen und wünschst dir, du hättest mich nicht provoziert.« Er sah kurz zu ihr hoch. »Um das zu erkennen, muss man übrigens nicht hochsensibel sein.«

Hannah nickte, ihre Augen glänzten. »Das war jetzt echt heftig.« Sie presste die Lippen zusammen, schluckte einen unsichtbaren Gefühlskloß hinunter.

»Tut mir leid«, sagte er. »Ich wollte dich nicht in Verlegenheit bringen.«

»Schon okay. Ich habe dich ja herausgefordert. Aber vielleicht gehen wir jetzt einfach. Du in die Richtung, ich in die andere. Du hast recht mit allem, was du gesagt hast. Und das bedeutet, dass ich es ziemlich verbockt habe.«

»Nein! Bitte nicht.« Elias hob die Hände in die Höhe. »Es war mein Fehler. Ich hätte dich nicht so beim Wort nehmen sollen. Ich möchte dich gerne näher kennenlernen. Ich hatte übrigens auch seit Ewigkeiten kein Date mehr.«

Hannah verkniff die Augen, und es dauerte nur wenige Sekunden, bis darin wieder die Sonne aufging. »Okay«, sagte sie. »Aber dann reden wir jetzt über deine Gefühle.«

»Ich fürchte, da gibt es nicht viel zu reden.«

»Was ist zum Beispiel mit Traurigkeit?«, fragte sie.

Elias zuckte mit den Schultern. »Was sollte damit sein?«

»Fühlst du dich je traurig? Wann hast du das letzte Mal geweint?«

»Ganz ehrlich?«

»Nein, natürlich nicht. Das habe ich nur so gesagt. Erzähl mir einfach irgendeinen Scheiß.«

»Okay, kapiert, sorry.« Elias fuhr sich mit der Hand übers Kinn. »Gerade eben war ich traurig. Vor ein paar Minuten. Als du beinahe geweint hättest. Das hat mich angesteckt.«

»Verstehe«, sagte sie. »Da hast du mit mir mitgefühlt. Aber dass du selbst traurig warst, über etwas Eigenes …«

Elias verzog die Mundwinkel. Schüttelte langsam den Kopf. »Klar gibt es immer wieder traurige Situationen. Aber ich fühle dann nichts. Nur so eine innere Anspannung. Eine Art Knoten im Bauch.«

»Du spannst dagegen an. Du wehrst dich gegen deine Gefühle, nichts weiter.«

»Aha«, sagte er.

»Ich habe das früher auch gemacht«, sagte sie. »Vielleicht nicht so krass wie du.«

»Und du hast das überwunden? Mithilfe von Doktor Fischer?«

»Nein, das ist schon länger her. Ich habe ein paar Jahre Theaterpädagogik studiert, eine Schauspiellehrerin hat es mir gezeigt«, sagte sie. »Schauspieler arbeiten ständig mit Gefühlsausdrücken und lernen richtig viel darüber, wie Gefühle entstehen, wie man sie verstärken und Blockaden lösen kann.«

»Und das funktioniert?«

»Wenn du willst, zeig ich's dir.« Sie lockerte die Schultern, sah sich um. Sie hatten den halben Weg Richtung Hafen zurückgelegt und standen am Rand einer kleinen Grünfläche, die von Joggern und Spaziergängern bevölkert wurde. Hannah atmete tief durch. »Okay, das wird jetzt mein persönlicher *Harry und Sally*-Moment.« Hannahs Gesichtsausdruck erstarrte. Genauer gesagt waren es nur die Augen. Sie sah ihn an, ohne zu blinzeln. Nach etlichen Sekunden bildete sich ein erster feuchter Glanz. Ihr Kinn fing an zu zittern, ihr Brustkorb bebte, ein gequälter Seufzer fuhr aus ihrem Mund, und von da an ging es schnell. Ihr Gesicht färbte sich rot, dicke Tränen kullerten ihr über die Wangen, sie kniff die Augen zusammen und brachte eine Salve an Schluchzern hervor.

Elias war baff. Das Weinen war absolut überzeugend. Elias fühlte, wie Hannahs Trauer ihn ergriff, obwohl er wusste, dass es nur gespielt war. Er musste sich zusammenreißen, sie nicht an sich zu ziehen und in die Arme zu nehmen oder zumindest ihre Schultern zu umfassen. Aus den Augenwinkeln sah er, dass einige Passanten sich zu ihnen umdrehten.

Dann hörte sie auf, von einer Sekunde auf die andere. Sie grinste ihn an, wischte sich mit dem Ärmel ihrer Fleecejacke die Tränen aus dem Gesicht.

»Echt krass«, sagte Elias.

»Eigentlich ist es nicht schwer«, sagte sie. »Wenn der erste Gefühlsknoten gelöst ist, wird es immer einfacher. Dann denkst du an Momente, in denen du Freude, Trauer oder Wut empfunden hast. Oder du begibst dich gezielt in solche Situationen und spürst intensiv in dich hinein. Wichtig ist, locker zu bleiben, denn Druck hilft da nicht weiter. Beobachte, was sich in dir regt! Und nimm es an!«

»Ich wünschte, ich könnte das.«

»Wenn du magst, helfe ich dir dabei.«

»Bist du sicher? Wie willst du das anstellen?«

»Fangen wir doch gleich an.« Sie sah sich um, zeigte auf eine Bank. »Komm, wir setzen uns kurz hin«, sagte sie.

Sie entsorgten Colaflasche und Kaffeebecher in einem Mülleimer und nahmen nebeneinander Platz.

»Punkt eins«, sagte sie. »Reiß die Augen auf. Du darfst nicht blinzeln, dann kommen die Tränen fast von ganz allein. Und dann musst du an etwas denken, das wirklich traurig ist. Das muss nicht unbedingt dich betreffen.«

Elias tat, wie geheißen. Nach einigen Sekunden begannen die Augen zu brennen, es bildete sich ein leichter Druck. Auch in seinem Bauch regte sich etwas.

»Und, spürst du was?«, fragte Hannah.

Elias nickte. »Ja. Da ist wieder dieser Knoten.«

»Wo fühlst du ihn?«

Elias tippte sich auf einen Punkt zwischen Bauchnabel und Brustbein. »Genau da.«

»Das sitzt das Zwerchfell«, sagte Hannah. »Du spannst es zu sehr an. Mach mal die Augen zu.« Sie ruckte näher an ihn heran – und legte ihre Hand auf seinen Bauch. Elias stockte der Atem.

»Spür einfach hin«, hörte er ihre Stimme dicht an seinem Ohr. »Ruhig atmen. Und zulassen, was kommt.«

Tatsächlich passierte etwas. Das Druckgefühl löste sich auf, stattdessen spürte er den Druck ihrer Hand, kurz darauf die Wärme ihrer Haut, dazu ein feines Kribbeln, so als würde die Berührung eine unsichtbare Energie zwischen ihnen freisetzen. Es war unheimlich. Und ziemlich schön.

Trauer fühlte er nicht, aber Tränen rannen ihm dennoch aus den Augen. Komplett ungewohnt für ihn. Aber nicht unangenehm. Es musste unendlich lange her sein, dass er so nah und vertraulich mit jemandem zusammengesessen hatte.

Genau genommen waren es ziemlich genau zehn Jahre. Damals war er mit Laura in die Waldhütte gefahren, sie hatten die Köpfe über ihren Mathebüchern zusammengesteckt und …

In ihm gefror alles. Er kniff die Augen so fest zusammen, wie er konnte. Und trotzdem sah er Hannahs Gesicht. Sie lächelte. Ihr linkes Auge ertrank in einer blutigen Pfütze.

»Nein!« Elias packte ihre Hand und drückte sie von sich weg. Er riss die Augen auf, das Horrorbild verschwand, stattdessen sah er die echte Hannah, die heftig zusammenzuckte und vor ihm zurückwich.

Elias presste sich die Hände vors Gesicht und spürte einen Film feuchter Tränen.

»Scheint zu funktionieren«, sagte sie. Sie rückte wieder an ihn heran, legte ihm die Hand auf die Schulter. »Besser als gedacht.«

»Es ist …« Er wischte sich über die Augen, blinzelte. Hannah sah ihn freundlich an. Angst, dachte er. Du solltest Angst haben vor mir. Ich bin ein Mörder. »… vielleicht ein bisschen viel gerade«, sagte er.

»Klar, verstehe ich. So was braucht Zeit.« Sie streichelte ihm über den Arm. Die erneute Berührung jagte ihm einen Schauer über den Rücken. »Ich glaube, jetzt sind wir quitt, oder?« Sie grinste. »Dann ist der Augenblick gekommen, wo du mich nach meiner Handynummer fragen musst«, sagte sie.

»Wie ist deine Nummer?«

Sie sagte die Zahlen auf. Elias nickte.

»Die kannst du dir einfach so merken?«

Er zuckte mit den Schultern. »Hochbegabt halt«, sagte er.

»Na gut. Aber wehe, du meldest dich nicht.«

Elias hätte ohne weitere Umwege nach Hause gehen sollen. Hätte er wirklich. Zur Not hätte er einen Abstecher in einen der nahe gelegenen Parks oder runter zum Hafen machen können, um sich irgendwie in den Griff zu kriegen. Stattdessen wartete er, bis Hannah hinter der nächsten Straßenecke verschwand, und folgte ihr in sicherem Abstand. Er wusste selbst nicht, warum er das tat. Er war aufgewühlt, verwirrt – und wollte sie nicht einfach gehen lassen.

Hannah marschierte die Straße entlang Richtung Hafen bis zur U-Bahn, die hier an der Elbe oberirdisch verlief und einen tollen Ausblick auf die Landungsbrücken und die auf der anderen Flussseite gelegene Werft und den Containerhafen bot. Hannah hatte sich Kopfhörer aufgesetzt und war mit ihrem Handy beschäftigt. Er nahm den Waggon hinter ihr, behielt sie durch die an den Wagenenden eingelassenen Fenster im Blick. Drei Haltestellen später stieg sie aus, und Elias schlich ihr hinterher, raus aus der Station, eine vierspurige Hauptstraße entlang, hinein in ein Wohngebiet und weiter bis zum Ende einer kleinen Seitenstraße, wo sie einen Schlüssel aus der Umhängetasche zog und in dem Eingang mit der Hausnummer 143 verschwand.

19

»Svetlana Gjoka hat Pontiak auf dem Foto erkannt, da bin ich mir sicher. Aber sie hat, wie alle anderen dieser Frauen, zu große Angst.«

Kai Sievers nickte mit ernstem Gesicht.

Das Problem war altbekannt. Die Behörden konnten gefährdeten Personen einen umfassenden Zeugenschutz bieten. Der Schutzschirm funktionierte in Deutschland, endete aber spätestens an den Außengrenzen der EU. In den südosteuropäischen Staaten brauchte man verlässliche Kontakte, um etwas zu bewegen. Fakt war: Die Familien der Frauen in deren Heimatländern waren Freiwild für die Menschenhändler und damit das perfekte Druckmittel, um sie zum Schweigen zu bringen.

Der Chef erhob sich von der Kante der Tischplatte, trat um den Tisch herum, rückte seinen Stuhl zurecht und nahm darauf Platz. Eine kleine Ecke seines Schreibtisches hielt er für eingerahmte Fotos reserviert, Bilder eines lebensfrohen Mannes in den besten Jahren: Kai Sievers mit seiner erwachsenen Tochter Mia in Klettermontur mit glühenden Gesichtern auf dem Gipfel des Mont Blanc. Kai Sievers im Neoprenanzug auf einem Kiteboard, der in aufgepeitschter Brandung über die Wellen fegte. Kai Sievers auf seiner Harley-Davidson mit hochgerecktem Daumen vor einem Schild der legendären Route 66, im Hintergrund die Ausläufer der Rocky Mountains.

An dem Tisch saß ein blasser Kerl mit Augenringen vor einem Aschenbecher, in dem eine halb aufgerauchte Kippe vor sich hin qualmte – dem Rauchverbot im Gebäude zum Trotz. Sievers war Anfang fünfzig, und gerade sah er locker zehn Jahre älter aus. Aber er war der Typ Mann, der nur ein paar Wochen Urlaub mit ausreichend Schlaf, frischer Luft, Sonne und deutlich weniger Zigaretten brauchte, um sich wieder in den Menschen auf den Fotos zu verwandeln.

»Sind wir an Pontiak dran?«, fragte er.

»Er hat eine Wohnung in Langenhorn«, sagte Tom. »Die wurde die ganze Nacht von den Kollegen observiert, nachdem sie mit der Durchsuchung fertig waren. Eine Nachbarin will ihn seit Wochen nicht mehr gesehen haben. Offenbar ist Pontiak untergetaucht.«

»Und weil du gleich nach dem Auto fragen wirst: Er fährt einen grauen Hyundai Atos, Baujahr 2009, das Kennzeichen haben wir. Es gibt in ganz Hamburg samt Umland keinen Polizeibeamten, der nicht mit Hochdruck diesen Wagen sucht. Ergebnisse bisher: Fehlanzeige.«

»Was ist mit dem sozialen Umfeld?«, fragte der Chef.

»Pontiak ist ein Einzelgänger. Von Freunden wissen wir nichts. Zu den Nachbarn hatte er ein distanziertes Verhältnis. An Familie gibt es wohl nur eine demenzkranke Tante, die in einem Pflegeheim untergebracht ist, und eine Schwester, die seit Jahrzehnten in Australien lebt. Klingt beides nicht vielversprechend, aber wir haben trotzdem jemanden abgestellt, um nachzuhaken.«

»Okay. Was sagen die Kollegen vom LKA 41?«

»Ich habe vorhin mit Robert Kantig telefoniert.« Tom zuckte mit den Schultern. »Es gibt keine brauchbaren Spuren am Tatort. Keine Fingerabdrücke, keine Faserspuren. Und auch keine Zeugen. Die haben die Videoaufzeichnung vom Vorraum einer Bankfiliale ausgewertet. Auch da: nichts, das uns weiterhilft.«

»Und die Albanerin?«, fragte Sievers. »Arjana? Irgendeine Spur?«

Freya schüttelte den Kopf. »Entweder hält sie sich versteckt. Oder sie ist bereits tot.«

Ihr Chef strich sich mit den Fingern durch die ergrauten Haare und sank merklich über seinem Schreibtisch zusammen. »Ich habe einige unserer V-Leute im Milieu kontaktieren lassen«, sagte er. »Die versichern unisono, dass keine der uns bekannten Schleusergruppen hinter den Morden steckt. Im Gegenteil. Die wollen in Ruhe ihre Geschäfte machen, statt in den Fokus von Polizei und Presse zu geraten.«

»Also ein neuer Player, der auf dem Spielfeld mitmischt?«, sagte Tom. »Oder die Sache ist so brisant, dass es noch nicht zu den V-Leuten durchgedrungen ist.«

»Beides möglich.« Sievers sah hoch. »Fünf Tote in zwei Tagen. Die Zeitungen schießen sich auf den Fall ein. Wir haben lauter offene Fragen, und nicht nur die Polizeiführung erwartet Antworten. Doch wie es aussieht, sind wir keinen Schritt weiter. Oder?«

Das betretene Schweigen von Tom und Freya machte es nicht besser.

20

Tom hatte sich bereits aus dem Staub gemacht, Freya saß allein im Büro und blätterte durch die Akte über Ralf Pontiak, die ein Bote aus dem Archiv gebracht hatte. Sie fand wenig Neues. Das Profil deutete eher auf einen Kleinkriminellen und Mitläufer hin als auf einen Schwerverbrecher, der tief in die Machenschaften des südosteuropäischen Menschenhandels verstrickt war. Der Widerruf der Bewährungsstrafe mit anschließender Strafhaft war wegen eines eher banalen Falls von Körperverletzung erfolgt. Pontiak war laut Akte mit einem angetrunkenen Partygänger aneinandergeraten, hatte nicht lange gefackelt und ihm das Nasenbein zertrümmert. Die anwesenden Freunde des Geschädigten hatten den Zwischenfall mit ihren Handys gefilmt. Pontiak saß keine Woche später im Knast. Es folgten ein unauffälliger Vollzugsverlauf und eine reguläre Entlassung nach einem Jahr.

Ihr Handy klingelte, das Display zeigte eine Behördennummer an.

»Svensson?«, sagte sie.

»Stefanie Pohlmann«, ertönte die Stimme am anderen Ende der Leitung.

»Doktor Pohlmann.« Freya war der Gerichtsmedizinerin etliche Male begegnet, meist an Tatorten, in einigen Fällen zur Präsentation von Obduktionsergebnissen im Institut für Rechtsmedizin. »Oder waren wir per Du?«

»Gerne Du«, sagte Pohlmann. »Es geht um die Albanerin, die vor dem Bordell ermordet wurde. Robert Kantig meinte, dass ihr auch an dem Fall dran seid.«

»Kann man so sagen«, sagte Freya. »Was gibt es denn?«

»Die Frau wurde durch einen einzelnen gezielten Stich ins linke Auge getötet«, sagte die Ärztin. »Die Tatwaffe ist gute zehn Zentimeter in den Schädel eingedrungen, es muss sich um eine recht lange, schlanke Klinge gehandelt haben. Aber das habt ihr euch vermutlich schon selbst zusammengereimt.«

Freya nickte und wartete. Sie kannte Stefanie Pohlmann gut genug, um zu wissen, dass sie ohne Umschweife zur Sache kommen würde.

»Wir sehen hier im Institut wöchentlich Opfer mit Stichverletzungen«, sprach die Ärztin weiter, »das ist an sich nichts Besonderes. Aber ein einzelner, tödlicher Stich ins Auge, das ist dann doch ungewöhnlich. Tatsächlich ist mir das in fünfzehn Jahren Rechtsmedizin exakt zweimal untergekommen. Der Fall der Albanerin war der zweite.«

Okay, dachte Freya. Jetzt wurde es interessant. »Und der erste Fall?«, fragte sie.

21

Es war siebenundzwanzig Minuten nach vier. Julius stand mit vor der Brust verschränkten Armen und knallrotem Gesicht in Elias' Wohnzimmer und sah auch ansonsten echt grimmig aus. Einen Karton mit Lebensmitteln hatte er auf den Wohnzimmertisch gestellt.

Elias hatte den Mann, der ihn seit Jahren selbstlos und gegen alle Widrigkeiten unterstützte, um fast eine halbe Stunde versetzt. Jetzt, wo die Wohnungstür hinter ihm ins Schloss gefallen war und er seinem Anwalt gegenüberstand, platzte die merkwürdige Blase, in der er sich nach der Begegnung mit Hannah befunden hatte. Eine Blase, in der er kaum hatte denken und sein Handeln reflektieren können. Er hatte ein Date gehabt mit einer Frau, die ihn heftiger mit seiner verkorksten Gefühlswelt konfrontiert hatte als sämtliche Psychiater und Psychologen in unzähligen Therapiestunden vorher. Sie hatte ihn berührt, physisch und emotional, und dabei eine verborgene Seite in ihm zum Leben erweckt, die er nicht verstand und nicht kontrollieren konnte. Sie wollte ihn wiedersehen, und verdammt, er wollte das auch. Nur war er jetzt, wo er wieder Herr seiner Sinne war, überhaupt nicht mehr sicher, ob das eine gute Idee war. Nein, eigentlich war er sicher: Es war eine schlechte Idee.

Aber nun war erst mal Julius dran. Der hünenhafte Mann trat auf Elias zu, packte ihn an den Schultern und hüllte ihn in eine Wolke aus Pfeifen- und Alkoholaroma.

»Geht es dir gut, Junge?« Julius schnaufte, und Elias wurde bewusst, dass Julius weniger verärgert als vor allem kurzatmig war. Bluthochdruck, Angina Pectoris, irgendetwas, das sich nicht mit zusätzlicher Aufregung vertrug.

»Tut mir echt leid«, sagte er, und das war nicht gelogen. Der zweite Teil des Satzes hingegen schon: »Ich war bei Doktor Fischer zur Therapie. Und habe mich wohl mit dem Rückweg verschätzt. Anrufen konnte ich nicht, du weißt ja, wegen des kaputten Handys. Aber es geht mir gut.«

»Ich habe mir Sorgen gemacht«, sagte Julius. Er ließ Elias wieder los, zog eine Schachtel aus der Jackentasche und reichte sie ihm. »Hier, ein neues Telefon. Meine Handynummer ist bereits eingespeichert. Wenn du dich das nächste Mal verspätest, ruf mich bitte an. Dann muss ich auch nicht ungefragt mit dem Zweitschlüssel in deine Wohnung einbrechen.«

»Natürlich. Und noch mal: Entschuldigung, kommt nicht wieder vor. Und vielen Dank fürs Handy. Möchtest du ein Glas Wasser?«

Julius nickte. Elias nahm den Lebensmittelkarton, quetschte ihn auf die schmale Arbeitsplatte zwischen Spüle und Herd und füllte zwei Gläser aus dem Wasserhahn. Sie setzten sich an den Wohnzimmertisch. Julius deutete mit den Augen Richtung Fernseher, und Elias ärgerte sich, dass er das kaputte Teil nicht zumindest mit einem Tuch bedeckt hatte. »Dein Verschleiß an technischen Geräten ist beachtlich«, sagte Julius.

»Das Programm taugt ohnehin nichts.« Elias schmunzelte, sah aber am verkniffenen Gesicht seines Unterstützers, dass der sich mit einem lockeren Spruch nicht zufriedengeben würde. »Nein, im Ernst«, sagte er. »Ein dummer Ausrutscher.« Natürlich glaubte Julius ihm das nicht, aber anscheinend war dessen Sorgenfach bereits wegen Überfüllung geschlossen.

»Ach ja, ich habe Post für dich.« Julius holte einen Umschlag aus einer weiteren Tasche. Der Brief war von der Fernuni, an der Elias eingeschrieben war. Er riss ihn auf, überflog den Inhalt.

»Und? Schlechte Nachrichten?« Julius musste es an seiner Mimik abgelesen haben.

Elias nickte. »Sie weigern sich, mich zu den Präsenzveranstaltungen zuzulassen. Und nicht nur das: ›Wegen der zu erwartenden Aufmerksamkeit rund um Ihre Person kann weder für Sie noch für die anderen Studierenden ein geordneter und sicherer Ablauf der Präsenzseminare sichergestellt werden‹«, las er aus dem Schreiben vor. »Da Sie somit nicht die erforderlichen Leistungsnachweise erbringen können, müssen wir Sie leider mit sofortiger Wirkung exmatrikulieren. Gegen diesen Bescheid kann innerhalb von vierzehn Tagen schriftlich Widerspruch, blablabla.« Er ließ den Brief sinken.

»Zeig mal her!« Julius nahm ihm das Schriftstück aus der Hand, überflog es, schüttelte den Kopf. »Das ist rechtlich noch wabbeliger als das Rückgrat dieser akademischen Hosenscheißer«, sagte er. Er wedelte mit dem Zettel durch die Luft. »Dagegen gehen wir an. Du wirst dein Psychologiestudium wie geplant fortsetzen. Und du wirst deinen Abschluss machen, versprochen.«

Elias nickte ohne jeden Enthusiasmus. Er hatte bei allen Hausarbeiten und Leistungskontrollen Bestnoten bekommen. Aber da die Gefängnisleitung und das zuständige Strafvollzugsamt es abgelehnt hatten, ihn auch nur zu einer Präsenzveranstaltung auszuführen, war er schnell an seine Grenzen gestoßen. Die Aussicht, nach seiner Entlassung die Präsenzseminare und Prüfungen nachzuholen, den Bachelorabschluss zu machen und zügig weiterzustudieren, war der wesentliche Baustein seiner Zukunftsplanung gewesen. Vielleicht der einzige Baustein. Der Brief der Fernuni hatte diesen Stein herausgeschlagen, und es war unklar, ob Julius ihn wieder würde einsetzen können. Allein – die Erschütterung blieb aus. Gerade war es ihm komplett egal, wie es mit ihm weiterging. Ob es überhaupt weiterging. Er fühlte sich wie tot.

Julius' Stirn legte sich in Falten. »Wie kommst du sonst zurecht, Junge? Und wehe, du lügst mich an.«

Elias erwiderte den Blick. »Die Therapiestunde war anstrengend«, sagte er und hoffte, dass Julius den Köder schluckte. »Ansonsten läuft es gar nicht mal so schlecht.« Er musterte seinen Anwalt. Julius sah echt scheiße aus. Ein dünner Schweißfilm klebte ihm auf der Stirn und sammelte sich in den Hautfurchen. Die Augenlider zuckten, und die roten Äderchen an den Wangen und seinem Hals glühten wie kleine Warnlämpchen. Das Gesicht eines Mannes, der sich durch zu viel Stress und einen ungesunden Lebenswandel einen der vordersten Plätze auf der Liste der Herzinfarktkandidaten erarbeitet hatte. Niemand, den er mit seinen Psychothemen belasten würde. »Du siehst ziemlich fertig aus. Alles in Ordnung mit dir?«, fragte Elias, obwohl er wusste, dass er keine ehrliche Antwort erwarten konnte.

»Mach dir um mich keine Sorgen. Unkraut vergeht nicht.« Julius zog ein Stofftaschentuch aus der Hosentasche, wischte sich den Schweiß von der Stirn, steckte das Tuch zurück, schnappte sich sein Wasserglas und trank es in einem Zug leer. »Immerhin gibt es Entspannung an der Medienfront«, sagte er. »Da war eine wilde Schießerei in Billwerder mit mehreren Toten. Es geht um Schleuserkriminalität und Prostitution, das wird die Presse sicher einige Tage auf Trab halten. Gut möglich, dass sie dich darüber vergessen und in Ruhe lassen.«

22

Das Studium von Gerichtsakten war noch nie Maltes Ding gewesen. Stundenlang in dicken Ordnern herumblättern, schlecht kopierte handschriftliche Notizen entziffern, aus seitenlangen Drucksachen die relevanten Informationen herausfiltern oder in wörtlich protokollierten Zeugenaussagen die wichtigen Stellen entdecken, das Ganze hoch konzentriert, weil irgendwo zwischen belanglosen Textstellen die entscheidenden Details versteckt sein konnten. In seiner Zeit als Anstaltspsychologe hatte er sich dazu das Bittenicht-stören-Schild an die Zimmertür gehängt, das Telefon leise gestellt und eine Thermoskanne Kaffee in Stellung gebracht.

Im Fall des Elias Kandel war das anders. Malte saß seit knapp zwei Stunden am Schreibtisch, der unberührte Tee in seiner Tasse war längst kalt, und seine Augen klebten förmlich an jeder einzelnen der gut dreihundert, auf zwei fette Ordner verteilten Aktenseiten, die Julius ihm zusammen mit einer Daten-CD überlassen hatte.

Der brutale Mord an der Tochter des damaligen Oberstaatsanwalts durch ihren Adoptivbruder hatte die Stadt über Wochen elektrisiert. Eine zwanzigköpfige Sonderkommission der Kripo hatte sofort die Arbeit aufgenommen, und die Staatsanwaltschaft hatte in der für Hamburger Verhältnisse rekordverdächtigen Zeit von einem Monat Anklage erhoben gegen den jungen Mann, der von Beginn an wegen der überwältigenden Beweislast als Täter festzustehen schien. Der Prozess vor der Jugendstrafkammer des Landgerichts war über zwölf Verhandlungstage angesetzt, endete jedoch nach bereits drei Tagen mit einer Verurteilung zu zehn Jahren Gefängnis – der höchsten Strafe, zu der ein Jugendlicher in Deutschland verurteilt werden konnte.

Die dreißigseitige Urteilsschrift bemühte sich redlich, das tödliche Drama nachzuzeichnen, das sich zwischen dem damals sechzehnjährigen Elias und seiner ein Jahr jüngeren Adoptivschwester abgespielt hatte.

Demnach waren die zwei an einem Sonntagnachmittag gemeinsam mit den Rädern in die Waldhütte gefahren, die samt umgebendem Waldstück dem Vater gehörte und von diesem für gelegentliche Jagdausflüge genutzt wurde. Irgendwann in den Tagen oder Stunden vor der Tat sei nach Auffassung des Gerichts in Elias der Entschluss gereift, ihrer beider Leben zu beenden.

Den für das Gesamtbild notwendigen Einblick ins Seelenleben des Sechzehnjährigen hatte dem Gericht der psychiatrische Sachverständige geliefert. Nach dessen Ausführungen habe für Elias nach dem Ausgesetztwerden durch die leiblichen Eltern und der anschließenden Adoption eine Entwicklung begonnen, die durch chronische Gefühle von Zurücksetzung, Neid und Eifersucht geprägt gewesen sei.

Elias war zu einem ebenso hochbegabten wie -sensiblen Jungen herangewachsen, sozial eher isoliert, emotional labil, aber nicht auf psychiatrisch relevante Weise auffällig oder symptomatisch – keine Drogen- oder Alkoholexzesse, kein selbstverletzendes, aggressives oder oppositionelles Verhalten oder Suizidversuche. Noch nicht einmal exzessives Computerspiel. In der Schule hatte Elias sich, nachdem er zwei Klassenstufen übersprungen hatte, vom Problemkind zum Überflieger gemausert, hatte jedoch zeitlebens Schwierigkeiten, sich in die Gruppe der deutlich älteren, intellektuell ihm gleichwohl noch immer unterlegenen Mitschüler zu integrieren. Dass in dem schüchternen Jungen unbemerkt ein Vulkan brodelte und sich über die Zeit erhebliche aggressive Anspannung in ihm aufstaute, bemerkte niemand.

Elias selbst machte zu der Tat, abgesehen von einem vom Anwalt Julius Kießling verlesenen formalen Geständnis am ersten Verhandlungstag, keine weiteren Angaben und beantwortete nicht eine der unzähligen Fragen des Gutachters, der Richter oder der Staatsanwältin. Er hatte es getan, war die Botschaft. Das gab er zu. Aber das Warum und wesentliche Teile des Wie sollten sein Geheimnis bleiben. Wie war er an die Tabletten gekommen? Hatte er ihren und seinen Tod im Vorwege geplant, oder war bei ihrem letzten Treffen in der Waldhütte unerwartet etwas aus dem Ruder gelaufen? Was hatte diesen eigentlich schüchternen, sensiblen und intelligenten Jugendlichen zu solch einer abscheulichen Tat getrieben?

Die jährlichen Verlaufsberichte aus dem Jugend- und später Erwachsenenstrafvollzug protokollierten letztlich nur, was Malte bereits wusste: Elias war ein durchweg unauffälliger Gefangener, der im Vollzugsalltag mustergültig mitschwamm. Er hatte sein Abi nachgeholt, ein Psychologiestudium an einer Fernuni begonnen und bei allen Prüfungen und Hausarbeiten Bestnoten erzielt. Den unzähligen Versuchen der Anstaltspsychologinnen und -psychologen, tiefer zu dringen, hatte er stets seine Erzählung von der fehlenden Erinnerung und Gefühllosigkeit entgegengestellt. Da es somit keinerlei Fortschritt in der Tataufarbeitung gegeben hatte, waren dem Jugendlichen so gut wie keine Lockerungen gewährt worden.

Viel mehr kam nicht. Nach kurzem Blättern hielt Malte den rückwärtigen Pappdeckel des Ordners zwischen den Fingern.

Er schloss die Augen und versuchte, jenseits seines bewussten Denkens das Gelesene auf sich wirken zu lassen.

Eine Technik, die er in Therapiesitzungen mit seinen Patienten regelmäßig anwandte. Die Gedanken und gesprochenen Worte loslassen und sich dem öffnen, was eine oder zwei Etagen darunter verborgen lag: der immer wieder rätselhaften Welt der Intuition. Malte stellte sich das Unbewusste manchmal als Gewässer vor, auf dem der bewusste Verstand auf einem kleinen Holzfloß herumtrieb. Eine feine Sache, solange das Wasser ruhig war und man entspannt die Dinge betrachten und ihnen lauschen konnte, die die seelischen Prozesse nach und nach aus der Tiefe an die Oberfläche spülten und die sich dem Bewusstsein in Form von Fantasien, Gefühlen, merkwürdigen Ideen oder Körperempfindungen präsentierten.

Seine Eindrücke vom echten Elias Kandel schoben sich vor die Person, von der die Akten ihm erzählten, und er sah den vom Leben geschundenen und zutiefst verunsicherten, gleichwohl frechen und neugierigen jungen Mann vor sich, dem er inzwischen zweimal begegnet war. Irgendwie gesellte sich Julius zu dem Bild, und allmählich verdichtete sich in Malte eine Ahnung, dass ihn etwas an der ganzen Geschichte störte. Es fehlte noch das passende Wort. Er fischte mit den Gedanken danach, bekam aber nichts zu fassen. Seine Finger rieben unwillkürlich über den Pappdeckel der Akte, und dann waren die Worte da.

Zu glatt.

Ja, das war es. Ein schreckliches Verbrechen, lächerliche drei Verhandlungstage, ein inhaltsleeres Geständnis und ein Vollzugsverlauf, der ihm vorkam wie ein Tiefflug unter dem Radar.

Das passte nicht zu seinem Eindruck von Elias Kandel. Und noch weniger zu Julius. Der streitlustige Jurist würde bei jedem Falschparker mehr Rabatz veranstalten, als er es bei Elias getan hatte. Er hatte das riesige Arsenal seiner anwaltlichen Trickkiste nicht einmal angerührt und zugelassen, dass mit seinem Mandanten kurzer Prozess gemacht worden war.

Malte öffnete die Augen wieder, sein Bewusstsein verließ das kleine Holzfloß auf dem Gewässer. In ihm reifte der Entschluss, dass er tiefer eintauchen musste.

23

Julius war seit über einer Stunde weg. Die Abenddämmerung kroch heran und schlich durch das Zimmer wie ein unsichtbares Schauerwesen, das mit klammen Fingern nach ihm griff.

In der Wohnung über ihm rannte jemand ausdauernd auf den Bodendielen hin und her, vermutlich eines der Kinder, die im Mietshaus wohnten. Es fühlte sich an, als hämmerte der oder die Kleine direkt auf seine Trommelfelle. Elias ballte die Hände zu Fäusten und presste sie sich gegen die Ohren. Die Geräusche hörte er trotzdem, wenn auch gedämpft.

Weitaus mächtiger als das Fußgestampfe prügelte ihm seine innere Stimme aufs Gemüt: Du bist im Arsch, Elias Kandel. Du bist depressiv, beinahe psychotisch. Dein Studium kannst du vergessen. Und auf dem Häufchen Elend, das von dir übrig ist, trampeln die Zeitungs- und Fernsehreporter herum.

Wie sieht es aus, tief in der Seele eines Mörders? Die Verfasserin eines Zeitungsartikels hatte in den Tagen nach seiner Verurteilung diese Frage formuliert und im nachfolgenden Text auf langen zwei Seiten ausgebreitet, dass sie es im Fall von Elias Kandel nicht wisse und eigentlich auch gar nicht wissen wolle.

Nun, die Frage konnte er beantworten: Letztlich war da gar nichts. Ein einziges riesiges schwarzes Loch, umgeben von einem Kranz aus Selbstzweifeln, Schuldgefühlen, Selbsthass und der Angst vor sich selbst. Wie die echten schwarzen Löcher draußen im Universum saugte auch jenes in seinem Inneren alles in sich auf, was in seine Nähe kam. Der kärgliche Rest von Freude, Hoffnung oder Zuversicht verglühte im

Bruchteil einer Sekunde. Was blieb, war eine unerträgliche Leere. Als wäre auch in ihm alles gestorben, was sich irgendwie nach Leben anfühlte. Vielleicht war das die eigentliche, die wirklich gerechte Strafe für seine Tat.

»Ich hatte ein Date«, sagte er laut. Er versuchte, sich das Bild der ihn anlächelnden Hannah zurückzuholen. Das wohlige Gefühl ihrer Hand auf seinem Bauch und das aufregende Kribbeln, das die Berührung ausgelöst hatte. Den freundlichen Klang ihrer Worte. Ihren Körpergeruch, der ihn eingehüllt hatte wie eine unsichtbare Umarmung.

Was bildest du dir ein, Elias Kandel?, setzte der Sprecher in seinem Kopf nach. Du bist ein verurteilter Mörder. Früher oder später wird sie es erfahren. Dann wird sie Angst vor dir haben und schreiend das Weite suchen. Und … Die Stimme senkte sich zu einem fiesen Flüstern: Und wir beide wissen, dass es für sie das Beste wäre.

Der Quälgeist in seinem Verstand verwandelte das Bild von Hannahs hübschem Gesicht in ein blutig zerstochenes Schlachtfeld. Du weißt doch genau, warum du sie verfolgt hast und dich weiter mit ihr treffen wirst, sagte er. Du willst ihr Vertrauen gewinnen, und wenn sie sich in Sicherheit wiegt und sich eine Gelegenheit ergibt, dann wirst du …

»Nein!«, schrie Elias und schlug sich die Handballen gegen die Schläfen. Das Bild verschwand. Was blieb, war die Gewissheit, dass die Stimme recht hatte. Hannah war nicht sicher vor ihm. Welcher innere Dämon auch immer ihn zu dem Mord an Laura getrieben hatte – er steckte noch in ihm. Er war bereits erwacht, hatte ihn dazu gebracht, hinter Hannah herzuschleichen und ihre Adresse herauszufinden. Was würde er Elias als Nächstes tun lassen, wenn ihn niemand aufhielt? Wenn Elias ihn nicht aufhielt?

Er lief einige Minuten im Zimmer herum, probierte einen

Abstecher in den Flur, dann hielt er die Anspannung nicht mehr aus und traf die Entscheidung, alldem ein Ende zu bereiten. Allein der Entschluss entspannte ihn.

Er ging zurück ins Wohnzimmer, griff sich einen Zettel und einen Kugelschreiber aus einer Schublade, setzte sich an den Tisch und schrieb:

Lieber Julius,
du bist seit langer Zeit der einzige Mensch, der zu mir hält und mich unterstützt. Dafür war und bin ich dir unendlich dankbar.

Seine Hand mit dem Stift zitterte, eine Welle von undefinierten Gefühlen schwoll in seinem Inneren an, eine undurchdringliche Mischung aus vermutlich Wut, Trauer, Angst und Verzweiflung, die als kaum erträgliche Anspannung durch die Eingeweide und hoch in die Brust und den Hals drängte.

Er presste die Kiefer zusammen. »Nein«, sagte er laut. »Ich will das nicht mehr.«

Er atmete zweimal tief durch, hob die zitternde Hand in Höhe seines Gesichts und ballte sie so fest, dass die Gelenke schmerzten. Das brachte die Finger zur Ruhe und ihn zur Besinnung. Er schrieb weiter:

Ich kann so nicht weiterleben. Ich habe gemordet, und wenn ich mich nicht selbst aufhalte, werde ich es wieder tun. Vermutlich bist du, Julius, der einzige Mensch auf der Welt, der meinen Tod nicht als eine Art von später Gerechtigkeit empfinden wird. Auch dafür danke ich dir.

Dein Elias

Er legte den Kugelschreiber zur Seite, überflog den Text, nickte, griff doch noch einmal zum Stift und ergänzte einen Satz.

PS: Bitte richte Doktor Fischer meinen Dank aus. Ich weiß es zu schätzen, dass er mich nicht abgewiesen hat, sondern ehrlich versuchen wollte, mir zu helfen. Und entschuldige die Sauerei im Bad. Es wird definitiv das letzte Mal sein, dass ich dir Mühe bereite.

Er ließ den Brief gut sichtbar auf dem Tisch liegen, beschwerte ihn mit einem Wasserglas, zog ein Gemüsemesser aus der Küchenschublade, ging ins Badezimmer und setzte sich in die Badewanne. Zu dumm, dachte er. Er hätte sich zumindest noch ein richtiges Vollbad gönnen können. Nun, noch war es nicht zu spät. Im warmen Wasser verblutete es sich ohnehin besser.

Er legte das Messer zur Seite, ließ Badewasser ein, zog sich aus und stieg in die halb volle Wanne, wartete, bis seine Beine vollständig untergetaucht waren. Eigentlich ein gutes Gefühl, nackt im heißen Wasser. Unter günstigeren Umständen hätte er es vielleicht genießen können. Er nahm die Klinge zur Hand und drückte sie sich an den linken Unterarm, unmittelbar oberhalb der Stelle, an der eine unscheinbare, zehn Jahre alte Narbe ihn für ewig als ehemaligen Selbstmordkandidaten brandmarkte. Nun, das konnte ihm egal sein.

Es klingelte an der Wohnungstür.

Vor Schreck riss er das Messer hoch. Scheiße, dachte er. Ausgerechnet jetzt. Nun, wer es auch war, würde schon abhauen. Er schloss die Augen, setzte die Klinge erneut an, atmete ein und hielt die Luft an.

Die Türklingel ging wieder. Und gleich noch mal. Das energische Läuten eines Menschen, der wusste, dass jemand zu Hause war, und nicht aufgeben würde, bevor er reingelassen wurde.

Wie zur Bestätigung klingelte es noch einmal.

Verdammt. So ging das nicht. Vielleicht war es Julius, der vergeblich versucht hatte, ihn anzurufen, und persönlich vorbeikam, um nach dem Rechten zu sehen, und dabei genug Anstand hatte, nicht einfach mit seinem Schlüssel bei ihm reinzuplatzen? Oder es brannte im Haus. Es nützte nichts. Besser nachschauen und den penetranten Besucher abwimmeln, als zu riskieren, dass der am Ende die Tür aufbrach, ihn verblutend vorfand und in letzter Sekunde seinen Plan vereitelte.

Er legte das Messer auf den Rand der Badewanne, stieg aus dem Wasser, griff sich eines von zwei großen Handtüchern, die neben der Wanne an einer Wandhalterung hingen, schlang es sich um die Hüften und stapfte los. Der Läufer auf dem Flurfußboden kitzelte an den nackten Füßen. Es läutete erneut. »Was ist denn?«, rief er. Er erreichte das Ende des Flurs, schaute durch den Spion.

Vor der Tür stand eine Frau mit schmalem Gesicht und hellroten Haaren im Schlabberpulli. Sie hielt die Arme vor der Brust verschränkt und lächelte geduldig vor sich hin.

Also weder Hausbrand noch sein Anwalt. Und niemand, den er intuitiv als Bedrohung wahrnahm. Er öffnete die Tür, nur einen Spalt. »Was wollen Sie?«, fragte er und versuchte, seinen Ärger aus der Stimme rauszuhalten. »Ich lag gerade in der Badewanne.«

»Oh. Das tut mir furchtbar leid.« Die Frau verzog das Gesicht. Sie war etwas älter als er, vielleicht Anfang dreißig, trug eine Jogginghose und Filzpuschen an den ansonsten nackten Füßen. »Ich bin Beate Müller, Ihre Nachbarin von oben.«

Tatsächlich hatte er den Namen Müller unten an der Klingelleiste gesehen. Die Frau verknotete ihre Finger, schielte verlegen auf die Fußmatte. »Ich backe einen Kuchen, den mein Sohn morgen in den Kindergarten mitnehmen muss«, sagte sie. »Nur ist leider meine Milch sauer geworden, und ich kann den Kleinen nicht allein lassen, um schnell neue zu kaufen, deswegen wollte ich Sie bitten, mir …«

Das konnte doch nicht wahr sein, dachte Elias. Saure Milch. Ein blöder Kindergartenkuchen bescherte ihm ein paar unerwünschte Minuten zusätzliche Lebenszeit. »Warten Sie einen Moment!«

Er stapfte zurück und bog in die Küche ab, öffnete die Kühlschranktür, fasste hinein und erstarrte. Aus einem dünnen Schnitt oberhalb der Narbe am Handgelenk rann Blut über seinen linken Arm. Verdammt, er hatte gar nicht bemerkt, dass er sich in die Haut geritzt hatte. Vermutlich, als ihn das Klingeln seiner Nachbarin erschreckt hatte.

So ein Mist. Es war nicht viel Blut, aber es reichte, um auf den Teppich zu tropfen und eine Schweinerei anzurichten. Schlimm genug, wenn Julius ihn tot aus der Badewanne ziehen musste. Er nahm das Geschirrhandtuch vom Haken neben der Spüle und wickelte es sich notdürftig ums Handgelenk, griff die Milch und kehrte in den Flur zurück.

Vor Überraschung hätte er beinahe die Milchtüte fallen lassen.

Die rothaarige Nachbarin stand in seinem Flur, ungefähr in der Mitte auf Höhe der Wandgarderobe. Die Wohnungstür hatte sie hinter sich zugedrückt. Sie trug noch immer Filzpuschen an den Füßen, aber in der Hand hielt sie ein Paar Straßenschuhe, aus denen dunkelblaue Socken hervorlugten. Das verschämte Lächeln war vollständig aus ihrem Gesicht verschwunden. Die Frau musterte ihn mit einem ernsten, fast schon abschätzigen Blick.

»Sie haben sich verletzt«, sagte sie ohne den geringsten Hauch von Fürsorge.

Er sah an sich herab. Tatsächlich bildete sich ein Blutstropfen auf dem Behelfsverband. Aber das war offensichtlich sein geringstes Problem.

»Wer sind Sie? Jedenfalls nicht Beate Müller.«

Die Frau nickte. »Freya Svensson. Kripo Hamburg.«

»Warum haben Sie das nicht gleich gesagt?«

»Sie hätten mich dann nicht reingelassen. Ohne Durchsuchungsbeschluss?«

»Haben Sie einen Ausweis?«

Sie griff an die Seitentasche ihrer Jogginghose, zog eine Plastikkarte hervor, auf der ihr Foto, Name sowie ein Polizeistern zu sehen waren. Elias hatte keine Ahnung, wie ein Polizeiausweis aussah. Er würde so oder so auf der Hut sein. »Sie dürfen nicht einfach in meine Wohnung kommen. Verdammt, Sie dürften gar nicht wissen, wo ich wohne.«

»Ich weiß«, sagte die Polizistin. »Und trotzdem stehe ich hier, nicht wahr?«

»Und was wollen Sie?«

»Letzte Nacht ist eine junge Frau ermordet worden. Der Täter hat ihr mit einer Klinge ins linke Auge gestochen. Wenn Sie wollen, zeige ich Ihnen ein Foto.«

Elias konnte sich denken, worauf das Gespräch hinauslief. Aber er blieb cool. »Sollte mich das was angehen?«, sagte er.

»Was glauben Sie denn?«

»Das reicht. Ich rufe Julius Kießling an. Meinen Anwalt, wie Sie vermutlich wissen, da Sie nur über ihn meine Anschrift herausfinden konnten. Schlagen Sie sich mit dem rum! Und verlassen Sie sofort meine Wohnung!« Elias drehte sich herum Richtung Wohnzimmertür. Sein neues Handy lag dort auf dem Couchtisch.

»Würde ich glauben, dass Sie die Frau ermordet haben, wäre ich mit einem Haftbefehl und einem Haufen Kollegen vom MEK vorbeigekommen.« Sie sah zu Boden, wackelte mit den Füßen, die noch immer barfuß in den Filzpantoffeln steckten. »Und hätte mir diese Beate-Müller-Nummer sparen können.«

Elias zögerte mit seinem Rückzug ins Wohnzimmer.

»Natürlich muss ich Sie der Form halber trotzdem fragen, wo Sie die letzte Nacht verbracht haben.« Die Polizistin neigte den Kopf zur Seite und sah ihn an wie die Unschuld vom Lande.

»Dreimal dürfen Sie raten.«

Die Polizistin nickte. »Wie gesagt, nur der Form halber.«

»Also, warum das Ganze?«

»Ich bin hier, weil wir Ihre Hilfe brauchen.«

Elias schüttelte den Kopf. Unwillkürlich ließ er die Hände am Körper baumeln, dabei löste sich das Geschirrhandtuch von seinem Unterarm und entblößte die Schnittverletzung an seinem Handgelenk samt alter Narbe. Egal. Hauptsache, das andere Handtuch blieb an Ort und Stelle. »Das ist ein Scherz, oder?«, sagte er. »Warum sollte gerade ich Ihnen helfen können? Und Ihnen helfen wollen?«

Die Polizistin nickte. »Es passiert extrem selten, dass junge Frauen auf so eine Weise ermordet werden. Vor letzter Nacht genau genommen ein einziges Mal. Ich habe ziemlich viele Akten gewälzt, um eine Verbindung zu finden zwischen den beiden Morden. Vorausgesetzt, dass Sie das gestern nicht waren.«

»Okay.« Sie hatte ihn. Elias war neugierig, tat aber einen Teufel, sich das anmerken zu lassen. »Ich gebe Ihnen drei Minuten für die Geschichte. Dann gehen Sie freiwillig, oder ich rufe meinen Anwalt.«

»Kein Problem«, sagte sie. »Ich brauche nur zehn Sekunden. Wir haben einen Verdacht, wer die Frau umgebracht oder zumindest ihre Ermordung in Auftrag gegeben haben könnte. Es ist ein alter Bekannter von Ihnen. Ralf Pontiak.«

Die Erwähung des Namens ließ Elias unwillkürlich einen Schritt zurücktreten. Er spürte, wie die Farbe aus seinem Gesicht wich. Unmöglich, das vor der Polizistin zu verbergen. »Oh, Scheiße«, sagte er.

»Sie sagen es. Die Tote stammte aus Nordalbanien und war in Begleitung eines siebzehnjährigen Mädchens. Das ist noch immer auf der Flucht und vermutlich Pontiaks nächstes Ziel. Wenn ich richtig recherchiert habe, haben Sie sich mit Pontiak in der JVA Fuhlsbüttel über Monate eine Zelle geteilt und kennen ihn besser als die meisten. Helfen Sie uns, ihn zu fassen. Und das Mädchen zu retten.«

Elias dachte tatsächlich ernsthaft über den Vorschlag nach. Etwa eine halbe Sekunde. Dann schüttelte er den Kopf. »Wie Sie sich denken können, bin ich gerade schwer mit meiner Resozialisierung beschäftigt. Und viele in diesem verdammten Land versuchen, mir dabei Steine in den Weg zu legen.«

Seine Worte entlockten der Polizistin ein abfälliges Lachen. »Sie und Ihre Resozialisierung sind mir, ehrlich gesagt, scheißegal.«

»Dann ist unser Gespräch wohl beendet.«

»Sehen Sie es mal so: Vielleicht ist das hier eine Riesenchance für Sie. Sie könnten damit zumindest ansatzweise wiedergutmachen, was Sie vor zehn Jahren getan haben.« Sie sah an ihm herab, ihr Blick stoppte an seinem blutigen Handgelenk. »Und uns zu helfen, jemanden zu retten, ist allemal besser, als sich in der Badewanne zu verkriechen und das zu tun, was Sie eigentlich vorhatten.« Die Polizistin ersparte ihm eine weitere Musterung. Sie zog eine Visitenkarte hervor, hielt sie in die

Höhe. »Die Uhr tickt«, sagte sie. »Jede Stunde, die vergeht, könnte die letzte im Leben von Arjana Gori sein.« Sie steckte die Karte in die Außentasche von Elias' Softshelljacke, die an der Flurgarderobe hing. »Ihre Entscheidung«, sagte sie, drehte sich um und ging.

24

Freya erschien um kurz nach sieben in ihrem Büro im fünften Stock des Polizeipräsidiums, das sie sich mit ihrem Kollegen teilte. Tom war schon da. Er saß vor seinem Computerbildschirm und scrollte mit der Maus durch ein Textdokument. Wann fing dieser Streber bloß an zu arbeiten?, fragte sie sich. Wahrscheinlich müsste sie hier übernachten, um morgens die Erste zu sein. »Gibt es Neuigkeiten von dem Mädchen?«, fragte sie das Naheliegende.

»Weder von ihr noch von Pontiak.« Er stupste die Computermaus mit der Hand von sich weg, schob seinen Stuhl zurück und sah zu Freya hoch. »Was meinst du? Sollten wir deiner Albanerin Svetlana Gjoka noch mal auf den Zahn fühlen?«

Freya schüttelte den Kopf. »Bei der müssen wir abwarten. Die spricht von selbst oder gar nicht. Aber ich bin zuversichtlich, dass sie sich melden wird. Sie ist eine Kämpferin.«

»Okay.« Tom zog die Mundwinkel nach unten, die Augenbrauen wanderten in die entgegengesetzte Richtung. »Dann können wir momentan überhaupt nichts tun?« Er versenkte sein Kinn in der geöffneten Handfläche.

Zeit, die Katze aus dem Sack zu lassen. »Vielleicht doch. Ich habe einen Zeugen aufgetrieben, der uns weiterhelfen kann«, sagte Freya.

»Noch einen Zeugen? Davon hat Kai nichts gesagt.«

»Der Chef weiß es auch nicht.«

»Aha. Und wer ist es?«

»Elias Kandel. Vielleicht sagt dir der Name etwas.«

Tom starrte sie mit unbewegter Miene an, als wartete er darauf, dass sie grinste und die Sache als üblen Scherz enttarnte. Nun, da müsste er lange warten.

»Das ist nicht dein Ernst, oder?«, sagte er schließlich.

Freya schwieg, parierte den entsetzten Blick. Tom schwang sich von seinem Stuhl, baute sich vor ihr auf. »Das kann nicht dein Ernst sein.«

Freya war verwirrt. Diese heftige Reaktion passte so gar nicht zu ihrem schlafmützigen Kollegen.

»Wo siehst du da eine Verbindung?«, fragte er. Zumindest schien sich nach der ersten Affektwelle sein Gehirn wieder zuzuschalten. »Die Art der Tötung?«

Freya nickte. »Ein einzelner Stich ins linke Auge, genau wie damals bei Kandel. In beiden Fällen geht es um junge Frauen, jeweils ohne offensichtliches sexuelles Motiv. Und, am naheliegendsten: Kandel wurde vor drei Tagen aus der Haft entlassen. Nach zehn Jahren. Die halbe Stadt spricht über ihn, sein Bild ist in allen Zeitungen. Die meisten gehen davon aus, dass er früher oder später wieder jemanden umbringt.«

»Also hältst du ihn für tatverdächtig? Okay, leuchtet mir ein. Kandel kommt aus dem Knast, steht unter enormem Druck, gerät irgendwie an Donika Malo und bringt sie um. Nicht sehr wahrscheinlich, aber nicht unmöglich. Warum rufst du nicht Robert Kantig an und berichtest ihm von deinem Verdacht? Er wird Kandel in die Mangel nehmen. Und wenn an der Idee etwas dran ist, kriegt er es aus ihm heraus. Oder sie finden zumindest Spuren von ihm am Tatort. So oder so, nichts für uns.«

»Kandel war es nicht«, sagte sie. »Der verkriecht sich in der Wohnung, die sein Rechtsanwalt für ihn gemietet hat.«

»Denkst du an einen Nachahmer? Oder was ist es dann? Was hat Kandel mit Pontiak und den Balkanleuten zu schaffen?«

»Er kennt Ralf Pontiak aus dem Gefängnis«, sagte sie. »Ich

habe nachgeforscht, nachdem mich Stefanie Pohlmann von der Rechtsmedizin auf das Verletzungsmuster aufmerksam gemacht hat. Kandel und Pontiak haben sich in der JVA über Monate eine Zelle geteilt.«

Tom pfiff durch die Zähne. »Okay, verstehe. Du hoffst, von ihm mehr über Pontiak zu erfahren. Wie er tickt und so.« Seine Erregung schlug jetzt voll in seinem Gesicht ein, sorgte dort für eine satte Rotfärbung. Freya fragte sich unwillkürlich, ob ihm das beim Sex auch passierte. Nun, das würde sie nie herausfinden. »Was bist du für ein helles Bürschchen«, sagte sie.

»Und du willst ihn echt als Zeugen vernehmen? Ich hoffe, du ahnst, worauf du dich einlässt. Der Typ ist toxisch.«

Freya zuckte mit den Schultern. »Nüchtern betrachtet ist er ein sechsundzwanzigjähriger Mann, ledig und kinderlos. Verurteilt zu zehn Jahren Jugendstrafe wegen Mordes.«

»Hast du seine Akte gelesen?«

»Überflogen.«

»Das Gutachten von diesem Psychiater?«

Freya nickte. »Ich finde, der lehnt sich ziemlich weit aus dem Fenster. Hoch manipulative Persönlichkeit und so.«

Tom schüttelte den Kopf. »Der bringt einfach die Wahrheit auf den Punkt. Kandel ist ein hochgefährlicher Psychopath. Er hat einen IQ von knapp hundertvierzig, ist hypersensibel und hat sich, wie ich gehört habe, auf Staatskosten psychologisch und kriminologisch weitergebildet.«

»Du bist ja gut informiert.«

Tom neigte den Kopf zur Seite. »War halt ein spektakulärer Fall«, sagte er. »Der Adoptivsohn des leitenden Oberstaatsanwalts bringt dessen leibliche Tochter um. Ich hatte damals gerade angefangen im Polizeidienst. Das hat uns alle schwer beschäftigt.«

»Der Elias Kandel, den ich gestern Abend gesehen habe, ist

ein eingeschüchtertes Bürschchen. Ein Milchbubi. Und seelisch ziemlich im Arsch.«

»Nein!« Tom starrte sie voller Unglauben an. »Du hast dich nicht wirklich mit ihm getroffen.«

Sie ließ den Blick an sich abprallen. »Ich habe ihn in seiner neuen Wohnung überfallen.«

»Das darf doch wohl nicht …« Die erneute Erregung schien etwas mit Toms Sprachzentrum zu machen. Statt weiterzureden, schüttelte er den Kopf. Sein Kinn zitterte. Er brauchte eine oder zwei Sekunden, dann hob er die Arme in die Höhe. Als beschwichtigende Geste. Oder weil er Freya am liebsten an die Gurgel gehen wollte. Eher Letzteres, dachte sie.

»Vielleicht haben die Jahre im Gefängnis ihn gebrochen«, sagte er. »Vielleicht nur betäubt. Wer weiß. Aber wenn er halbwegs der Mensch ist, den der Psychiater in seinem Gutachten beschrieben hat …« Er senkte die Arme wieder. Das Erwürgen war vorerst aufgeschoben. Stattdessen neigte er ihr den Kopf entgegen. »Du unterschätzt ihn, genauso wie du dich überschätzt«, sagte er. »Elias Kandel ist dir, Entschuldigung, in fast jeder Hinsicht haushoch überlegen. Nicht, weil du dämlich oder unsensibel wärst, sondern weil er so furchtbar schlau und durchtrieben ist. Er liest die Gefühle von Menschen wie du und ich die Zeitung.«

Freya blieb gelassen, wich um keinen Millimeter zurück. Ihre Nasen berührten sich beinahe. Eine Situation, die Tom sich unter angenehmeren Umständen vermutlich herbeigesehnt hätte. »Genau deswegen soll er uns ja helfen«, sagte sie. »Er kennt Ralf Pontiak und kann ihn perfekt einschätzen.«

»Er hat keinerlei Grund, uns zu unterstützen, im Gegenteil. Er kann dich mit seinen Fähigkeiten nach Strich und Faden an der Nase herumführen. Und du wirst es nicht einmal bemerken.«

»Wir werden sehen. Immerhin hat er mir heute früh um sechs auf die Mailbox gesprochen und sich einverstanden erklärt, herzukommen und unsere Fragen zu beantworten. Warum, bitte, sollte er das tun, wenn er uns nicht helfen will?«

»Was weiß ich. Weil es ihm Spaß macht? Weil er gerade nichts Besseres zu tun hat? Weil er die Aufmerksamkeit genießt? Weil er nach einem Weg sucht, es der Justiz heimzuzahlen? Glaube mir, er hat eine Menge Gründe. Und du …« Er trat einen Schritt von ihr zurück. Aber nur, um mit dem Zeigefinger auf sie zu zielen. »… lässt ihn ohne Rücksprache mitten hinein ins Herz der Hamburger Polizei.«

»Er wird die Bude schon nicht in die Luft jagen.« Freya neigte den Kopf zu Seite. Sie war noch immer verwundert über Toms heftige Reaktion. Vermutlich unterschätzte sie die Welle, die der Fall damals innerhalb der Truppe geschlagen hatte. Sie selbst war da noch ziellos durch die Weltgeschichte gegondelt und hatte sich erst einige Jahre später für den Polizeidienst beworben. »Vielleicht hast du recht, was Elias Kandel betrifft«, sagte sie. »Aber da draußen läuft ein übler Typ herum und jagt ein unschuldiges Mädchen. Wir haben nicht den Hauch einer Ahnung, wo er sich aufhält. Wir haben keine heiße Spur, nicht einmal eine lauwarme. Wir haben gar nichts.«

Freyas Stimme wurde nur etwas fester, ihre Haltung straffte sich nur geringfügig, und auch ihre Mimik veränderte sich allenfalls um Nuancen. Aber das wenige reichte, um dem aufgebrachten Tom den Stecker zu ziehen. Er wich weiter zurück, zog seinen Zeigefinger wieder ein, senkte den Blick. Wie ein Hund, der den Schwanz einkniff. »So wie ich das sehe«, sprach sie weiter, »ist Elias Kandel im Moment unsere einzige Chance, Pontiak zu finden. Und das Mädchen zu retten.«

25

Elias trat in seinem Kapuzenpulli und mit dem St.-Pauli-Cap auf dem Kopf aus der Haustür. Die Zivilstreife wartete verabredungsgemäß an der Straße. Die Kommissarin hatte ihm diesen exklusiven Shuttleservice aufgedrängt – vermutlich, um zu verhindern, dass er im letzten Moment einen Rückzieher machte. Am Steuer des VW Passat saß ein junger Typ mit Sonnenbrille und Dreitagebart. Er nickte Elias zu und hielt für eine Sekunde einen blauen Dienstausweis an die Seitenscheibe des Wagens.

Elias öffnete die hintere Tür und nahm auf der Rückbank Platz.

»Ins Präsidium, richtig?«, fragte der Polizist. »Bitte schnallen Sie sich an!«

Dass das keine Floskel war, merkte Elias spätestens, als der Beamte aufs Gas trat und so hart beschleunigte, dass es Elias in den Sitz presste.

Ihm graute vor der zwanzigminütigen Fahrt, die über die Ringstraße am Stadtpark vorbei in die City Nord führte und vor diesem anthrazitfarbenen architektonischen Albtraum enden würde, in dem die Hamburger Polizei ihr Hauptquartier bezogen hatte.

Das lag nicht an dem halsbrecherischen Fahrstil des ansonsten schweigsamen Beamten, der Elias ernsthafte Sorgen bereitet hätte, wenn er stärker am Leben gehangen hätte. Auch nicht an den tristen Bürogebäuden aus den Sechzigern, die nach einiger Fahrzeit nördlich des Stadtparks in den Himmel griffen wie die leichenstarren Hände eines vor langer Zeit Verdursteten. Kadaver aus Beton, die man nicht beerdigen konnte, weil sie unter Denkmalschutz standen.

Nein, es waren die Erinnerungen an den Nachmittag des zwanzigsten Juni vor zehn Jahren. Damals war es kein VW Passat, sondern ein blau lackierter Polizei-Mercedes gewesen. Statt eines einzelnen bleifüßigen Zivilbeamten hatten ihn drei Schutzpolizisten in Lederjacken und ein junger Kripobeamter eskortiert. Einer am Steuer, jeweils einer links und rechts von ihm auf der Rückbank, der Kripomann auf dem Beifahrersitz. Alle stumm und mit blassen Gesichtern angesichts des Grauens, das ihnen gerade begegnet war und dessen Verursacher sie nun mit Blaulicht und Sirene aus der Welt der normalen Menschen entfernten. Zuvor war er unweit der Waldhütte auf eine Spaziergängerin samt Hund getroffen, die, erschrocken über den herumtaumelnden, blutbeschmierten Jugendlichen, die Polizei gerufen hatte. Die herbeieilenden Beamten hatten ihn aufgegriffen, sich von ihm zur Hütte zurückführen lassen, die Tür aufgestoßen und …

»Wir sind da.«

Elias schreckte auf. Der Wagen tauchte in die dunkle Öffnung einer Tiefgarage.

Der Fahrer parkte, ließ ihn aussteigen und führte ihn über das Parkdeck zum Fahrstuhl. Damals waren sie in den dritten Stock gefahren, Elias hatte Handschellen getragen, und in jeder Sekunde waren mindestens drei Polizistenhände an ihm dran gewesen, hatten ihn wahlweise geschoben, gebremst oder festgehalten. Jetzt betrat er als freier Mann und unbehelligt denselben Fahrstuhl. Sein Begleiter drückte die Taste für die fünfte Etage.

Oben wartete die rothaarige Kommissarin bereits auf ihn. Freya Svensson nickte ihm zu. Neben ihr stand ein Typ mit schwarzen Haaren im Sporthemd und starrte ihn mit finsterer Miene an. »Mein Kollege, Oberkommissar Weiler«, stellte sie ihn vor.

Der Anblick des übellaunigen Mannes bereitete ihm ein mulmiges Gefühl. Er fragte sich, ob er nicht besser Julius informiert und hierher mitgenommen hätte. Nein! Klare Antwort. Der hatte mehr als genug Rummel wegen ihm. Und Elias brauchte keinen Babysitter. Er war freiwillig hier. Auf deren Wunsch. Er hatte nichts zu befürchten.

»Danke, dass Sie gekommen sind«, sagte die Polizistin. »Bitte, folgen Sie mir!«

Svensson ging voran. Der Schwarzhaarige trottete hinter ihnen her. Elias spürte dessen feindseligen Blick als feines Kribbeln im Nacken. Die Kommissarin trat durch eine Tür am Flurende. Elias und der Kripomann folgten ihr in ein kleines, verwaist wirkendes Büro, das mit Pappkartons vollgestellt war und nur Platz für einen winzigen Schreibtisch ließ. Die Tischfläche war leer – bis auf einen bedruckten DIN-A4-Zettel. Svensson drehte sich zu ihm. »Da wir Ihnen unter Umständen vertrauliche Informationen mitteilen, muss ich Sie bitten, eine Verschwiegenheitserklärung zu unterschreiben. Außerdem brauchen wir Ihre Einwilligung, dass wir das Gespräch auf Band aufzeichnen dürfen.«

»Kein Problem«, sagte Elias. »Darf ich mir das vorher durchlesen?«

»Selbstverständlich. Lassen Sie sich Zeit. Ich bin nebenan und bereite alles vor. Mein Kollege wird bei Ihnen bleiben und Sie rüberbringen.«

Sie ließ ihn mit dem griesgrämigen Polizisten allein. Elias nahm den Zettel und überflog den Text, legte das Papier zurück auf den Tisch, sah sich um. »Gibt's einen Stift?«, fragte er den Beamten. Der hielt ihm einen Kugelschreiber vor die Nase. Elias griff danach, aber mitten in der Bewegung packte Weiler ihn mit der freien Hand am Unterarm. So schnell, dass er unmöglich reagieren konnte. Und so fest, dass es wehtat.

Elias zuckte zusammen. Der Polizist rückte mit seiner griesgrämigen Visage dicht an ihn heran.

»Du weißt, wer ich bin, nicht wahr? Du erinnerst dich an mich, ich habe es dir angesehen, als du aus dem Fahrstuhl kamst.«

Elias nickte. Er vergaß nie ein Gesicht. Und nur selten einen Namen. Der Kerl, der ihm gerade den Arm zerquetschte, war vor zehn Jahren als vierter Mann im Polizeiauto mitgefahren. Er war der junge Kripobeamte auf dem Beifahrersitz bei der Blaulichtfahrt ins Präsidium gewesen. Er war damals einer der ersten Polizisten am Tatort gewesen. Und auch der Erste, der ihn nach wenigen Sekunden leichenblass und mit vor den Mund gepresster Faust wieder hatte verlassen müssen – vermutlich, um sich draußen zu übergeben.

»Was soll das? Sie tun mir weh, Mann.« Elias sprach so ruhig er konnte.

Weiler kniff die Augen zusammen. »Möglich, dass du uns helfen kannst. Genauso gut könntest du uns schaden wollen.« Für eine Sekunde verstärkte sich der Schraubstockgriff. »Ich bemerke es garantiert, wenn du uns verarschst. Und dann wirst du dir wünschen, du hättest das Gefängnis nie verlassen.«

Elias parierte den Blick des Kripomanns. Der Hitzkopf hatte keine Ahnung, dass Elias diesen Punkt längst überschritten und eigentlich bereits mit dem Leben abgeschlossen hatte. Aber die Attacke dieses Arschlochs weckte seine Lebensgeister. Er würde vor dem Typen weder Schwäche noch offene Wut zeigen. Genau darauf legte der es schließlich an. »Wissen Sie, was ich in meiner Hosentasche habe?«, sagte er, und seine Stimme klang weit cooler, als er sich fühlte.

»Was spielt das für eine Rolle?«

»Ein Handy. Mit einem sehr guten Mikrofon«, sagte Elias. »Was, wenn ich mit einem Übergriff, wie Sie ihn gerade begehen, gerechnet und mich entsprechend präpariert hätte?« Der Polizist verzog keine Miene. Aber er wich mit dem Kopf zurück. Kaum merklich, höchstens einen Millimeter, doch das genügte Elias als Bestätigung, dass er den Grobian an einem wunden Punkt erwischt hatte. »Was, wenn ich Ihre Drohung aufgezeichnet habe, die Aufnahme meinem Anwalt übergebe und Sie ein Verfahren wegen Polizeigewalt am Hals haben, noch bevor der blaue Fleck an meinem Unterarm abgeklungen ist?«, sagte er.

»Ich weiß nichts von einem Übergriff und einem blauen Fleck.« Weiler grinste, es sollte überlegen aussehen, aber seine übertriebene Mimik signalisierte mehr als seine Worte, dass er im Begriff war zurückzurudern. Tatsächlich ließ der Polizist ihn los, Elias rieb sich den Unterarm. Er trat einen Schritt zurück, griff den Zettel vom Tisch und hielt ihn in die Höhe. »Nachdem wir das geklärt haben, kann ich den wohl jetzt unterschreiben, oder?«

Der Beamte reichte ihm den Stift, Elias unterschrieb, Weiler nahm das Papier in Empfang. Er führte ihn ohne ein weiteres Wort nach nebenan in einen fensterlosen Raum mit drei Stühlen und einem kleinen runden Tisch, auf dem eine Karaffe mit Wasser und ein Glas standen. Von der Decke hing ein Mikrofon herunter. Die Kommissarin saß bereits. »Bitte«, sagte sie.

Elias setzte sich ihr gegenüber. Sein Arm schmerzte noch immer. Aber innerlich fühlte er eine große Genugtuung. Er hatte es diesem Arschloch gezeigt. Tatsächlich blieb Weiler auf Abstand: Der Polizist ignorierte den freien Sitzplatz und postierte sich in der Nähe der Tür.

Svensson legte ein Farbfoto vor sich auf den Tisch und schob es Elias herüber. »Kennen Sie den Mann?«

»Natürlich«, sagte er nach einem kurzen Blick. »Das ist Ralf Pontiak.«

»Und woher kennen Sie ihn?«

»Wir waren Zellengenossen in der JVA Fuhlsbüttel. Beinahe zehn Monate lang«, sagte Elias.

»Können Sie uns etwas über den Mann sagen, was wir nicht aus den Akten wissen?«

»Ralf ist … ein ziemlich kranker Typ.« Es musste weniger der Inhalt seiner Worte als der Tonfall sein, der die Mimik der Kripofrau einfrieren ließ. »Wenn er diese junge Frau tatsächlich jagt, dann wird er sie auch finden.«

26

»Sie wissen wirklich nicht viel von ihm, oder?«, fragte Elias.

»Wir sind nicht hier, um Ihnen zu erzählen, was wir wissen«, sagte Weiler mit unverhohlener Herablassung in der Stimme. Er trat von seinem Stehplatz an der Tür in den kleinen Vernehmungsraum und stellte sich neben den Tisch, an dem Elias und die Kommissarin saßen.

»Aha.« Elias neigte den Kopf zur Seite und schloss die Augen. Gerade lang genug, damit dieses Arschloch es nicht als normales Blinzeln missdeutete. Er öffnete sie wieder, verschränkte die Arme vor der Brust und erwiderte den genervten Blick des Polizisten.

Svensson schnaufte hörbar durch die Nase. »Wir haben von Pontiak eine polizeiliche Ermittlungsakte und die Akte der Strafvollstreckungskammer, beide kaum dicker als fünfzig Seiten. Viel steht da nicht drin, und das wenige ist nicht sehr aussagekräftig.«

Die Kommissarin fing sich einen missbilligenden Blick ihres Kollegen ein, dem es offensichtlich nicht passte, dass sie Elias nicht mit derselben Verachtung behandelte wie er.

»Wir sind Teil einer Sonderkommission und ermitteln gegen verschiedene Formen der organisierten Kriminalität«, sprach sie weiter. »Vorgestern wurden auf einem stillgelegten Betriebshof in Billwerder mehrere Menschen von einem Schleuser erschossen. Ralf Pontiak war am Tatort. Er stand früher mit der Balkanmafia in Verbindung, die nach der Jahrtausendwende in Hamburg sehr aktiv war. Wir wissen nicht, ob da gerade eine neue Schleusergruppe entsteht oder sich eine alte wieder zusammenfindet. In jedem Fall steckt Ralf

Pontiak da mit drin. Und vermutlich jagt er die einzige noch lebende Zeugin des Massakers. Eine siebzehnjährige Albanerin. Sie heißt Arjana.«

»Arjana Gori.« Elias nickte. »Sie hatten den Namen gestern Abend erwähnt.«

»Und da kommen Sie ins Spiel.« Weiler stützte sich mit den Händen auf dem Tisch ab, beugte sich vor. »Können Sie uns helfen, ihn zu schnappen? Wollen Sie uns helfen?«

»Ich kann es zumindest versuchen.«

»Dann erzählen Sie uns was.«

»Was wollen Sie hören?«

»Zum Beispiel, wie Sie ihn kennengelernt haben.«

Elias sah erst die Polizistin an, danach hoch zu ihrem Kollegen. »Vermutlich ist Ihnen bekannt, dass man als Mörder eines jungen Mädchens in der knastinternen Hierarchie sehr weit unten angesiedelt ist. Knapp oberhalb der Kinderschänder, nur unwesentlich besser als Ungeziefer und Exkremente, in jedem Fall etwas, das die meisten Gefangenen totschlagen und im Klo runterspülen wollen. Und das kann man im Gefängnis fast wörtlich nehmen.« Elias ließ seinen Blick zwischen den Polizisten hin- und herwandern. »Sie können sich denken, wie ich von den Mitgefangenen behandelt wurde.«

»Das können wir in der Tat«, sagte Weiler. »Wenn Sie unser Mitleid wollen, sind Sie hier fehl am Platz.«

Elias verzog das Gesicht zu einem bitterbösen Grinsen. »Nichts liegt mir ferner, glauben Sie mir. Ich erzähle es deswegen, damit Sie sich ein besseres Bild von Ralf Pontiak machen können. Bei ihm war es anders.«

»Nämlich?«, fragte die Polizistin.

»Es gibt Gruppierungen innerhalb der Häftlinge, auch das wissen Sie natürlich. Russen, Araber, Serben und Albaner. Gefängnisgangs, die sich wahlweise gegenseitig bekriegen oder, was häufiger ist, kooperieren. Es gilt das Recht des Stärkeren. Das ist leider kein Klischee aus Krimis, sondern bittere Realität. Ich wurde an meinem vierundzwanzigsten Geburtstag von der Jugendstrafanstalt in den Erwachsenenvollzug verlegt. Ich hatte es schwer im Jugendknast, ich erspare Ihnen die Details. Jedenfalls hatte ich echten Horror davor, wie es in der JVA Fuhlsbüttel weitergehen würde. Ich musste davon ausgehen, dass alle mich erkannten. Dass alle wussten, was ich getan hatte. Und mich dafür hassten. Zu Beginn meines ersten Hofgangs wurde ich misstrauisch beäugt. Die Leute standen in Gruppen zusammen, unterhielten sich leise. Ich drückte mich in irgendeiner Ecke herum und hielt mich von allen fern, aber nach einigen Minuten schlenderte eine Truppe von fünf Typen auf mich zu. Es waren Südosteuropäer, unschwer zu erkennen. Kräftige Kerle, derbe Gesichter. Sie kreisten mich ein. Sie hätten mich nicht angegriffen, nicht mitten auf dem Hof unter den Augen der Wachleute. Es war eher ein Signal an die übrigen Gangs: Der hier gehört uns. Ihr könnt ihn haben, wenn wir mit ihm fertig sind. ›Ich weiß, wer du bist‹, sagte einer der Männer im Tonfall eines Anführers. Er war älter als die anderen, hatte im Unterschied zu ihnen mehr Fett als Muskeln. ›Und du gefällst mir nicht.‹ Er trat dicht an mich ran, wollte offensichtlich mit mir spielen, eine Reaktion provozieren, mit der er mich drangsalieren würde. Aber dann kam Ralf Pontiak. Er schlenderte seelenruhig auf die Gruppe zu, drängte sich hindurch und sagte etwas auf Serbokroatisch zu dem Anführer. Die Typen warfen sich unsichere Blicke zu. Ihr Boss nickte Pontiak zu, und ohne ein weiteres Wort zogen sie sich zurück. Und ließen mich in Ruhe. Nicht nur an diesem Nachmittag, sondern bis zum verdammten letzten Tag meiner Haft.«

»Wie hat er das gemacht?«, fragte Svensson.

»Ralf ist gebürtiger Deutscher, hat aber bosnische Wurzeln

und spricht fließend Serbokroatisch. Er ist ein Einzelgänger durch und durch, darin ist er sich auch im Gefängnis treu geblieben. Die Leute im Knast haben ihn in Ruhe gelassen, ihn respektiert, vielleicht hatten sie sogar Angst vor ihm, weil sie wussten, wen er alles kannte, und weil sie spürten, wozu er fähig war. Sie haben es widerspruchslos akzeptiert, dass er seine schützende Hand über mich hielt. ›Du bist Elias Kandel‹, sagte Ralf, als er allein vor mir stand. Ein eigentlich unscheinbarer Mann mit Jeans, Wollpullover. Jemand, der auf den ersten Blick als Hausmeister einer Gemeinschaftsschule durchgehen würde. ›Ich bin Ralf. Ich glaube, wir haben uns viel zu erzählen.‹«

»Warum hat er Sie beschützt?«, fragte Svensson.

»Ich habe eine Zeit gebraucht, um das zu kapieren. Weil es für mich ungewohnt war, wie er mich behandelt hat. Natürlich war ich misstrauisch, erst recht, als er wenig später mein Zimmernachbar wurde. Auch da hatte er wohl seine Beziehungen spielen lassen. Aber schließlich wurde es mir klar.«

»Wir sind ganz Ohr.« Weiler richtete den Oberkörper wieder auf.

Elias versuchte, ihn so weit es ging zu ignorieren, wandte sich bewusst an die Kommissarin.

»Ralf Pontiak ist ein Psychopath, wie er im Buche steht«, sagte er. »Er besitzt null Warmherzigkeit und Gewissen, gleichzeitig eine hochfunktionale Empathie, die es ihm ermöglicht, seine Umgebung zu manipulieren. Er hat keinerlei Skrupel, Menschen zu benutzen, wie er sie gerade braucht. Wie leblose Gegenstände, die er wegwirft, sobald sie für ihn keinen Zweck mehr erfüllen. Er ist hochgradig misstrauisch, fast schon paranoid. Ein Einzelgänger, der niemandem vertraut und niemandes Nähe sucht.«

Weiler gab ein gekünsteltes Lachen von sich. »Manch einer behauptet, dass diese Beschreibung exakt auf Sie zutrifft.«

Elias zuckte mit den Achseln, sah zu ihm hoch, keine Sekunde länger als nötig. »Ich weiß, was die Leute von mir behaupten.«

»Und Sie haben die Frage noch nicht beantwortet«, schob er hinterher. »Warum hat er bei Ihnen eine Ausnahme gemacht?«

»Er hat sich in mir wiedererkannt«, sagte Elias. »Ich glaube, er hielt mich für eine Art Juniorversion seiner selbst. Oder eine Art Sohn, den er nie hatte. Superschlau, mit feinsten Antennen ausgestattet, dabei gefühlskalt und skrupellos. Deswegen hat er meine Nähe gesucht. Er wollte mein Vertrauen gewinnen, meine Freundschaft erlangen.«

»Wie schön für Sie«, sagte Weiler und verschränkte die Arme vor der Brust. »Warum sollten wir Ihnen auch nur ein Wort glauben?« Der Oberkommissar zog sich den freien Stuhl heran, stützte sich mit einer Hand auf die Lehne. »Ein manipulativer Psychopath beschuldigt jemand anderen, ein manipulativer Psychopath zu sein. Das ist doch ausgewachsener Bullshit. Eventuell stecken Sie mit ihm sogar unter einer Decke. Führen uns auf falsche Fährten, weil Sie ihm einen Gefallen schulden.«

»Wissen Sie was?«, sagte Elias mit scheißfreundlichem Tonfall. »Vielleicht haben Sie ja recht. Vielleicht machen Sie Ihren Kram besser ohne meine Hilfe. Ich jedenfalls habe es satt, von Ihnen beleidigt und angegriffen zu werden.«

»Es stimmt, Tom«, sagte die Polizistin in Richtung ihres Kollegen. »Er ist freiwillig hier, um uns zu helfen. Also lass ihn entweder in Ruhe oder verschwinde und ich führe das Gespräch allein weiter.«

»So weit kommt das noch«, sagte der Angesprochene. »Das ist genau das, was er will. Uns gegeneinander ausspielen.«

»Okay. Das war's für mich.« Elias stand auf. »Es tut mir leid um das albanische Mädchen. Aber ich bin sicher, Sie finden auch ohne meine Hilfe einen Weg, sie zu retten.« Elias stapfte zur Tür und verließ den Raum, ohne sich noch einmal umzublicken. Das brauchte er nicht, er konnte sich lebhaft vorstellen, was sich hinter seinem Rücken abspielte. Er sah Svenssons empörtes Gesicht ebenso vor sich wie den stillen Triumph in der Mimik ihres gehässigen Kollegen. Obwohl er den höheren Dienstgrad aufwies, hatte sie eindeutig die Hosen an, das war unschwer zu erkennen. Die Kommissarin würde ihren Partner, sobald Elias außer Hörweite war, kurz und heftig anfahren. Weiler würde das rein äußerlich an sich abprallen lassen, es sich aber trotzdem zu Herzen nehmen, weil es ihm alles andere als egal war, was seine Kollegin von ihm hielt. Und die würde anschließend keine Zeit verlieren, hinter ihm herzurennen und ihn umzustimmen.

Zum Glück befanden sie sich nicht in einem der hochgesicherten Bereiche des Polizeipräsidiums, sodass keine versperrte Tür seinen Weg zu den Fahrstühlen und von dort runter ins Foyer behinderte. Svensson brauchte länger, als er vermutet hatte, aber letztlich behielt er recht. Die Kommissarin erwischte ihn kurz vor der Ausgangsschleuse.

»Sie müssen Ihren Besucherausweis zurückgeben«, rief sie ihm von hinten zu.

Elias hatte die Plastikkarte bereits von seinem Jackenkragen entfernt. Er blieb stehen, drehte sich herum und streckte sie der heraneilenden Polizistin entgegen. »Bitte sehr.«

»Es tut mir leid«, sagte sie. »Mein Kollege hat große Vorbehalte gegen meinen Plan, mit Ihnen zusammenzuarbeiten und Sie in vertrauliche Details einzuweihen.« Sie nahm ihm den Ausweis aus der Hand. »Aber ich möchte das Gespräch mit Ihnen gerne fortsetzen.«

»Dann aber nicht hier im Präsidium«, sagte Elias. »Und nicht in Anwesenheit von Tom Weiler.«

Sie nickte. »Kommen Sie mit. Ich fahre Sie nach Hause.«

27

Svensson führte ihn zum Eingang des Treppenhauses neben den Fahrstühlen, weiter runter in die Tiefgarage und dort zu einem roten VW Golf neueren Baujahrs. Sie zog einen Schlüssel aus der Tasche und betätigte die Zentralverriegelung.

»Ihr Privatwagen?«, fragte er.

»Ist das ein Problem?«

Elias schüttelte den Kopf. Er öffnete die Beifahrertür und setzte sich. Im Inneren roch es nach Kaffee und Haarspray. Es war ordentlicher, als Elias es sich nach seinen bisherigen Eindrücken von der Polizistin vorgestellt hatte. Auf der Rückbank lagen ein Regenschirm, eine schusssichere Weste und ein einzelner Turnschuh, dessen Buddy vermutlich in den Fußraum gepurzelt war. Das Chaos konzentrierte sich auf ein schmales Ablagefach zwischen den Vordersitzen. Dort klemmten mehrere ineinandergesteckte To-go-Kaffeebecher, aus dem obersten ragte eine zerknüllte Brötchentüte. Daneben tummelten sich leere Kaugummiverpackungen, Kugelschreiber, ein paar Münzen und ein Blister Ibuprofen, von denen etwa zwei Drittel fehlten.

Das Auto eines Menschen, dachte Elias, dem es immens wichtig war, die Kontrolle über sein Leben zu behalten. Und der doch nicht verhindern konnte, dass sie ihm immer wieder entglitt.

Die Polizistin schwang sich auf den Fahrersitz, startete den Wagen, passierte die Auffahrt aus der Tiefgarage und die dazugehörige Schranke. Erst auf der Hauptstraße, als sie Gas gab und ihr Auto sie piepend auf den nicht angelegten Sicherheitsgurt aufmerksam machte, schnallte sie sich an.

»Sie wissen ja, wo ich wohne«, sagte Elias.

Svensson nickte. Ihr Golf gehörte zweifellos zur hochmotorigen Sorte, und die Kommissarin sparte nicht mit dem Gas. »Was können Sie mir noch erzählen? Über Pontiak?«

Elias wartete, bis die Beamtin einen Lastwagen überholt hatte, der mit indiskutablen fünfundfünfzig Stundenkilometern durch den Stadtverkehr schlich. »Ich traue ihm eine Menge zu. Und nicht nur ich. Ralf hatte einen Ruf als verrückter, skrupelloser Zocker, der vor nichts zurückschreckt. Nicht einmal die Balkangang im Gefängnis wollte sich mit ihm anlegen.«

Die Kommissarin bremste vor einer roten Ampel. »Wissen Sie noch etwas, das uns helfen könnte, ihn zu finden? Wo könnte er sich jetzt aufhalten?«

Elias zuckte mit den Achseln. »Ich habe keine Ahnung.«

»Hat er Freunde erwähnt? Familienangehörige?«

Die Ampel sprang auf Grün, die Fahrt ging weiter. Svensson blickte geradeaus auf die Straße, aber vermutlich sah sie sein Kopfschütteln aus den Augenwinkeln. »Ich kenne ihn als Einzelgänger. Die meisten Leute konnten nichts mit ihm anfangen, viele hatten Angst vor ihm.«

»Jemand, der ihm einen Gefallen schuldet oder der ihm helfen könnte?«

»Es gibt einen Serben, den er mal erwähnt hat. Sein Name ist Vlado Vulcovic. Ralf hat eine Weile in dessen Sicherheitsfirma seine Schulden abgearbeitet. Möglich, dass die beiden noch immer in Verbindung stehen.«

»Vulcovic«, sagte Svensson. »Okay. Noch was?«

»Hat Ihr Kollege Tom Weiler Ihnen verraten, warum er sich mir gegenüber so feindselig verhält?«

Sie sah zu ihm rüber, offenbar überrascht über den plötzlichen Themenwechsel. »Nun, soweit ich weiß, hat er es nicht so mit verurteilten Mördern. Und im Gegensatz zu mir kann er sich schlecht beherrschen.«

»Wir sind uns schon einmal begegnet.«

»Tatsächlich?« Svenssons Augenlider zuckten kaum merklich. Also hatte er es ihr nicht erzählt. Natürlich nicht. »Bei welcher Gelegenheit?«, fragte sie.

»Er gehörte zu einer Gruppe von Polizisten, die mich nach meiner Verhaftung vor zehn Jahren ins Polizeipräsidium gefahren, dort vernommen und in eine Arrestzelle gesperrt haben.«

»Die Welt ist manchmal kleiner, als man denkt.«

Elias presste die Lippen aufeinander. »Sie haben mich misshandelt. Etwa eine Dreiviertelstunde lang. Vier Männer. Zwei Schutzpolizisten mit den Namen Schröder und Febel. Ihr Kollege Tom Weiler und ein Vierter. Der ist später dazugekommen. Er hatte weder Dienstkleidung mit einem Namensaufnäher darauf, noch wurde sein Name laut ausgesprochen, deswegen weiß ich bis heute nicht, wer es war. Sie haben mich geschlagen, mir die Arme schmerzhaft auf den Rücken gedreht und mir mit weitaus schlimmeren Sachen gedroht.«

»Tatsächlich?« Die Stimme der Kommissarin geriet kaum merklich in Schwingung, und sie kniff minimal die Augen zusammen. Sie gab sich weiter kühl und wenig interessiert. Aber das war reine Fassade. »Gibt es dafür irgendwelche Beweise? Haben Sie das damals Ihrem Anwalt gesagt?«, fragte sie.

»Sie können sich vermutlich denken, wie groß die Bereitschaft war, mir zu glauben.«

Freya Svensson neigte den Kopf zur Seite. »Und das sollte heute anders sein?«

»Ich weiß nicht. Vielleicht. Vermutlich ist es wohl auch egal.«

»Ja. Vermutlich.«

Sie fuhren schweigend weiter.

»Besser, Sie lassen mich hier schon raus«, sagte Elias nach einer Weile. »Ich gehe die letzten Meter zu Fuß.«

Die Polizistin hielt am Straßenrand. Er stieg aus. »Danke für Ihre Hilfe«, rief sie ihm hinterher. »Und melden Sie sich bitte, wenn Ihnen noch etwas einfällt, okay?«

28

Elias sah der davonfahrenden Polizistin nach, zog den Schirm seiner Cap tief in die Stirn und machte sich auf den Weg. Ein paar Meter die Straße runter, dann rechts rein in den Hauseingang, hinter dem sein neues Zuhause lag. Er hielt sich dicht an der Hauswand.

Ein Schrei ließ ihn zusammenfahren. »MÖRDER!«

Das Wort traf ihn wie eine Revolverkugel. Er zog die Schultern hoch, duckte sich unwillkürlich, die Muskeln in seinen Beinen zuckten im Leerlauf, als ob sie sich nicht zwischen Wegrennen und Totstellen entscheiden könnten.

»Verbrecher! Hau ab! Lass mich in Ruhe!«, brüllte die Stimme.

Elias widerstand dem Impuls, Fersengeld zu geben, und ging langsam weiter.

Schräg gegenüber auf dem Sandweg, der in den kleinen Park führte, stand eine Frau. Wobei das Wort ›Frau‹ dieses komplett verwahrloste und ausgemergelte Wesen, das dort knappe zehn Meter von ihm entfernt verharrte, allenfalls biologisch beschrieb. Sie trug einen viel zu großen Parka, der an etlichen Stellen eingerissen, an anderen notdürftig mit Stoffflicken ausgebessert war. Ihr dichtes Haar war zerzaust und stand vom Kopf ab. Sie führte ein altes Damenrad mit sich, das sich in einem ähnlich erbärmlichen Zustand befand wie seine Besitzerin. Der Rahmen war mehr von Rost als von Farbe bedeckt, ließ andeutungsweise eine ehemals rote Lackierung erahnen. Speichen und Felgen beider Räder waren ebenfalls verrostet. Der Lenker war mit Stofftaschen und Plastiktüten behangen, auf dem Gepäckträger klemmte eine wegen Überfüllung aus den Nähten platzende IKEA-Plastiktasche.

Das verwahrloste Wesen starrte ihn an, die Augen zu Schlitzen zusammengekniffen. »Fass mich nicht an, verficktes Arschloch«, zischte sie und entblößte dabei ein Gebiss, das aus mehr Lücken als Zähnen bestand. Elias registrierte selbst auf diese Entfernung den muffigen Geruch, den die Frau verbreitete. Und er spürte ihre archaische Angst, die sie mehr schlecht als recht hinter der nicht minder ungefilterten Aggressivität zu verbergen versuchte. Die Angst der Straße, dachte er, die sie nach Monaten, eher Jahren der Obdachlosigkeit vor allem und jedem hatte. Vermutlich befördert von unendlich vielen echt miesen Erfahrungen und verstärkt durch ihre Isolation, die eine anfangs realitätsangemessene Vorsicht wie ein Brandbeschleuniger in allumfassendes Misstrauen verwandelt hatte.

Elias war erleichtert. Sie meinte mit ihrem Geschrei nicht ihn, Elias, den Mädchenmörder. Sondern ihn als Vertreter einer bedrohlichen Welt, die sie sich auf ihre Weise vom Hals zu halten versuchte.

»Verpiss dich, Wichser! Glotz mich nicht an.« Die Frau lispelte aufgrund der fehlenden Zähne, was ihrem Geschimpfe eine tragikomische Note verlieh.

Nun, diese beiden Wünsche konnte er ihr gerne erfüllen. Er hob die Hände und hoffte, dass die Obdachlose die Geste so verstand, wie sie gemeint war – als Zeichen der Beschwichtigung –, und von neuen Flüchen absah.

Er drehte sich weg und setzte seinen Weg entlang der Hauswand fort. Es blieb still, und doch war er froh, als er den Hauseingang erreichte und die Tür hinter ihm ins Schloss fiel.

29

Freyas Diensthandy klingelte, als sie gerade in die Zubringer-
straße zum Polizeipräsidium einbog. Das Display des fahrzeug-
eigenen Bordcomputers zeigte ihr den Namen des Anrufers
an: Kai Sievers. Ihr Chef. Das konnte bedeuten, dass es – im
Zweifel schlechte – Neuigkeiten im Fall des vermissten Mädchens gab. Oder dass ihr Chef erfahren hatte, wen sie ohne
seine Erlaubnis ins Präsidium geschleppt hatte. So oder so unangenehm. Natürlich nahm sie trotzdem das Gespräch an.

»Ja?«, sagte sie in Richtung Freisprechanlage.

»Wo sind Sie?«, fragte der Chef.

»Ich fahre gerade auf den Hof. Bin also quasi da.«

»Gut. Ich erwarte Sie.«

Eine gute Viertelstunde später stand sie in Sievers' Büro. Der
Chef saß mit versteinerter Miene in seinem Bürostuhl und sah
älter aus denn je. In dem Aschenbecher auf dem Tisch qualmte eine vergessene Zigarette vor sich hin.

»Haben Sie mir etwas zu sagen?« Die Frage und sein ernstes Gesicht erinnerten sie daran, dass die physische Verfassung ihres Vorgesetzten momentan ihr geringstes Problem
war.

»Sie wollten mich sprechen. Nicht umgekehrt.«

»Ich wollte Sie sprechen, richtig. Und jetzt sitzen Sie hier,
und ich frage Sie, ob Sie mir etwas zu sagen haben.«

Tom, du verdammtes Arschloch, dachte sie. Ihr Kollege hat-
te sie verpetzt. Das würde sie ihm nicht so schnell verzeihen.
Nicht, dass sie das mit dem Chef nicht klären könnte. Aber ihr
Vertrauen zu Tom war erst mal dahin.

»Sie wissen, dass ich Elias Kandel als Zeugen vernommen habe.«

Sievers nickte.

»Wer hat es Ihnen verraten? Tom?«

»Ist das denn wichtig?« Der Chef zog die Augenbrauen hoch, ohne den Blick von ihr abzuwenden.

Freya zuckte mit den Schultern. »Nun gut. Ich habe ihn überredet herzukommen und ihn in ein paar Ermittlungsdetails eingeweiht.«

Sievers presste die Lippen aufeinander, sagte aber nichts.

»Ist das ein Problem?«

»Ich weiß nicht. Sagen Sie es mir?«

»Tom hat Ihnen vermutlich schon berichtet, dass Elias Kandel unseren Hauptverdächtigen aus dem Gefängnis kennt. Er und Ralf Pontiak waren Zellengenossen. Ich habe mir von ihm Erkenntnisse erhofft, die nicht in den Ermittlungsakten stehen.«

Sievers schüttelte den Kopf. »Sie können nicht einfach so jemanden ins Polizeipräsidium schaffen und ihm vertrauliche Informationen mitteilen, ohne das vorher mit mir abzusprechen. Das ist Ihnen doch klar.«

Sie zuckte mit den Schultern. »Was hätten Sie wohl gesagt?«

»Darum geht es nicht. Vermutlich hätte ich Sie zumindest gebeten, die Vernehmung irgendwo anders durchzuführen.«

Freya verschränkte die Arme vor der Brust.

»Von einer Beamtin Ihres Kalibers hätte ich mir etwas mehr ...«, er kämmte sich mit den Fingern durch die ergrauenden Haare, »... politisches Fingerspitzengefühl erhofft. Was glauben Sie, was es für einen Wirbel gibt, wenn die Leitung davon erfährt. Oder die Presse.«

»Ich denke, die sollten sich freuen, dass wir Ermittler nichts unversucht lassen, um ein junges Mädchen zu retten.«

»Elias Kandel ist nicht irgendein entlassener Mörder. Er hat nicht irgendjemanden umgebracht, sondern …« Er sprach den Satz nicht zu Ende. Stattdessen presste er die Kiefer aufeinander.

»Sondern die Tochter des früheren Oberstaatsanwalts. Ist mir bekannt. Wussten Sie, dass Kandel damals von Beamten misshandelt wurde, während er sich hier in Polizeigewahrsam befand?«

»Verdammt noch mal, Freya!« Der Chef sprang von seinem Stuhl hoch. »Wir sind ein Team, vergiss das nicht! Von dem du ein wichtiger Teil bist. Ich muss mich auf dich und deine Loyalität verlassen können. Sonst funktioniert das hier nicht.«

Freya nickte. Tom und der Chef kannten sich schon lange und duzten sich wie selbstverständlich. Sie zu duzen und mit Vornamen anzureden, sparte Sievers sich für besondere Anlässe auf. Die Weihnachtsfeier vor einem halben Jahr, als sie beide mächtig einen im Kahn gehabt hatten und um ein Haar im Bett gelandet wären, war so einer gewesen. Oder ihr heftiger Streit vor einigen Monaten, als sie sich standhaft geweigert hatte, die Freundin eines Drogenkuriers mit haltlosen Strafandrohungen unter Druck zu setzen, um sie zu einer Aussage gegen ihren Typen zu zwingen. Und jetzt die Sache mit Kandel.

Kai atmete tief durch, setzte sich wieder. Damit war der schwierige Teil durch, dachte sie. Klar musste er sie zurechtweisen. Aber sie wussten beide, dass Freya ihren eigenen Kopf hatte – und Kai Sievers genügend Arsch in der Hose, um die eigenwillige Ermittlerin in seinem Team zu dulden. Er griff nach einer frischen Zigarette, zündete sie an, nahm einen Zug und versenkte sie gleich darauf im Aschenbecher. »Was hat Kandel Ihnen gesagt?«

»Er beschreibt Pontiak als paranoiden Psychopathen, der notfalls über Leichen geht, um seine Ziele zu erreichen.«

»Vertrauen Sie ihm?«

»Einem verurteilten Mörder? Wohl kaum. Laut Kandel hat Pontiak behauptet, früher für Vlado Vulcovic gearbeitet zu haben. Es könnte sein, dass die beiden noch in Verbindung stehen.«

»Vulcovic? Soweit ich weiß, hat der sich seit Jahren aus den schmutzigen Geschäften rausgehalten. Ohne ihn ist die Balkanmafia in der Bedeutungslosigkeit versunken.«

»Wir können Däumchen drehen«, sagte Freya. »Oder diesem Serben auf den Zahn fühlen.«

Der Vorschlag trieb dem Chef Sorgenfalten auf die Stirn. »Vlado Vulcovic ist noch immer kein Mann, bei dem man auf einen freundlichen Plausch vorbeischaut. Da kommt man schwer bewaffnet mit dem SEK – oder gar nicht.«

30

Malte hatte Julius vor knapp fünfzehn Jahren kennengelernt. Fünfzehn Jahre, in denen sein Leben sich privat wie beruflich weiterentwickelt hatte, das Schicksal in Gestalt eines rachsüchtigen Schwerverbrechers es ihm in Stücke gehauen und er es aus den Trümmern wieder aufgebaut hatte.

Ursprünglich hatte Malte für einen von ihm betreuten Strafgefangenen einen Rechtsanwalt gesucht. Der Häftling war wegen Kindesmissbrauchs verurteilt worden – nach Maltes Überzeugung zu Unrecht. Julius hatte den Fall übernommen, sich mächtig reingekniet, eine Wiederaufnahme des Strafverfahrens und schließlich einen Freispruch erwirkt. Seitdem waren sie im Kontakt geblieben. Jahre später hatte Malte ihn beauftragt, als er nach der Ermordung seiner Frau und seines Sohnes selbst einen Rechtsbeistand gebraucht hatte.

Im Vergleich zu Maltes Schicksalsschlägen schien sich das Leben des Anwalts in stabilen Bahnen zu bewegen. Hier und da eine Beziehung. Engagement im Lions Club sowie in der Flüchtlings- und Obdachlosenhilfe, ein wenig Berufspolitik und natürlich die Arbeit. In Julius' Fall sehr viel Arbeit.

Julius hatte ihm bereits am Telefon von den Verwüstungen an der Hausfassade erzählt, aber die Schmierereien und das zerstörte Fenster selbst zu sehen, schockierte ihn doch.

Der Anwalt ließ ihn in sein ramponiertes Büro ein, bot ihm einen der abgewetzten Ledersessel als Sitzplatz an und sah ihn erwartungsvoll an. Malte erschrak, wie schlecht Julius aussah. Er war übergewichtig, rauchte permanent und trank zu viel Alkohol, das war schon lange so. Aber das aufgequollene, von Besenreisern übersäte Gesicht, ausladende Tränensäcke unter unendlich müde erscheinenden Augen und ein kaum zu überhörendes Schnaufen beim Atmen waren neu. Malte überlegte, ob er seine Sorge zum Ausdruck bringen sollte, entschied sich aber dagegen. Der Anwalt reagierte auf Fürsorge ungefähr so dankbar wie ein alter Kater auf ein Bad in eiskaltem Wasser.

»Es geht um Elias«, sagte er stattdessen.

»Hab ich mir schon gedacht. Hat er etwas angestellt? Die Therapie hingeschmissen?«

»Nein, im Gegenteil. Er ist pünktlich erschienen, arbeitet mit, ich denke, es wird laufen.«

Julius atmete hörbar aus.

»Es geht um etwas anderes. Ich habe die Akten durchgearbeitet.«

Der Anwalt nickte. »Und?«

»Ich werde nicht schlau aus dem, was ich gelesen habe.«

Julius verkniff die Augen, was den Äderchen eine noch kräftigere Rotfärbung verpasste. »Was genau meinst du?«

»Ich kann mich noch sehr gut an Oliver Welge erinnern. Den jungen Mann, den du damals als Mandanten angenommen und im Wiederaufnahmeverfahren freigeboxt hast. Du hast gekämpft wie ein Löwe, um den Missbrauchsvorwurf zu entkräften. Hast dich mit Richtern, Staatsanwälten und den ermittelnden Kripoleuten angelegt, einen eigenen Gutachter beauftragt, einen Privatdetektiv auf die Ehefrau angesetzt, von der die Anschuldigung ausgegangen war. Verdammt, du kanntest die Akte besser als der Vorsitzende Richter und hast unerbittlich und präzise jede Schwachstelle und Ungereimtheit offengelegt. Du hast alles gegeben.«

»Und gewonnen.« Eine Andeutung des alten Triumphs umspielte den Mund des Anwalts. »Oliver Welge wurde ohne Wenn und Aber freigesprochen.«

»Genau. Verglichen damit warst du bei Elias Kandel beinahe scheintot. Kein einziger Beweisantrag, kein Kreuzverhör, keine Eingabe bei Gericht. Ich bin kein Jurist, aber selbst mir sind beim Durchlesen der Akten etliche Ungereimtheiten, zumindest offene Fragen aufgefallen. Wo war der streitlustige Strafverteidiger, der für seinen Mandanten alles gibt und vor Gericht verbissen um jede kleinste Strafminderung kämpft?«

»Verstehe.« Julius nickte. Griff nach seiner Pfeifentasche, zog einen Tabaksbeutel und eine Pfeife hervor, befüllte sie und presste den Tabak mit einem silbrigen Pfeifenstopfer zusammen. Er holte ein klobiges Feuerzeug hervor, zündete es an, steckte die Pfeife in den Mund und saugte die Flamme mit kurzen Zügen in den Pfeifenkopf. Ein Ritual, das er zweifellos auch im Halbschlaf und mit geschlossenen Augen vollziehen konnte. Als die ersten satten Rauchwolken emporstiegen und ein kräftiges, aber nicht unangenehmes Aroma den Geruch von kaltem Rauch verdrängte, lehnte er sich in seinem Sessel zurück, sah Malte an und ließ sich weitere Sekunden Zeit, bis er antwortete.

»Du glaubst, dass er es nicht war, oder? Dass er unschuldig ist?«

»Nein, ich …« Malte zögerte. Julius' Bemerkung hatte ihn kalt erwischt. Bewusst hatte er sich das gar nicht gefragt. Aber jetzt, wo der Anwalt es aussprach, musste er zugeben, dass es genauso war. Er konnte sich tatsächlich nicht vorstellen, dass der junge Mann, den er gerade zwei Mal persönlich gesprochen hatte, einen derart grausamen Mord begangen hatte. Oder wollte er es sich nicht vorstellen? »Ich bin mir nicht sicher«, sagte er.

Julius schwieg und entlockte seinem Rauchgerät weitere dichte Schwaden. Malte richtete seine Aufmerksamkeit nach innen und versuchte, seine Gefühle mit dem Verstand abzugleichen. Tiefenradar nannte er das gegenüber Patienten, denen er beibringen wollte, die eigenen Gefühle wahr- und ernst zu nehmen und zu ergründen.

Er mochte Elias Kandel, machte er sich klar. Die immer wieder aufblitzende freche, dabei unverkennbar intelligente Art war ihm zutiefst sympathisch, gleichzeitig berührten ihn das Leid und die Überforderung des jungen Mannes, der, gemessen an seinem Potenzial, höchst ungenügende Startbedingungen vorgefunden hatte. Aber das war es nicht allein, was seine Zweifel nährte. »Ich habe über zehn Jahre im geschlossenen Strafvollzug mit Schwerverbrechern aller Couleur gearbeitet«, sagte er. »Und ich weiß ziemlich genau, was einen Mörder ausmacht. Wie es sich anfühlt, einem Mörder gegenüberzusitzen, mit ihm zu sprechen. Da sind die Dissozialen und Psychopathen, die dich mit ihrem oberflächlichen Charme und wilden Geschichten blenden und manipulieren. Du bist anfangs interessiert, vielleicht fasziniert, spürst aber recht schnell eine gewisse Langeweile und Übersättigung wie bei einem schlechten Actionfilm. Oder die Impulsiven und emotional Instabilen, die dich unweigerlich mitnehmen auf ihre emotionale Achterbahnfahrt und in dir das Adrenalin hochschießen lassen, wenn sie in deiner Gegenwart wütend werden.«

»Und was ist mit diesem Traumazeug? Multiple Persönlichkeiten? Du hast doch die Gutachten gelesen.«

Malte nickte. »Ich kenne Täter mit schweren dissoziativen Störungen, deren Aggressionen weitgehend abgespalten sind. Du blickst in das lächelnde Gesicht eines vordergründig sympathischen Menschen, bis du dich nach einer Weile unwirklich fühlst und es dir eiskalt den Nacken herunterläuft. Ein sehr eindrückliches Gefühl.«

Julius zuckte mit den Schultern. »Elias ist eben kein gewöhnlicher Mörder.«

»Er ist nicht nur kein gewöhnlicher Mörder.« Malte atmete

tief durch. Ja. Je länger er darüber nachdachte, umso mehr reifte die Überzeugung in ihm. »Du hast recht. Ich kann mir nicht vorstellen, dass er seine Schwester umgebracht hat. Er hat sich eine selbstsichere, mitunter überhebliche Fassade zugelegt, hinter die er kaum blicken lässt. Aber dahinter ist er ein unsicherer, tief gekränkter und verletzter, sicher auch wütender Junge, dem das Leben nichts geschenkt, aber sehr viel zugemutet hat. Er spaltet einen Teil seiner Emotionen ab, klar. Aber er kann darüber sprechen und wird lernen, in sich hineinzufühlen. Das ist weit entfernt von den destruktiven psychischen Kräften, die einen Menschen zum Mörder machen.«

»Da waren die Gutachter aber anderer Meinung.«

»Keiner der Gutachter hat sich mit der grundsätzlichen Frage nach Schuld oder Unschuld beschäftigt. Das ist allein Sache des Gerichts.«

Julius verzog keine Miene.

»Und auch die Beweise halte ich nicht für so eindeutig, wie es behauptet wird«, sprach Elias weiter. »Nimm zum Beispiel die Waldhütte. Die Tür war von innen verschlossen, der Schlüssel steckte im Schloss. Es gab keinen anderen Weg aus der Hütte raus als durch diese Tür.« Malte neigte den Kopf zur Seite. »Ein simpler Trick, mit dem in den Fünfzigerjahren ein Franzose aufgetreten ist und der bei fast allen Schlössern mit Buntbartschlüsseln funktioniert«, sagte er. »Du steckst einen Holzstab, an dem eine lange Schnur befestigt ist, durch den Ring am Ende des Schlüssels. Du steckst den Schlüssel von innen in die Tür, positionierst den Stab so, dass er halbwegs waagerecht steht, ziehst die Schnur senkrecht nach unten durch den Türspalt und schließt die Tür vorsichtig von außen. Dann ziehst du von draußen an der Schnur. Der Holzstab dreht den Schlüssel im Schloss herum, fällt heraus, und du ziehst ihn durch den Türspalt nach draußen und fertig. Ich habe eine halbe Stunde gebraucht, um das Rätsel zu knacken. Es gibt sogar einen Film auf YouTube, in dem es erklärt wird. Und wenn dieses eine Puzzleteil erst mal aus dem Spiel ist, gerät ganz schnell das Gesamtbild in Schieflage. Ich bin kein Experte für Beweissicherung und Schlösser in Waldhütten. Und du bist es auch nicht. Aber es wäre dein Job gewesen, diese Dinge zu recherchieren. Oder einen unabhängigen Sachverständigen aufzutreiben, der den Job erledigt.«

»Ich weiß schon ganz gut, wie ich meine Arbeit zu erledigen habe, das kannst du mir glauben. Fakt ist nun mal, dass alle einzelnen Stücke ein stimmiges Gesamtbild ergeben. Nichts anderes hat das Gericht festgestellt.«

Malte schwieg einen Augenblick, betrachtete den Anwalt, der fast unmerklich auf dem Sessel vorgerückt war. Es kam ihm immer mehr so vor, als suchte Julius nachträglich nach einer Rechtfertigung für seinen laschen Auftritt damals in der Verhandlung und lenkte Malte mit den Fragen nur von seinem ursprünglichen Anliegen ab. Nun, so leicht würde er ihn nicht davonkommen lassen. »Elias behauptet, dass er sich an die Tat nicht erinnern kann«, schob er nach. »Es gab keine Zeugen. Somit war es ein reiner Indizienprozess. Mich wundert es, ehrlich gesagt, dass du dich so schnell mit Elias' vermeintlicher Schuld arrangiert hast. Du warst nicht der Ankläger. Sondern sein Strafverteidiger.«

Der Anwalt prustete den Rest einer Rauchwolke hervor. Seine rechte Hand ballte sich um den Kopf der Pfeife. »Glaubst du, ich hätte nicht jeden einzelnen Stein umgedreht? Nach alternativen Erklärungsansätzen und Indizien gesucht, die ihn entlasten? Und ja, ich bin auch auf diese Zauberscheiße mit dem Schloss gestoßen, okay? Viel hatte ich nicht in der Hand, aber ich war bereit, den Kampf aufzunehmen. Ich hatte ein halbes Dutzend Beweisanträge vorbereitet und sogar einen

Entlastungszeugen in petto. Das ist auf der Daten-CD, die ich dir zusammen mit den Akten gegeben habe. Du willst wissen, warum es in der Versenkung verschwunden ist? Elias selbst hat mich zurückgepfiffen.«

»Er hat was?«

»Du hast mich schon verstanden. Er wollte nicht kämpfen, auf keinen Fall. Er wollte, dass wir seine Schuld einräumen. Er wollte gestehen, vollumfänglich. Er hat mir gar keine Wahl gelassen. Ich konnte nicht gegen seinen Willen in eine harte Konfliktverteidigung einsteigen.«

»Aber ...« Malte schüttelte den Kopf. Das änderte nichts an der Verwirrung, die die Worte des Anwalts in ihm auslösten. »Hat er dir verraten, warum er das so wollte?«

»Er hat sich mir nicht anvertraut. Aber ich bin überzeugt, dass er zumindest tief im Innern wusste, dass er das Mädchen umgebracht hat. Dass er schuldig ist und zu Recht verurteilt würde. Gleichzeitig konnte er die Wahrheit nicht ertragen, also hat er die Erinnerungen in sich vergraben.« Julius schüttelte den Kopf. »Und vielleicht ist es das Beste, wenn sie dort bleiben.«

»Ganz so einfach ist das aber nicht.«

»Für ihn? Oder für dich?« Julius lehnte sich in seinem Stuhl zurück, musterte Malte aus kleinen Augen, die in dem aufgedunsenen Gesicht fast verschwanden.

»Für mich? Wie kommst du darauf?«

»Kann es sein, dass Elias dich an jemanden erinnert?«

Malte stutze. Dachte nach. »An wen sollte er mich erinnern?«

»An Felix«, sagte Julius.

»Ich glaube kaum ...«, setzte er an, unterbrach sich aber selbst. Er war zu verdutzt, um etwas zu denken. Oder zu fühlen, was die Erwähnung seines toten Sohnes in ihm auslöste.

Wie die Taubheit nach einem unerwarteten Schlag. »Darüber muss ich nachdenken.«

Der Anwalt nickte. Natürlich musste er sich durch Maltes Schweigen in seiner Vermutung bestätigt sehen. »Wenn Felix noch am Leben und nur halbwegs nach seinem Vater geraten wäre«, sage er, »dann wäre er heute ebenfalls ein aufgeweckter, kluger und sensibler Bursche. Vielleicht trübt dir das den Blick auf Elias. Und auf das, was er getan hat.«

Malte fuhr sich mit den Fingern durch die Haare. Er war verwirrt. »Du hast Elias doch hoffentlich nichts erzählt von … von meiner Vergangenheit.«

»Natürlich nicht. Und ich will dir echt nicht zu nahe treten.« Die sanfte Stimme passte wenig zu dem alten Kämpfer, als den Malte den Anwalt kannte. »Ich weiß besser als viele andere, was du durchgemacht hast. Denk in Ruhe darüber nach. Und falls es nicht anders geht, suchen wir für Elias eben einen anderen Therapeuten.«

31

Elias angelte einen Beutel Früchtetee aus einer Packung auf dem Küchenregal, goss den Tee auf – und dachte die ganze Zeit an Ralf Pontiak. Den Mann, der ihn im Knast vor dem Schlimmsten bewahrt hatte. Und der jetzt, nach Auffassung der Hamburger Polizei, eine junge Albanerin ermordet hatte und hinter einer zweiten her war, um sie ebenfalls umzubringen.

Er trat ans Fenster, sah runter zur Straße. Die obdachlose Frau, die ihn vor einer knappen Stunde angeschrien hatte, war seitdem nicht weit gekommen. Sie hatte ihr rotes Fahrrad gegen das schulterhohe Buschwerk gelehnt, das den kleinen Park begrenzte, und schälte eine Banane. Ihre Bewegungen sahen aus wie in Zeitlupe. Sie starrte dabei gedankenverloren vor sich hin, und es vergingen mehrere Minuten, bis sie fertig war, die Schale neben sich auf den Boden fallen ließ, ein Stück Banane abbrach und es sich in den Mund schob. Es hatte beinahe etwas Meditatives. Seine Gedanken kehrten zurück zu Ralf Pontiak. Er konnte sich genau an den Moment erinnern, an dem sie sich verabschiedet hatten. Ralfs Entlassungstag. Elias hatte da noch weitere zwölf Monate Vollzug vor sich gehabt.

»Niemand wird dir was tun«, hatte Ralf gesagt und damit Elias' größte Sorge entkräftet. »Dafür habe ich gesorgt. Okay, Kumpel?«

Elias hatte genickt.

»Treffen wir uns, wenn du wieder draußen bist?«

»Hast du schon eine Handynummer?«

»Nein. Kein Handy. Zu unsicher« Ralf schüttelte den Kopf. »Ich habe etwas Besseres. Mein geheimes Wohnzimmer.«

»Was soll das sein?«

»Ein spezieller Chatroom im Darknet, der über einen temporären Server errichtet wird. Du klopfst an meine Tür. Und wenn ich gerade zu Hause bin und antworte, entsteht für eine begrenzte Zeit der virtuelle Raum. Wenn wir fertig sind mit der Unterhaltung, verschwinden das Zimmer und sämtliche Spuren unseres Treffens für immer in den dunklen Tiefen des Internets.«

»Und wie finde ich die Tür?«

»Du brauchst einen speziellen Browser, die passende Adresse und ein Passwort – quasi der Klopfcode, an dem ich dich erkenne. Ich würde ihn ungern aufschreiben. Aber vermutlich wirst du es dir auch so merken können, oder?«

Gedämpftes Geschrei riss Elias' Aufmerksamkeit in die Gegenwart zurück.

Unten auf der Straße rannte eine Gruppe Kids auf die Obdachlose zu. Selbst durch das geschlossene Fenster konnte er deren Beschimpfungen verstehen: »Hässliche Helga«, schrien die Kinder ihr entgegen, »Stinkefotze« und »Asi-Bitch«. Die lautstarke Antwort folgte prompt: »Drecksbande«, »Verpisst euch, Mistkrähen« und »Diebe, Räuber und Mörder«. Anders als vorhin bei ihm, stachelte das Gekreische die Kids nur noch mehr an. Sie waren zu fünft, vier Jungs und ein Mädchen, Elias schätzte ihr Alter auf zehn, höchstens zwölf. Sie bauten sich um die schreiende Frau auf, lachten, zogen Grimassen, einer der Jungs zog am Sattel des Fahrrads. Es schepperte auf die Straße. Die kunstvoll verteilten Taschen und Tüten fielen herunter, und verpackte Lebensmittel, Konservendosen, lose Früchte und ein paar auf die Entfernung nicht identifizierbare Gegenstände purzelten über den Asphalt. Gefundenes Fressen für die Kids, die sich einen Spaß daraus machten, auf den Verpackungen herumzuspringen und sie zum Aufplatzen zu bringen. Die Frau verstummte, zog sich an die Hecke zurück und beobachtete mit starrem Gesicht, was die Bande mit ihren Habseligkeiten anstellte.

Elias stand am Fenster, die Nase an die Scheibe gedrückt, und verfolgte das Spektakel. Gerne hätte er sich gesagt, dass die Frau ihm leidtat. Dass er wütend war auf die Kinder, die wie Räuber über die hilflose Obdachlose herfielen. Dass er sich mühsam bremsen musste, um nicht runterzurennen, die Kleinen zusammenzuscheißen und der Frau beim Zusammensammeln ihrer Kostbarkeiten zu helfen. Die bittere Wahrheit war: Er erkannte die Angst und die unterdrückte Wut der Frau, spürte die morbide Freude der Kinder über das sadistische Spiel mit Macht und Überlegenheit. Aber eigene Gefühle? Fehlanzeige. Von der Kälte der Glasscheibe an seiner Nasenspitze mal abgesehen.

Die Kids hatten offenbar genug und trollten sich davon. Die obdachlose Frau verharrte regungslos vor dem Gebüsch. Wie ein scheues Wildtier, das sichergehen wollte, dass der Fressfeind auch wirklich außer Reichweite war, bevor es wagte, sich zu bewegen. Erst nach einigen Minuten wurde sie aktiv, stellte ihr Rad auf und begann, ihre Sachen aufzusammeln.

32

»Also Vlado Vulcovic«, sagte Tom. Er saß auf dem Beifahrersitz von Freyas rotem Golf und trommelte mit den Fingern auf seinen Oberschenkel. »Was hast du mit Kai angestellt, dass er dem zugestimmt hat?«

Freya zuckte mit den Achseln. »Ich kann sehr überzeugend sein.« Sie hielt den Blick stur geradeaus gerichtet, steuerte ihren Golf durch den Feierabendverkehr Richtung Süden.

Sie schwieg, und es dauerte etliche Sekunden, bis Tom reagierte. »Ist was? Du wirkst ein wenig ... distanziert.«

»Kai wusste von Kandel und hat mich auf den Pott gesetzt.« Sie drehte den Kopf in seine Richtung. »Von wem außer dir sollte er davon erfahren haben?«

»Du glaubst, ich hätte dich bei ihm verpfiffen?« Tom richtete sich im Beifahrersitz auf und wandte sich zu ihr. Der Sicherheitsgurt verhinderte, dass er ihr dabei auf die Pelle rückte. »Ich war echt angepisst wegen der Aktion, das stimmt. Aber deswegen renne ich nicht beleidigt zum Chef und petze.« Er schüttelte den Kopf. »Ich habe dich gefühlte hundertmal bei ihm gedeckt, schon vergessen?«

Freya ließ sich Zeit mit einer Reaktion. Seine Empörung klang aufrichtig. Aber überzeugt war sie nicht.

»Was ist mit dem Fahrer, der Kandel gebracht hat?«, sagte Tom. »Vielleicht wird er auch vom Staatsschutz überwacht, immerhin gilt er als gemeingefährlich. Oder jemand hat ihn im Präsidium gesehen.«

Aus den Augenwinkeln sah sie, dass er sich zurücklehnte und die Arme über der Brust verschränkte.

»Vielleicht hast du recht«, sagte sie. »Entschuldigung.«

»Geschenkt. Immerhin ist Vulcovic eine Spur. Falls Kandel uns wirklich weiterhelfen kann, war es richtig, ihn ins Boot zu holen. Aber wir müssen höllisch aufpassen, dass er uns nicht gegeneinander ausspielt.«

»Wie meinst du das?«

»Das ist doch das, was er bezweckt«, sagte Tom. »Statt uns auf die Arbeit zu konzentrieren, streiten wir uns und sind uns uneins. Die Psychologen haben das in den Berichten so beschrieben, weil es ihnen mit Kandel ähnlich ging. Die einen solidarisierten sich in extremer Weise, die anderen gingen umso stärker in eine Gegenposition.«

»Was sollte Elias davon haben?«

»Du nennst ihn Elias. Seid ihr schon per Du?« Tom grinste sie von der Seite an. »Na, meinen Glückwunsch. So weit hat er dich gekriegt.«

»Nein, natürlich nicht.« Freya schluckte ihren Ärger herunter. War da was dran? Wickelte dieser Milchbubi sie um den Finger, ohne dass sie das bemerkte? »So wie ich das sehe, war er es nicht, der sich feindselig verhalten hat. Das warst du.«

»Ich traue ihm nicht. Ich mag ihn nicht. Er hat ein junges Mädchen umgebracht. Die Tochter des früheren Oberstaatsanwalts.«

»Das habe ich nicht vergessen.«

Tom nickte. »Wir können diese Guter-Cop-böser-Cop-Nummer gerne mit Kandel weiterspielen«, sagte er. »Aber dann bitte mit System. Und Absprache. Sind wir ein Team, oder was?«

»Team.« Tatsächlich wurde es Zeit, dass sie versöhnliche Töne anschlugen. Wenn sie gleich bei Vlado Vulcovic auf der Matte standen, mussten sie perfekt zusammenarbeiten.

In der aufkommenden Abenddämmerung dirigierte das Navi sie runter von der Hauptstraße und hinein in ein abgehalftertes Industrieviertel. Die Straße führte vorbei an düster aufragenden Werkshallen und von hohen Drahtgitterzäunen umschlossenen Betriebshöfen und endete vor dem einzigen Gebäude in dieser tristen Gegend, das sich mehr als das absolut notwendige Maß an Beleuchtung gönnte.

Freya stoppte vor einem schmiedeeisernen Tor, das nur zu einem Drittel zugezogen war. Dahinter erstreckte sich ein breiter, von großzügig verteilten Laternen hell erleuchteter Parkplatz, auf dem ein Dutzend baugleicher, dunkel lackierter Kleinwagen mit dem fetten weißen Aufdruck *Vulcovic-Security* zu sehen war.

Das Haus war ein weiß verputzter, dreigeschossiger Kasten, dessen Vorderfront von einem Halogenstrahler beleuchtet wurde. Das Erdgeschoss beherbergte offenbar eine Art Ladenbüro. Die großflächigen Schaufenster waren mit Jalousien verschlossen, darüber prangte in grellen Leuchtbuchstaben der Name der Sicherheitsfirma. An den Fenstern im Obergeschoss waren die Gardinen zugezogen, dahinter schimmerte Licht.

Ein schmaler, im Halbdunkel gelegener Weg führte seitlich am Haus vorbei, vermutlich zu einem Hintereingang.

»Ziehen wir Westen an?«, fragte Tom.

Freya schüttelte den Kopf. »Damit senden wir die falschen Signale. Soweit ich weiß, hat Vulcovic sich seit Jahren nichts zuschulden kommen lassen und legt großen Wert auf seine Seriosität. Der wird es sich zweimal überlegen, uns Stress zu machen.«

»Okay.« Er zuckte mit den Schultern. »Es ist deine Show.«

Sie stiegen aus, huschten durch das offene Tor. Freya ging voran, Tom hing ihr an den Fersen. Am Ende des Parkplatzes, direkt neben dem gepflasterten Fußweg, parkte ein fetter Porsche Cayenne in schwarzer Metalliclackierung mit Hamburger Kennzeichen.

»Sieht aus, als hätten wir Glück«, sagte Freya. »Der Boss ist zu Hause.«

Sie folgten dem dunklen Weg zur Rückseite des Gebäudes.

Dort stand ein Kerl mit kantigem Körperbau, der perfekt zu dem würfelartigen Haus passte, dessen Hintereingang er offenbar zu bewachen hatte. Der Typ trat ihnen entgegen. »Betriebsschluss«, knurrte er mit unverkennbarem Akzent. »Kommen Sie morgen wieder. Hier ist jetzt privat.« Er wackelte von einem Bein zum anderen, reckte den Kopf in die Höhe und streckte die Brust raus. Freya und Tom blieben einfach vor ihm stehen. »Verzieht euch«, legte der Türsteher nach. »Sonst gibt es Ärger.«

»Nee«, sagte Tom und baute sich vor dem Typen auf. Tom war größer, aber deutlich schmaler als der Typ. »Ärger wollen wir nicht. Aber uns verziehen auch nicht.«

Der Türsteher klappte seine Lederjacke auf. An deren Innenseite war ein gewaltiges Messer samt Scheide befestigt. »Letzte Warnung, Leute.«

»Oh, Spielzeug haben wir auch dabei«, sagte Tom. Er öffnete seinerseits die Jacke. Der Anblick der Walther P99 im Brustholster ließ den Kampfhahn merklich zusammenschrumpfen.

»So eine habe ich auch«, sagte Freya. »Und das hier noch dazu.« Sie hielt ihren Polizeiausweis samt Kripomarke in die Höhe.

»Sie wissen schon, dass Ihr schickes Messer unter das Waffengesetz fällt und dass Besitz und Mitführen verboten sind?«, schob Tom hinterher.

Der Kerl klappte den Mund auf und zu wie ein Karpfen, der unversehens an die frische Luft katapultiert worden war. »Wir wollen mit Vlado Vulcovic sprechen«, sagte Freya. »Ich nehme an, er hält sich dort drinnen auf, nicht wahr?« Sie und Tom zwängten sich an dem Muskelberg vorbei Richtung Tür. Sie war nicht verschlossen.

»Sie dürfen da nicht einfach …«

Die Tür mündete in einen schmalen Flur. Schräg gegenüber lag eine weitere Tür mit eingelassener Milchglasscheibe, dahinter ließ sich ein hell erleuchteter Raum erahnen. Freya und Tom hörten raue Männerstimmen und lautes Lachen, im Hintergrund basslastige Musik. Ein Hund bellte. Dort drinnen ging die Post ab.

»… rein.« Der Türsteher stand hinter ihnen, konnte sich aber wohl nicht dazu durchringen, sie auf handfeste Art aufzuhalten.

Freya warf Tom einen letzten Blick zu, der nickte. Freya schob die Tür auf und trat mit beherzten Schritten in einen Raum, der wohl gute zwei Drittel der Grundfläche des Hauses einnahm und den Männern offenbar als Umkleide- und Aufenthaltsraum, Lagerhalle, Kneipe und Büroraum diente. Und zwar gleichzeitig.

Eine Tür auf der gegenüberliegenden Seite führte vermutlich zum Ladengeschäft, links und rechts davon stapelten sich Kartons unterschiedlicher Größe bis unter die Decke. An der linken Seitenwand waren Garderobenhaken montiert, an denen robuste Jacken mit *Vulcovic-Security*-Aufdruck hingen, darunter gab es zu jedem Haken ein kleines Schließfach. Damit endete offenbar der geschäftlich genutzte Teil des Raumes. Zwei Billard- und ein Kickertisch mit lose darum herumgruppierten Bartischen und dazugehörigen Hockern nahmen den Rest des Raumes in Beschlag. Ganz rechts erstreckte sich ein lang gezogener Tresen, der, soweit erkennbar, eine sowohl technisch als auch getränkemäßig voll ausgestattete Bar beherbergte.

An der Bar und den Spieltischen hingen Typen herum, rauchten, tranken und schwatzten, die meisten erreichten mühelos die Schwergewichtsklasse.

Freya hätte sich die Mühe sparen können, sich ein gutes Dutzend Fotos von Vlado Vulcovic anzuschauen, um sich dessen Gesicht einzuprägen. Es war eindeutig, wer hier das Sagen hatte. Der Anführer der Balkanbande thronte auf einem mit dunklem Leder bezogenen Sessel in der Nähe des Tresens. Er hatte die Beine übereinandergeschlagen und hielt eine Zigarre in der Hand. Zu seiner Rechten lag ein Hund, den Freya gerne für einen Schäferhund gehalten hätte. Allerdings ähnelte das Tier aufgrund der Größe und dunkelgrauen Fellfarbe eher einem Wolf. Links von Vulcovic stand eine Frau – die einzige in der Truppe, soweit Freya das auf die Schnelle erkennen konnte. Sie war vermutlich Vulcovics Mätresse. Vielleicht sogar seine offizielle Freundin. Sie hatte lange pechschwarze Haare und war mit hautengen Lederleggins und figurbetontem Shirt standesgemäß bekleidet. Am auffälligsten war ihr mit leuchtend rotem Lippenstift bemalter Mund. Ein Riesenköter fürs Ego. Und ein Kätzchen zum Schmusen, dachte Freya.

Es dauerte keine drei Sekunden, bis sämtliche Gespräche und jegliches Lachen verstummten. Alle starrten auf die beiden Polizisten. Mindestens eine Hand eines jeden Anwesenden fuhr entweder reflexhaft Richtung Hosenbund oder Jackentasche oder ballte sich, wenn offenbar keine Waffe in Griffweite war, zumindest zur Faust. Es war totenstill – das leise Knurren des Hundes war für kurze Zeit das einzige Geräusch.

Dann stürmte der Türsteher in den Raum. »Die sind von der …«

»Kripo Hamburg«, rief Freya und hielt ihre Dienstmarke in die Höhe. »Bitte bleiben Sie ruhig. Das hier ist keine Razzia oder so. Wir wollen auch niemanden verhaften. Wenn wir nicht müssen.«

Wirkliche Ruhe sah anders aus. Die Anspannung war mit

Händen zu greifen. Die Augen sämtlicher Anwesender, Freyas und Toms eingeschlossen, richteten sich auf Vulcovic. Der Bandenchef hatte zu entscheiden, ob das Ganze hier einen friedlichen Ausgang nahm – oder im Desaster endete.

Der Boss rührte sich nicht. Ob er angestrengt nachdachte und seine Optionen abwog oder einfach die absolute Machtfülle auskostete, die die Situation ihm bescherte, blieb sein Geheimnis. Nach etlichen Sekunden neigte er zunächst den Kopf, ruckte auf seinem Thron herum und erhob sich dann in aller Langsamkeit.

Freya war von Vulcovics äußerer Erscheinung beinahe etwas enttäuscht. Der Mann war von kleiner, gedrungener Statur, weitgehend kahlköpfig und hatte ein Gesicht, das in Form ausladender Tränensäcke, Pausbacken und Doppelkinn zunehmend der Schwerkraft zum Opfer fiel. Mit seiner braunen Cordhose und der aus der Zeit gefallenen Strickjacke sah er aus wie ein pensionierter Buchhalter. Aber Freya wusste auch, dass im Verlauf der Jahrzehnte mehr als genug Menschen auf beiden Seiten des Gesetzes den Serben unterschätzt hatten. Diejenigen, die ihren Irrtum nicht mit dem Leben oder ihrer Karriere bezahlt hatten, wurden nicht müde, vor der Skrupellosigkeit und Raffinesse dieses Mannes zu warnen.

»Was verschafft mir die Ehre Ihres Besuchs?« Vulcovic sprach ruhig und freundlich. Er überließ es dem Ungetüm von Hund, seine eigentliche Stimmungslage zu vertonen. Das Vieh knurrte. Ein Geräusch, das direkt aus der Hölle zu kommen schien.

»Wir haben Fragen. Wir wollen reden.« Freya sah durch den Raum, blickte in lauter düstere Visagen. »Mit Ihnen allein.«

»Schauen Sie sich um.« Vulcovic breitete die Arme aus. »Sehen wir aus wie Leute, die freiwillig mit der Polizei sprechen?«

Sein Lächeln blieb am unteren Rand der Pausbacken hängen. »Genau. Also zeigen Sie mir Ihren Durchsuchungsbeschluss, Ihren Haftbefehl, oder was auch immer Sie legitimiert, hier einzudringen und unsere kleine Feier zu stören.« Er baute sich breitbeinig vor den Kripoleuten auf, der Hund wich ihm keinen Zentimeter von der Seite. Lediglich die Ledertussi hielt sich im Hintergrund. »Oh! Sie haben das gar nicht? Nun, dann weiß ich nicht, warum Sie noch hier rumstehen, meine Zeit stehlen und meine Luft atmen.«

Vulcovic stand jetzt so dicht vor Freya, dass ihr sein Zigarren- und Schnapsatem zusammen mit einem intensiven Körpergeruch in die Nase stieg. Wenn Testosteron ein Aroma hätte, dachte sie, wäre es wohl dieses. Der Serbe war einen Tick kleiner als die Polizistin. Wenn sie mit dem Kopf ausholte und mit der Stirn vorstieß, könnte sie diesem Arschloch eine ordentliche Kopfnuss verpassen.

»Oh, das kann schneller gehen, als Sie denken«, sagte sie. Statt zurückzuweichen, schob sie ihr Gesicht vor, ihre Nasenspitzen berührten sich beinahe. »Wenn ich meinem Staatsanwalt etwas von unerlaubten Waffen, Drogenbesitz und möglicher Hehlerware flüstere, wird er die Gelegenheit sicher beim Schopf ergreifen und Ihnen ein wenig auf den Zahn fühlen.«

Die Mundwinkel des Serben zuckten, gleichzeitig gewann das Knurren des Köters an Lautstärke.

»Wir brauchen Informationen«, sagte Freya. »Es geht um einen Ihrer ehemaligen Männer. Reden Sie mit uns, dann ziehen wir wieder ab. Und mein Staatsanwalt kann sich seine wertvolle Zeit für jemand anderen aufsparen.«

»Sie glauben nicht wirklich, dass wir unsere eigenen Leute verpfeifen.« Das Gesicht des Kerls verzog sich zu einem gefährlichen Grinsen. »Kommen Sie gerne mit Ihrem Durchsuchungsbeschluss zurück. Meine Firma ist sauber. Ich habe Ihnen nichts zu sagen. Gehen Sie! Mein Hund wird langsam ungeduldig.« Zur Bestätigung fletschte Vulcovics Riesenköter die Zähne und offenbarte ein Maul, in das locker ein Kinderkopf gepasst hätte. »Hören Sie?«, sagte der Serbe. »Balko bettelt förmlich darum, dass ich ihn auf Sie loslasse.« Er beugte sich seitlich hinunter, strich dem Hund über den Kopf.

Freya trat einen Schritt zurück, zog ihre Pistole, richtete den Lauf auf das Monstervieh. »Tun Sie das! Und Sie werden Balkos Eingeweide vom Boden kratzen müssen.«

Aus den Augenwinkeln sah sie, dass auch Tom seine Waffe in der Hand hielt. Das Ganze ging blitzschnell, aber auch Vulcovics Leute waren auf Zack. Der Anblick der Pistolen in den Händen zweier Eindringlinge schien bei den Männern tief eingespurte Reflexe auszulösen. Innerhalb von Sekunden hielt jeder der Typen eine Schusswaffe, ein Kampfmesser oder zumindest einen Billardqueue in der Hand. Die Ledertussi mit dem roten Lippenstift neigte den Kopf zur Seite und lächelte. Als freute sie sich, dass der Abend doch noch Unterhaltsameres bot, als den Kerlen beim Saufen zuzusehen, sich dämliche Machosprüche anzuhören und später für Vulcovic die Beine breit zu machen.

Auf die Schnelle zählte Freya mindestens fünf Revolver, die auf sie und Tom gerichtet waren. Sie spürte neben sich, wie sich Toms Körper verspannte. Irgendeines seiner Gelenke knackte, und sie hoffte inständig, dass niemand das Geräusch fehlinterpretierte. Wenn jetzt einer die Nerven verlor, endete das hier in einer wüsten Schießerei. Und sie und ihr Kollege würden dabei nicht als Sieger vom Platz gehen.

»Immer mit der Ruhe, Leute. Es gibt keinen Grund, nervös zu werden.« Freya hob demonstrativ ihre Hand mit der Pistole in die Höhe, seitlich und mit der Innenseite nach vorn, sodass der Lauf der Waffe irgendwo Richtung Decke zielte. »Der

Mann, den wir suchen, gehört nicht wirklich zu Ihnen«, wandte sie sich an Vulcovic. »Er heißt Ralf Pontiak. Wir wissen, dass Sie ihn kennen.«

Erneut richteten sich sämtliche Augenpaare auf den Anführer.

Ehe der Serbe etwas sagen oder tun konnte, klingelte Freyas Handy in der Jackentasche. Sie klopfte mit der freien Hand gegen den derben Stoff über dem Telefon. »Das ist unsere Lebensversicherung«, sagte sie und grinste. »Ich werd da mal rangehen, okay? Sonst ist in wenigen Minuten das SEK hier.«

Sie wartete nicht auf Vulcovics Reaktion, sondern zog unter den grimmigen Blicken des Serben mit spitzen Fingern ihr Handy aus der Jackentasche, sah kurz aufs Display und ging ran. »Ja, Svensson hier.«

Sie lauschte kurz, nickte, sagte »Moment!« ins Telefon, schaute in die Runde und fixierte Vulcovic mit ihrem Blick. »Der Leiter des Einsatzkommandos will wissen, ob er mit seinen Leuten reinkommen muss. Also, was soll ich ihm sagen?«

Erneut ließ der Serbe sich lange Sekunden Zeit, bis er antwortete. »Ralf Pontiak«, sagte er schließlich und schüttelte den Kopf. »Warum haben Sie das nicht gleich gesagt.«

Schlagartig verschwand die Anspannung aus den Gesichtern der Männer – und das Waffenarsenal aus deren Händen. Allein der Riesenköter blieb in Habachtstellung. Mit kerzengerade durchgestrecktem Rücken verharrte er neben seinem Herrchen und knurrte weiter. Deutlich leiser als zuvor, immerhin, aber ein Knurren war nun mal ein Knurren. Dennoch: Die Zeichen standen auf Entspannung, also steckten auch Freya und Tom ihre Pistolen zurück in die Holster.

Vulcovic sah zu seinem Hund hinunter, kraulte das Tier zwischen den aufgestellten Ohren. »Balko ist ein Wolfshund. Eine Kreuzung aus Deutschem Schäferhund und karpatischem Wolf. Schwer zu züchten, noch schwerer zu halten. Diese Tiere sind launisch und aggressiv.« Er sah zu Freya hoch. »Aber Sie mag er offenbar.«

»Sieht für mich nicht so aus.«

»Sie meinen das Knurren?« Der Serbe lächelte auf eine Weise, mit der er in Sachen mühsam gebändigter Aggressivität sogar seinen Schoßhund übertrumpfte. »Nun, das gilt nicht Ihnen.«

Er hat recht, dachte sie. Der Wolfshund starrte unvermittelt in ihre Richtung, aber sein Blick zielte haarscharf an ihr vorbei – und traf Tom, der direkt neben ihr stand. Ihr Kollege war klug genug, sich nicht auf einen animalischen Machtkampf einzulassen, den er gegen so ein Monstervieh ohne Schusswaffengebrauch nicht gewinnen konnte.

»Pontiak also«, sagte Vulcovic. »Ich nehme an, der gute alte Ralf hat irgendeinen Mist angestellt.«

Die Männer im Raum schalteten allmählich zurück in den Partymodus. Es wurde leise getuschelt. Billardkugeln klackerten, die Musik ging wieder an, allerdings noch in gedämpfter Lautstärke. Die Ledertussi verzog missmutig das Gesicht. Sie hätte vermutlich die blutige Lösung des Konfliktes bevorzugt.

»Kann man so sagen. Was wissen Sie über ihn?« Tom versuchte, sich in das Gespräch einzuschalten.

»Sie haben Eier, das muss ich sagen.« Vulcovic sprach zu Freya und überließ es weiterhin seinem Hund, auf Tom zu reagieren. »Ich mag Frauen mit Eiern. Verraten Sie es mir: Das mit dem Handy, das war doch Fake, oder? Sie haben nicht wirklich ein Einsatzkommando dabei, oder?«

Freya zuckte mit den Achseln, schwieg. Vulcovic grinste und entblößte ein kräftiges blitzweißes Gebiss. »Warum trinken wir nicht einen Rakija zusammen? Nur Sie und ich.«

»Das kommt nicht infrage«, sagte Tom. »Sagen Sie uns, was

Sie wissen. Und dann sind wir gleich wieder weg. Alternativ können wir Sie auch als Zeugen ins Präsidium bringen lassen und dort befragen.«

Vulcovic lachte. Seine Augen behielten dabei einen kalten, berechnenden Ausdruck. »Wenn Sie als Freund zu mir kommen, behandele ich Sie auch als Freund. Aber wenn Sie als Feind aufkreuzen, mir drohen und meine nette kleine Party stören …« Er schüttelte langsam den Kopf.

»Was für ein Arschloch«, sagte Tom. »Diesen Ausflug hätten wir uns sparen können.« Freya saß am Steuer ihres Wagens, sie fuhren zurück Richtung Innenstadt. Sie nickte, obwohl sie ihren Eindruck von dem Serben in andere Worte gekleidet hätte: ein Raubauz, keine Frage. Sicher gefährlich, skrupellos und kompromisslos brutal, wenn die Umstände es erforderten. Und ein Macho der alten Schule. Jemand Zartbesaitetes hätte es in diesem Umfeld niemals so weit gebracht. Vulcovic war niemand, den man sich als Gegner wünschte. Und doch …

»Wir haben getan, was wir konnten«, sagte Tom. »Es war riskant genug, überhaupt herzukommen. Mehr ist gerade nicht drin.«

Vielleicht doch, dachte Freya. Aber das behielt sie für sich.

33

Malte hatte sein Rotweinglas zur Hälfte mit einem für seine Verhältnisse sündhaft teuren Spätburgunder gefüllt und es sich auf dem Wohnzimmersofa gemütlich gemacht. Es war ein langer und ereignisreicher Tag gewesen. Acht Therapiestunden, anschließend das Gespräch mit Julius. Er hatte zwei Nachrichten im Chat des Dating-Portals, die eigentlich seine Neugierde hätten wecken können – eine charmant und witzig geschriebene Kontaktanfrage einer Lehrerin Mitte vierzig mit erwachsenen Kindern sowie eine launisch formulierte Nachricht einer im Management einer mittelständischen Firma beschäftigten Betriebswirtin, die das Online-Dating mindestens so hasste wie er.

Eigentlich.

Malte nippte am Wein und widerstand der Versuchung, sogleich einen zweiten kräftigen Schluck folgen zu lassen. Seine Gedanken und Gefühle hatten sich zu einem Knoten verknäuelt, den er überdeutlich in der Bauchgegend wahrnehmen, aber irgendwie nicht weiter durchdringen konnte. Wenigstens konnte er einzelne Fäden dieses Knotens ausmachen.

Bevor er sich sinnlos betrank, sollte er zumindest versuchen, das Knäuel zu entwirren. Also stellte er das Weinglas zurück auf den Tisch, ließ sich in den Sessel zurücksinken, legte die Arme auf den Lehnen ab, schloss die Augen und spürte in sich hinein.

Elias Kandel war einer der Fäden. Dieser junge Mann mit der bewegten Geschichte hatte sich innerhalb kürzester Zeit einen zentralen Platz in Maltes Gedanken- und Gefühlswelt erschlichen. Unwillkürlich stellte er sich einen Parasiten vor, der sich in sein Gehirn einnistete und seine mit Widerhaken bewehrten Beinchen an Maltes ureigene Themen anklettete. Natürlich erinnerte Elias ihn an Felix. Julius hatte recht, es konnte gar nicht anders sein.

Wie wohl die meisten Eltern hatte Malte früher in ruhigen Momenten seinen Sohn angeschaut und sich gefragt, was mal aus dem aufgeweckten Bürschchen werden würde.

Einmal hatte er gemeinsam mit Bettina in der Küche ihres Reihenhauses gestanden, in dem sie damals gewohnt hatten. Sie hatten Tortellini und Käsesoße für das bevorstehende Mittagessen zubereitet und durch die gläserne Terrassentür ihren damals achtjährigen Sohn beobachtet, der mit seinem Schulfreund im Garten auf dem Trampolin herumturnte. Der Freund beherrschte einen fast perfekten Vorwärtssalto, während sein Sohn sich bestenfalls auf den Hintern oder die Knie plumpsen ließ. Trotz des erkennbaren Klassenunterschieds beim Springen hatten sie laut gelacht und lebhaft gequatscht. Felix war für sein Alter immer eher klein und schmächtig. Aber was ihm an körperlicher Robustheit fehlte, machte er durch seine soziale Ader, sein Einfühlungsvermögen und eine lebhafte Fantasie wett, sodass er bei seinen Jungs zwar nie der Anführer, aber ein beliebter Spielkamerad war. Ihre Tochter Emma ließ in der Schule früh eine Vorliebe für Naturwissenschaften und sachliches Denken erkennen und konnte stundenlang mit Bettina Mathe- und Physikrätsel lösen, während Felix sich leidenschaftlich in Tagträumereien und Geschichten aller Art vertiefte und mit den Figuren mitfühlte und mitfieberte. Sein Sohn war da ganz nach ihm gekommen, und das war sicher mehr als nur väterliches Wunschdenken gewesen.

Malte zog ein Papiertaschentuch hervor und tupfte sich ein paar Tränen aus den Augen.

Felix würde nie Schriftsteller, Filmregisseur oder, ja, Psychotherapeut oder etwas Vergleichbares werden. Felix war tot. Sein Verlust hatte eine gewaltige Wunde in Maltes Herz gerissen, und er hatte gelernt zu akzeptieren, dass die nie ganz verheilen, der Schmerz nie komplett abklingen würde. Lag es da nicht nah, dass ein feinfühliger, kluger junger Mann wie Elias Kandel sich an Maltes professionell geschultem Verstand vorbeischleichen und in seiner Gefühlswelt einen Raum besetzen konnte, der jemand anderem gehörte? Zumal Elias sich lebenslang genau danach sehnte: Nach einem festen Platz im Herzen eines ihm zugewandten Menschen, der ihn liebte, wie er war, und der ihn nicht als Projektionsfläche und Punchingball für den eigenen unverarbeiteten Frust missbrauchte.

Puh. Malte musste wirklich aufpassen, den jungen Mann unbewusst nicht noch mehr in die Rolle des verlorenen Sohnes zu bugsieren, für den er der Vater sein konnte, der er immer sein wollte und den Elias sich immer gewünscht hatte. Derartige Verstrickungen verstellten zwangsläufig den Blick des Therapeuten auf den Patienten und behinderten früher oder später jeden Fortschritt in der Behandlung.

So weit, so schwierig. Aber er spürte im Bauch, dass sich das Gefühlsknäuel ein wenig entwirrte. Immerhin.

Er griff nach dem Weinglas und gönnte sich einen zweiten Schluck Spätburgunder, bevor er sich in seine Nachdenkhaltung zurücksinken ließ.

War der Rest vor allem Kriminalistik?

Die Frage, ob Elias Kandel seine Adoptivschwester ermordet hatte oder nicht? Ob er ein Mörder war, der die Erinnerungen daran abgespalten hatte, aus welchen Gründen auch immer?

Nein, dachte Malte. In seiner Bauchgegend, etwas oberhalb des Knäuels, meldete sich ein Unbehagen, das rasch zu einem Gefühl starker Beklemmung reifte.

Auch das war komplizierter. Falls Elias ein Mörder war – schlimm genug –, würde es ein zumindest schwieriger, vielleicht vergeblicher therapeutischer Prozess, ihn auf dem Weg hin zu einer echten Einsicht zu begleiten. Von einer Verarbeitung und Akzeptanz seiner Täterschaft ganz zu schweigen.

Aber was war, falls Elias nicht der Mörder war? Je länger Malte über den Fall nachdachte, umso plausibler fand er die Unschuldsvariante.

Nun, das wäre erst mal gut für Elias. Keine Schuld, kein zentnerschwerer Ballast, unter dem diese zerbrechliche Seele immer wieder zusammenzubrechen drohte. Stattdessen das Wissen, den prägendsten Teil des Erwachsenwerdens im Gefängnis verbracht zu haben. Auch kein leichter Prozess, diese Gewissheit zu verarbeiten, aber sicher einfacher als Variante eins.

Aber eine neue Erkenntnis wuchs in Maltes Gedanken heran und ließ eine lange vergessene Angst in ihm anschwellen: Wenn Elias nicht der Mörder war, war es jemand anderes. Jemand, der bisher im Verborgenen hatte bleiben können, weil Elias für sich selbst und für alle Welt als Mörder festgestanden hatte. Jemand, der kein Interesse daran haben konnte, dass Malte seine Nase in alte Akten steckte und mit dem Finger auf Widersprüche in der Elias-ist-der-Mörder-Theorie zeigte.

Jemand, der zur Not mit aller Macht verhindern würde, dass die Wahrheit ans Licht kam.

Malte beugte sich erneut zum Weinglas, nahm es und trank einen großen Schluck. Seine Hand zitterte.

34

Elias lauschte an der Wohnungstür, bis er sicher war, dass sich niemand im Treppenhaus aufhielt. Er huschte aus der Wohnung, wie üblich mit Kapuzenpulli und Schirmmütze getarnt, eilte durchs Treppenhaus und runter vor die Tür. Er überquerte die Straße und stand am Eingang des kleinen Parks, der verlassen vor ihm lag. Die Sonne war bereits untergegangen, die aufkommende Dunkelheit hatte spielende Kinder, Hundebesitzer und Spaziergänger nach drinnen vertrieben. Am Rande des Sandwegs, der den Park in einer geschwungenen Linkskurve durchquerte, waren Straßenlaternen aufgestellt, der Rest der Grünanlage versank in der Dämmerung.

Elias verließ nach wenigen Metern den Weg, schritt über die Rasenfläche. Auf der rechten Seite lag der kleine, von einem Metallgitter umzäunte Spielplatz, links griffen drei große Buchen mit ihren ausladenden Kronen in den Nachthimmel. Zwischen den Bäumen und der den Park eingrenzenden Hecke lag ein schmaler, durch den Pflanzenbewuchs abgeschirmter Grasstreifen, und genau dort fand Elias, was er suchte. Die obdachlose Frau hatte sich mit einer Plastikplane, einer Wolldecke und einem Schlafsack ein Nachtlager gebaut, ihre Tüten und Taschen ringsum aufgereiht und das Fahrrad gegen einen der Baumstämme gelehnt.

Die Frau, die die Kinder ›Hässliche Helga‹ genannt hatten, lag regungslos auf ihrer improvisierten Schlafstätte, das Gesicht dem Himmel zugewandt. Elias konnte nicht erkennen, ob ihre Augen offen oder geschlossen waren.

35

Helga liebte die Abenddämmerung. Wenn die Sonne verschwand, die Farben mitnahm und die Welt in Grautönen zurückließ. Wenn es ruhiger wurde auf den Gehwegen und in den Parks. Wenn die Geschöpfe des Tages die Straßen verließen und die Wesen der Nacht noch nicht aus ihren Behausungen gekrochen waren.

Auch die kleinen Krähen waren zurück in ihre Nester geflogen. Diese Mistviecher hatten ihr übel zugesetzt. Dabei war es bis zum Nachmittag ein ordentlicher, beinahe guter Tag gewesen. Trocken, ausreichend warm, das war meist schon die halbe Miete. Auch die Ausbeute war okay. Sie hatte ihre Tüten und Taschen gefüllt mit dem, was die Mülleimer ihr an Schätzen preisgegeben hatten oder was sie an achtlos in Gebüschen oder am Wegesrand entsorgten Nützlichkeiten gefunden und aufgesammelt hatte. Das Beste war ein noch in Folie eingeschweißter Schokoladenkuchen gewesen, den sie am Morgen aus einem Müllcontainer gefischt hatte. Im Lauf des Tages waren ein halbes Brot, vier Bananen, ein rechter Turnschuh in ihrer Größe, Pfandflaschen im Wert von fast drei Euro und eine zu einem Drittel gefüllte Flasche mit Branntwein dazugekommen. Sie machte sich nichts aus diesem Zeug, aber es war gut zum Tauschen.

Doch dann waren die Krähen gekommen und im Schwarm über sie hergefallen. Sie hatten sie nicht misshandelt oder gar totgeschlagen, wie Helga ursprünglich befürchtet hatte, nicht mal ansatzweise. Dafür waren sie noch zu jung, Babykrähen gewissermaßen, gerade erst flügge geworden. Aber sie hatten sich von ihrem Geschrei nicht verscheuchen lassen, im Gegenteil, das hatte sie eher noch angestachelt. Sie hatten ihr Fahrrad umgeschmissen, dabei war das Hinterrad verbogen, sodass es nun gegen das Schutzblech scheuerte, wodurch früher oder später der Reifen kaputtgehen würde. Sie hatten eine Plastiktüte ganz und einen der Stoffbeutel zur Hälfte auf dem Gehweg ausgeschüttet, waren auf ihren Sachen herumgetrampelt und hatten dabei gelacht. Zwei Glasflaschen waren zersprungen und drei Plastikflaschen so zerknüllt, dass kein Pfandautomat sie mehr annehmen würde. Eine Milchtüte war leck geschlagen, sie hatte nur ein paar Schlucke retten können. Durch das Herumgetrampel waren zwei ihrer Bananen zu Brei zermatscht, und der Schokoladenkuchen, den sie sich zusammen mit der Milch für die Abendstunden aufgespart hatte, war aus der Verpackung geplatzt und hatte sich in Krümeln auf dem Sandweg verteilt.

Helga fragte nicht nach dem Warum. Schon lange nicht mehr. Die Warum-Frage war wie ein Stöpsel am Boden ihres Verstandes, der sich lösen würde, wenn sie zu sehr daran ruckelte. Er würde ein dunkles Loch freigeben, das den Rest an Duldsamkeit und Lebenswillen verschlingen würde, der sie mehr schlecht als recht durch die Tage trug.

Kein Warum. So wie das Wetter sie mal mit Sonne beglückte oder mit tagelangem Regen oder gar Frost quälte, hielt die Straße an einem Tag unverhoffte Schätze, an einem anderen einen Schwarm Babykrähen oder Plagen der noch schlimmeren Sorte bereit. So war das eben.

Helga hatte gewartet, bis die Kids genug gehabt hatten und davongeflattert waren, dann hatte sie gerettet, was zu retten war. Vor allem die Reste des kostbaren Kuchens. Der größte Teil war nur noch Futter für die Ameisen gewesen, aber ein kleiner Rest war in der Verpackung geblieben, sie hatte ihn herausgepult und an Ort und Stelle verschlungen.

Jetzt lag sie in ihrem alten Schlafsack unter dem Sternenzelt, überließ es der Stimmung der Nacht, die schlechten Erinnerungen zu vertreiben und sie in den Schlaf zu säuseln.

Das Geräusch von Schritten auf dem Rasen und das Knistern von Zweigen ließ sie hochschrecken.

Eine dunkle Gestalt näherte sich, und ihr schwante, dass der Tag noch nicht mit ihr fertig war. Und vielleicht ein noch größeres Übel bereithielt als eine Horde Babykrähen.

Es war ein Mann mit Kapuzenpulli und Schirmmütze, und sie erinnerte sich, ihn vorhin auf der Straße gesehen zu haben, wenige Minuten bevor die Krähen gekommen und über ihre Sachen hergefallen waren. Der Vorbote eines nahenden Übels. Er blieb einige Meter vor ihrem Lager stehen, hob die Hände in die Höhe, in der linken hielt er eine Stofftasche. Helga holte tief Luft. Körperlich zur Wehr setzen würde sie sich nicht, dafür war sie zu schwach, und das stachelte die meisten Kerle nur zusätzlich an. Aber ihre Stimme war ihre beste Waffe. Vorhin auf der Straße hatte sie ihn auf diese Weise vertrieben. Vielleicht klappte das auch ein zweites Mal.

»Du brauchst mich nicht wegzubrüllen«, sagte der Mann und kniete sich auf den Rasen. »Ich tu dir nichts und hau sofort wieder ab, versprochen. Ich heiße Elias und wohne im Haus auf der gegenüberliegenden Straßenseite. Ich habe etwas für dich.«

Helga traute dem Kerl nicht über den Weg, natürlich nicht. Aber den Schrei hielt sie vorerst zurück.

Der Typ griff in den Beutel und zog zwei Tetrapacks daraus hervor. »Magst du Apfelmus? Hier, die schenke ich dir. Sind beide nicht angebrochen und auch noch eine ganze Weile haltbar.«

Helga liebte Apfelmus, aber sie hielt es für das Beste, nicht zu reagieren. Der Typ, der sich Elias nannte, legte die Packungen auf den Rasen. Er sah sie an, nickte, stand wieder auf. Es war ein junger Mann mit schmalem Gesicht, so viel konnte sie trotz Dämmerung erkennen. Einer der Millionen Hamburger mit festem Wohnsitz, von deren Hinterlassenschaften sie lebte. Und doch war er anders. Ob es die Art war, wie er sich zögerlich, fast vorsichtig bewegte, oder wie er nette Dinge sagte und tat und dabei wie ferngesteuert wirkte. Und noch mehr, für das sie keine Worte hatte, allenfalls ein vages Gefühl. Sie musste an den schwarzen Hund denken. Sie hatte ihn mehrfach gesehen, als sie zu einer Zeit, die so lange her war, dass es ihr wie ein anderes Leben vorkam, zusammen mit Gleichgesinnten in einer Hütte in Südportugal gelebt hatte. Am Strand waren Dutzende wilder Hunde herumgetollt, meistens in Dreier- oder Vierergruppen, manchmal auch alle gemeinsam. Nur der Schwarze war immer allein. Sobald er versuchte, sich zu den anderen zu gesellen, bissen die ihn weg. Helga liebte es, den Tieren Essensreste mitzubringen, und freute sich darüber, wie aus den verwilderten Tieren im Lauf der Monate zutrauliche Gefährten wurden. Auch da blieb der Schwarze stets außen vor. In einigen seltenen Augenblicken jedoch, wenn die Hundehorde irgendwo herumstromerte, traute er sich hervor, schlich mit eingeklemmtem Schwanz in ihre Nähe und ließ sich von ihr füttern. Es waren besondere Momente. Nur bei der letzten Begegnung ging etwas schief. Vielleicht hatte der Schwarze sich wegen irgendwas erschreckt, vielleicht hatte er einfach einen schlechten Tag, jedenfalls biss er ihr ohne Vorwarnung kräftig in die Hand. Helga hatte laut geschrien, der Hund war davongerannt und hatte sich nie wieder blicken lassen. Die Wunde hatte mächtig geblutet, sich später entzündet, und Helga war nur knapp an einer Blutvergiftung vorbeigeschrammt.

Die Erinnerung verblasste so schnell, wie sie gekommen

war. Helga starrte auf die beiden Packungen, das Wasser lief ihr im Munde zusammen. Sie würde das Apfelmus essen, keine Frage. Sie würde es hinunterschlingen und sich freuen, dass der Tag ihr in den letzten Stunden noch ein Versöhnungsangebot gemacht hatte.

Aber sie wäre froh, wenn dieser Typ endlich verschwinden würde. Und sie ihn nie wieder traf. Er sah nicht gefährlich aus und tat nichts, wovon sie sich bedroht fühlen musste. Und trotzdem machte er ihr Angst.

36

Freya kehrte nicht gern in ihre Wohnung zurück. Es war jedes Mal, als würde sie in ein schlecht sitzendes Kleidungsstück schlüpfen, das sich am Körper rau und unbehaglich anfühlte und das sie am liebsten in der hintersten Ecke des Kleiderschranks eingemottet hätte. Aber da sie es noch mehr hasste, in fremden Betten zu schlafen, war der Heimweg unumgänglich. Üblicherweise zögerte sie ihn hinaus, soweit es ging. Durch sich ansammelnde Überstunden, exzessiven Sport im Fitnessstudio oder, nun ja, indem sie in einer ihrer Lieblingsbars rumhing und zu viel trank, nur um in der Morgendämmerung verkatert in ihrem Bett neben irgendeinem Typen aufzuwachen.

Sie hatte nie recht ergründet, worin ihre Abneigung eigentlich bestand. An der Wohnung konnte es nicht liegen. Zweieinhalb Zimmer für eine Person galten für Hamburger Verhältnisse schon als Luxus. Noch dazu im vierten Stock eines vergleichsweise kleinen Wohnhauses mit gerade mal acht Parteien, die sich einen begrünten Hinterhof teilten, sich ansonsten aber in Ruhe ließen. Sie hatte sich, als sie vor zwei Jahren hier eingezogen war, sogar einige Mühe mit der Inneneinrichtung gegeben und Küche, Wohn- und Schlafzimmer auf schlichte Weise chic eingerichtet. Klare Kanten, funktional, ohne unnötigen Schnickschnack.

Trotzdem fühlte es sich eher wie eine Notunterkunft und weniger wie ein Zuhause an. Sie hatte nie was im Kühlschrank, mit Kaffee und Essen versorgte sie sich unterwegs. Und sie schlief schlecht, wachte regelmäßig um drei oder vier Uhr morgens auf, unabhängig davon, ob jemand neben ihr lag.

Freya schloss die Wohnungstür hinter sich. Sie dachte an Tom, den sie vor dessen Wohnung abgesetzt hatte. Sie war froh, dass er auf weitere Avancen verzichtet hatte. Sie hatten bei Vulcovic ein Superteam abgegeben, eine erneute Abfuhr hätte da nur die Stimmung getrübt.

Freya war erschöpft und müde, es war ein langer Tag gewesen, und eine Sekunde spielte sie mit dem Gedanken, ihre Jacke an die Wandgarderobe im Flur zu hängen, den Holster mit ihrer Walther direkt daneben, kurz unter die Dusche zu springen und einfach schlafen zu gehen.

Dann wanderten ihre Gedanken zu Arjana Gori, die weder Dusche noch Bett hatte und vermutlich weiter um ihr Leben bangte.

Tom hatte den Besuch bei Vulcovic für einen Fehlschlag gehalten. Freya hatte zu den Worten genickt, obwohl sie die Situation anders einschätzte. Vulcovic konnte ihnen mit seinem Wissen über Pontiak weiterhelfen. Aber er würde dies natürlich nicht tun, wenn sie ihn gegen seinen Willen ins Präsidium schafften. Freya musste schmunzeln. Der Serbe hatte seinen Preis genannt. Es war an ihr zu entscheiden, ob sie ihn bezahlen wollte. Kurz entschlossen griff sie sich wieder ihr Waffenholster und ihre Jacke. Dusche und Bett mussten warten. Sie hatte die Einladung zu einem Date. Und diesmal würde sie ein Taxi nehmen.

37

Die dritte Nacht ihrer Flucht warf dunkle Schatten über diese verfluchte Straße. Inzwischen kannte Arjana hier jeden Stein und jeden Gullydeckel. Es gab etliche Kellertreppen, Mauervorsprünge und Hauseingänge, wo sie sich verbergen konnte. Und sie wusste die Namen der Handvoll Geschäfte, erinnerte sich an die Gesichter der Angestellten und kannte die Zeiten, zu denen sie morgens ihre Läden aufschlossen, in die Mittagspause gingen und abends dichtmachten. Das war hilfreich, gerade beim Gemüsehändler. Der hatte eine junge Frau als Aushilfe, die gut seine Tochter sein konnte und die ab Mittag den Verkauf übernahm. Anders als der Chef patrouillierte die nicht permanent im Verkaufsraum und draußen am Stand entlang, sondern hing in den langen Phasen ohne Kundschaft vor ihrem Smartphone, sodass Arjana sich an frischen Feigen, Orangen, Äpfeln und Tomaten bedienen konnte. Sie übertrieb es nicht, um unbemerkt zu bleiben, aber zumindest musste sie nicht hungern. Auch das Wasserproblem hatte sie gelöst. Bei ihren Streifzügen durch die nahe gelegenen Wohnsiedlungen hatte sie mehrere Außenwasserhähne entdeckt, an denen sie ihre eingesammelten Plastikflaschen auffüllen konnte.

Aber all das war nicht das Wesentliche. Ihr Plan war, Kontakt zu Svetlana aufzunehmen. Plan A: Irgendwo Zettel und Stift auftreiben, Svetlana einen Brief schreiben, ihn in den Briefkasten des Mietshauses werfen und hoffen, dass er sie erreichte und Svetlana daraufhin zu ihr rauskam. Plan B: Die Straße überqueren, das Haus betreten und sich direkt auf die Suche machen. Beide Pläne waren riskant. Wenn der Brief in die falschen Hände geriet oder jemand sie im Haus schnappte, war sie am Arsch. Plan C: Abwarten und so lange überleben, bis das Schicksal ihr eine günstige Gelegenheit vor die Füße warf. Beispielsweise, indem Svetlana das Haus verließ und Arjana ihr folgen und sie ansprechen konnte.

Also verbrachte Arjana viel Zeit damit, in einem ihrer Verstecke zu hocken und die Straße und insbesondere die Tür des Mietshauses zu beobachten. Sie wusste, was für eine Art Haus das war und welcher Tätigkeit Svetlana dort nachging. Sie wunderte sich nicht darüber, dass immer wieder Männer aller Altersklassen mit betont lässigen Schritten auf den Hauseingang zugingen, klingelten und reingingen, als würden sie sich mit Freunden zum Biertrinken treffen.

Geduld war nie ihre Stärke gewesen. Donika hatte sie oft damit aufgezogen, dass Arjana lieber den fünfundvierzigminütigen Fußweg zur Schule auf sich genommen hatte, statt auf den Schulbus zu warten, der mal fünf, manchmal dreißig Minuten zu spät gekommen war. Sie hielt es schlicht nicht aus, untätig herumzusitzen und auf ihr Glück zu hoffen.

Die Läden waren schon seit Stunden geschlossen, die Straße leerte sich, nur die Tür des Mietshauses blieb in Bewegung, um einen Freier rein- oder wieder rauszulassen. Hinter den zugezogenen Gardinen vieler Fenster im ersten und zweiten Stock brannte gedämpftes, teils rotes Licht. Da drüben ging gerade die Post ab, und Svetlana war vermutlich schwer beschäftigt.

Also morgen Vormittag, entschied sie. Gegen neun oder zehn würde sie da rübergehen, sich Zutritt zum Haus verschaffen und sich unter einem Vorwand zu Donikas Freundin durchfragen. Wenn der Mörder sie dabei schnappte, dann sollte es eben so sein.

38

»Ich wusste, dass Sie zurückkommen.« Vlado Vulcovic warf Freya einen bewundernden und unverkennbar lüsternen Blick zu. »Ich hätte allerdings nicht gedacht, dass es so schnell geschehen würde.«

Der große Raum im Erdgeschoss des Firmensitzes war noch immer gut gefüllt. Der unangekündigte Polizeibesuch hatte die Stimmung allenfalls vorübergehend gedämpft, und die Männer quittierten Freyas erneutes Erscheinen nur noch mit ein paar neugierigen Blicken. Immerhin drehte jemand die Lautstärke der Musik herunter, als Vulcovic auf sie zutrat und sie begrüßte.

Der Anführer bat sie durch die hintere Tür in den Flur und führte sie über die Treppe in den ersten Stock des Hauses. Sein Monsterhund trottete friedlich neben ihm her, die Katzenfrau mit dem kräftigen Lippenstift und den Lederleggins folgte unmittelbar dahinter. Noch ehe die Tür zum Aufenthaltsraum zufiel, schaltete die Lautstärke dort wieder zurück auf Partymodus. »Ich muss mich für vorhin entschuldigen«, sagte Vulcovic. »Meine Männer sind treue, zuverlässige Jungs, und ich liebe jeden einzelnen wie einen Bruder. Aber der Anblick einer Polizeimarke lässt sie überreagieren, wenn Sie verstehen.«

Er bat die Kommissarin in einen gemütlich eingerichteten Wohnbereich mit Küchenzeile und angrenzendem Schlafzimmer. Zur Ausstattung gehörten eine übersichtliche Bar, ein großformatiger LED-Fernseher, eine Playstation und eine im Vergleich dazu altmodisch anmutende Stereoanlage mit Plattenspieler und riesigen Lautsprecherboxen. An den Wänden hingen billig aussehende Nachdrucke bunter, abstrakter Gemälde. Vulcovic wies mit den Händen auf eine Sitzgruppe aus dunklem Stoff. »Bitte, nehmen Sie Platz. Lydia wird sich um alles kümmern.« Der Serbe winkte der Ledertussi zu. Lydia nickte nur, ging mit ausdrucksloser Miene an die Bar und klapperte mit Flaschen. Sie setzten sich. Vulcovics Hund räkelte sich zu den Füßen seines Herrchens. Der Riesenköter war jetzt komplett entspannt. Vulcovics Mätresse, Geliebte, Ehefrau, Sekretärin oder was auch immer kam an den Tisch und stellte ihnen zwei Schnapsgläser und eine volle Flasche vor die Nase. In der Tischmitte platzierte sie einen Teller mit kleinen Gewürzgurken. Damit hatte sie ihren Job erledigt. Sie drehte sich um und verließ ohne ein weiteres Wort den Raum.

Auf der Flasche klebte ein blasses Etikett mit kyrillischen Buchstaben. »Da wir nicht mit Waffen aufeinander losgegangen sind«, sagte Vulcovic, »können wir ja jetzt zusammen trinken. Nicht diesen Kinderfusel, den sie den Touristen andrehen. Ich habe gute Freunde in Novi Sad, die ihn doppelt brennen und jahrelang in Fässern aus Maulbeerbaumholz lagern. Echten serbischen Rakija. Flüssiges Gold, mit dem sich die Bauern nach einem Tag harter Feldarbeit belohnen.« Er griff nach der Flasche, drehte sie andächtig in den Händen. »Wenn man in meiner Heimat eine volle Flasche anbietet, ist das ein Zeichen der Freundschaft. Wir trinken, also gehen wir nicht aufeinander los und machen uns nicht gegenseitig das Leben schwer. Dasselbe gilt umgekehrt: Stellt dir jemand eine leere Flasche Rakija vor die Tür, hast du besser eine Waffe dabei, wenn du ihm das nächste Mal begegnest.« Vulcovic füllte die Gläser mit der goldglänzenden Flüssigkeit, schob Freya eines rüber und griff sich selbst das zweite. Er hob sein Glas in die Höhe. »Also, worauf trinken wir? Auf das Gesetz?« Er lachte.

»Auf die geschriebenen Gesetze. Und die ungeschriebenen«, sagte Freya. Sie schwenkte das Glas unter der Nase und kippte einen ordentlichen Schluck. Das Zeug brannte auf der Zunge, entfaltete aber nach wenigen Sekunden ein fruchtiges Quittenaroma und ein wohlig warmes Gefühl im Bauch.

»Also, wie darf ich Sie nennen? Die mutige Polizistin, die mehr Eier hat als die besten meiner Männer.«

»Svensson.«

»Svensson«, wiederholte Vulcovic mit gespielter Enttäuschung im Gesicht. »Hey, ich biete Ihnen gerade meine Freundschaft und meinen besten Rakija an, und Sie geben nicht mehr als Ihren Nachnamen.«

»Sie wissen, dass ich nicht hier bin, um mit Ihnen anzubändeln«, sagte Freya. »Und auch nicht, um Ihren Rakija zu trinken.« Sie verzog die Mundwinkel zu einem dezenten Schmunzeln und wusste, dass es die Wirkung nicht verfehlen würde. »Obwohl es echt guter Stoff ist.«

Vulcovic grinste. »Also reden wir über Pontiak.« Er langte nach vorn, griff sich eine der Minigurken und verschlang sie mit einem Happs.

»Wie haben Sie sich kennengelernt?«, fragte sie.

»Das ist sicher fünfzehn Jahre her. Eine wilde Zeit. Ich war groß im Geschäft. Ralf hingegen stand auf der Straße und brauchte dringend Geld. Er hatte fünfstellige Summen bei Glücksspielen und Pferdewetten verzockt und war bei Freunden von mir hoch verschuldet. Sehr ungeduldige Freunde, wenn Sie verstehen, was ich meine.« Er kippte den Rest Rakija aus seinem Glas hinunter, lehnte sich zurück und schlug die Beine übereinander, was die darüberliegende Wampe vor ernsthafte Platzprobleme stellte. »Ralf hatte ein letztes Ultimatum für die Rückzahlung bekommen. Er konnte das Geld nicht auftreiben, also kam er angekrochen und bat mich um Hilfe. Er wollte für mich arbeiten, bis seine Schulden abbezahlt wären. Er stand mit leeren Taschen vor mir, in Anwesenheit meiner Jungs, und ich habe ihn gefragt, wieso ich einem spielsüchtigen, hoch verschuldeten Kleinkriminellen trauen sollte. Weil er bereit sei, wirklich alles zu geben, sagte er.«

Auch Freya leerte mit dem zweiten Schluck ihr Glas. »Und das hat Sie überzeugt?«

»Seine Worte nicht«, sagte Vulcovic. »Aber seine Taten. Es war eine wilde Zeit. Eine andere Zeit. Es gab eine Menge schmutziger Jobs zu erledigen. Pontiak hat einige Jahre für mich gearbeitet. Er war wirklich gut. Klug, skrupellos und beinhart. Aber er ist nie richtig einer von uns geworden.«

»Woran lag es?«, fragte Freya.

Vulcovic zuckte mit den Achseln. »Ralf ist kein Wolf«, sagte er. »Kein Rudeltier. Keiner, der sich unterordnet und an die Spielregeln hält. Er hat nicht zu uns gepasst. Zu eigenwillig, zu verrückt, zu unberechenbar.« Er beugte sich vor, griff nach der Rakijaflasche, schenkte ihnen beiden nach. »Warum suchen Sie ihn denn?«

Jetzt war es an Freya, ihr breites Grinsen aufzusetzen. »Weil er weiterhin verrückte, eigenwillige Sachen macht«, sagte sie. »Der Rest ist Polizeigeheimnis.«

Vulcovic lachte. »Die Zeitungen schreiben über ein Blutbad im Schleusermilieu. Drei tote Albaner, ein erschossener Fahrer. Das ist genau die Art von Scheiße, in die Ralf sich immer wieder verstrickt. Zum Glück bin ich raus aus dem Geschäft.« Er leerte sein Glas mit einem Schluck, schob ein zweites Gürkchen hinterher. Freya zog nach. »Wenn Sie meine Meinung wissen wollen«, sprach er weiter: »Ralf Pontiak ist nicht richtig im Kopf. Er ist irre und gefährlich. Fackeln Sie nicht lange, falls er Ihnen über den Weg läuft. Ralf wird es sicher nicht tun. Um Sie wäre es schade. Um ihn nicht.«

Freya nickte. »Wann haben Sie ihn das letzte Mal gesehen?«

»Vor ungefähr einem Jahr. Kurze Zeit nachdem er aus dem Knast gekommen war.« Vulcovic grinste. »Er brauchte Geld.«

»Und?«

Der Serbe zuckte mit den Schultern. »Ich mochte Ralf nie besonders«, sagte er. »Aber er hatte noch was gut bei mir, okay? Also habe ich ihm geholfen.«

»Wie viel?«, fragte Freya.

»Fünftausend in bar. Ein Auto. Ein alter Polo, den einer meiner Männer gefahren ist.«

»Wussten Sie, dass Pontiak bereits einen Wagen besaß? Einen grauen Hyundai. Wozu brauchte er ein zweites Auto?«

»Was weiß ich«, sagte der Serbe. »Wenn ich alte Schulden begleiche, frage ich nicht nach.«

»Hat er damals noch etwas gesagt? Oder sich später bei Ihnen gemeldet?«

»Er ist abgezischt und hat sich nicht mehr blicken lassen. Und Ralf Pontiak ist ein Mann, der sich nicht finden lässt. Es sei denn, er will gefunden werden.«

»Haben Sie eine Idee, wo er sich aufhalten könnte? Eine Handynummer, E-Mail-Adresse, irgendwas?«

Vulcovic schüttelte den Kopf. Sein Blick glitt durch den Raum, verharrte einige Sekunden bei ihr. »Jetzt haben Sie bekommen, weswegen Sie gekommen sind«, sagte er. »Ich habe Ihnen gesagt, was ich weiß. Und der Rakija ist gerade zur Hälfte geleert. Also, Kommissarin Svensson, wie geht es weiter?«

»Freya«, sagte sie. Und griff nach der Flasche.

39

Elias holte sich den Laptop vom Wohnzimmerschrank, setzte sich damit an den Tisch und klappte ihn auf. Sein Gesicht spiegelte sich auf dem Bildschirm.

»Du denkst an Momente, in denen du Freude, Trauer oder Wut empfunden hast. Oder du begibst dich gezielt in solche Situationen und spürst intensiv in dich hinein. Wichtig ist, locker zu bleiben, denn Druck hilft da nicht weiter. Beobachte, was sich in dir regt! Und nimm es an!«

Das war Hannahs Rat gewesen. Gerade hatte er ihn befolgt. Hatte er etwas gefühlt, als er der obdachlosen Frau das Apfelmus gebracht hatte?

Schwer zu sagen. Er hatte gespürt, was in ihr vorging, trotz der Dunkelheit und des Abstands, den er zu ihr gehalten hatte. Sie hatte sich erschrocken, als er sich ihrem Lager genähert hatte. Kein Wunder. Der erste Schreck war einem tiefen Misstrauen gewichen. Sie traute ihm nicht, wie sollte sie auch. Aber am Ende hatte sie sich gefreut, das hatte er deutlich gemerkt. Sie liebte Apfelmus. Keine Ahnung, woher er das wusste. Vielleicht war es ihr Blick gewesen oder eine leichte Veränderung ihrer Körperhaltung, als er ihr die Packung rübergeschoben hatte.

»Und was hast du dabei gefühlt, Elias Kandel?« Er richtete die Frage an sein Spiegelbild auf dem Computerbildschirm. Das antwortete zwar nicht, verwandelte sich aber zumindest nicht in das Hautgesicht, immerhin. Doch Elias sah etwas anderes: ein freundliches Gesicht. Er lächelte. Und – es mochte Einbildung sein, vielleicht aber auch das, was Hannah gemeint hatte – er spürte ein warmes, friedliches Gefühl, irgendwo weit unten im Bauch. Er hatte dieser Frau eine Freude gemacht. Und offenbar freute er sich selbst darüber. Das war doch ein Fortschritt, oder?

Er versuchte, sich auf die zarte Empfindung zu konzentrieren, aber es gelang nur für wenige Sekunden. Zu viel anderes spukte durch sein Bewusstsein: die Kripokommissarin und ihr feindseliger Kollege. Eine junge Albanerin auf der Flucht. Und Ralf Pontiak. Ein vermeintlicher Killer, der im Knast Elias' Zuneigung und Freundschaft gesucht und ihm den Weg zu seinem geheimen Wohnzimmer im Darknet verraten hatte. All das überdeckte zumindest den ganzen restlichen Scheiß, wegen dem er sich vor gerade mal vierundzwanzig Stunden hatte umbringen wollen. Das Gemüsemesser lag noch immer auf dem Rand der Badewanne. Er hatte es noch nicht wieder in den Geschirrkasten unter der Spüle zurückgeräumt. Der Selbstmörder in ihm hatte nur auf die Pausetaste gedrückt.

Elias schob die Gedanken beiseite und wandte sich dem Laptop zu. Er hatte es nicht vom Schrank geholt, um den Monitor als Spiegel zu verwenden. Sondern um zu versuchen, mit Ralf im Darknet in Kontakt zu treten. Natürlich wusste er, dass der dunkle Bereich des Internets ein Tummel- und Marktplatz für kriminelle Aktivitäten und Waren jeglicher Art war. Aber er wusste auch, dass die Möglichkeit der Anonymität aufgrund der kaum zurückverfolgbaren Kommunikationswege nicht nur von Verbrechern und Staatsfeinden, sondern in totalitären Regimen ebenso von Menschenrechtsaktivisten, Journalisten, Oppositionspolitikern und Rechtsanwälten genutzt wurde.

Ralf Pontiak gehörte zweifelsfrei zur ersten Gruppe, und sein geheimes Wohnzimmer, wie er es nannte, diente nicht dem vertraulichen Austausch brisanter politischer Meinungen.

Elias brauchte eine Weile, um den Computer fit zu machen für den Trip. Er installierte den notwendigen VPN-Client und den Tor-Browser und machte sich mit der Bedienung vertraut. Die sogenannte Onion-Adresse, die Ralf ihm genannt und die er sich eingeprägt hatte, bestand aus einer zufällig erscheinenden Abfolge aus sechzehn Zahlen und Buchstaben, gefolgt von der Endung ›.onion‹, der für den Tor-Browser typischen Domain.

Die Zugangsseite zu den temporären Chat-Räumen sah im Vergleich zu Seiten im normalen Internet extrem schlicht aus und bestand nur aus dem Namen – Deep Talk – und der Eingabemaske für das Passwort. Das war der Klopfcode für die Tür.

Elias tippte zehn Zeichen aus dem Gedächtnis in das Eingabefeld, drückte auf ›Enter‹ und wartete.

Es passierte – gar nichts. Etliche Minuten vergingen. Sein digitales Klopfzeichen schien ungehört in den Weiten des Darknets zu verhallen. Aber dann ging es los. Auf dem Bildschirm öffnete sich ein schwarzes Textfenster mit blinkendem Cursor, der nach wenigen Sekunden eine Folge weißer Buchstaben hervorbrachte.

Willkommen in der Freiheit, Kumpel. Schön, von dir zu hören. Wie geht's denn so?, schrieb Ralf.

40

Freya saß um kurz nach Mitternacht auf der Rückbank eines Taxis, das sie von Vulcovic zurück nach Hause fuhr. Was hatte ihr das Treffen gebracht? Eine halbe Flasche exzellenten Rakijas, diverse Minigürkchen und ein paar Anknüpfungspunkte, die ihr bei den Ermittlungen weiterhelfen konnten.

Vulcovic war noch richtig gesprächig geworden. Der Serbe war zweifellos einer der Großen im Haifischbecken der organisierten Kriminalität Hamburgs gewesen. Er hatte sich an die Spitze der Balkanmafia hochgearbeitet, einen Haufen Kohle umgesetzt und sich rechtzeitig auf den sicheren Boden der Legalität gerettet, bevor er in die Fangnetze der Ermittlungsbehörden geraten wäre.

Klar hatte er dick aufgetragen, und trotz seiner zunehmenden Redseligkeit hatte er nicht vergessen, dass er mit einer Kripofrau sprach. Dennoch hätte manch Hamburger Staatsanwalt sein Weihnachtsgeld und etliches mehr für eine Tonbandaufnahme ihres Gesprächs gegeben.

Vulcovic hatte ein oder zwei halbherzige Anläufe gestartet, das Date vom Wohnbereich in das nebenan gelegene Schlafzimmer zu verlagern. Vermutlich entsprach es seinem kruden männlichen Selbstverständnis, es zumindest bei ihr zu versuchen, aber letztlich hatte er wohl selbst nicht daran geglaubt, Freya ins Bett zu kriegen.

Ihr Handy brummte in der Jackentasche. Eine unbekannte Nummer. So gut es ging, verscheuchte sie den satten Rausch und die Müdigkeit aus dem Kopf und ging ran.

»Ja?«, sagte sie.

»Hier ist Elias Kandel.«

»Herr Kandel. Freut mich, dass Sie meine Visitenkarte aufbewahrt haben. Was gibt es?«

»Es geht um Ralf Pontiak. Er hat mir damals im Gefängnis eine verschlüsselte Kontaktmöglichkeit im Darknet verraten. Ich habe sie ausprobiert. Und jetzt schreibe ich mit ihm.«

41

»So schnell sieht man sich wieder«, sagte Freya.

Elias Kandel stand im Flur seiner Wohnung wie ein Stück Falschgeld und begrüßte sie mit einem schlaffen Händedruck. Der Junge sah nicht so aus, als hätte er in der Nacht viel Schlaf gefunden.

»Ich glaube nicht, dass ich das packe«, sagte er.

Freya verzog den Mund. Sie hatte ihn bei ihrem Telefonat letzte Nacht massiv drängen müssen, bis er ihrem improvisierten Plan zugestimmt und Pontiak per Chat das Treffen an einem öffentlichen Ort vorgeschlagen hatte. Alles, was über einen Totalrückzieher hinausging, war bereits mehr, als sie von ihm erwartet hatte. Und Kandel war mit Turnschuhen, Kapuzenpulli und Cap zumindest äußerlich gerüstet für seinen Einsatz.

»Ihre Aufgabe ist denkbar einfach«, sagte sie. »Sie setzen sich um kurz vor zehn im Café draußen an einen Tisch, trinken einen Kaffee oder einen Tee oder was auch immer und warten, bis Pontiak auftaucht. Sie locken ihn in die Falle. Wir sorgen dafür, dass sie zuschnappt.«

»Und wenn es schiefgeht? Wenn er kapiert, was läuft? Wenn er abhaut und einen Namen mehr auf die Liste der Leute setzt, mit denen er eine offene Rechnung hat?«

Freya zuckte mit den Achseln. »Dann improvisieren wir. Wir sind mit erfahrenen Teams vor Ort. Der Zugriff wird schnell und professionell ablaufen. Sie werden es kaum schaffen, Ihren Kaffee ganz auszutrinken.«

»Und Ihr freundlicher Kollege ist wieder mit von der Partie?«

»Tom Weiler? Der ist dabei, klar. Wir postieren uns in einem Auto ganz in der Nähe und lassen Sie nicht aus den Augen.«

»Na klasse. Komisch, dass mich das nicht wirklich beruhigt.«

Freya presste die Lippen aufeinander. Kandel ging ihr mit seinem Gejammer auf die Nerven, und da er hochsensibel war, bemerkte er es wahrscheinlich an ihrer Stimme, ihrer Körperhaltung oder an sonst etwas. Der Umstand, dass sie selbst übernächtigt und nach dem Rakija von Vlado Vulcovic vermutlich noch nicht ganz ausgenüchtert war, machte es nicht einfacher. »Bedeutet es Ihnen denn gar nichts, zumindest einen Teil Ihrer Schuld wiedergutmachen zu können?«

Elias zuckte mit den Achseln. »Ehrlich gesagt, weiß ich es nicht.«

Am liebsten hätte Freya ihn gepackt und geschüttelt. »Sie sind doch angeblich hochsensibel und superschlau, außerdem psychologisch gebildet«, sagte sie. »Warum wenden Sie das nicht alles mal auf sich selbst an? Und finden heraus, was mit Ihnen verdammt noch mal nicht stimmt.«

Elias' Blick beugte sich der Schwerkraft. »Das ist nicht so einfach, wie Sie denken. Nur weil etwas bei anderen funktioniert, klappt es noch lange nicht bei einem selbst. Das ist menschlich.«

Freya schüttelte den Kopf. »Menschlich vielleicht«, sagte sie. »Und trotzdem erbärmlich.«

Elias starrte sie an. Der wehleidige Ausdruck verschwand aus seinem Gesicht, an dessen Stelle trat ein bitterböses Grinsen. »Sie hauen jedem erst mal kräftig in die Fresse, oder?«

Freya zog die Augenbrauen hoch. Und fies grinsen konnte sie auch. »Keine Ahnung, wovon Sie sprechen.«

»Egal. Nicht so wichtig.« Kandel schüttelte den Kopf. »Ich glaube einfach, jeder von uns hat sein Päckchen zu tragen.«

»Nur dass die meisten von uns keinen umgebracht haben.«

Er funkelte sie an und trat einen Schritt auf sie zu. Unverkennbar wütend. Sie fragte sich, ob er sein Mordopfer Laura damals auch so angesehen hatte, bevor er ihr das Messer ins Auge gerammt hatte. Der Gedanke jagte ihr einen kalten Schauer über den Rücken.

»Ich habe Sie nicht um diese Zusammenarbeit gebeten«, sagte Kandel. »Wenn es Ihnen nicht passt, wer ich bin und was ich getan habe, können wir es augenblicklich beenden, okay?« Er wies mit der Hand Richtung Tür.

Freya schüttelte den Kopf. »Sie stecken da mit drin«, sagte sie. »Und kommen nicht mehr so leicht wieder raus. Also ziehen wir das zusammen durch.«

Kandel nahm sich ein paar Sekunden Zeit, bis er den Arm sinken ließ. »Wir ziehen das durch«, wiederholte er.

»Sie tun das Richtige.« Freya nickte. Kandel half ihnen, einen gefährlichen Mann zu fangen, und ging freiwillig ein Risiko ein, machte sie sich klar. Sie hoffte, dass ihre Worte dadurch weniger aufgesetzt rüberkamen: »Was auch immer Sie früher an Scheiße gebaut haben, gerade helfen Sie uns dabei, Menschenleben zu retten, okay?«

42

»Ich war gestern Abend noch mal bei Vulcovic«, sagte Freya.

»Du warst ... was?«

Sie bremste vor einer roten Ampel, blickte zu ihrem Kollegen auf dem Beifahrersitz. »Manchmal muss man mit einem wichtigen Zeugen ins Bett steigen, um weiterzukommen.«

Tom riss Augen und Mund auf. »Du und Vulcovic, ihr habt ...« Es fehlte nicht viel, und er bekam Schnappatmung.

»Das war metaphorisch gemeint, Mann!«, schob sie hinterher. »Wir haben getrunken. Er hat geredet. Und ich bin am späten Abend nach Hause gefahren.« Sie neigte den Kopf zur Seite. »Du kannst den Mund jetzt wieder zumachen.«

»Du musst solche Sachen mit mir absprechen«, sagte Tom mit unüberhörbarem Ärger in der Stimme.

Nein. Musste sie nicht. Und würde sie nicht. »Um Erlaubnis fragen oder mir Moralpredigten anhören, ist nicht so mein Ding.« Freya zuckte mit den Achseln. »Und ich kann mir denken, was du dazu gesagt hättest.«

Die Ampel sprang auf Grün, Freya gab Gas. Laut Navi waren es noch gut fünfzehn Minuten Fahrt bis zu ihrem Standort in der Nähe des Cafés.

»Also gut.« Zum Glück schien sich Tom gegen längeres Schmollen zu entscheiden. »Was hat Vulcovic so erzählt?«

»Einen Haufen Machogeschichten aus seiner Vergangenheit als Chef der Balkanmafia«, sagte sie. »Und ein paar interessante Details zu Ralf Pontiak.« Sie wiederholte, was der Serbe ihr verraten hatte.

Tom lauschte, sah nach einer Weile aufs Navi. »Noch zehn Minuten. Wie ging es mit Kandel heute früh?«

»Der pisst sich ins Hemd vor Aufregung. Aber er wird es packen«, sagte sie. »Er kommt zu Fuß zum Café.«

Tom nickte, und Freya wartete ein paar Sekunden, bevor sie weitersprach. »Er hat mir erzählt, dass ihr beide euch früher schon begegnet seid«, sagte sie. »Vor zehn Jahren. Bei seiner Verhaftung.«

»Aha.« Tom kniff die Augen zusammen.

»Stimmt das?«

Er nickte. »Es war ein Sonntagnachmittag, und ich hatte Schicht beim Kriminaldauerdienst. Wir wurden zu der Waldhütte gerufen, in der er seine Schwester ermordet hatte.«

»Warum hast du das nicht früher erzählt?«

»Was tut das zur Sache?«

»Verarsch mich nicht!«

»Es war kein Ruhmesblatt für mich, okay?«, sagte er. »Ich war ein Frischling bei der Kripo. Ich weiß nicht mehr, ob es meine erste Leiche überhaupt war. Auf jeden Fall die erste Jugendliche, die dann auch noch so übel zugerichtet war. Ich musste raus und mich übergeben, was mir den Spott der Kollegen eingebracht hat.«

»Verstehe.« Freya nickte. Tom schämte sich, der Vorfall war ihm peinlich. Das passte zu ihm und erklärte zumindest diesen Teil der Geschichte.

Noch sieben Minuten. Den Teil mit der Misshandlung im Polizeigewahrsam würde sie sich für später aufsparen müssen.

43

»Was kann ich dir bringen?« Elias zuckte zusammen. Es war nur die Kellnerin. Eine junge Frau, die eine Kittelschürze über der Jeans trug und ihn erwartungsvoll ansah.

»Noch gar nichts, danke. Ich warte auf jemanden.« Er klang, als hätte er einen Sack Kreide verschluckt. Zum Glück schien das die Bedienung nicht weiter zu interessieren. Sie nickte nur und verschwand wieder im Innenbereich des Cafés.

Unter anderen Umständen hätte es hier direkt nett sein können. Es war kurz vor zehn Uhr, die Sonne strahlte und sorgte für milde Temperaturen. Das Café lag in der Nähe der Shopping-Meilen der Hamburger Innenstadt. Knapp die Hälfte der Außentische war besetzt. Ein junges Pärchen steckte am Nachbartisch die Köpfe zusammen, ein Mann mittleren Alters schlürfte Tee und hatte eine Tageszeitung vor sich ausgebreitet, deren Schlagzeile sich noch immer an den Schleusermorden abarbeitete. Julius hatte recht behalten: Die Presse hatte das Interesse an ihm verloren. Eine Frau mit überdimensionierter Sonnenbrille produzierte dicke Rauchschwaden mit ihrer E-Zigarette und tippte etwas in ihr Smartphone. Zwei türkischstämmige Männer unterhielten sich leise miteinander. Auf dem angrenzenden Weg patrouillierte ein verwahrlost aussehender Mann in einem viel zu warmen Mantel und bot den vorbeikommenden Fußgängern das *Hamburger Obdachlosenmagazin* an. Elias konnte nur raten, ob einer von den Leuten zur Polizei gehörte. Oder sogar alle.

Auf den Straßen rund um den Platz parkten und kurvten unzählige Radfahrer, Lieferwagen und andere Autos herum, in knapp hundert Metern Entfernung lag eine Bushaltestelle, an der im Minutentakt überlange Gelenkbusse hielten.

Elias machte sich keine Illusionen. Er war der Köder, der das Raubtier anlocken und den Jägern vor die Flinte holen sollte. Darüber hinaus hatte er keinerlei Wert für die Polizei, im Gegenteil. Weder die Kripofrau noch ihr Arschlochkollege hätten ein Problem damit, wenn ihm beim Zugriff irgendetwas zustieß. Sie könnten sich einreden, der Menschheit und sogar ihm selbst einen Gefallen getan zu haben, indem sie ihm die Möglichkeit gaben, seine Schuld zu bezahlen. Mit dem einzigen Einsatz, der für einen Mörder angemessen war: dem eigenen Leben.

Svensson hatte nicht einmal versucht, ihm etwas anderes einzureden, und Elias musste sich nicht sonderlich verbiegen, um diese Perspektive zu teilen, im Gegenteil. Es war keine sechsunddreißig Stunden her, dass er freiwillig aus dem Leben hatte scheiden wollen.

Ein junger Typ in Sportklamotten näherte sich dem Sitzbereich, schaute sich um, sein Blick blieb an Elias hängen. Er trat näher.

»Entschuldigung.«

»Ja?«

»Ich soll dir das hier geben.« Er hielt ein schlichtes Mobiltelefon in die Höhe.

»Hat wer gesagt? Und wann?«, fragte Elias. Er sah sich um, ob Ralf an irgendeiner Hausecke stand und alles beobachtete, konnte ihn aber nirgendwo entdecken.

»So ein Typ. Vor 'ner Stunde oder so. Hat mir 'n Fuffi gegeben, dich beschrieben und gesagt, ich soll dir das hier geben. Mehr nicht.«

Eine unangenehme Hitze stieg in Elias hoch. Am liebsten wäre er aufgesprungen und einfach davongerannt. Aber er nahm brav das Handy entgegen. »Okay. Auftrag erledigt«, sagte er zu dem Sportklamottenheini. Er wünschte, er könnte dasselbe auch von sich behaupten.

»Alles klar.« Der Typ machte sich davon. Gut möglich, dass er in den nächsten Minuten von ein oder zwei Zivilpolizisten aufgegriffen und in die Mangel genommen wurde. Aber das war jetzt nicht sein Problem. Erst recht nicht, weil das Telefon klingelte.

Elias ging ran. »Ja?«

»Hier ist Ralf. Ich gehe davon aus, dass du beobachtet wirst. Ob mit oder ohne deine Zustimmung, ist nicht weiter wichtig. Ich habe dir ein Taxi geschickt, es hält in wenigen Sekunden an der Straße vor dem Café. Steig dort ein! Es bringt dich zu mir.«

Elias wusste nicht, was er sagen sollte. Das war aber auch nicht nötig, Ralf hatte bereits aufgelegt.

Tatsächlich rollte im selben Moment ein Taxi heran und hielt wie angekündigt vor dem Café.

Alles in ihm sträubte sich, in den cremefarbenen Mercedes zu steigen. Das war so nicht geplant. Er wünschte, er könnte die Kommissarin fragen, was er tun sollte. Aber er konnte sich ihre Antwort denken: »Steigen Sie schon ein. Wir bleiben an Ihnen dran.«

Er stand auf, trat an das Taxi, zog die hintere Tür auf. Am Steuer saß ein dunkelhäutiger, dicklicher Typ mit Vollbart und Sonnenbrille.

Elias stieg ein, zog die Tür zu. »Ich nehme an, Sie wissen, wo es hingeht?«

Der Fahrer nickte. Das Taxi setzte sich in Bewegung.

44

»Okay. Gerd, Silke, Franzi und Ilkay, klemmt euch ran!«, rief Freya in das Mikrofon ihres Headsets und startete den Motor ihres Golfs. »Tom und ich kommen direkt hinterher. Maddie und Rik, ihr schnappt euch den Typen, der das Handy gebracht hat.«

Ein unkomplizierter Zugriff wäre auch zu schön gewesen, um wahr zu sein. Pontiak war kein Mann, der sich so einfach verhaften ließ. Ihre Leute bestätigten der Reihe nach die Anweisungen. Freya gab Gas. Die beiden Fahrzeuge vor ihr hielten perfekten Abstand zum Taxi, sie und Tom hatten leider einen Linienbus vor der Nase.

»Sie fahren auf der Domstraße hoch«, meldete sich Gerd über Funk. »Der Vollständigkeit halber: Mercedes-Benz, das Kennzeichen ist Hamburg, Ulrich, Theodor, zwei, fünf, drei. Wagen Nummer sechs, drei, fünf von Hansa Taxi.«

»Ist notiert.« Das kam von Kollegin Lia, die den Einsatz von der Leitstelle aus überwachte. »Libelle 1 und MEK sind in Bereitschaft. Ein Wort, und ich schicke sie los.«

»Gut zu wissen, danke«, sagte Tom.

Freya lauerte auf eine Lücke im Gegenverkehr, um den nervigen Bus zu überholen. Es gefiel ihr nicht, keinen direkten Sichtkontakt zum Zielfahrzeug zu haben.

»Okay, sie biegen rechts ab auf die B 4. Wir sind weiter dran«, sagte Gerd.

Der Bus bremste und bog ab auf eine Haltestelle. Freya gab Gas, aber vor der Einbiegung auf die Bundesstraße stockte der Verkehr vor einer roten Ampel. »Wir hängen fest«, sagte sie. »Gerd, Bericht!«

»Sie fahren runter von der B 4 und rauf auf die Steinstraße Richtung Hauptbahnhof.«

»Die Fahrtroute ergibt wenig Sinn«, sagte Tom neben ihr. »Wenn wir noch einmal links abbiegen, sind wir im Kreis gefahren. Also handelt es sich um ein Ablenkungsmanöver.«

Freya nickte. Die Ampel sprang um, endlich ging es wieder voran. Sie bog ab, gab kräftig Gas und fädelte sich auf der richtigen Abbiegespur ein.

»Moment«, sagte Gerd über Funk. »Das Taxi fährt rechts ran, an die U-Bahn-Haltestelle Steinstraße. Möglicherweise geht es per ÖPNV weiter.«

Was hast du mit uns vor, Pontiak?, dachte Freya. Sie fragte sich, was Elias Kandel im Taxi vor ihnen von seiner Stadtrundfahrt hielt.

45

»Schön, dich zu sehen, Kumpel.«

Elias brauchte einige Sekunden, um Ralf unter der Verkleidung zu erkennen. Künstlicher Bart, Perücke und dezente Schminke, für die simulierte Körperfülle ein Kissen unterm Hemd. Die Maskerade war nicht perfekt, aber auch aus der Nähe erst auf den zweiten Blick zu durchschauen.

Hinten polterte etwas gegen die Rückwand des Sitzes. »Nicht wundern. Das ist der Taxifahrer, der uns freundlicherweise seinen Wagen zur Verfügung stellt und solange im Kofferraum wartet.« Ralf grinste ihn durch den Rückspiegel an. »Keine Sorge. Ich brauche nur sein Auto. Sein Leben kann er behalten.«

»Wozu das alles? Das Taxi, die Verkleidung.«

»Wir haben nicht viel Zeit«, sagte er. »Ich nehme an, dass wir verfolgt werden. Neben dir auf der Rückbank liegt eine Plastiktüte. Nimm sie und sieh dir an, was drin ist!«

Es war ein winziges Tütchen. Elias griff danach, fasste hinein, es fühlte sich nach einem kleinen Stofftuch an. Er zog es heraus, faltete das dünne Teil auseinander.

Der Wahnsinn packte ihn fest im Genick. Elias schnappte nach Luft. Es fühlte sich an, als zerlegte der Anblick der Stoffmaske sein Bewusstsein in Einzelteile. Das Hautgesicht, das ihn in seinen Albträumen und zuletzt sogar im Wachzustand verfolgte – er hielt es gerade in den Händen.

»Das ist jetzt alles etwas viel für dich. Das ist mir klar.« Elias sah, dass Ralf ihn durch den Rückspiegel beobachtete. »Aber du musst mir ein paar Minuten zuhören, kapiert?«

Nein, Elias kapierte überhaupt nichts. Er konnte auch nicht

antworten. Er konnte nur auf diese schreckliche Maske starren. Und sich dabei beobachten, wie er den Verstand verlor.

»Elias! Verdammt! Reiß dich zusammen!« Ralf schrie ihn an, und das holte ihn irgendwie aus der Erstarrung. Er zuckte, schüttelte sich, nickte dem Rückspiegel zu, in dem Ralfs Augen weiter auf ihn gerichtet waren.

»Ich versuch's«, brachte er hervor.

46

»Was macht er?«, fragte Freya.

»Kandel steigt aus dem Taxi«, erklang Gerds Stimme aus dem Headset. »Er hat das Handy am Ohr, geht in die U-Bahn-Haltestelle hinein.«

»Du und Silke bleibt an ihm dran!«, sagte Freya. »Wir sind da.«

»Okay.« Für ein paar Sekunden kam nicht mehr als hektisches Schnaufen aus dem Ohrhörer, bevor der Kollege weitersprach. »Die Zielperson steht am Bahnsteig Richtung Berliner Tor. Der nächste Zug kommt in weniger als einer Minute.«

Sie erreichten die Station. Freya bremste, schaltete den Warnblinker an und löste den Sicherheitsgurt.

»Der Zug fährt jetzt ein.«

»Gut, Tom und ich sind vor Ort«, sagte sie. »Ihr zwei steigt ein. Franzi und Ilkay folgen der Bahnroute mit den Autos. Du auch, Tom!«

Freya sprang aus dem Auto, rannte in die Haltestelle, hastete die Treppe hinunter, hörte bereits das Signalgeräusch, welches das Schließen der Türen ankündigte. Sie erreichte den Bahnsteig.

Die U-Bahn setzte sich in Bewegung.

»Mist. Eine Sekunde zu spät.«

»Wir sind im Abteil hinter ihm«, erklang Gerds Stimme aus dem Ohrhörer.

»Okay«, sagte Freya. »Die nächste Bahn kommt in drei Minuten. Gebt mir Bescheid, wenn Kandel aussteigt oder irgendwas Verdächtiges passiert.«

Die Jagd endete ein paar Stationen später. Freya eilte die

Treppe hinauf, Silke nahm sie am oberen Ende in Empfang. Tom und die anderen waren mit den Autos in Reichweite und hielten sich bereit.

»Bin da«, sprach sie ins Headset. »Bitte Bericht. Was macht Kandel?«

Ihr Kollege Gerd, ein besonnener Kripomann Anfang sechzig, den Freya aus einer Reihe gemeinsamer Einsätze kannte, meldete sich sofort. »Er wartet vor einer Station mit Leihfahrrädern, hält das Handy ans Ohr. Moment.« Nach ein paar Sekunden redete er weiter. »Er hat das Telefon runtergenommen. Lässt die Schultern hängen, schaut sich um. Jetzt sieht er zu mir rüber und winkt mir zu.«

»Okay, wir kommen raus.« In Begleitung der Kollegin trat Freya aus dem überdachten Zugang auf den knapp fünfzig Meter reichenden Vorplatz der Haltestelle, der an eine viel befahrene sechsspurige Hauptstraße grenzte.

Ihr Kollege Gerd stand vor dem Eingang. »Da vorne«, sagte er. »Bei den Fahrrädern.«

Elias hatte sie bereits entdeckt. Er nickte ihr mit ernstem Gesicht zu und machte sich auf in ihre Richtung. Sie ging ihm entgegen.

Elias war blass, auf seiner Stirn drängten sich kleine Schweißperlen. »Ralf kommt nicht«, sagte er. »Er muss gemerkt haben, dass ich nicht allein bin. Er hat gesagt, ich soll mich zum Teufel scheren.«

47

Elias schloss die Wohnungstür hinter sich, drehte zweimal den Schlüssel herum. Er ging ins Wohnzimmer und zog die Gardine seines einzigen Fensters zu, ließ sich auf das Schlafsofa fallen.

Fürs Erste war er in Sicherheit. Zumindest versuchte er, sich das einzureden.

Er griff in die Hosentasche, zog die Strumpfmaske hervor, die Ralf ihm gegeben hatte, faltete sie auf, hob sie in die Höhe und kämpfte gegen die Panik, die in ihm aufwallte. Die Erstarrung, die ihn bereits im Taxi gelähmt hatte, packte ihn erneut.

»Elias! Verdammt! Reiß dich zusammen!« Ralf hatte ihn angeschrien. Das hatte ihn aus der Schockstarre gelöst. Elias war zusammengezuckt, hatte sich geschüttelt und dem Rückspiegel zugenickt, in dem Ralfs Augen weiter auf ihn gerichtet waren.

»Ich versuch's«, brachte er hervor.

»Guter Mann.« Ralf ließ ihm ein paar Sekunden Zeit, bevor er weitersprach. »Wir haben nicht viel Zeit, deswegen sage ich es kurz und knapp. Ich weiß, dass du deine Schwester nicht umgebracht hast. Ich will diejenigen zur Rechenschaft ziehen, die tatsächlich dafür verantwortlich sind. Verstanden?«

»Aber …«

»Nicht fragen. Nur zuhören.«

Elias schluckte. »Okay.«

»Noch kann ich nichts beweisen. Aber ich bin dran«, sagte Ralf. »War die Polizei bei dir?«

»Ja.«

»Wer genau?«

»Eine Kommissarin. Freya Svensson. Sie arbeitet mit einem Kollegen namens Tom Weiler zusammen. Der war damals bei meiner Verhaftung dabei. Er war einer derjenigen, die mich in der Zelle verprügelt haben.«

»Wissen die von unserem Treffen?«

Elias zögerte eine Sekunde. Allmählich nahm sein Verstand die Arbeit wieder auf, leider nur im Schneckentempo. Ralf war ein gefährlicher Mann und ein gesuchter Verbrecher, machte er sich klar. Er durfte ihm nicht trauen. »Wozu dieser Aufwand?«, fragte er. »Warum hast du mir das nicht einfach geschrieben, als wir gestern Abend gechattet haben?«

Ralf drehte sich zu ihm. »Weil ich will, dass du mir glaubst. Ich riskiere hier gerade meinen Arsch, um deinen zu retten. Ich weiß nicht, ob die Polizei an dir dran ist. Oder jemand Schlimmeres. Aber Fakt ist, wenn sie mich schnappen, werden sie mich ausschalten. Und du wirst die Wahrheit nie erfahren.«

Die Wahrheit. Das Wort schwappte durch Elias' Bewusstsein wie eine Welle aus zu dünnem Pudding. Er hatte Laura umgebracht. Das war die Wahrheit, die einzige Wahrheit. Er hatte gelernt, damit zu leben. Es zumindest versucht.

»Okay, ja«, sagte er. »Die Polizei hat den Platz vor dem Café überwacht. Und vermutlich folgen sie uns jetzt.«

»Bist du verkabelt? Trägst du ein Mikro oder einen Peilsender?«

»Nein. Ich habe nur mein Handy. Und das von dir.«

Ralf nickte. »Du darfst denen nicht trauen, verstanden?«

»Aber dir schon?«

Der verkleidete Mann auf dem Fahrersitz grinste. »Es gibt außer mir ein paar wenige Menschen, die wissen, was wirklich passiert ist. Ich werde dafür sorgen, dass sie es nicht länger vertuschen. Aber damit ich das schaffe, musst du zwei Dinge für mich tun.«

»Und das wäre?«

»Das Erste: mir gleich helfen, der Polizei zu entkommen. Du musst aus dem Taxi steigen, mit dem Handy am Ohr, und zwei oder drei Stationen mit der U-Bahn weiterfahren. Dann irgendwo warten und den Bullen sagen, dass ich das Treffen abgeblasen habe. Das verschafft mir genügend Zeit.«

»Verstanden. Und das Zweite?«

»Nun. Das ist etwas komplizierter.«

Elias starrte weiter auf die Strumpfmaske. Er hatte Ralf im Knast von seinen Albträumen mit dem Hautgesicht erzählt. Albträume, deren offenbar wahren Kern er gerade in den Händen hielt. Was wusste Ralf über die Bedeutung dieser Maske? Und was würde er noch herausfinden?

Ralf war ein Wahnsinniger, das hatte er einmal mehr unter Beweis gestellt, und Elias hatte keinen Grund, ihm zu vertrauen. Und doch hatte er getan, wozu Ralf ihn aufgefordert hatte. Elias hatte die Polizisten in die Irre geführt und vorsätzlich angelogen. Und einem gesuchten Schwerverbrecher so die Flucht ermöglicht.

Was, wenn Ralf recht hatte und Elias wirklich unschuldig war?

Er schluckte. Tränen fluteten seine Augen. Dann lebte er seit zehn Jahren mit einer schrecklichen Lüge. Und hatte gleichzeitig die Möglichkeit, seine Geschichte noch einmal neu zu schreiben. Nicht die eines Mörders, der unter widrigen Umständen versuchte, eine zweite Chance zu ergreifen. Sondern die eines jungen Menschen, der zu Unrecht verurteilt worden war, aber komplett rehabilitiert wurde und sich ohne Vorbelastung ein neues Leben aufbauen konnte. Er hätte zehn Jahre verloren. Aber eine Zukunft ohne erdrückende Schuld und Nachstellungen gewonnen.

Elias knüllte die Strumpfmaske zusammen und stopfte sie in die Tasche seiner Jeans. Sein Herz pochte. Ralf würde seine Unschuld beweisen, hatte der versprochen. Und ihm im selben Atemzug eine schwere Aufgabe aufgebürdet.

48

Malte war selten angespannt vor Therapiesitzungen. Aber als die Stunde gekommen war, die Türklingel und das nachfolgende Geräusch von Schritten im Treppenhaus seinen Patienten ankündigten, war ihm so schummerig, dass er sich am Türrahmen festhielt.

Er rechnete mit dem Schlimmsten: mit einem Elias Kandel in desolater Verfassung, zermürbt von psychosenahen Symptomen und einem kompletten psychischen Zusammenbruch nahe, der dabei zusätzlich auf dem schmalen Grat der Suizidalität balancierte. Und einem Behandler, der aufgrund seiner eigenen Vergangenheit auf mindestens einem Auge blind war und gewaltig aufpassen musste, in dem Dickicht der therapeutischen Beziehung nicht die Orientierung zu verlieren.

Umso mehr überraschte ihn der Anblick des jungen Mannes. Elias trat ihm lächelnd und mit aufrechter Körperhaltung entgegen, begrüßte ihn mit kräftigem Händedruck und fester Stimme.

»Es geht mir gut«, sagte er, nachdem sie sich gesetzt hatten. »Ich habe über das nachgedacht, was Sie mir gesagt haben. Mit der Schuld. Und der Möglichkeit, mithilfe einer Traumatherapie Zugang zu meiner Erinnerung zu bekommen.« Elias atmete tief durch. »Ich will es herausfinden. Mit Ihrer Methode. EMDR. Können wir beginnen?«

»Okay.« Malte brauchte einige Sekunden, um seine Gedanken und Gefühle auf die Reihe zu kriegen. Er war erleichtert, keine Frage. Elias war am Leben, vordergründig stabil und motiviert, sich den eigentlichen Problemen zu stellen. Aber ihn verwirrte das Tempo, das der junge Mann plötzlich an den Tag legte.

»Schön, dass es Ihnen besser geht. Aber woher kommt Ihr Sinneswandel?«

Elias beugte sich vor. »Ich werde auf Dauer nicht mit der Ungewissheit zurechtkommen«, sagte er. »Das ist mir in den letzten beiden Tagen klar geworden. Wenn es nur den Hauch einer Chance gibt, mich an die Tat zu erinnern, dann will ich sie ergreifen. Und ich glaube, Ihre EMDR-Methode bietet so eine Chance.«

»Was ist mit den Risiken?«

»Wenn Sie meinen, dass ich komplett verrückt werden oder mir das Leben nehmen könnte – nun, das wird mit großer Wahrscheinlichkeit passieren, wenn ich nicht versuche, mich zu erinnern. Ich habe nichts zu verlieren.«

Das klang mehr nach verzweifelter Tapferkeit als nach wirklicher Stabilität, aber immerhin. Elias' Situation war nach wie vor brisant. Aber hatte er nicht recht? Gab es eine gute Alternative zur Flucht nach vorn? Vermutlich nicht. Malte gab sich einen Ruck. »Einverstanden«, sagte er.

»Prima. Wo fangen wir an?«

»Vielleicht an dem Zeitpunkt, an dem Ihre Erinnerung einsetzt. Nachdem Sie aufgewacht sind.«

»Also die Waldhütte?«

Malte nickte. »Waren Sie häufiger dort?«

»Die Hütte und das umgebende Waldstück gehörten meinem Adoptivvater. Er hat sie für Jagdausflüge mit Freunden benutzt, aber meistens stand sie leer. Ich habe mich oft dorthin zurückgezogen, wenn ich meine Ruhe haben wollte.«

»Was ist das Letzte, woran Sie sich vor der Tat erinnern können?«

»Ich war mit meiner Schwester Laura in einer Eisdiele. Sie

hatte eine Matheklausur und tat sich schwer mit dem Stoff. Ich bot ihr an, mit ihr zu üben, und schlug die Waldhütte vor. Also fuhren wir am Nachmittag mit den Fahrrädern dorthin.«

»Erinnern Sie sich an die Fahrt?«

Elias schüttelte den Kopf. »Wir waren in der Eisdiele, kurz zu Hause, sie hat ein paar Bücher und Hefte eingepackt, und wir sind aufgebrochen. Ab da wird es dunkel. Bis ich in der Hütte aufwache.«

»Dann beschreiben Sie bitte, an was Sie sich erinnern. In der Gegenwartsform, als würde es gerade passieren.«

»Also gut.« Elias ruckte sich auf seinem Stuhl zurecht, umfasste die Stuhllehnen mit den Händen und schloss die Augen. »Ich wache auf. Nicht so wie morgens nach dem Schlaf, eher so, als wäre ich von den Toten auferstanden, mehr Zombie als Mensch. Alles geht langsam und schwerfällig. Das Denken fällt mir schwer, Bewegungen erst recht. Aber ich kapiere, dass ich in der Waldhütte bin und dass jemand neben mir liegt. Ich hebe den Kopf, bemerke das viele Blut, das überall hingeschmiert ist, sehe die klaffenden Schnitte an meinen Handgelenken und das Messer in meinen Händen. Ich gerate in Panik. Ich hebe den Oberkörper, drehe mich zur Seite und sehe Laura. Ich schreie. Jedenfalls versuche ich es. Ich stehe auf. Alles dreht sich. Ich stolpere über die leeren Tablettenschachteln. Ich komme zur Tür, sie ist verschlossen. Ich lasse das Messer fallen, um den Schlüssel herumzudrehen. Draußen dämmert es, ich weiß da noch nicht, ob es früher Morgen oder später Abend ist. Ich schleppe mich barfuß den Waldweg entlang, der nach knapp einem Kilometer in eine befestigte Straße mündet. Allmählich kapiere ich, was ich getan habe. Ich habe uns in der Waldhütte eingeschlossen, sie umgebracht, die Schlaftabletten genommen und mir anschließend die Pulsadern aufgeschlitzt.«

»Was fühlen Sie, wenn Sie jetzt darüber sprechen?«

»Ich weiß nicht. Nichts. Angst vielleicht. Angst vor mir selbst. Vor dem, was ich getan habe.«

»Gibt es ein Wort oder einen kurzen Satz, der Ihre Gefühle am besten beschreibt?«

»Mörder. Ich bin ein Mörder. Ich habe meine Schwester umgebracht.«

»Ich bin ein Mörder.« Malte nickte. »Okay.« Er hob seine Hand in die Höhe, führte sie vor das Gesicht des jungen Mannes. »Folgen Sie mit den Augen der Bewegung meiner Finger. Bleiben Sie bei Ihrem Leitsatz und beobachten Sie, was passiert.«

Elias' Blick zuckte unruhig hin und her, aber bereits nach wenigen Sekunden wurde die Augenbewegung fließend und gleichmäßig. Nach einer halben Minute beendete Malte das Prozessieren. »Bitte beschreiben Sie, was Sie erleben.«

Elias kniff die Augen zusammen. »Ich sehe mich in einem weiten, dunklen Nichts«, sagte er. »Als würde ich schwerelos durchs Weltall schweben. Ich höre eine Stimme, die mich anbrüllt. Sie kommt nicht von außen, sondern aus mir selbst. ›Du bist ein Mörder.‹« Sie erfüllt alles. Aber …«

»Aber was …?«

»Ich bin nicht sicher. Vielleicht ist es gar nicht meine Stimme.«

»Wessen dann?«

»Aus dem Dunkel tauchen Gestalten auf. Sie umkreisen mich, umzingeln mich. Ich sehe die Polizisten, die mich verhaften und ins Polizeipräsidium bringen. Ich sehe Julius. Mein Adoptivvater ist auch dabei. Er sitzt zu Beginn der Verhandlung im Zuschauerraum des Gerichtssaals und starrt mich hasserfüllt an. Und da ist der Richter bei der Urteilsverkündung. Sie alle brüllen auf mich ein. ›Du bist ein Mörder.‹« Elias atmete flacher und schneller. »Ich möchte ihnen widersprechen. Aber die Stimmen sind übermächtig. Sie überwältigen mich, durchdringen mich. Sie haben doch recht, sie müssen recht haben, es kann gar nicht anders sein.«

Elias wand sich auf dem Stuhl, seine Hände krallten sich in die Armlehnen. »Es sind so viele. Sie sind so laut. Ich kann mich nicht dagegen wehren.«

»Bleiben Sie bei mir, Elias. Atmen Sie ruhig. Öffnen Sie wieder die Augen. Sehen Sie auf meine Finger und folgen Sie der Bewegung!«

Die Anspannung blieb, aber Elias folgte der Aufforderung.

»Es ist gar nicht Ihre Stimme«, sagte Malte. »Es sind die anderen, die Sie hören? Die Ihnen sagen, dass Sie schuldig sind?«

»Ich bin schuld.« Elias nickte.

»Das ist ein neuer Satz. Bleiben Sie einen Moment dabei. Ich bin schuld. Vielleicht kommen Bilder oder Gedanken zu diesem Satz.«

»Ich war immer schuld. Seit ich denken kann.« Elias' Stimme zitterte, wurde weicher, verletzter. »Schuld, dass meine Adoptiveltern sich gestritten haben. Dass sie keine glückliche Familie waren mit ihren niedlichen Zwillingstöchtern. Ich habe es ihnen kaputt gemacht. Durch meine schiere Existenz.« Den letzten Satz stieß er hervor wie einen Fluch. Sein sonst so blasses Gesicht hatte mächtig Farbe bekommen, sein Kinn bebte. Elias war spürbar wütend und traurig, dachte Malte. Da waren sie endlich, die unterdrückten Gefühle. »Die haben Sie zum Sündenbock gemacht?«, sagte er.

»Dafür war ich ihnen gut genug.« Elias nahm einen tiefen Atemzug, sein Körper entspannte sich ein wenig.

»Gibt es einen Satz, den Sie dem entgegenstellen können?«

»Nicht schuldig?« Es klang mehr wie eine Frage.

»Nicht schuldig«, wiederholte Malte. »Bleiben Sie dabei. Wie fühlt es sich an?«

Elias folgte mit den Augen weiter der Bewegung von Maltes Fingern. »Ich weiß nicht«, sagte er. »Ungewohnt.« In seinem verzerrten Gesicht deutete sich der Ansatz eines Lächelns an. »Laura hat mich manchmal in Schutz genommen. ›Die sind echt blöd zu dir‹, hat sie ein paarmal gesagt, wenn wir allein waren. Aber sie war die Einzige.«

Elias schwieg etliche Sekunden, dann zuckte er mit den Achseln. »Ich glaube, mehr kommt erst mal nicht.«

»Okay.« Malte senkte die Hand, rückte von Elias ab und lehnte sich im Stuhl zurück. »Vielleicht reicht es fürs Erste.«

Elias schloss wieder die Augen. Die Anspannung wich langsam aus seinem Gesicht, machte Platz für den Ansatz eines Lächelns.

»Wie geht es Ihnen?«, fragte Malte.

»Ich bin komplett durchgeschwitzt. Aber ich lebe. Ich bin, soweit ich das beurteilen kann, nicht verrückt geworden. Und sterben will ich gerade auch nicht.«

»Das ist doch nicht schlecht.«

»Hm.« Elias strich sich mit der Hand übers Gesicht. »Aber an etwas Neues erinnert habe ich mich nicht.«

»Nein«, sagte Malte. »Das war heute erst der Anfang. Lassen Sie alles sacken! Es wird in Ihnen weiterarbeiten. Wenn irgendwelche Eindrücke, Bilder oder sogar Erinnerungen kommen, versuchen Sie, sie zuzulassen. Wir sehen uns in zwei Tagen zum nächsten Termin.«

Elias verzog Mund und Augen. »Zwei Tage können verdammt lang sein.«

Malte trat an seinen Schreibtisch, öffnete eine Schublade und zog eine Visitenkarte hervor. »Ich gebe Ihnen eine Handynummer, unter der Sie mich im Notfall erreichen können. Melden Sie sich, wenn Sie nicht zurechtkommen.«

49

Arjana nahm ihren ganzen Mut zusammen, trat aus dem schattigen Kellereingang, hob den Kopf, drückte das Kreuz durch und trat auf den Bürgersteig, auf dem das städtische Leben schon vor Stunden erwacht war. Sie fühlte sich wie auf dem Präsentierteller. Tatsächlich beachteten die Passanten in der kleinen Einkaufsstraße sie genauso wenig wie in den vergangenen Tagen, wenn sie ihre Vormittagstour auf der Suche nach Essen und anderen nützlichen Dingen angetreten hatte. Nein, es war ihr verwegener Plan, jene unsichtbare Grenze zu überschreiten, hinter der sie sich verschanzt hatte wie hinter einer Mauer, der ihr das Gefühl gab, dass die halbe Stadt sie beobachtete. Trotzdem würde sie erhobenen Hauptes diese verfluchte Straße überqueren und das Mietshaus aufsuchen. Nicht aus Stolz oder Mut, leider nicht. Eher weil sie sich klarmachte, dass sie umso mehr auffiel, wenn sie wie ein geprügelter Hund rüber zum Hauseingang schlich. Schlimm genug, dass sie nach den Tagen auf der Straße zunehmend verwahrlost aussah und vermutlich auch entsprechend roch.

Sie hatte das Haus und den Grünstreifen den ganzen gestrigen Abend und den gesamten Vormittag über beobachtet. Einige Frauen hatten das Haus verlassen und waren noch nicht wieder zurückgekehrt, Svetlana war nicht unter ihnen gewesen. Donikas Mörder hatte sie seit dem Tod ihrer Freundin und ihrer kurzen Flucht nicht mehr zu Gesicht bekommen. Gut möglich, dass er die Suche nach ihr eingestellt hatte und sie sich völlig umsonst versteckt hatte. Aber ihr Gefühl sagte ihr, dass der Killer nicht weit war und nur auf einen Moment wie diesen lauerte, um auch sie zu schnappen und ihrem Leben ein Ende zu bereiten. So gesehen boten das Tageslicht und die Öffentlichkeit ihr sogar einen gewissen Schutz.

Arjana wartete auf eine Lücke in dem Strom von Autos und überwand die Straße. Sie durchquerte die kleine Rasenfläche und erreichte mit klopfendem Herzen die Eingangstür des Mietshauses. Es gab eine Sprechanlage und nur eine einzige Klingel mit einem deutschen Wort auf dem Schild daneben, das sie nicht verstand. Sie lehnte sich gegen die Tür – sie war verschlossen. Ihre verzweifelte Entschlossenheit verpuffte innerhalb eines Augenblicks. Was sollte sie tun? Mit jeder Sekunde, die sie vor der Tür wartete, erregte sie Aufmerksamkeit. Ihre zitternde Hand bewegte sich Richtung Klingel. Wenn sie den Knopf drückte, gab es kein Zurück mehr.

Von drinnen hörte sie Schritte und Stimmen, und bevor sie reagieren konnte, wurde die Tür aufgerissen. Arjana erstarrte. Drei Frauen traten ihr entgegen, junge Frauen in Alltagskleidung mit Einkaufstaschen in den Händen, sie schwatzten miteinander, verstummten jedoch, als sie Arjana bemerkten. Ihr Herz tat einen Sprung. Svetlana war eine der drei. Donikas Schulfreundin riss die Augen auf. »Arjana!« Svetlana presste sich die Hand auf den Mund. Als ob sich der Druck einen anderen Weg suchte, füllten sich ihre Augen mit Tränen. Unter den verwunderten Blicken ihrer Kolleginnen umschlang sie Arjana mit ihren Armen, drückte sie fest an sich. Die Berührung, die körperliche Nähe zu einem Menschen, das aufkeimende Gefühl von Sicherheit und Geborgenheit lösten einen Panzer, der sich in den letzten Tagen um Arjanas Herz gelegt hatte. Die Kraft schwand aus ihren Beinen, und das heftige Schluchzen, das aus ihr herausbrach, ließ ihr kaum Luft zum Atmen.

Svetlana verstärkte die Umarmung, streichelte ihr über den Kopf, sagte etwas auf Deutsch zu den anderen Frauen, das Arjana nicht verstand. Aber der sanfte, freundliche Tonfall ihrer Stimme, das waren Streicheleinheiten für ihre Seele. Sekunden vergingen, und wäre es nach Arjana gegangen, hätte sie sich noch etliche Stunden ausgeweint.

Aber viel zu früh löste Svetlana sie vorsichtig aus ihren Armen, strich ihr einige Tränen von der Wange und sah sie an. »Komm«, sagte sie auf Albanisch und fasste Arjana am Arm. »Hier unten können wir nicht bleiben.«

Svetlanas Worte rissen große Löcher in die Gefühlswolke, die sich um Arjana gelegt hatte. Sofort waren Angst und Anspannung wieder da. Die Begleiterinnen tuschelten etwas und gingen runter zur Straße. Svetlana zog Arjana rein ins Haus, führte sie das Treppenhaus hinauf in den ersten Stock und weiter durch eine der vielen Türen, die sich dort in einem langen Flur aneinanderreihten. Es war offensichtlich einer der Räume, in denen die Frauen ihre Freier empfingen. Svetlana ließ sie auf dem überdimensionierten, mit bunten Kissen bedeckten Bett Platz nehmen, füllte ein Glas mit Wasser aus einer Karaffe und reichte es ihr zusammen mit einer Box Taschentücher. Arjana trank, tupfte sich die Tränen aus dem Gesicht. »Donika«, brachte sie unter neuem Weinen hervor, »sie ist …«

»Pscht«, machte Svetlana und unterstrich das Geräusch, indem sie ihren Zeigefinger vor die geschlossenen Lippen hielt. Donikas Freundin zog ein Mobiltelefon und einen zerknitterten Zettel aus ihrer Jackentasche. Ihre Hände zitterten. »Ich rufe jemanden an, der dir hilft. Hab keine Angst!« Svetlana hob das Telefon in die Höhe, zögerte, steckte den Zettel wieder weg und tippte auf dem Display herum, wechselte einige Worte auf Deutsch mit ihrem Gesprächspartner. Ihr Vorname war das Einzige, was Arjana verstand. Nach wenigen Sekunden beendete sie das Telefonat, legte das Handy zurück auf den Tisch.

»Jemand kommt und bringt dich in Sicherheit«, sagte sie und lächelte ihr zu. »Willst du einen Kaffee? Was zu essen?«

Eigentlich schon. Aber etwas anderes quälte Arjana deutlich mehr als Hunger und Durst. »Donika ist tot.« Als ob es erst mit dem Aussprechen wirklich wahr wurde, löste sich ein gewaltiger Kloß Trauer und Schmerz. Sie brach erneut in Tränen aus. Svetlana setzte sich neben sie. »Ja, ich weiß«, sagte sie und nahm sie noch einmal in den Arm. »Es tut mir so furchtbar leid.«

Irgendwann versiegten die Tränen, beruhigte sich der Atem. Svetlana schaffte eine Thermoskanne heran, der heiße Kaffee schmeckte köstlich, dazu reichte sie Arjana ein Sandwich und ein paar trockene Kekse, die sie gierig hinunterschlang.

Svetlana blieb einsilbig. Sie stellte ein paar harmlose Fragen zur Verwandtschaft in Albanien, nahm Arjanas ebenso belanglose Antworten mit versteinerter Miene zur Kenntnis, starrte immer wieder zur Tür. Schenkte Kaffee nach.

Irgendwann wurde die Tür aufgestoßen.

Der Anblick des Mannes, der kurz im Türrahmen verharrte und dann den Raum betrat, ließ Arjana erstarren. Es war der Kerl vom Schrottplatz. Das Gespenst, das Donika ermordet hatte. »Hallo, Arjana«, sagte er auf Albanisch und nickte ihr zu. »Schön, dass ich dich endlich gefunden habe.«

50

Nicht schuldig.

Elias hielt die Worte fest wie ein Höhlenwanderer seine Lampe.

Er hatte Laura nicht ermordet. Was auch immer sich an diesem fatalen Sonntag in der Waldhütte seines Adoptivvaters ereignet hatte, wie auch immer Laura zu Tode gekommen war, er war ...

Nicht schuldig.

Jedes Mal, wenn er es dachte oder laut aussprach, machte sein Herz einen kleinen Sprung.

Jemand hatte Laura ermordet und ihm die Tat in die Schuhe geschoben. Er hatte die ihm zugewiesene Rolle des Sündenbocks widerstandslos angenommen. Er kannte es nicht anders. Seit er denken konnte, hatten die Menschen, von denen er abhängig war, ihn für deren eigene Fehler verantwortlich gemacht. Deswegen war er für Lauras wahren Mörder ein leichtes Opfer gewesen. Viel zu schnell hatte er seine vermeintliche Schuld akzeptiert und sich, wie alle anderen, von den angeblichen Beweisen blenden lassen. Er hatte sogar seinen Anwalt Julius davon abgebracht, ihn vor Gericht mit allen Mitteln zu verteidigen, und die harte Strafe, die das Gericht verhängt hatte, bereitwillig angenommen.

Ralf Pontiak wusste, wer tatsächlich dahintersteckte, oder er hatte zumindest eine Ahnung. Das behauptete er jedenfalls.

»Du musst dich erinnern«, hatte Ralf ihm aufgetragen. Seine zweite Bitte im Taxi. »Du musst selbst von deiner Unschuld überzeugt sein. Nur dann kannst du mir helfen.«

Nun, dachte Elias. Erinnert hatte er sich nicht. Noch nicht.

Und trotzdem war er in der letzten Therapiestunde einen entscheidenden Schritt nach vorne gekommen.

Nicht schuldig.

Der Satz erhellte seine ehemals düstere Zukunft und entriss dem Schatten sehr konkrete Perspektiven. Er konnte sein Studium fortsetzen. Sich draußen frei bewegen, ohne die permanente Angst, als Mörder gebrandmarkt zu sein. Er konnte …

Hannah hatte ihm ihre Handynummer genannt, er hatte sie sich gemerkt. »Und wehe, du meldest dich nicht!«, hatte sie gesagt.

Bis vor Kurzem hätte er sich eher das Herz herausgerissen, als sie anzurufen, sich mit ihr zu treffen und sie in Gefahr zu bringen. Aber er war …

Nicht schuldig.

Er war kein Mörder. Er zückte sein Handy und wählte ihre Nummer.

»Hier ist Elias«, sagte er, als sie ranging.

»Elias!« Ihre Stimme klang unüberhörbar erfreut. »Ich dachte schon, ich müsste dir wieder bei Doktor Fischer auflauern, weil du dich nicht gemeldet hast.«

»Tut mir leid«, sagte er. »Ich hatte … viel um die Ohren. Hast du irgendwann Zeit?«

»Irgendwann?«

»Vielleicht heute? Jetzt?«

51

Kai Sievers nahm einen letzten, tiefen Zug und versenkte den übrig gebliebenen Filter seiner Zigarette im Aschenbecher. »Ich mache euch keinen Vorwurf. Nur: Alles richtig gemacht und trotzdem null erreicht, das ist nichts, was ich der Polizeiführung als Erfolg vermelden kann.« Er sah hoch. »Irgendeine Idee, warum Pontiak den Braten gerochen haben könnte?«

Freya zuckte mit den Achseln. Genau das hatte sie sich in den letzten Stunden immer wieder gefragt. »Keine Ahnung«, sagte sie. »Er gilt als paranoid. Vielleicht hatte er mit seinem Verfolgungswahn einfach einen Zufallstreffer.«

»Ein schwacher Trost«, sagte der Chef. »Was ist mit den Handys, mit denen die beiden telefoniert haben?«

»Beide SIM-Karten sind nicht in Deutschland registriert«, sagte Tom. »Pontiak muss sie anonym im Ausland gekauft haben.«

»Und er weiß natürlich, dass wir die Nummer haben und sie überwachen. Er wird einen Teufel tun, sie noch einmal zu benutzen.« Sievers schüttelte den Kopf. »Tag vier nach den Morden, und wir stehen weiterhin mit leeren Händen da. Kein Hinweis auf Pontiak. Nichts Neues von dem albanischen Mädchen. Keine heiße Spur, und das Glück hat uns auch nicht auf den Kopf geschissen.«

»Eine Option hätten wir vielleicht noch«, sagte Tom.

»Und die wäre?«

»Svetlana Gjoka. Die Freundin der ermordeten Albanerin aus dem Bordell. Freya hat sie vernommen.« Tom warf ihr einen unsicheren Blick zu. Er wusste, was Freya von dieser Art Überrumpelungsmanöver hielt. Erst recht, wenn es um eine von ihren Zeuginnen ging. »Du meintest, dass sie mehr weiß, als sie dir verraten hat. Vielleicht sollten wir da noch mal nachfassen.«

Kais Blick wanderte von Tom zu Freya.

»Sie hat Angst um sich und ihre Familie in Albanien«, sagte sie. »Kann ich ihr nicht verdenken. Sie glaubt nicht, dass wir sie beschützen können. Und ich fürchte, da hat sie recht.«

»Und wenn wir den Druck erhöhen? Sie zur Vernehmung einbestellen, ihr ins Gewissen reden? Ihr weiteren Ärger androhen?«

Freya biss die Zähne aufeinander. Das war einer dieser Momente, in denen sie ihrem Chef am liebsten ins Gesicht gesprungen wäre. Kai Sievers war kein Arschloch und kein typischer Macho. Aber wenn es um Ermittlungserfolge ging, war er alles andere als zimperlich.

Nun, das war Freya auch nicht, dachte sie. Eigentlich galt sie unter den Kollegen als harter Hund. Vielleicht sollte sie sich ihr übertriebenes Mitgefühl für ausgebeutete Frauen endlich abgewöhnen.

Sie sah rüber zu Tom. Der verzog keine Miene, zuckte mit den Achseln. Von ihm war also keine Unterstützung zu erwarten. Die beiden Männer waren bereit, das Leben der Zeugin aufs Spiel zu setzen, für die eher vage Aussicht, dass sie dem Druck nachgab und auspackte.

»Okay«, sagte sie. »Ich habe eine Idee, wie wir es machen können.«

52

Elias hatte eine knappe halbe Stunde Zeit, bevor er zum Treffen mit Hannah aufbrechen musste. Zeit genug für eine Online-Recherche zum Thema Freizeitgestaltung in Hamburg. Er war im westlichen Umland aufgewachsen – seine wohlhabenden Adoptiveltern hatten ein luxuriöses Haus in Elbnähe besessen – und als Jugendlicher viel in der Stadt unterwegs gewesen. Aber die letzten zehn Jahre hatte er auf einem streng abgeschirmten Gebiet von weniger als einem Quadratkilometer Größe gehaust – dem Anstaltsgelände der Jugendstrafanstalt, später dem der JVA Fuhlsbüttel. Er hatte keine Ahnung, was junge Erwachsene an einem sonnigen Tag in der Stadt so trieben, und machte sich schlau: Stand-up-Paddling oder Kanutour auf der Alster. Scooter-Tour durch die Hafencity mit Zwischenstopps an der Elbphilharmonie, dem Hamburg Dungeon und dem Miniaturwunderland. Dazu gab es eine unüberschaubare Anzahl hipper Lokale und Bars im Schanzen- oder Karolinenviertel und kaum weniger reizvolle Orte unter freiem Himmel, die zum Verweilen oder Spazieren einluden: Altonaer Balkon, Alsterlauf, Stadtpark, Elbstrand.

Er speicherte Namen und Adressen, Öffnungszeiten und Kurzbeschreibungen in seinem Gedächtnis, klappte den Laptop zu. Er fühlte sich einigermaßen gewappnet und war trotzdem hölle aufgeregt, als er sich zum Treffpunkt aufmachte. Sein FC-St.-Pauli-Fancap ließ er am Garderobenhaken hängen. Er wollte sich nicht mehr darunter verstecken.

Die Vorbereitungen hätte er sich sparen können.

»Ich stehe nicht so auf Trubel und viele Menschen«, sagte

Hannah, nachdem sie sich zur Begrüßung umarmt hatten – eine kurze Berührung, die Elias gleichwohl am ganzen Körper kribbeln ließ. »Ich hoffe, das ist okay für dich.«

»Sehr okay«, sagte er.

Sie entführte ihn in ihr Lieblingseiscafé am Rande eines kleinen, unscheinbaren Parks in ausreichender Entfernung von der Innenstadt. Hannah bestellte sich zwei Kugeln Zitroneneis im Becher und eine Cola, er eine Kugel Stracciatella und einen Filterkaffee. Sie setzten sich an einen der Außentische. Hannah war sichtlich aufgeregt, das hätte er auch ohne ultrafeine Antennen bemerkt.

»Dieser Park hier war der einzige Ort außerhalb meiner Wohnung, an den ich mich nach dem Überfall noch getraut habe«, sagte sie.

Elias fragte nach, und Hannah erzählte ihm von ihrem nächtlichen Raubüberfall und der anschließenden Behandlung bei Doktor Fischer. »Es geht gut voran. Nächste Woche fange ich wieder mit der Arbeit an.«

Elias nutzte die Steilvorlage für eine Frage nach ihrem Job: angestellte Ergotherapeutin mit Schwerpunkt Kinder und Jugendliche. Die Antwort fiel schon deutlich knapper aus. Hannah sah ihn an und lächelte. »Und du so?«

In Elias stieg eine unangenehme Hitze auf. Er hatte sich eine Menge möglicher Unternehmungen überlegt. Aber er fühlte sich nicht vorbereitet, etwas Persönliches von sich zu erzählen, wie Hannah es gerade vorgemacht hatte.

Ihr Lächeln drückte aus, dass sie das natürlich spürte. Und dass sie ihn trotzdem nicht davonkommen lassen würde.

In seinem Kopf öffnete sich eine Liste von Themen, über die er unmöglich sprechen konnte: Ralf Pontiak und die ganze Polizeigeschichte, ganz zu schweigen von der Haft und der Verurteilung. Damit fiel der wahre Grund seiner Therapie bei

Doktor Fischer als Gesprächsthema ebenso weg wie eigentlich alles, was er in den letzten Tagen so getrieben hatte. Nein, nicht in den letzten Tagen. In den letzten zehn Jahren. Nicht einmal über sein Psychologiestudium konnte er sprechen. Dann hätte er erklären müssen, dass er studiert hatte, ohne je einen Hörsaal von innen gesehen zu haben. Vielleicht war es doch eine Scheißidee gewesen, sich mit Hannah zu treffen.

»Was machen die Gefühle?«, fragte sie.

Elias neigte den Kopf zur Seite. »Ich habe getan, wovon du gesprochen hast«, sagte er. »Eine Situation aufgesucht, in der ich etwas fühlen könnte.«

Hannah stellte ihre leere Colaflasche an den Rand des kleinen Tisches, damit sie sich besser zu ihm vorbeugen konnte. »Erzähl!«, sagte sie.

»In dem Park neben meiner Straße hat sich eine obdachlose Frau eingenistet«, sagte er. »Sie heißt Helga. Ich habe ihr Apfelmus gebracht.«

Hannah schmunzelte. »Okay, schöne Zusammenfassung«, sagte sie. »Und jetzt bitte die Langversion.«

»Ich ... ich ...« Verdammt! Elias benahm sich wie ein Idiot. Er war schlauer als 99,9 Prozent aller Menschen und brachte keinen vernünftigen Satz heraus. Zum Glück schien das Hannah eher zu belustigen als zu nerven.

»Pass auf, ich helfe dir. Erzähl es so, als würde es wie ein Film vor deinen Augen ablaufen. Und keine Sorge. Wir haben mehr als genug Zeit.«

»Also gut. Ich stand oben in meinem Wohnzimmer und schaute aus dem Fenster. Da hörte ich von unten lautes Geschrei.«

Einmal angefangen, ging es ganz leicht. Elias erzählte in ungewohnter Ausführlichkeit von dem Überfall durch die Jugendlichen und seinem nächtlichen Besuch mit dem Apfelmus.

Als er endete, griff Hannah über den Tisch, fasste seine Hand. »Das ist voll lieb von dir«, sagte sie. »Ich bin sicher, das hat sie riesig gefreut.«

Er lächelte zurück. »Ich glaube, Helga schläft noch immer unten im Park. Vielleicht besorge ich für sie noch ein paar weitere Packungen Apfelmus.«

Sie waren lange fertig mit Eis und Getränken. »Gehen wir doch eine Runde«, schlug Hannah vor.

Ein Sandweg führte in einem gewundenen Bogen durch den Park. Die Anlage war ein grünes Idyll, umzingelt von Häuserburgen und viel befahrenen Straßen. Es gab eine Wiese mit fünf majestätischen Eichen, die wie die unbestrittenen Herrscher des Parks in den Himmel ragten. Einen hinter Büschen verborgenen ausgetrockneten Brunnen, der von einem kindskopfgroßen Wasserspeier mit Dämonenfratze bewacht wurde. Und eine verwilderte Rosenpflanzung, in der das Brummen und Summen der Insekten sogar den sonst allgegenwärtigen Verkehrslärm übertönte.

»Ich kann es mir immer noch nicht vorstellen, so ein Leben mit Hochbegabung«, sagte Hannah, als sie die Rosen hinter sich gelassen hatten und sich auf dem Rundweg wieder dem Eiscafé näherten. »Seit wann weißt du das denn von dir?«

»Ich habe mehrere Tests gemacht.« Zuletzt während der Untersuchungshaft im Jugendknast, dachte er. Zweite Woche, Aufnahmestation, im Rahmen der Eingangsdiagnostik. Aber das behielt er natürlich für sich. »Ich hatte einen Wert von hundertneunundreißig. Beim wahrnehmungsbezogenen logischen Denken lag ich noch deutlich drüber.«

»Von Hochbegabten habe ich bisher nur im Fernsehen gehört. Was für ein Geschenk.«

Elias zog die Augenbrauen hoch. »Ich konnte mit drei Jahren sprechen wie ein Erwachsener. Natürlich über Kinderthemen, aber mit komplexem Satzbau und erwachsener Wortwahl. Nicht viel später fing ich mit dem Lesen an. Und so weiter. Mit fünf wurde ich eingeschult.«

»Dann müssen deine Eltern ja mächtig stolz gewesen sein mit so einem schlauen Kind.«

Adoptiveltern, dachte er. »Die haben sich nicht allzu sehr für mich interessiert, fürchte ich. In der Grundschule galt ich schnell als Sonderling. Als Psycho. Mir wurde eine psychische Störung angedichtet, dabei war ich schlicht unterfordert. Auf Initiative einer Lehrerin haben meine Eltern mich zu einem Kinderpsychiater geschickt. Der hat mich getestet und es erkannt.«

»Und dann?«

»Danach wurde ich halbwegs angemessen gefördert. Und hatte trotzdem Probleme. Ich kam selbst mit anderen hochbegabten Kindern nicht zurecht.«

»Was war das Problem?«

»Mein zweites Geschenk«, sagte er und verzog das Gesicht. »Hochsensibilität. Ich war schon immer extrem empfindlich. Laute Geräusche, starke Gerüche, viele Leute auf einem Haufen, die herumtoben und wild durcheinanderreden. Oder die Stimmungen von Menschen, die ungefiltert auf mich einströmen, ohne dass ich mich dagegen wehren kann.«

»Das klingt wirklich nicht schön.« Sie sah ihn mit großen Augen an. So sah echtes Mitgefühl aus, dachte er.

»Entschuldigung. Ich will dich nicht volljammern mit meiner Geschichte. Was ich eigentlich sagen will: Hätte ich je die Wahl gehabt, hätte ich diese vermeintlichen Gaben sofort eingetauscht. Gegen ein halbwegs normales Leben.«

»Kann ich verstehen«, sagte sie.

Sie standen wieder vor der Eisdiele und damit am viel zu frühen Ende ihres Parkspaziergangs. »Drehen wir noch eine Runde?«, fragte er.

Statt einer Antwort stellte sie sich vor ihn und fasste seine Hände. »Du bist ein echt lieber Kerl, Elias. Und ja. Gerne noch eine Runde.«

53

»Wie sehe ich aus?«, fragte Freya.

Tom lachte. »Wenn ich das sage, knallst du mir eine. Auf jeden Fall perfekt für deinen Plan.«

»Gut. Gib mir eine Stunde, bevor du den Babysitter spielst.«
Tom nickte.

Freya trug einen Pulli mit Kapuze, unter der sie ihre roten Haare verbarg, und eine große Sonnenbrille, die den Großteil ihres Gesichts bedeckte. Sie parkten in einer Nebenstraße. Tom wartete im Wagen, Freya ging zu Fuß zum Eingang des tristen Mietshauses.

Der Name, unter dem Svetlana ihrer Arbeit nachging, lautete Rosa. Das war auf der einschlägigen Seite im Internet anhand des Fotos leicht herauszufinden. Freya betätigte die Klingel. Im kleinen Lautsprecher neben einem Schild mit dem Aufdruck *Hier klingeln* knackte es, dann ertönte eine blechern klingende Männerstimme.

»Ja?«

»Ich möchte zu Rosa«, sagte Freya.

»Sind Sie verabredet?«

»Ich bin spontan da«, sagte Freya. Und, nach einer kurzen Pause: »Ich kann aber auch später wiederkommen.«

»Einen Moment.«

Nach einer knappen Minute meldete sich die Männerstimme erneut. »Rosa hat Zeit. Zimmer zwölf, erster Stock.«

Die Tür öffnete sich mit einem Summen.

Freya stieg die Treppe rauf. Ein kräftiger Typ, der sich mit Bundfaltenhose und gebügeltem Hemd mehr schlecht als recht ein seriöses Erscheinungsbild verpasst hatte, nahm sie in

Empfang und musterte sie mit routiniertem Blick. »Bezahlung anschließend in bar bei mir«, sagte er.

Die albanische Prostituierte begrüßte Freya in hautengen Leggins und Tanktop, die schwarzen Haare hatte sie zu einem Knoten hochgesteckt.

Freya trat an ihr vorbei in das kleine Zimmer. Svetlana schloss die Zimmertür, öffnete mit zur Seite geneigtem Kopf und lasziver Handbewegung die Haarspange und befreite ihre Mähne. »Was kann ich für dich tun, Süße?«

Freya zog die Kapuze herunter und nahm die Sonnenbrille ab. Das Gesicht der jungen Frau versteinerte, als sie die Polizistin wiedererkannte. »Ich habe Ihnen nichts zu sagen.« Svetlana wich einen Schritt zurück.

»Sie sagen mir jetzt alles, was Sie wissen. Niemand wird davon erfahren. Und ich bleibe nicht mehr als eine unterfickte Lesbe, die bei Ihnen etwas Ablenkung gesucht hat und bei dem Typen draußen im Flur hundert Euro abdrückt. Oder ich eskortiere Sie im Streifenwagen ins nächste Polizeirevier. Und egal, was Sie dort aussagen oder nicht, werden die, vor denen Sie Angst haben, ihre eigenen Schlüsse ziehen. Sie haben die Wahl.«

Gute zwanzig Minuten später verließ Freya das Mietshaus. Sobald sie sich außer Sichtweite befand, riss sie sich die alberne Brille aus dem Gesicht und die Kapuze des Pullis vom Kopf, die Verkleidung hatte sie für den Weg nach draußen wieder angelegt. Mit großen Schritten hielt sie auf ihr Auto zu. Tom hatte die Rückenlehne des Beifahrersitzes runtergestellt und es sich gemütlich gemacht, aber als Freya auftauchte und er sie sah, war er sofort hellwach. Ihr Gesichtsausdruck sprach vermutlich Bände. Freya öffnete die Fahrertür und klemmte sich hinters Steuer. »Arjana ist bei Svetlana aufgetaucht. Die hat

Ralf Pontiak angerufen. Der ist gekommen und hat Arjana mitgenommen.«

»Scheiße.« Tom verkniff den Mund. »Dann kommt jede Hilfe zu spät. Wir haben verloren.«

»Vielleicht. Vielleicht auch nicht. Es gibt noch einen winzigen Strohhalm.«

»Lass hören.«

»Ich habe Svetlana ordentlich unter Druck setzen und ihr absolute Verschwiegenheit versprechen müssen. Schließlich hat sie ausgepackt. Sie kennt Pontiak seit etlichen Jahren. Die beiden hatten mal was miteinander, und er hat ihr den einen oder anderen Gefallen getan. Für ihn ist es wohl eine Art Freundschaft, er vertraut ihr. Sie hält ihn für verrückt und gewalttätig und hat Angst vor ihm.«

»Okay«, sagte Tom. »Wie hilft uns das weiter?«

Freya zog einen Zettel aus der Tasche, auf dem sie eine lange Abfolge von Zahlen notiert hatte. »Sie hat mir Ralf Pontiaks Telefonnummer gegeben.«

Tom pfiff durch die Zähne.

54

Elias hörte ein Geräusch und schreckte aus dem Schlaf. Er brauchte einige Sekunden, um zu kapieren, dass er weder auf der Gefängnispritsche noch auf seinem Schlafsofa lag – sondern auf Hannahs Futonbett, und dass ihr leises Schnarchen ihn geweckt hatte.

Hannah lag neben ihm. Sie schlief, ein niedliches Lächeln zierte ihr Gesicht. Sie trug ein weißes T-Shirt.

Sie hatten gestern Nachmittag noch drei weitere Runden durch den Park gedreht, dann hatte sie vorgeschlagen, zu ihr zu gehen. Zufall oder nicht, Hannahs Mitbewohnerin hatte sich für die Nacht ausquartiert. Sie hatten zusammen gekocht, zum Essen eine Flasche Wein geleert, sich anschließend aufs Futonbett gekuschelt und sich gegenseitig Lieblingslieder auf YouTube vorgespielt. Irgendwann hatte Hannah das Tablet weggelegt und angefangen, ihn zu streicheln.

Ihre Wärme und die Berührung ihrer Hand auf seinem Rücken zu spüren, den Duft ihres Atems und ihrer Haut zu riechen, ihre Haut zu fühlen, den Kopf auf ihren Bauch zu legen und das Klopfen ihres Herzschlags zu hören, hatte die Sicherungen in Elias' Gehirn an den Rand gebracht.

Hannah musste es gespürt haben, vermutlich war es ihr ähnlich gegangen, jedenfalls hatte das stillschweigende Einverständnis bestanden, dass es beim zaghaften Schmusen bleiben würde.

Wie schön sie war, dachte Elias. Hannah hatte eine winzige Narbe auf der Stirn, direkt am Haaransatz. Ein kleines Grübchen am Kinn, das sofort verschwand, wenn sie sprach oder angestrengt nachdachte.

Er hatte nie ein Mädchen oder eine Frau geküsst, geschweige denn etwas erlebt, das auch nur entfernt als Sex durchging. Er hatte es auch nie wirklich vermisst. Aber jetzt, wo Hannah neben ihm lag, er ihre Nähe spürte, ihre zarten Lippen betrachten und die Konturen ihrer Brüste und Hüften bewundern konnte, die sich unter dem Bettlaken abzeichneten, regte sich eine Sehnsucht in ihm, deren Intensität er sich nicht hätte vorstellen können. Und das Allerbeste daran: Dies hier war die Realität.

Er war frei. Er mochte Hannah, sie mochte ihn. Er war …

Nicht schuldig.

Sobald sie erwachte, würden sie miteinander sprechen. Sich berühren, vielleicht küssen. Er würde ihr über die Stirn, die Wangen und diese tollen Lippen streichen und …

Mörder!

Seine Gedanken legten eine Vollbremsung hin. Sein innerer Quälgeist war erwacht und grätschte voll rein in das zarte Gespinst aus Fantasien, das er um sich und Hannah wob. Elias kämpfte dagegen an. Er war kein Mörder. Er war …

Nicht schuldig.

Er konnte die Worte festhalten, ihnen nachspüren wie einem flüchtigen Schauer, der durch die Eingeweide waberte. Und trotzdem krochen bereits die unerbittlichen Stimmen all der Menschen aus der Deckung, die ihm zeit seines Lebens Schuldgefühle eingetrichtert und ihn in die Rolle des Sündenbocks gezwungen hatten.

Er drängte sie zurück. Nicht schuldig!

Es lag Macht in diesen Worten. Solange er sie festhielt, hielten sie die bösen Geister fern wie der Lichtzauber eines Magiers, der mit seinem Stab in der Hand die erdrückende Finsternis zurückdrängte, die sich seiner bemächtigen wollte.

Aber du bist ein Mörder, brüllten die Stimmen.

Je länger er ihnen widerstand, je länger sein Zauber ihm einen winzigen Fleck Licht in der Dunkelheit bewahrte, umso lauter und zorniger wurden sie.

Er sah die Menschen als Schatten, die ihn umkreisten und weiter anbrüllten. Seine Eltern, aber auch die Journalisten, Polizisten, Staatsanwälte, Richter und nicht zuletzt sein eigener Anwalt Julius, die ihn auf die Anklagebank gedrückt und ihm das Schandmal des Mörders für immer auf die Stirn gebrannt hatten.

Sie fürchteten sich vor der Wahrheit, wurde ihm klar. Sie brauchten ihn als Sündenbock. Wenn er die Schuld zurückwies, huschte sie frei herum, und früher oder später würde sie bei denen landen, die sich wahrhaft schuldig gemacht hatten. Seine Eltern, die mit ihrer Entscheidung der Adoption gehadert hatten, nachdem ihnen doch noch leibliche Kinder geboren worden waren. Und der wahre Mörder von Laura, der die Waldhütte so präpariert hatte, dass er als Täter dastand.

Nicht schuldig. Elias klammerte sich an die Worte. Das Licht des Zaubers hielt den brüllenden Stimmen stand.

Er schälte sich aus der Decke – leise und vorsichtig, um Hannah nicht zu wecken. Seine Jeans lagen neben dem Bett. Er schlüpfte in die Hose, schlich barfuß ins Bad, schloss die Tür und knipste die Lampe an. Er griff in die Hosentasche. Die Strumpfmaske war noch darin. Er hatte versäumt, sie herauszunehmen und in irgendeiner Schublade verschwinden zu lassen. Vielleicht hatte er sie unbewusst bei sich behalten, weil er geahnt hatte, dass ein Moment wie dieser kommen würde. Ein Augenblick der Wahrheit. Er faltete den Stoff auseinander, hob ihn in die Höhe.

»Wer bist du wirklich?«, fragte er das Hautgesicht, das vor ihm aufstieg.

Das Schreckgespenst aus seinen Albträumen war mitnichten der bildliche Ausdruck seines Schuldgefühls. Es hatte sich nur als solcher getarnt. Dank Doktor Fischer hatte er das nun verstanden. Es war ein Mensch aus Fleisch und Blut.

Wer bist du?

Er schloss die Augen, sein Bewusstsein kehrte zurück in die Welt der anklagenden Stimmen.

Er spürte eine Präsenz. Wie ein Schatten, der sich hinter der Meute verbarg, beschützt und verborgen von dem anschwellenden Gebrüll.

Wer bist du?

Und dann war es da.

Er sah seine Schwester Laura, auf dem Rücken liegend. Bewusstlos oder einfach gelähmt vor Angst mit starren, aufgerissenen Augen. Er sah das Messer, das sich wenige Zentimeter über ihrem Gesicht befand.

Stoß zu!, befahl eine leise Stimme.

Er sah die Hand, die die Klinge führte und die Spitze über Lauras linkem Auge schweben ließ.

Tu es!

Das Messer senkte sich mit tödlicher Entschlossenheit herab. Laura wehrte sich nicht, sie schrie nicht einmal, als der kalte Stahl in ihr Auge stach. Ein kurzes Zucken durchfuhr ihren Körper, dann erlosch das Leben in ihr.

Die Wahrheit krachte auf Elias nieder wie ein Felsblock.

Er war die Person, die sich über Laura beugte. Es war seine Hand, die das Messer führte. Er spürte den Druck des Griffs an der Innenseite der Finger, bemerkte einen kurzen Widerstand, als die Spitze an die hintere Wand der Augenhöhle stieß, sie durchstach und sich tiefer ins Gehirn bohrte, bis das obere Ende des Schafts in die kleine Blutpfütze tauchte, die sich über dem Auge bildete.

Er zog das Messer wieder heraus. Der Klinge folgte ein Schwall von Blut, das rasch Lauras linke Gesichtshälfte bedeckte und seitlich an der Schläfe herabfloss.

Nein!

Die Erinnerung war blass und verschwommen, als wäre sie hinter einem hauchdünnen Stoff verborgen, aber sie war klar genug, um keine Zweifel offenzulassen: Elias hatte Laura getötet. Er hatte es getan.

Schuldig! Schuldig! Schuldig!, triumphierten die Stimmen.

Wie in Trance führte Elias die Strumpfmaske zu seinem Kopf, streifte sie sich über. Sie schmiegte sich wie eine zweite Haut über sein Gesicht, als wäre sie schon immer da gewesen. Und würde für ewig dort bleiben.

Er wandte sich zum Waschbecken. Hinter dem dünnen Stoff sah er sich selbst im Badezimmerspiegel. Er sah Elias. Den Jungen, der seine Adoptivschwester umgebracht hatte. Elias, den Mörder.

Es klopfte an der Tür. »Elias, bist du da drinnen?«

Er zuckte zusammen. Die Stimme war echt. Sie riss ihn aus seinem Albtraum. Er zog sich die Maske vom Kopf, versenkte sie in der Hosentasche.

»Elias?« Hannah schob die Tür auf, steckte den Kopf durch den Spalt. »Alles in Ordnung?«

Er drehte sich zu ihr. Sie sah ihn an mit einer Mischung aus Überraschung und Sorge. »Du siehst aus, als hättest du ein Gespenst gesehen.«

Nur mich selbst, dachte er. Nur mich selbst.

Er musste sofort hier weg. Er musste Hannah beschützen. Vor sich.

Er trat zur Tür, schob sie zur Seite, schritt wortlos ins Schlafzimmer, griff sich Pulli, Socken, Schuhe und sein Handy und wandte sich Richtung Flur.

»Nein! Stopp!« Hannah drängte sich an ihm vorbei, stellte sich vor die Wohnungstür.

Geh mir aus dem Weg, flehte er in Gedanken. Ich bin gefährlich, ich bin …

»Ich lasse dich nicht einfach abhauen. Sag mir, was los ist! Sprich mit mir! Ich kann dir helfen.«

Er konnte jetzt nicht sprechen. Nichts erklären. Er musste weg. Bevor erneut etwas Schlimmes passierte. Seine Hand wanderte zur Hosentasche, seine Finger tasteten den feinen Stoff der Maske. Auf dem Tresen in der Küche hatte Hannah einen Messerblock, fiel ihm ein. Mit dem schlanken, langen Messer hatte er gestern die Pilze für die Nudelsoße geschnitten.

»Bitte!«, brachte er hervor.

Er drehte durch. Es passierte, Elias konnte es nicht stoppen. Er sah Hannah vor sich in der Tür stehen. Sah ihr ernstes Gesicht. Und im selben Augenblick sah er eine blutige Fratze mit zerstochenem Auge.

Sekundenlang standen sie sich gegenüber.

55

Jetzt hatte sie es doch einmal geschafft. Freya saß bereits seit einer Viertelstunde im Büro, als Tom kurz vor acht zur Tür hereinplatzte. Er hängte seine Jacke an den Garderobenhaken und warf ihr einen Blick zu, den Freya irgendwo zwischen Bewunderung und Mitleid ansiedelte. »Oha«, sagte er. »Kommissarin Svensson macht freiwillig Frühschicht.« Er zog seinen Stuhl heran und setzte sich ihr gegenüber an den Schreibtisch. »Da mich heute Nacht niemand angerufen hat, gehe ich mal davon aus, dass es nichts Neues gibt von Ralf Pontiak.«

»Nein, nichts, das uns weiterhilft.« Freya schüttelte den Kopf. »Die SIM-Karte, die er benutzt, ist in Deutschland nicht registriert. Er muss sie anonym im Ausland gekauft haben. Genau wie das Handy.«

»Wie es sich gehört für einen Paranoiden.«

Freya nickte. »Die Kriminaltechniker stehen seit gestern Nachmittag in direktem Kontakt mit dem Netzbetreiber. Sobald Pontiak sein Handy einschaltet und es sich ins Funknetz einwählt, wird es angepingt, und wir kriegen seinen ungefähren Standort. Das Problem ist nur ...«

»Er hat es nicht eingeschaltet?« Tom zog die Augenbrauen hoch.

Freya nickte.

»Schöne Scheiße«, sagte Tom. »Vielleicht ahnt er, dass wir die Nummer haben, und hat das Handy stillgelegt.«

Freya zuckte mit den Achseln. »Er hält Svetlana für eine Freundin. Und er steht unter enormem Druck.«

»Also warten wir ab und halten uns bereit. Und haben Zeit für einen Kaffee.«

56

Elias taumelte durch die Straßen. In seinem Kopf ging es drunter und drüber. Er sah Hannah in ihrer Wohnungstür stehen und ihn anblicken. Ihr trauriges Gesicht verwandelte sich in eine zerstochene, blutüberströmte Fratze und weiter in das Hautgesicht, dem er jetzt endlich die Maske heruntergerissen und das er als sein eigenes Gesicht enttarnt hatte. Er hatte es gewusst, zumindest geahnt. Nun war es gewiss. Die brüllenden Gestalten aus seinen Tagträumen gesellten sich dazu und stimmten ihren Chor an.

Als ob das nicht reichte, war inzwischen der Morgen erwacht, und mit ihm all die Menschen, die zur Schule, zur Arbeit oder sonst wo hinfuhren oder -gingen. Sie füllten die Straßen und Gehwege und sorgten bei Elias für ein überwältigendes Gefühl der Beklemmung.

Er war ein Mörder. Er war schuldig. Und zusätzlich zum Chor in seinem Kopf schienen jeder Mann, jede Frau und jedes Kind in dieser verdammten Stadt es ihm entgegenzuschreien.

Er konnte sich nicht erinnern, wie er den Weg von Hannah zu sich nach Hause geschafft hatte, aber irgendwann bog er um eine Ecke und stand an der Einmündung zu seiner Straße.

Nur noch wenige Schritte bis zur rettenden Eingangstür. Seine Gedanken nahmen vorweg, was sich gleich unweigerlich abspielen würde: rein in die Wohnung, die Tür hinter sich abschließen, den Pulli in den Flur pfeffern und weiter ins Bad. Dort lag etwas auf dem Rand der Badewanne, das ihn aus diesem Albtraum erlösen konnte. Er würde das Gemüsemesser nehmen und es ohne zu zögern …

Jemand packte ihn am Arm. Elias schreckte auf. Der Griff

war ebenso real wie der Mensch vor ihm. Diesmal durchschaute er die Maske sofort. Ralf trug eine Perücke mit dünnen blonden Haaren, einen aufgeklebten Schnurrbart, eine dickrandige Sonnenbrille und war mit Jeans und einem bunten Hemd bekleidet.

»Ey, Kumpel! Schlechter Zeitpunkt, um nach Hause zu gehen«, sagte er.

»Was ...?« Elias biss die Zähne zusammen, um ein letztes Maß an Konzentration aufzubringen. »Was zum Teufel machst du hier? Woher weißt du, wo ich wohne?«

»Ich behalte dich im Auge.« Ralf beugte sich zu ihm vor und senkte seine Stimme zum Flüstern. »Es ist ernst. Sie sind dicht an dir dran. Sie wissen, wo du wohnst. Du bist hier nicht mehr sicher.«

Das Karussell in Elias' Kopf nahm wieder Fahrt auf. Ralfs Anblick und seine Worte fügten sich nahtlos in den bunten Reigen aus Bildern und Geräuschen, die seinen Verstand unter sich begruben.

Elias kannte außer sich selbst noch genau einen gefährlichen Menschen, der offensichtlich wusste, wo er wohnte, und an ihm dran war. Und der stand gerade verkleidet vor ihm. Elias riss sich los, trat einen Schritt zurück.

»Aber wo soll ich denn hin?« Hatte er das gesagt? Oder nur gedacht? Und machte es überhaupt einen Unterschied?

»Am besten kommst du mit mir. Ich kann dich beschützen«, sagte Ralf. Er trat auf Elias zu und hob den Arm, um erneut nach ihm zu greifen.

»Ich traue dir nicht.«

»Ich bin wahrscheinlich der einzige Mensch, dem du trauen kannst.«

Nein, dachte Elias. Er kannte so einen Menschen. Aber Ralf war es nicht. »Vergiss es.« Elias wandte sich um. Und rannte einfach los.

57

Malte starrte auf seinen Laptop, trank zur Stärkung einen Schluck Tee, startete den Internetbrowser und klickte sich durch die Menüs. Das Dating-Portal, auf dem er sein Profil eingestellt hatte, meldete ihm fünf neue Matches, drei Anfragen und zwei Antworten auf Nachrichten, die er selbst geschrieben hatte.

Er fuhr sich mit den Händen durch die Haare. Sollte er jetzt wirklich seinen Widerwillen niederringen, sich zusammenreißen und die nächsten ein bis anderthalb Stunden einem potenziellen Liebesglück widmen, an das er gar nicht glaubte?

Er hatte es von Anfang an geahnt. Aber inzwischen war die vage Befürchtung zu einer festen Gewissheit herangereift: Der Beruf des Psychotherapeuten und Online-Dating passten ungefähr so gut zusammen wie eine Bergtour und Badelatschen. Auf den ersten Blick originell, aber sobald man ein paar Meter zurückgelegt hatte, wurde jeder Schritt zur Wackelpartie. Ein Teil der Frauen reagierte mit Unsicherheit und Unbehagen auf seinen Beruf. Als könnte Malte mit quasitelepathischen Fähigkeiten allein aus einem Telefonat oder einem unverbindlichen Chatkontakt in deren dunkelste Abgründe sehen. Nein, konnte er natürlich nicht. Zumindest, sofern die genannten Abgründe keine unübersehbar tiefen Krater auf der Oberfläche bildeten.

Ein weiterer Teil der Frauen schwenkte in den Introspektionsmodus und fühlte sich durch die Nennung seiner Profession ermuntert, ungefragt die eigene Seelenpein zu entblättern. Und das, nachdem sie sich einander gerade mal vorgestellt und, sofern das Date in einem Restaurant stattfand, noch nicht einmal die Getränke bestellt hatten. Er suchte keine neue Patientin, sondern eine potenzielle Partnerin, und beides in Personalunion vertrug sich nicht.

Dann blieb noch der neugierige Typus. Frauen, die ganz hibbelig wurden, viele Fragen stellten und früher oder später auf ihren bereits begonnenen oder zumindest geplanten Selbstfindungstrip zu sprechen kamen und keinen Hehl daraus machten, dass sie in ihm den perfekten Begleiter für die abenteuerliche Reise in die zu entdeckenden Innenwelten sahen.

Vermutlich lag es gar nicht an seinem Beruf, dachte er. Sondern daran, dass er schlicht noch nicht bereit war, sich auf jemanden einzulassen. Nicht wusste, wonach er eigentlich suchte, weil er sich noch immer nach Bettina sehnte. Weil ein Teil in ihm sich in sein altes Leben zurückwünschte und nicht akzeptierte, dass seine Frau tot war und nie zu ihm zurückkehren würde.

Puh. Etwas viel Seelenstriptease für einen stinknormalen Morgen, der sich zu einem stinknormalen Arbeitstag entwickeln würde.

Malte war fast froh, dass sein Handy brummte. Das musste Emma sein, dachte er und klappte den Laptop zu. Dann konnte er seiner Tochter gleich seine neuesten Erkenntnisse in Sachen Online-Dating mitteilen und sich ihre Moralpredigt anhören.

Das Display zeigte eine unbekannte Nummer an.

Er ging trotzdem ran.

»Hier ist Elias. Elias Kandel.« Der junge Mann klang, als hätte irgendein Schauerwesen seine Seele gefressen und einen kümmerlichen Rest wieder ausgespuckt. Malte lief es kalt den Rücken runter.

»Ich weiß nicht, was ich tun soll.« Elias presste die Worte

hervor. »Ich brauche Ihre Hilfe, bevor etwas Schlimmes passiert.«

»Wo sind Sie?«

»Zu Fuß auf dem Weg in Ihre Praxis.«

»Gut, halten Sie durch. Ich fahre gleich los und bin in zwanzig Minuten da.«

58

Elias erreichte die Praxis von Doktor Fischer wie ein Ertrinkender das rettende Flussufer. Außer Atem und vollkommen entkräftet stützte er sich an der Hauswand neben der Eingangstür ab, schnaufte tief durch und kniff die Augen zu. Die Straße und das Gebäude verschwanden in der Dunkelheit. Dafür wurde ihm schwindelig, und das Kino in seinem Kopf kam erst so richtig in Fahrt.

»Mörder!«, schrien die Stimmen.

Er hatte ihnen nichts entgegenzusetzen.

»Schuldig!«

Seine Knie gaben nach. Die Schwerkraft besiegte seinen Körper, der Brüllchor seinen Geist.

»Elias!«

Eine neue Stimme mischte sich in das Geschrei. Sie klang anders. Freundlich. Besorgt.

Real.

Eine Hand legte sich auf seine Schulter, eine zweite seitlich an die Schläfe.

Elias öffnete die Augen.

Hannah stand vor ihm. Sah ihn an. Berührte ihn. Sprach zu ihm. Ihre pure Anwesenheit brachte die Stimmen im Kopf zum Verstummen. Ließ die Bilder verblassen. Das war gut, verschaffte seinem Verstand einen kleinen Aufschub beim Verrücktwerden.

»Ich hatte mir gedacht, dass du hier bist. Ich hatte es gehofft«, sagte sie und streichelte ihm über die Schulter.

Hannah sollte nicht in seiner Nähe sein. Sie war nicht sicher bei ihm. Er war gefährlich. Ein Mörder. Dies war keine der fiesen Halluzinationen. Es war die Stimme der Vernunft, und sie sprach die Wahrheit.

»Du musst gehen! Sofort«, sagte er.

Hannahs besorgter Blick ließ ihn nicht los. »Du bist einfach abgehauen. Ohne ein Wort. Ich habe mir Sorgen gemacht. Und du hast mir …« Tränen stiegen ihr in die Augen. »Du hast mir Angst gemacht.«

»Doktor Fischer ist auf dem Weg hierher. Er wird mir helfen. Hoffe ich jedenfalls.«

Hannah trat dicht an ihn heran, hielt ihn weiter an der Schulter, Tränen rannen ihr übers Gesicht. »Was ist los mit dir, Elias? Der Mann, der mir heute aus dem Badezimmer entgegentrat, war ein ganz anderer als der, der gestern Abend neben mir eingeschlafen ist.«

»Es ist richtig, dass du Angst vor mir hast.«

»Aber ich mag dich. Ich weiß, dass du ein guter Mensch bist, Elias.«

Er schüttelte den Kopf. Erst langsam, dann immer bestimmter. »Nein. Ich bin gefährlich. Ich bin ein Mörder.«

»Du bist was?« Hannah wich vor ihm zurück, ihre Hände lösten sich von ihm. Sie sah ihn mit großen Augen an.

»Du hast richtig gehört.« Es war eine Wohltat, es laut auszusprechen. Es in die Wirklichkeit zu holen. Es entzog den irren Stimmen ihre Macht und rückte in seinem Verstand etwas zurecht, was ordentlich durcheinandergeraten war.

Elias wurde ganz ruhig. Konnte wieder klar denken und wahrnehmen. Er erkannte an Hannahs Mimik, wie sie sich an seinen Worten abarbeitete. Nein, er verarschte sie nicht. Nein, er war nicht verrückt geworden. Ergo: Er meinte es ernst. Die Farbe wich aus ihrem Gesicht.

»Ich habe zehn Jahre im Gefängnis gesessen, bin erst vor ein paar Tagen entlassen worden. Ich habe meine Schwester umgebracht. Eine Zeit lang habe ich geglaubt, ich wäre unschuldig. Ich habe es gehofft. Aber jetzt weiß ich, dass ich es getan habe. Und dass ich es wieder tun könnte.«

Hannah rappelte sich hoch, verschränkte die Arme vor der Brust, ihr Blick war voller Unglauben. »Na toll«, sagte sie zu niemand Bestimmtem. »Da heißt es immer, die netten Männer sind entweder vergeben oder schwul. Da treffe ich endlich mal einen, auf den beides nicht zutrifft. Aber stattdessen ist er ein ... ein ...«

»Ein Mörder. Genau.«

Ein beiger Polo bremste neben ihnen auf der Straße. Die Fahrertür wurde aufgestoßen. Am Steuer saß Ralf Pontiak. Das Original, ohne Maske und Verkleidung. Er hielt einen Revolver in der Hand.

»O Scheiße«, sagte Elias.

Hannah erstarrte, ergriff reflexhaft seine Hand. »Wer ist das?« Ihre Stimme war dünn wie Papier.

»Das ist ... eine Art Bekannter.« Er schob Hannah hinter sich. »Und es ist besser, wenn er sich dein Gesicht nicht merkt.«

Ralf schwenkte einen Revolver in ihre Richtung. »Wie wäre es, wenn du zu mir ins Auto steigst, Kumpel? Du willst doch sicher nicht, dass dir oder deiner netten Freundin etwas passiert, oder?«

59

Malte hatte das Gefühl, einen Barfußsprint auf einer Eisfläche hinzulegen. Einer Eisfläche, die nicht nur rutschig war, sondern auch bedrohlich knackte.

Hannah saß schluchzend vor ihm, hyperventilierte und stammelte schwer verständliche Satzbrocken. Er versorgte sie mit einer Beruhigungstablette und einem Glas Wasser und ging mit betont ruhiger Stimme auf sie ein, während sie auf das Eintreffen der Polizei warteten.

Am liebsten hätte er auch eine Pille geschluckt. Was er ihren Worten entnahm, riss ihm den Boden unter den Füßen weg. Sie und Elias hatten sich zwischen ihren Therapiestunden kennengelernt und angefreundet. Ein verurteilter Mörder, der in irgendeine gefährliche Sache verstrickt war, und eine Traumapatientin, beide psychisch labil und lange nicht über den Berg. Schlimm genug. Aber jetzt hatte jemand Elias direkt vor seiner Praxis entführt. Hannah hatte alles mit angesehen, er hatte sie weinend auf der Straße vorgefunden.

Nach wenigen Minuten klingelte es an der Tür. Die beiden Schutzpolizisten verwandelten die Praxis durch ihre pure Anwesenheit in einen Tatort. Der Anblick von Uniformen, schweren Polizeistiefeln und Schusswaffen im Behandlungsraum, der ihm und seinen Patienten Schutz und Geborgenheit vermitteln sollte, stach ihm in die Therapeutenseele und weckte schlimme Erinnerungen. Es war lange her, dass Polizeibeamte in seinem vertrauten Umfeld herumgestapft waren, um ihre Ermittlungsarbeit aufzunehmen. Damals war innerhalb von Minuten sein sicher geglaubtes Leben aus den Fugen geraten.

Er schob die Gedanken beiseite und wandte sich seiner Patientin zu, die gerade von den Polizisten befragt wurde und sich nur langsam beruhigte.

Es klingelte erneut. Ein groß gewachsener Mann und eine schlanke Frau mit roten Haaren verstärkten die Einsatztruppe. Ungeachtet ihres offensichtlich jungen Alters – er schätzte den Mann auf höchstens Mitte dreißig, die Frau eher ein paar Jahre darunter – strahlten sie die grimmige Gelassenheit erfahrener Kripoleute aus.

»Kripo Hamburg«, sagte die Frau, streifte ihn mit einem kühlen Blick und steuerte zielstrebig auf Hannah zu, die, noch immer zitternd, in ihrem Ledersessel saß.

Malte ahnte, dass seine Patientin unter einer strengen Befragung rasch wieder zusammenbrechen würde, aber die Kripofrau ging mit einer Sensibilität vor, die er ihr dem ersten Eindruck nach nicht zugetraut hätte: Sie kniete sich vor Hannah, nahm ihre Hand, drückte sie fest und wartete einen Moment, bis die junge Frau bereit war, den Blickkontakt zu erwidern.

»Ich bin Kommissarin Freya Svensson. Von der Polizei. Sie sind jetzt in Sicherheit«, sagte sie. »Es ist wichtig, dass Sie mir erzählen, was Sie erlebt haben.« Ihre feste Stimme und die einfachen Worte entfalteten eine positive Wirkung. Die tapfere Hannah schilderte sachlich den Hergang der Entführung. Die Kripobeamtin hörte geduldig zu, stellte Nachfragen und entlockte ihr sogar Details zum Fahrzeug, in dem Elias entführt worden war. Am Ende ließ sie sich die Umstände schildern, unter denen Hannah und Elias sich kennengelernt hatten. Als Hannah erzählte, wie sie Elias heute Morgen verstört in ihrem Badezimmer angetroffen hatte, wie er aus ihrer Wohnung geflüchtet war und was er ihr kurz vor seiner Entführung anvertraut hatte, war es mit ihrer Selbstbeherrschung vorbei, und sie brach erneut in Tränen aus.

»Okay, danke, Sie haben uns sehr geholfen. Ich weiß, dass Ihnen das nicht leichtgefallen ist.« Das war mehr als eine Floskel, aus der Stimme der Beamtin sprach echtes Mitgefühl. Sie erhob sich und wandte sich Malte zu, und noch bevor sie sich ganz von Hannah abgewandt hatte, legte sich die anfängliche Härte zurück auf ihr Gesicht.

»Mögen Sie sich weiter um sie kümmern?«, fragte sie. »Ich bespreche mich mit den Kollegen. Gibt es ein zweites Zimmer?«

»Sie können in die Küche gehen«, sagte Malte. »Erste Tür links.«

Die vier Beamten verschwanden im Flur, der groß gewachsene Kripomann schloss die Tür des Behandlungszimmers hinter sich. Malte setzte sich zu Hannah. Seine Patientin hatte sich leidlich berappelt und wollte nach Hause. Sie rief eine Freundin an, die sie in der Praxis abholen konnte.

Während sie warteten, hörte er mit halbem Ohr die Polizisten in der Küche. Die junge Kommissarin gab Anweisungen und führte, so klang es, ein oder zwei Handytelefonate. Nach ein paar Minuten stapften die Beamten durch den Flur, die Wohnungstür wurde geöffnet und wieder geschlossen, Stimmen und Schritte dröhnten durchs Treppenhaus, danach blieb es still.

Die hätten sich ruhig noch einmal melden können, dachte Malte. Aber klar, die hatten Wichtigeres zu tun. Wenig später klingelte es erneut. Er gab Hannah seine private Handynummer für den Notfall, einen Termin am nächsten Mittag und zwei Beruhigungstabletten, geleitete sie zur Tür und übergab sie den Händen ihrer Freundin.

Malte schloss die Tür, atmete tief durch. Jetzt, wo er allein war, wallte eine diffuse Unruhe in ihm auf, und er ahnte, dass er besser rasch etwas unternahm, bevor er sich selbst in irgendeinen unguten Zustand hineinsteigerte. Ein Spaziergang vielleicht. Einen Tee. Zur Not hatte er noch ein paar weitere Beruhigungspillen in seiner Schublade.

»Verkuppeln Sie häufiger Ihre Patienten?«

Malte zuckte zusammen und unterdrückte mühsam einen Schrei.

Die Küchentür war angelehnt. Malte stieß sie auf. Auf einem der beiden kleinen Stühle saß Freya Svensson. Die Kommissarin hatte die Beine übereinandergeschlagen und wandte ihm die harte Version ihres Gesichts zu.

»Ich wusste nicht, dass Sie noch hier sind«, brachte er hervor.

Sie zuckte mit den Schultern. »Jetzt wissen Sie es.«

»Und dass die beiden sich angefreundet haben, wusste ich auch nicht.«

»Könnte Ihnen zu denken geben.«

Malte konnte sich keinen Reim machen auf die Stichelei. Er schluckte seinen Schreck und den aufkommenden Ärger herunter.

»Ich habe noch ein paar Fragen«, sagte die Polizistin mit einem Lächeln, das die Härte in ihrem Gesicht eher noch unterstrich.

»Also gut.« Er trat in die Küche. »Wollen Sie einen Tee oder Kaffee?«

Sie schüttelte den Kopf. »Nicht nötig. Danke.«

Malte zog den zweiten Küchenstuhl ein wenig vom Tisch und damit von der Polizistin weg, setzte sich.

»Elias Kandel ist Patient bei Ihnen? Warum?«, fragte sie.

»Das darf ich Ihnen eigentlich nicht sagen. Ärztliche Schweigepflicht.«

Die Kommissarin sah ihn an, als hätte er ihr den Krieg erklärt, statt auf eine juristische Selbstverständlichkeit hinzuweisen.

»Schon mal etwas vom rechtfertigenden Notstand gehört? Ihr Patient Elias Kandel wurde gerade entführt. Von einem Schwerverbrecher namens Ralf Pontiak, und der wird Elias möglicherweise umbringen. Sie können helfen, dass es nicht dazu kommt. Also kommen Sie mir jetzt nicht mit irgendeiner Schweigepflicht.«

Malte nickte. Sie hatte natürlich recht. Sowohl juristisch als auch menschlich. Er sollte aufpassen, nicht unnötig trotzig auf die Polizistin zu reagieren. Das ging bei jemandem ihres Kalibers fast zwingend nach hinten los. »Ralf Pontiak«, sagte er. »Elias hat diesen Namen nie erwähnt.«

»Weswegen behandeln Sie ihn?«

»Er wurde vor ein paar Tagen aus der Haft entlassen. Ich helfe ihm dabei, sein neues Leben auf die Reihe zu kriegen.«

»Viele halten ihn selber für gefährlich. Was denken Sie?«

Malte zuckte mit den Schultern. »Er ist überaus sensibel, hochintelligent, sicher auch psychisch labil. Aber ich halte ihn nicht für gewaltbereit. Oder gar gefährlich. Ich glaube eher, dass er ...« Er kniff die Lippen zusammen, was der Kommissarin natürlich nicht entging.

»Ja? Dass er was?«

»Ich habe ihn in den letzten Tagen nicht nur persönlich kennengelernt, sondern auch viel in seiner Gerichtsakte gelesen. Und mit seinem Anwalt gesprochen. Und ehrlich gesagt zweifle ich inzwischen daran, dass er der Mörder seiner Adoptivschwester Laura ist.«

Svensson zog die Augenbrauen hoch. Ob aus Skepsis über eine absurde Theorie oder weil er wirklich ihre Neugierde geweckt hatte, vermochte er nicht zu sagen.

»Und was, denken Sie, ist stattdessen geschehen?«, fragte sie.

»Es sind natürlich Spekulationen, die sich nicht ohne Weiteres beweisen lassen. Aber mir sind bei meiner Recherche einige Ungereimtheiten und offene Fragen aufgefallen. Das mag vielleicht etwas verrückt klingen. Aber es könnte sein, dass er, na ja, dass er zum Sündenbock gemacht wurde.«

Svensson nickte, und Malte rechnete damit, dass sie aufstand, ihm einen verletzenden Kommentar an den Kopf warf und verschwand. Stattdessen setzte sie sich kerzengerade auf den Küchenstuhl.

»Vielleicht nehme ich doch einen Kaffee«, sagte sie.

60

»Nicht dein Ernst!«, sagte Elias.

»Du siehst es ja selbst.« Ralf steuerte den Polo über einen holperigen Waldweg, an dessen Ende sich eine kleine Holzhütte hinter hochgewachsenen Buchen abzeichnete.

»Ich hätte nicht gedacht, dass die Hütte überhaupt noch existiert.«

»Dein Vater hat sie nach der Ermordung deiner Schwester verkauft. Wenig Monate bevor er mit deiner Adoptivmutter und der zweiten Tochter nach Südafrika ausgewandert ist. Dies hier gehört jetzt einem reichen Amerikaner, der vor seinen Freunden mit einem Jagdsitz in einem deutschen Wald angeben wollte. Der war in den letzten Jahren höchstens ein- oder zweimal hier. In diesen Tagen postet er haufenweise Fotos aus Kambodscha, wo er sich gerade aufhält. Also beste Bedingungen, um hier ungestört zu sein.«

Ralf parkte den Wagen abseits des Weges unter dicht belaubten Buchenästen hinter der Hütte. Jemand, der nicht gezielt danach suchte, würde ihn nicht entdecken. Er schaltete den Motor ab, stieg aus und signalisierte Elias mit einem Kopfnicken, es ihm gleichzutun. Sein Revolver steckte vorne im Hosenbund.

»Das albanische Mädchen, ist das auch hier?«

»Arjana? Oh, nein.«

»Geht es ihr gut?«

Ralf antwortete nicht. Er trat zur Holztür der Hütte und machte sich daran zu schaffen. Über dem alten Buntbartschloss war ein massiger Türriegel mit Vorhängeschloss montiert. Das war aufgeknackt, wofür vermutlich Ralf verantwortlich war.

Der stieß die Tür auf, stellte sich neben den Eingang und bedeutete Elias mit dem ausgestreckten Arm einzutreten.

Der zögerte. »Ich bin nicht sicher, ob ich da wirklich reinwill«, sagte er.

»Wir haben viel zu bereden. Das geht nicht gut unter freiem Himmel.«

»Bin ich dein Gefangener?«

Elias schritt an Ralf vorbei und betrat den Innenraum der Hütte. Es war kleiner als in seinen Erinnerungen. Aber der offene Dachstuhl, der Holztisch, der Schrank und das Hirschgeweih an der Wand sahen aus, als hätte hier drinnen die Zeit stillgestanden. Dazu der intensive Holzgeruch. Ihm wurde schwindelig. Als begänne eine Art Zeitstrudel, sich in seinem Gehirn zu drehen, der Elias unweigerlich mitreißen und an einem Sonntag vor zehn Jahren wieder ausspucken würde, wenn er ihn nicht rasch stoppte.

Ralf half ihm unwissentlich dabei: Er klopfte Elias fest auf die Schulter. »Du bist ein Gefangener, ja. Genauso wie Arjana. Aber nicht ich bin es, der euch gefangen hält.«

Ralfs Geschwafel machte es Elias leicht, sich auf die naheliegenden Fragen zu fokussieren. »Du hast mir auf offener Straße aufgelauert, mich mit vorgehaltener Waffe gezwungen, in dein Auto einzusteigen. Du nimmst mir mein Handy ab, verschleppst mich hier in den Wald und vertröstest mich die ganze Zeit mit meinen Fragen. Das lässt nicht allzu viel Interpretationsspielraum. Also, warum hast du mich entführt?«

Ralf drückte die Tür zu. In der Innenseite des Schlosses steckte ein großer Schlüssel.

»Oh, da liegt ein Missverständnis vor«, sagte er. »Ich habe dich nicht entführt. Ich habe dich gerettet.«

Elias trat in die Mitte des Raumes neben den Holztisch,

strich mit den Fingern über die Platte. »Da muss mir etwas entgangen sein. Nämlich, dass ich gerettet werden musste.«

»Sie waren dir dicht auf den Fersen. Ich kam keine Minute zu spät.«

»Und Arjana? Sie hast du auch …«

»Gerettet, richtig.«

»Kann ich sie sehen?«

Ralf ließ sich einige Sekunden Zeit, bevor er antwortete. »Nein. Sie schläft.«

»Was willst du von ihr?«

»Oh, eine ganze Menge. Leider bin ich nicht der Einzige, der etwas von ihr will. Ich musste sie in Sicherheit bringen. Genau wie dich.«

»Tut mir leid, aber ich verstehe kein Wort.« Elias verschränkte die Arme vor der Brust. »Ich habe genug von deiner Geheimnistuerei. Ich habe getan, was du wolltest. Ich habe dich vor der Polizei gedeckt und denen eine Lügengeschichte aufgetischt, sodass du entkommen konntest. Und zum Dank hast du mich entführt. Ich erwarte Antworten. Ich denke, die bist du mir schuldig.«

Ralf nickte. »Ich muss dir vieles erzählen. Wenn ich damit fertig bin, kannst du gehen oder bleiben. Deine Entscheidung.« Er grinste, griff nach unten, ruckelte den Revolver in seinem Hosenbund zurecht. »Aber ich bin sicher, dass du bleiben wirst.«

61

Malte tigerte zwischen Behandlungsraum und Küche hin und her. Nach dem Besuch der Kripoleute kam seine Praxis ihm fremd vor. Besudelt. Unbekannte Gerüche lagen in der Luft. Einer der Beamten hatte eine Spur erdiger Schuhabdrücke auf dem Teppich im Flur hinterlassen.

Die Kommissarin war vor einer Viertelstunde gegangen. Wesentlich freundlicher war sie nicht geworden, aber sie hatte sich seine Gedanken und Theorien angehört und auf weitere Spitzen verzichtet. Immerhin. Er hatte an ihrer Mimik nicht erkennen können, ob sie ihn ernst nahm oder nicht. Ob sie tatsächlich in Erwägung zog, dass Elias Kandel mitnichten ein gefährlicher Mörder, sondern lediglich ein unschuldiger Sündenbock war.

Malte riss die Fenster in der Küche und im Behandlungsraum auf, kramte einen kleinen Handstaubsauger aus der Abstellkammer und beseitigte die Fußspuren im Flur. Er spülte die Tasse, aus der Freya Svensson ihren Kaffee getrunken hatte, und setzte sich auf einen der Küchenstühle.

Das äußere Chaos war fürs Erste gebändigt. Blieb das Chaos in seinem Inneren.

Während Elias bei ihm versuchte, seine Vergangenheit zu bewältigen, hatte die ihn in Gestalt eines gesuchten Verbrechers eingeholt und war ihm um die Ohren geflogen. In Maltes Sorge um seinen Patienten mischte sich unverkennbarer Ärger. Elias hatte ihm weder von der polizeilichen Ermittlung erzählt noch von der aufkeimenden Liebschaft mit Hannah. Warum hatte er das für sich behalten? Aus Angst oder Scham? Aus mangelndem Vertrauen in die erst kurz andauernde therapeutische Beziehung? Oder spielte der junge Mann mit ihm ein doppeltes Spiel und benutzte ihn, bewusst oder unbewusst, für einen verborgenen Plan? Falls dem so war, hatte er nicht nur ihn in seine Geschichte involviert, sondern auch Hannah, die sich gerade leidlich stabilisiert hatte und nun ein zweites traumatisches Erlebnis bewältigen musste.

Ralf Pontiak. So hieß der Entführer. Die Kommissarin hatte den Namen genannt.

Malte schwang sich vom Küchenstuhl, trat durch den Flur, weiter in seinen Behandlungsraum und kramte die Daten-CD aus der Schreibtischschublade, die Julius ihm zusammen mit zwei fetten Aktenordnern überlassen hatte. Er fuhr seinen Rechner hoch, öffnete den Datenträger und klickte sich durch die Ordner. Er hatte sich beim bisherigen Lesen auf die Gutachten und Stellungnahmen und das schriftliche Urteil in den Aktenordnern konzentriert und die Daten auf der CD ignoriert. Das würde er jetzt nachholen. Er fand viel Uninteressantes wie formale Schriftwechsel mit dem Gericht und den Entwurf der satten Rechnung an die Abrechnungsstelle, aber nach einiger Zeit wurde er fündig. Einer der Dateiordner enthielt ein knappes Dutzend Textdokumente, teils erkennbar in Rohfassung, teils schon druckreif ausgearbeitet. Es war Julius' beachtliches anwaltliches Waffenarsenal, das er damals in Stellung gebracht, letztlich aber auf Elias' ausdrücklichen Wunsch nicht eingesetzt hatte. Malte las die Befangenheitsanträge gegen die Berufsrichter und den ermittelnden Staatsanwalt: Elias könne in der Hansestadt keine unabhängige Ermittlung und kein faires Gerichtsverfahren erwarten, weil der Vater des Mordopfers in leitender Position in der Hamburger Justiz tätig gewesen sei und zudem als Nebenkläger im Prozess auftrete. Der gut einseitige Text schloss mit dem Antrag, Staatsanwaltschaft und Gericht eines anderen Bundeslandes mit Beweisführung, Anklage und dem anschließenden Strafprozess zu betrauen.

In einer Eingabe beantragte Julius die Vernehmung von Elias' Adoptiveltern und der überlebenden Schwester sowie die Beauftragung eines weiteren psychologischen Gutachters, der Elias' konfliktträchtige Position innerhalb der Familie erläutern sollte.

In einem vorformulierten Schreiben verlangte der Anwalt die Ausdehnung der Spurensuche und verstärkte Bemühungen, bisher unbekannte DNA-Spuren aus der Waldhütte zu identifizieren. Ein noch zu benennender Sachverständiger sollte zudem die Technik erhellen, mit der es jemand so aussehen lassen konnte, dass Elias sich von innen selbst eingeschlossen hatte.

Das war der Julius, den Malte kannte. Ein Anwalt, der nichts unversucht ließ, um seinen Mandanten trotz mieser Ausgangsbedingungen rauszuboxen. Und der damals Kreide gefressen hatte.

Malte öffnete ein weiteres Dokument. Der Text enthielt zwar einige Lücken, erwähnte jedoch den Namen, der ihm einen eiskalten Schauer über den Rücken jagte:

An das Landgericht Hamburg, …
AZ: …

In der Strafsache gegen Elias Kandel wegen Mordes stelle ich im Namen meines Mandanten folgenden Beweisantrag: Zum Beweis der Tatsache, dass der Angeklagte am Nachmittag des 20. Juni seine Adoptivschwester Laura Kandel nicht getötet hat, beantrage ich,

Herrn Ralf Pontiak, geb. …, wohnhaft: …, zu laden und als Zeugen zu vernehmen.

Begründung: Die Vernehmung des Zeugen wird beweisen, dass namentlich nicht bekannte, jedoch zu ermittelnde Dritte die Adoptivschwester des Angeklagten ermordet und anschließend den Tatort manipuliert haben, um den Tatverdacht gezielt auf den Angeklagten zu lenken.

HH, …

gez. Rechtsanwalt Julius Kießling

Der kalte Schauer breitete sich rasch über den Rest des Körpers aus. Malte presste sich die Hände vor den Mund. Hatte Julius bereits damals seine Zweifel gehabt, dass Elias den Mord begangen hatte? Hatte er einen konkreten Verdacht gehabt? Und welche Rolle hatte Ralf Pontiak gespielt, was hatte der gewusst? Der Mann, den alle Welt mit Hochdruck suchte. Den Elias erst Jahre später, nach seiner Verlegung in den Erwachsenenvollzug, persönlich kennengelernt haben wollte. Und der ihn jetzt in seine Gewalt gebracht hatte.

Malte griff zum Handy und wählte Julius' Mobilnummer.

Es klingelte. Der Anwalt ging nicht ans Telefon. Nach etlichen Sekunden erklang eine automatische Ansage.

Er versuchte es ein weiteres Mal. Und dann noch einmal. Zu guter Letzt probierte er Julius' Kanzleinummer im Festnetz. Mit demselben Ergebnis.

Klar, es gab tausend Gründe, warum der Anwalt nicht erreichbar war. Vielleicht war er im Gespräch, beim Mittagessen, saß in irgendeiner Gerichtsverhandlung oder Anhörung und hatte sein Handy leise gestellt. Und trotzdem beschlich Malte ein unangenehmes Gefühl.

Er fackelte nicht lange. Mit dem Fahrrad waren es knappe zwanzig Minuten bis zur Kanzlei.

62

Tom saß mit einer Gabel bewaffnet am Schreibtisch, vor sich eine Plastikdose, in der Minitomaten, Gurkenstückchen, Blattsalat und Hähnchenbruststreifen in einem dunklen Dressing schwammen.

»Guten Appetit«, sagte Freya. Sie trat ins Zimmer, zog einen Aktenwagen hinter sich her, auf dem sie drei fette Ordner transportierte.

Tom schob sich eine Portion Salat in den Mund, sah hoch und musterte die Akten. »Du hast dir ja was vorgenommen«, sagte er. »Eine neue Spur?«

»Die Sache ist möglicherweise größer, als wir gedacht haben.« Freya platzierte das Wägelchen mitten im Zimmer, nahm die oberste der drei Akten und ließ sie auf ihre Seite des Tisches fallen. »Dieser Psychologe, Doktor Fischer, hat mich darauf gebracht.«

»Ich bin ganz Ohr.« Tom schob sein Mittagessen weg.

Freya setzte sich auf ihren Stuhl, tippte mit den Fingern auf den Aktendeckel. »Nach allem, was wir wissen, begann Mitte der Neunzigerjahre der Aufstieg der Balkanmafia in Hamburg. Die Gruppe galt als clever und brutal und räumte die rivalisierenden Banden aus dem Weg oder hielt sie zumindest in Schach.«

»Ist mir bekannt«, sagte Tom.

»In dieser Zeit florierte der Verkauf von Rauschgift, Waffen und illegalen Zigaretten ebenso wie Menschenhandel und Prostitution. Es waren goldene Jahre für die Balkanmafia. Und eine blutige Zeit. Die Bande lieferte sich Schießereien mit den verfeindeten Russen. Prostituierte, die auspacken wollten, wurden mit aufgeschnittener Kehle in irgendeiner Straßenecke aufgefunden. Ein verdeckter Ermittler der Polizei wurde von einem vorbeifahrenden Motorrad aus erschossen, und einem Kurier der Konkurrenz ist das Auto unter dem Arsch explodiert. Allen war klar, dass das lediglich die Spitze des Eisbergs war. Das eigentliche Elend spielte sich im Verborgenen ab. Insbesondere für Hunderte junger Frauen, die von der Bande nach Deutschland gebracht und ausgebeutet wurden.«

»Okay. So weit, so furchtbar.« Tom nickte. »Und weiter?«

»Es galt als offenes Geheimnis, dass Vlado Vulcovic der Boss der Balkanleute war. Polizei und Justiz haben sich nach Kräften abgemüht und waren ihm mehrmals dicht auf den Fersen. Aber letztlich ist es nie gelungen, ihm irgendwas nachzuweisen. Formal hat Vulcovic eine blütenweiße Weste. Es wurden immer nur kleine Fische aus dem Verkehr gezogen.«

Tom verkniff den Mund. Er schien zu bereuen, sein Mittagessen für ein paar alte Geschichten unterbrochen zu haben. »Und was hat das alles mit unserem Fall zu tun?«

»Nun, es war plötzlich vorbei. Über einen langen Zeitraum verübten die Männer der Balkanmafia Kapitalverbrechen im Wochentakt. Aber das Ganze endete abrupt im Sommer vor zehn Jahren.«

»Okay, kapiert«, sagte Tom. »Zur selben Zeit wurde Kandel wegen Mordes an seiner Adoptivschwester verhaftet und verurteilt.«

Freya nickte. »Elias Kandel ist der Adoptivsohn des damaligen Oberstaatsanwalts Andreas Kandel. Laura, das Mädchen, das er ermordet hat ...« Freya hielt einen Moment inne, bevor sie weitersprach. »Das er ermordet haben soll, war eine von dessen leiblichen Zwillingstöchtern.«

»Sorry. Ich kann dir noch immer nicht folgen.«

»Laura wird ermordet. Ihr Adoptivbruder steht sofort als

Täter fest, wird inhaftiert und verurteilt. Oberstaatsanwalt Kandel tritt im Lauf der Folgemonate von der Bühne ab und geht wenig später in den vorzeitigen Ruhestand. Und die Balkanleute halten auf einmal die Füße still.«

»Du meinst, das hängt zusammen?«

»Vielleicht war es eine Warnung. Vulcovic wollte aussteigen. Die Justiz war ihm dicht auf den Fersen oder hatte ihn bereits am Haken. Ein Kronzeuge, Beweise, wer weiß. Also haben die Mafialeute Laura Kandel umgebracht. Für den Oberstaatsanwalt war die Botschaft unmissverständlich: Er musste Vulcovic fortan decken und in Ruhe lassen, um nicht auch noch den Rest seiner Familie zu gefährden. Aber für alle anderen sollte es so aussehen, als hätte ein psychisch labiler Junge seine Schwester ermordet. Zehn Jahre lang hat das funktioniert. Bis Elias Kandel aus der Haft entlassen wird und zusammen mit seinem Psychologen in den alten Geschichten herumwühlt.«

»Und Pontiak?«, fragte Tom.

»Pontiak hat früher für Vulcovic die Drecksarbeit erledigt. Der hat mir gegenüber so getan, als ob er mit Pontiak abgeschlossen hätte. Aber wer weiß.«

»Vielleicht erledigt Pontiak noch immer die Drecksarbeit. Er hilft Vulcovic dabei, zu verhindern, dass die Wahrheit ans Licht kommt.« Tom nickte, fuhr sich mit den Händen durchs Haar. »Und warum ist er hinter dem albanischen Mädchen her?«

»Arjana. Ihr Name ist Arjana.«

»Habe ich nicht vergessen«, sagte Tom.

Freya zuckte mit den Achseln. »Vielleicht weiß sie etwas, das sie nicht wissen darf. Fakt ist, Pontiak hat sie und Elias in seine Gewalt gebracht. Und wenn unsere Theorie stimmt, wird er beide aus dem Weg räumen.«

»Und wir werden es nur verhindern können, wenn er sein verdammtes Telefon einschaltet.«

63

Julius war nicht in der Kanzlei, die Räume waren verwaist und dunkel. Malte schwang sich wieder aufs Rad. Die Privatwohnung des Anwalts lag ein paar Minuten entfernt in einer Nebenstraße. Malte musste fünfmal klingeln.

»Ja?«

Die Sprechanlage verzerrte die Stimme des Strafverteidigers, aber trotz des blechernen Klangs war Julius' Unmut über die Störung unverkennbar.

»Ich bin's. Malte. Lass mich rein!«

Es vergingen weitere Sekunden, dann ertönte der Summer. Malte drückte die Tür auf, nahm die Treppe rauf in den zweiten Stock. Julius stand in der Tür, stützte sich mit der Hand am Rahmen ab.

»Hallo, Malte. Was gibt's, alter Kumpel?« Eine Wolke aus Pfeifenrauch und Alkoholdunst drang in den Hausflur. Julius lallte, seine Stimme klang gepresst und schleppend. Es war früher Nachmittag, aber offenbar hatte der Anwalt sich bereits eine ordentliche Portion Rotwein gegönnt. Er trug ein schlabberiges Hemd über einer zerknitterten grauen Tuchhose. Sein Gesicht glühte, feine Schweißperlen bedeckten seine Stirn.

Malte beschloss, das erst mal zu ignorieren. »Wer ist Ralf Pontiak?«, fragte er. »Sein Name taucht in Elias' Akte auf. Du wolltest ihn damals als Entlastungszeugen vorladen, hast es letztlich aber nicht gemacht.«

»Ralf Pontiak«, sagte Julius in einem Tonfall, als bereitete das Aussprechen des Namens ihm körperliche Schmerzen. »Hat das nicht bis morgen Zeit? Ich bin wirklich nicht in der Verfassung, um …«

»Nein.« Malte trat einen Schritt vor, stand jetzt halb in der Tür. »Er hat vor einigen Stunden Elias auf offener Straße entführt. Direkt vor meiner Praxis. Die Polizei sucht mit Hochdruck nach ihm. Er ist angeblich verstrickt in einen Menschenhändlerring und soll mehrere Morde begangen haben.«

»O Scheiße!« Der Anwalt schwankte. Malte trat einen Schritt vor und war im Begriff, den kräftigen Mann zu stützen, um einen Sturz zu verhindern. Aber Julius fing sich von selbst. Er fuhr sich über die Augen und die Stirn, was die Rotfärbung in seinem Gesicht intensivierte. »Die Polizei ist informiert, nehme ich an?«

»Klar. Kann ich vielleicht ganz reinkommen? Dann müssen wir nicht im Treppenhaus reden.«

»Natürlich.« Der kräftige Mann schnaufte, presste die Lippen aufeinander, wankte in den Flur. Malte schloss die Wohnungstür, folgte dem Anwalt und hielt sich bereit, ihn notfalls an den Schultern zu stützen. Julius schaffte es allein durch den kleinen Flur bis ins Wohnzimmer. »Entschuldige die Unordnung!«, sagte er. »Ich hatte nicht mehr mit Besuch gerechnet. Wie du unschwer erkennst, bin ich …« Er schüttelte den Kopf, ließ sich in seinen Fernsehsessel plumpsen. »Ich bin nicht in Topform.«

Eine schamlose Untertreibung. Malte hatte früh in seiner Ausbildung gelernt, dass der Zustand der eigenen vier Wände oft ein Spiegelbild der seelischen Verfassung eines Menschen war. Falls das auf Julius zutraf, brauchte der Anwalt dringend Hilfe. Malte zählte ein halbes Dutzend teils angebrochener, meist jedoch leerer Wein- und Schnapsflaschen, die wahllos auf dem Wohnzimmertisch, im Wandregal und auf dem Fußboden rund ums Sofa verteilt waren. Aus mehreren Aschenbechern quollen abgebrannter Pfeifentabak und schmutzig braune Pfeifenreiniger. Dazwischen tummelten sich benutzte Teller, Gläser, Snackverpackungen und nicht geöffnete Post.

Der Fernseher lief mit abgeschaltetem Ton. Dort lieferte sich ein in die Jahre gekommener Mann zu Fuß eine Verfolgungsjagd mit einer deutlich jüngeren Frau, die das Rennen wegen ihrer hochhackigen Schuhe zu verlieren drohte. Irgendein Tatort aus den Neunzigern, dachte Malte. Er ignorierte einen aufkommenden Brechreiz, den weniger der Anblick des Wohnzimmers als der penetrante Geruch nach Alkohol und kaltem Rauch in ihm auslöste. »Schon okay«, sagte er.

»Willst du was trinken?« Julius angelte die Fernbedienung aus der Polsterritze und brauchte mehrere Anläufe, um den Fernseher auszuschalten. »Ich meine ein Glas Wasser oder so.«

Malte schüttelte den Kopf. »Ralf Pontiak«, wiederholte er. »Was weißt du über ihn?«

»Scheiße«, sagte Julius. Er zog die Beine an und ruckte auf dem Sessel herum, als würde er am liebsten darin versinken. »Der war gestern bei mir.«

»Er war ...« Malte drängte seine aufkommende Erregung beiseite. »Was wollte er? Hat er dich bedroht?«

»Nein.« Julius ließ die Fernbedienung neben sich auf das Polster fallen, fasste sich mit beiden Händen seitlich an den Kopf. »Reden? Meine Hilfe? Keine Ahnung. Pontiak hat dasselbe wirre Zeug geredet wie damals. Hat Andeutungen gemacht, ohne zu sagen, was er will.«

»Also hattet ihr bereits früher miteinander zu tun?«

»Scheiße«, wiederholte der Anwalt, als ob das irgendwas erklärte. Sein Blick wanderte im Zimmer umher, wohl auf der Suche nach einer brauchbaren Pfeife oder Rotweinnachschub.

»Verdammt!« Malte baute sich vor Julius auf, der auf seinem Fernsehsessel immer weiter zusammenzuschrumpfen schien. »Reiß dich gefälligst zusammen und gib mir vernünftige Antworten! Danach kannst du gerne weitersaufen!«

Er bereute den letzten Satz bereits, bevor er ihn vollendet

hatte. Aber der kleine Wutausbruch zeigte Wirkung. Der An-walt hob den Kopf, sah ihn an. »Pontiak hatte mich damals kontaktiert, wenige Wochen vor Elias' Mordprozess.«

»Und was wollte er?«

Julius verkniff unvermittelt das Gesicht und stöhnte. Er zog die Schultern zusammen und verschränkte die Arme vor der Brust.

»Alles in Ordnung?«, fragte Malte.

Der Anwalt versuchte zu grinsen. So richtig wollte das nicht gelingen. »Ich komme klar.« Seine Stimme klang noch ge-presster als ohnehin schon. »Pontiak bot mir damals an, im Gerichtsverfahren auszusagen. Er deutete an, Elias entlasten und den eigentlichen Täter entlarven zu können. Ich habe ihm kein Wort geglaubt.«

»Warum nicht?«

»Er war ein verrückter Typ mit krimineller Vergangenheit und Verbindungen zur Mafia. Und er hatte nichts anzubieten außer vagem Gerede.«

»Wieso ist es nicht zu einer Aussage gekommen?«

»Er verschwand so schnell, wie er aufgetaucht war. Von ei-nem Tag auf den anderen. Offenkundig hat er einen Rückzie-her gemacht. Ein Geisteskranker, der sich wichtigmachen wollte. So etwas gibt es immer wieder bei Prozessen, über die in den Medien berichtet wird. Ich habe das nicht weiter ver-folgt. Oh, verdammt!« Julius krümmte sich vor Schmerz, presste die Hände vor die Brust. »Die verdammte Pumpe«, sagte er. »Irgendwo liegt so ein rotes Fläschchen mit Nitro-Spray. Das hilft ganz gut.« Er versuchte, sich aus dem Sessel zu stemmen, verzerrte aber sofort das Gesicht und beließ es bei dem Versuch. Die rote Hautfarbe wich einer noch ungesünder aussehenden Blässe. Julius schnappte nach Luft.

Auch Maltes Puls ging in die Höhe. Malte war Psychologe,

kein Mediziner, aber das hier sah nicht nach etwas aus, das sich mit ein paar Hüben Spray lösen ließ.

»Ich rufe einen Notarzt«, sagte er, und allein der Umstand, dass Julius nicht heftig widersprach, unterstrich die Dringlichkeit.

Malte zückte sein Handy, wählte den Notruf, schilderte die Situation und nannte die Anschrift, ohne seinen Freund aus den Augen zu lassen.

»Sie sind gleich hier.« Malte steckte das Handy weg, sah sich nach dem Spray um. Julius packte ihn am Arm. Trotz des elenden Zustands noch mit erstaunlicher Kraft.

»Glaubst du noch immer, dass der Junge unschuldig ist?« Julius' Worte gingen in einem unheilvollen Brodeln unter, das aus der Tiefe seiner Lunge zu kommen schien. Der Anwalt hustete, vor seinem Mund bildeten sich feine rote Bläschen.

»Verdammt, Julius«, sagte Malte. »Halte durch, alter Freund.«

»Wenn er unschuldig ist …« Die Stimme brach ihm weg. Seine Augenlider flatterten. »Dann muss er es erfahren«, sagte Julius. »Du musst ihn retten. Versprich es mir.«

Der Anwalt verdrehte die Augen, Kopf und Oberkörper kippten weg.

Julius war ein Schwergewicht im wahrsten Sinne. Mit größter Mühe zog Malte ihn vom Sessel herunter, drehte ihn auf die Seite, stabilisierte den Kopf. Er atmete. Schwach zwar, aber immerhin.

Nach unendlichen Minuten blitzte Blaulicht durch das Wohnzimmerfenster, wenig später klingelte es. Malte hastete zur Tür und drückte den Summer. Schritte dröhnten durchs Treppenhaus, ein Mann und eine Frau, beide recht jung, mit roten Sanitäteroveralls bekleidet und mit Tasche und einem kastenförmigen Gerät beladen, traten ein.

»Was ist passiert?« Die Frau, dem Aufnäher auf dem Overall nach die Notärztin, wartete die Antwort nicht ab, sondern folgte dem Sanitäter ins Wohnzimmer und kniete sich neben den am Boden liegenden Julius. »Er hat sich die Brust gehalten, schwer geatmet und schließlich das Bewusstsein verloren«, fasste Malte das Geschehen zusammen.

Die Ärztin sprach Julius laut an, ahnte das Ergebnis offenbar schon, denn zeitgleich riss sie ihm das Hemd auf, schob das Unterhemd hoch und ließ mit fließender Bewegung ein Stethoskop auf dem Brustkorb umherwandern.

Ein weiterer Sanitäter stapfte aus dem Treppenhaus durch den Flur ins Wohnzimmer. Der erste öffnete den Reißverschluss seiner Tasche, zog ein Blutdruckmessgerät hervor und befestigte es an Julius' Oberarm. Der andere kam dazu, hantierte mit EKG-Elektroden und Kabeln.

»Puls hundertfünfundvierzig, Druck neunzig zu siebzig«, las der erste vom Blutdruckgerät ab.

»Okay.« Die Notärztin zog sich die Stöpsel ihres Stethoskops aus den Ohren. »Tachyarrhythmie, kardiales Lungenödem, Verdacht auf Herzinfarkt«, sagte sie. »EKG, Nitro-Infusion mit zwanzig Milligramm Furosemid als Bolus.«

Das Rettungsteam hantierte an dem leblosen Anwalt herum. In die kurzen Kommandos mischte sich das hektische Piepen des EKG-Geräts, das eher nach einer technischen Fehlfunktion als einem menschlichen Herzschlag klang. Dann verstummte das Geräusch. Die Zeit schien für eine Sekunde innezuhalten.

Ein monotoner Dauerton erklang. »Herzstillstand«, sagte die Notärztin. »Druckmassage und Intubation vorbereiten.« Der erste Sanitäter begann, mit vorgestreckten Armen auf Julius' Brustkorb herumzudrücken. Die Ärztin kniete sich hinter Julius' Kopf, ließ sich einen Plastikschlauch und ein silberfarbenes Gerät reichen, das wie eine kleine Spitzhacke aussah, aber offenbar dazu diente, den Tubus durch den Mund bis in die Luftröhre zu schieben.

Malte blieb die Rolle des Statisten. Er fühlte sich betäubt. Vermutlich stand er unter Schock, machte er sich klar. Sein Kumpel starb dem Rettungsteam gerade unter den Händen weg. Hatte Malte den Infarkt mit seinen Fragen und der Erwähnung von Elias' Entführung überhaupt erst provoziert? Und wie, verdammt noch mal, sollte er Elias retten, wenn der sich in der Gewalt eines verrückten Verbrechers befand?

64

»Und, hast du getan, worum ich dich gebeten habe?«, fragte Ralf.

Sie saßen sich in der Waldhütte am Holztisch gegenüber. Ralf hatte ihnen Gläser hingestellt und mit Wasser aus mitgebrachten Plastikflaschen gefüllt. Elias nippte daran. Durst hatte er nicht. Aber es tat gut, sich an etwas festzuhalten. »Ich habe die Polizisten angelogen, nachdem ich aus dem Taxi gestiegen bin.«

Ralf trank sein Wasser in einem Zug leer, starrte Elias über den Rand seines Glases an. »Und die zweite Sache?«

Elias nippte an seinem Glas und schluckte. Das änderte nichts an dem Kloß, der sich in seinem Hals bildete. Er nahm doch einen größeren Schluck. »Ich soll mich erinnern, hast du im Taxi gesagt. An das, was hier vor zehn Jahren passiert ist. Warum ist das wichtig für dich?«

Ralf sah ihn an. Sehr lange und mit unbewegter Miene, fast als hätte Elias' Frage ihn erstarren lassen. Irgendwann erwachte er wieder zum Leben. »Sagt dir der Name Vlado Vulcovic etwas?« Er presste den Namen hervor und verzog das Gesicht, als hätte er gerade ein verdorbenes Stück Fleisch ausgespuckt.

Elias nickte. »Du hast mir damals im Gefängnis von ihm erzählt. Ein serbischer Gangsterboss, für den du gearbeitet hast.«

»Er ist es, der hinter allem steckt. Er ist es, vor dem ich dich und Arjana in Sicherheit bringen musste. Er ist …« Ralfs Kiefermuskeln bebten, auch die Augenlider begannen zu zittern. Seine Stimme wurde lauter. »Er steckt hinter dem Mord an deiner Adoptivschwester. Ich weiß nicht, wie er es angestellt hat, dich als Täter dastehen zu lassen, aber irgendwie hat er es hingekriegt. Und er ist der Grund, warum ich mich verstecken muss.« Die letzten Worte brüllte er aus sich heraus. Ralf knallte sein Glas auf den Tisch, und Elias schreckte unwillkürlich zurück vor dem Wutausbruch.

Zum Glück schien Ralf sich sofort wieder zu beruhigen. »Ich weiß, welches Spiel Vulcovic damals gespielt hat«, sagte er. »Ich weiß, welche Rolle er dir und anderen zugeteilt hat. Und ich weiß, dass du sein Spiel noch immer mitspielst, ohne es zu merken.«

Ralf starrte ihn an, und Elias fühlte sich auf unangenehme Weise ins Visier genommen. Absicht oder nicht – sein Entführer tastete unwillkürlich nach dem Revolvergriff an seinem Hosenbund. »Was ich nicht weiß, Elias: Ob du so weit bist, dieses Spiel ein für alle Mal zu beenden.«

Die Worte schwebten im Raum wie eine riesige schwarze Wolke, aus der sich jederzeit und unvermittelt jede Menge Blitze und Donner entladen konnten.

Elias wusste nicht, was er sagen sollte. Falls jemand sein Spiel mit ihm spielte, dann war es Ralf, dachte er. Sein Entführer war erwiesenermaßen paranoid und gewalttätig und stand unter maximalem Druck. Nach dem ersten Wutausbruch konnte Elias sich ungefähr ausmalen, wie ungemütlich er reagieren würde, wenn Elias sich weigerte, bei seinem Spiel mitzumischen.

Keiner sagte etwas. Nach etlichen Sekunden sah Ralf auf seine Armbanduhr. Er zog sein Handy aus der Hosentasche und machte sich daran zu schaffen. »Ich muss kurz telefonieren.« Er sah zu Elias hoch. »Mit Arjana. Anschließend sprechen wir über meine zweite Bitte an dich.«

»Arjana?«, sagte Elias. »Wo ist sie? Geht es ihr gut?«

»Ich habe sie in einem Hotelzimmer in der Stadt untergebracht, sie mit Essen und Trinken versorgt. Sie war ziemlich durch den Wind und muss sich ausruhen. Ich habe ihr eingebläut, sich von dort nicht wegzurühren, und versprochen, sie anzurufen, falls ich gerade nicht persönlich vorbeikommen kann.«

»Was hast du mit ihr vor? Wirst du ihr etwas antun?«

Ralf sah ihn einige Sekunden lang an, dann schüttelte er den Kopf. »Ich werde ihr ganz sicher nichts tun«, sagte er. »Arjana ist meine Tochter.«

65

»Okay, wir haben ihn.« Tom steckte sein Diensthandy weg. »Das waren die Kollegen von der Kriminaltechnik. Pontiak hat vor wenigen Minuten sein Mobiltelefon eingeschaltet und telefoniert gerade. Die schicken uns gleich die Geodaten. Das Gespräch wird aufgezeichnet und zeitnah ausgewertet.«

Freya sprang von ihrem Stuhl hoch. Endlich hatte das Warten ein Ende. »Was dagegen, wenn wir dann schon fahrbereit im Auto sitzen?«

Sie machten sich auf den Weg. Während der Fahrstuhl Richtung Tiefgarage rauschte, informierte Tom den Chef, und als Toms Handy den Empfang der GPS-Koordinaten meldete, saßen sie angeschnallt in Freyas Wagen. Sie hatte das mobile Blaulicht bereits am Autodach befestigt.

Tom starrte auf sein Telefon. »Die Funkzelle, in die Pontiaks Handy sich eingebucht hat, liegt im Westen Hamburgs, ein Stück außerhalb der Stadt. Sie umfasst ein Gebiet von mehreren Quadratkilometern. Exakter kriegen wir es nicht. Er hat jemanden in der Innenstadt angerufen. Die Kollegen haben die Nummer und klemmen sich ran. Also, Ralf Pontiak, wo genau steckst du?«

Freya beugte sich zu ihm rüber. Tom rief eine digitale Landkarte auf. Der Einzugsbereich der Funkzelle war darauf rot eingefärbt.

»Scheiße. Das ist ein verdammter Wald.« Freya kniff die Augen zusammen. Das machte leider nicht besser, was sie sah. »Wir bräuchten eine Hundertschaft, wenn wir das alles durchkämmen wollten. Das dauert Stunden, außerdem würde Pontiak es mit Sicherheit bemerken und abhauen. Das Gleiche gilt, wenn wir den Hubschrauber einsetzen. Und falls er sich in eine Erdhöhle verkrochen hat, finden wir ihn vielleicht nie.«

Sie sah zu Tom hoch. Ihr Kollege starrte mit versteinerter Miene aufs Handy. Er schüttelte langsam den Kopf. »Keine Erdhöhle«, sagte er. »Eine Waldhütte. Ich weiß, wo Pontiak sich versteckt.«

66

Elias hatte eine knappe Minute Zeit, um die Information zu verarbeiten. So lange brauchte Ralf, um mit Arjana zu telefonieren. Mit seiner Tochter, wie er behauptete. Die beiden unterhielten sich auf Albanisch oder Serbokroatisch. Elias verstand kein Wort, aber Ralf sprach betont ruhig und freundlich, beinahe liebevoll.

Ralf beendete das Gespräch, schaltete das Handy wieder aus und legte es vor sich auf den Tisch. Seine Augen glänzten. »Es geht ihr gut«, sagte er. »Sie tut, was ich sage.«

»Weiß sie denn, dass du ...«

»Dass ich ihr Vater bin?« Ralf nickte. »Ich habe es ihr gestern gesagt. Gleich nachdem ich sie aufgesammelt habe. Ich habe ihr alte Fotos von ihr und ihrer Mutter gezeigt, das hat sie überzeugt. Die Kleine hat viel durchgemacht. Aber sie ist stark, sie wird das packen.« Zur Bekräftigung ballte er beide Hände zu Fäusten.

»Muss ich erst fragen? Oder erzählst du mir die Geschichte auch so?«

Ralf grinste und setzte sich zurück an den Tisch. Elias hätte vor Erleichterung gerne tief durchgeatmet, verkniff es sich aber. Solange Ralf über sich sprach, blieb Elias aus der Schusslinie. Vorerst.

»Vlado Vulcovic hat Arjanas Mutter vor fast zwanzig Jahren nach Deutschland geholt und sie hier anschaffen lassen«, begann er zu erzählen. »Sie und ich hatten nicht gerade das, was man eine romantische Beziehung nennen würde, wenn du verstehst, was ich meine. Arjana war ein Unfall, aber als sie auf der Welt war, habe ich getan, was ich konnte, um die beiden zu beschützen. Niemand wusste, dass ich Arjanas Vater bin, mein Name taucht in keinem Dokument auf. Nur Vlado hat es geahnt, er hat einen Riecher für so was. Und bei Vlado hat alles seinen Preis. Ich musste für ihn arbeiten, dafür hat er die beiden ziehen lassen. Ich habe der Mutter Geld gegeben. Sie und Arjana sind zurück nach Albanien, und ich habe lange nichts von ihnen gehört.« Ralf räusperte sich, schenkte sich Wasser nach und trank das halbe Glas leer. »Vor zehn Jahren ging es heiß her. Die Polizei hat Dampf gemacht, Vlado stand mächtig unter Druck. Er hat deine Schwester ermorden lassen, um deinen Adoptivvater in Schach zu halten und sich einen geordneten Rückzug aus dem Geschäft zu sichern. Ich hatte die Schnauze gestrichen voll und sah eine Chance, mit ihm abzurechnen. Ich wollte mich als Kronzeuge anbieten und die ganze Sache auffliegen lassen. Vulcovic muss es gewusst oder zumindest geahnt haben. Er hat damals bei einer Reihe von Leuten die Zügel angezogen oder sie gleich ganz aus dem Weg geräumt. Mich hat er an der einzigen Stelle gepackt, an der ich verwundbar bin.« Ralf schwieg einen Moment, sein Blick verfinsterte sich.

»Was ist passiert?«, fragte Elias.

»Er hat Arjanas Mutter umbringen lassen. Offiziell war es ein Verkehrsunfall mit Fahrerflucht. Aber mir war klar, dass er dahintersteckte. Das ist seine Handschrift. Er wollte mir zeigen, dass Arjana jederzeit ein ähnliches Schicksal ereilen konnte. Also habe ich den Schwanz eingezogen und stillgehalten. Bis jetzt.«

»Was ist jetzt anders?«, fragte Elias.

»Du«, sagte Ralf und zeigte mit dem Finger auf ihn. »Du hast den Mordanschlag auf Laura überlebt. Wahrscheinlich hatten die geplant, dass du zusammen mit deiner Schwester draufgehst. Aber weil du dich an nichts erinnern konntest und die Schuld auf dich genommen hast, blieb für die alles im grünen Bereich. Solange du als geständiger Mörder im Knast gesessen hast, ging von dir keine Gefahr aus.« Er beugte sich zu Elias vor, und sofort wuchs die Anspannung. »Für mich war klar: Du bist der Stein, der Vlados Lügengebäude zum Einsturz bringen kann. Vorausgesetzt, dass du überlebst. Dass du dich erinnerst. Und mit mir zusammen in den Kampf ziehst.« Ralf starrte ihn an. »Die wissen, dass du auf freiem Fuß bist. Dass du in Therapie bist und nichts zu verlieren hast. Und egal, ob du mir hilfst oder nicht: Für die bist du ein wandelndes Risiko, das sie früher oder später beseitigen müssen.«

Elias nickte. Irre, dachte er. Aber auf eine verrückte Art logisch. Ralf hatte seinen Kampf gegen Vulcovic nie aufgegeben. Und sah in ihm die entscheidende Waffe, um seinen Widersacher zur Strecke zu bringen. Das Problem: Die Erwartung würde er nicht erfüllen können. Denn leider irrte Ralf sich an einem entscheidenden Punkt: Elias hatte Laura ermordet, niemand anderes. Er konnte sich wieder erinnern.

»Und Arjana?«, fragte er. »Warum ist sie in Deutschland?«

»Vlado hat sie holen lassen. Er hat den Transport aus Albanien organisiert. Um mich daran zu erinnern, die Füße stillzuhalten.« Ralfs Gesicht verfinsterte sich wieder. »Ich war da. Auf dem Schrottplatz, den die Schleuser als Zwischenstation benutzt haben. Ich wollte Arjana befreien und in Sicherheit bringen. Aber es gab Stress. Der Fahrer begann zu schießen, plötzlich waren die Bullen da, und ich musste abhauen.« Ralf atmete tief durch. Er hob die Hände zu einer ausladenden Geste, das Lächeln kehrte auf sein Gesicht zurück. »Aber jetzt sieh, wie weit wir gekommen sind: Arjana ist in Sicherheit. Vlado schnaubt vor Wut, und wir sitzen zusammen und halten Kriegsrat. Hier, wo alles begonnen hat.«

Ralf strahlte Elias an, als würde er ihm gerade das denkbar

großartigste Geschenk überreichen. Elias wurde kotzübel. In seinem Kopf drehten sich diverse Brummkreisel, und er musste den Drang niederringen, aufzustehen und aus der Hütte zu flüchten. Er zweifelte nicht daran, dass Ralf sich dann an die Knarre in seinem Hosenbund erinnern würde.

»Und jetzt kommst du ins Spiel!«, sagte Ralf.

67

Der Weg führte sie raus aus der Stadt ins westliche Umland Hamburgs. Fast unmerklich verschwanden die dicht an dicht gebauten Miets- und Einfamilienhäuser der Randbezirke und machten zunehmend Feldern, Wiesen und Wäldern Platz. Im Kilometerabstand durchfuhren sie kleine Dörfer und Siedlungen.

Freya schaltete ihr Blaulicht aus. Zum einen, weil sie sich allmählich Pontiaks Aufenthaltsort näherten. Vor allem aber gab es hier kaum störenden Verkehr, den sie von der Straße scheuchen musste.

Während Freya sich auf die Strecke konzentrierte, kommunizierte Tom per Handy mit der Zentrale und hielt sie auf dem Laufenden.

»Pontiak hat sein Handy nach dem Telefonat ausgeschaltet, es lässt sich nicht mehr orten«, sagte Tom. »Falls er den Wald verlässt, bekommen wir das nicht mit. Die umliegenden Polizeireviere wurden informiert und gehen verstärkt auf Streife, meiden aber bis auf Weiteres das betreffende Waldstück. Das SEK ist auf dem Weg, allerdings haben wir ein paar Minuten Vorsprung. Das aufgezeichnete Gespräch hat Pontiak in einer Fremdsprache geführt, wahrscheinlich Albanisch oder Serbokroatisch, die Kollegen bemühen sich nach Kräften um einen Dolmetscher. Der Gesprächspartner war weiblich und klang eher jung. Möglich, dass es Arjana war. Sie konnten ihren Aufenthaltsort auf ein paar wenige Straßenzüge in der Innenstadt eingrenzen und suchen nach ihr. Und noch was. Dieser Psychologe hat sich gemeldet und will dich sprechen.«

»Doktor Fischer? Was hat er?«

»Irgendwas Neues zu Pontiak und dem Anwalt von Elias Kandel.«

»Okay«, sagte sie. »Ruf ihn zurück und stell auf laut. Ich will wissen, was er zu sagen hat, vielleicht ist es wichtig.«

68

»Ich erinnere mich noch gut an einen Sonntag im Herbst«, sagte Malte zu Julius. »Bettina und Felix waren seit einem halben Jahr tot, und wir waren zusammen an der Elbe spazieren. Die Sonne schien, es war eigentlich ein schöner Tag, aber ich lebte seit Monaten in einer Welt der Trauer und Finsternis. Wir standen am Flussufer, schauten aufs Wasser, du hast mir den Arm um die Schulter gelegt und mich an dich gedrückt. Es war ein stilles und inniges Zusammensein. Zum ersten Mal kehrte in mir eine Art Ruhe ein und ließ mich den gegenwärtigen Moment erleben. Ein Containerschiff schob sich die Elbe rauf. Möwen schrien und flogen über unsere Köpfe hinweg. Eine Windböe fegte über den Strand und wirbelte den trockenen Sand auf. Alles nichts Besonderes. Aber mich hat dieser Augenblick für kurze Zeit lebendig fühlen lassen und auf ein Gleis gesetzt, das mich allmählich zurück ins Licht führte. Auch dafür bin ich dir ewig dankbar, alter Freund.«

Er berührte den Anwalt an der Schulter. Der antwortete nicht. Wie auch. Julius Kießling war tot. Das Rettungsteam hatte die Wiederbelebungsversuche nach zwanzig Minuten beendet. Die Notärztin hatte einen vorläufigen Totenschein ausgestellt, sie hatten ihren Kram eingepackt, ihm ihr Beileid ausgesprochen und die Schutzpolizei gerufen – ein Routinevorgehen, wenn eine natürliche Todesursache nicht zweifelsfrei feststand und keine nahen Angehörigen vor Ort waren. Der kurz darauf eintreffende Polizeibeamte hatte Maltes Personalien aufgenommen, sich die Ereignisse schildern lassen und ihm erlaubt, in Ruhe Abschied zu nehmen.

Malte stand auf, wischte sich die Tränen aus den Augen und

zupfte die Wolldecke zurecht, mit der er seinen Freund bis zu den Schultern zugedeckt hatte.

Er trat zum Flur und nickte dem Polizisten zu, der dort auf seine Kollegen vom Kriminaldauerdienst wartete. »Danke«, sagte Malte.

»Sie beide waren befreundet?« Der Beamte war ein älteres Baujahr mit Bauchansatz und freundlichem Gemüt. »Mein Beileid.«

Malte trat aus der Wohnung, trottete durchs Treppenhaus, unten aus der Tür und ging zu seinem Fahrrad. Hier draußen war es Nachmittag geworden, die Sonne hatte ihren Sinkflug begonnen, und erst jetzt wurde ihm bewusst, wie sehr er in den letzten eineinhalb Stunden unter Strom gestanden hatte. Nun fiel die Anspannung von ihm ab, und ihm war sehr danach, sich in einer Höhle zu verkriechen. Sein Mobiltelefon klingelte. Er verspürte null Lust zum Telefonieren, aber da er selbst um den Rückruf gebeten hatte, ging er ran. Vielleicht war es wichtig für die Kripoleute, was Julius ihm über Pontiak erzählt hatte.

»Svensson hier. Sie wollten mich sprechen«, sagte die Kommissarin. Ihre Stimme klang dumpf, im Hintergrund waren Fahrgeräusche zu hören. Offenbar saß sie am Steuer.

»Ich war gerade bei Julius Kießling, dem Anwalt von Elias Kandel«, sagte Malte. »Er ist ...« Er brachte das Wort nicht über die Lippen.

»Er hatte einen Herzinfarkt. Er hat es nicht geschafft. Aber deswegen wollte ich Sie nicht sprechen«, sagte er. »Julius hat mir erzählt, dass Ralf Pontiak ihn gestern aufgesucht hat. Der hatte sich bereits vor zehn Jahren im Strafprozess gegen Elias als Zeuge angeboten, angeblich hat er etwas gewusst, das Elias hätte entlasten können. Aber Pontiak hat damals einen Rückzieher gemacht und ist abgetaucht.«

Schweigen in der Leitung. Anscheinend brauchte die Kommissarin einige Sekunden, um die neuen Informationen zu verarbeiten.

»Okay«, sagte sie schließlich. »Danke. Wir sind gerade mitten im Einsatz. Ich melde mich später bei Ihnen, ja?«

Sie legte auf, noch bevor Malte etwas sagen konnte.

69

»Hast du irgendwelche Beweise für deine Theorien?«, fragte Elias.

Ralf schüttelte den Kopf. »Vulcovic und seine Helfer haben alle Spuren verwischt und halten dicht. Dein Vater ist tot und hat sein Wissen mit ins Grab genommen. Du bist der einzige Beweis, den es noch gibt.«

»Was ist mit der Polizei?«

»Vergiss es!« Ralf schüttelte den Kopf. »Die stecken da mit drin. Vulcovic hat damals eine Menge Bullen geschmiert. Die wollen genauso wenig wie Vlado, dass die Wahrheit ans Licht kommt.«

»Die?«, fragte Elias. »Die alle?«

»Nicht alle, natürlich nicht. Aber einige. Und manche an wichtigen Stellen. Wir können denen nicht trauen.«

»Du solltest dich hören. Das klingt für mich nach Verschwörungstheorien.«

»Nur weil du paranoid bist, heißt das nicht, dass sie nicht hinter dir her sind.« Ralf grinste. »Der Spruch ist nicht von mir.«

Er fasste nach unten. Für eine Sekunde befürchtete Elias, er könnte seinen Revolver ziehen. Aber er griff in die Hosentasche und holte einen USB-Stick hervor, hielt ihn über den Tisch und wartete beharrlich, bis Elias ihn entgegennahm.

»Was ist da drauf?«, fragte er.

»Ich habe es aufgeschrieben«, sagte Ralf. »Die ganze schmutzige Geschichte. Alles, was ich über Vulcovics Machenschaften, seine Geschäftspartner und mögliche Verwicklungen mit der Polizei und der Justiz weiß. Seine Versuche, mich kaltzustellen. Der Mord an deiner Schwester Laura, um den allseits geschätzten Oberstaatsanwalt zum Schweigen zu bringen. All das. Es sind fast siebzig Seiten.«

Elias hielt den kleinen Speicherstick zwischen Daumen und Zeigefinger, als wäre nicht nur der Dateninhalt vergiftet, sondern auch dessen Oberfläche. Am liebsten hätte er ihn fallen gelassen. »Und was soll ich damit?«

»Mir dabei helfen, dass die richtigen Leute es lesen. Aus meinem Mund ist es das krude Gefasel eines Kriminellen, der mit alten Weggefährten abrechnen will. Zusammengereimtes Zeugs, um Unruhe zu stiften.« Er ballte die Hände zu Fäusten und donnerte sie auf die Tischplatte. Das Geräusch hallte als Echo durch Elias' Schädel. »Niemand würde es ernst nehmen«, sagte Ralf. »Aber wenn es dich überzeugt, sind wir zu zweit. Und wenn du deinen Anwalt auf unseren Fall ansetzt, Julius Kießling … Auf mich hört er nicht. Auf dich schon.« Ralf beugte sich vor, sodass sein Oberkörper über den noch immer der Tischplatte liegenden Fäusten schwebte. »Sein Wort hat Gewicht. Wenn er das Material an die Presse gibt, wird es beachtet. Wenn er es einem vertrauenswürdigen Staatsanwalt übergibt, setzt der interne Ermittler auf den Fall an. Die holen dich, mich und Arjana ins Zeugenschutzprogramm. Dann wühlen sie sich durch die Akten, nehmen Vulcovic unter die Lupe, vernehmen die Leute, die in die Sache verwickelt waren. Die werden etwas finden. Kein Zweifel, die Wahrheit kommt ans Licht, sie muss ans Licht kommen. Genau dafür brauche ich dich, Elias. Und wir beide brauchen Julius, deinen Anwalt.«

»Okay. Stopp, bitte.« Elias erschrak über die Lautstärke seiner Worte. Ralf bewegte ihn und Julius als Figuren auf seinem Spielfeld, verwob sie in sein Gedankengeflecht, das sich wie ein Korsett aus Stahldraht um Elias' Brustkorb schnürte. Er hielt es nicht länger aus. Scheiß auf die Konsequenzen!

Er hob beide Hände in die Höhe, als könnte er so schon im Vorwege Ralfs Attacke eindämmen, die unweigerlich folgen musste. »Ich kenne Vlado Vulcovic nur aus deinen Erzählungen. Und höre heute zum ersten Mal die Geschichte von deiner Tochter. All das kann und will ich nicht beurteilen.« Elias holte tief Luft und nahm gedanklich Anlauf. »Was mich betrifft und damit auch Julius, hat deine Theorie einen gewaltigen Schönheitsfehler«, sagte er. »Ich habe mich erinnert. An den Sonntagnachmittag vor zehn Jahren. Hier in der Waldhütte. Ich weiß jetzt, was passiert ist.«

»Aber das ist doch prima!« Ralf streckte Kopf und Oberkörper in die Höhe, klatschte in die Hände. »Dann weißt du, dass ich die Wahrheit sage. Wo also ist das Problem?«

Elias sah sich in der Hütte um. Sein Blick streifte die Holztür, das Wandregal, das mächtige Hirschgeweih an der Wand und blieb an der Stelle des Fußbodens neben dem Holztisch hängen, wo er sich vor ziemlich genau zehn Jahren mit einem Messer in der Hand über seine Adoptivschwester gebeugt hatte. »Das Problem ist, ... « Elias blinzelte, weil sein Gehirn gerade einen blutigen Film abspulte. »Ich habe Laura das Messer ins Auge gestochen. Ich habe sie ermordet. Ich wünschte, es wäre anders.«

Ralf saß regungslos vor ihm. Die Info, die sein Gedankengebilde zum Einsturz brachte, schien im Zeitlupentempo durch die Synapsen zu kriechen. Erste rote Flecken bildeten sich auf seinen Wangen und der Stirn. Seine Augenlider flatterten, er kniff die Augen zusammen.

Und dann rastete er aus.

70

»Den Weg immer weiter runter. Irgendwann kommt auf der rechten Seite eine Hütte.« Tom verfolgte ihre Route auf dem Naviprogramm seines Handys. »Krass. Ich hätte nie gedacht, dass ich noch mal herkommen würde.«

Der Boden war mit Schlaglöchern übersät, deswegen konnte Freya ihren Golf nur mit Schrittgeschwindigkeit durch den Wald steuern. Der letzte Kilometer wurde zur Geduldsprobe. »Das SEK?«, fragte sie.

»Ist dicht hinter uns.«

Nach einigen Minuten hob Tom die Hand. Freya trat auf die Bremse. »Von hier sind es noch knapp fünfhundert Meter bis zur Hütte«, sagte er. »Wir lassen das Auto stehen und schleichen uns ran.«

»In Ordnung.« Freya quetschte ihren Golf an den Rand des Waldweges, sodass ausreichend Platz blieb, damit die Fahrzeuge des SEK vorbeifahren konnten, falls es nachher auf jede Sekunde ankam.

Tom gab die Info an die Zentrale weiter. Er und Freya befestigten sich Headsets am Kopf, checkten die Verbindung, holten die schusssicheren Westen aus dem Kofferraum und streiften sie sich über. Am Ende luden sie die Pistolen durch. Routinierte Abläufe, die sie schweigend abspulten. Tom war die Ruhe selbst. Das konnte Freya von sich nicht behaupten, aber das ging in Ordnung. Ein gewisses Maß an Anspannung schärfte ihre Sinne und brachte ihre Reflexe auf Hochtouren.

Sie machten sich auf den Weg. Flotter Schritt, gerade so schnell, dass sie nicht außer Atem gerieten. Zu beiden Seiten des Wegs rauschte der Wald an ihnen vorbei. Birken und Buchen, dazwischen vertrocknete Fichtenstämme, der Boden war mit Moos und Laub bedeckt. Als der Weg im grünen Nichts zu enden schien, schalteten sie in den Schleichgang.

Die Waldhütte war tatsächlich erst auf den letzten Metern zu erkennen. Ein beschauliches Bauwerk aus massiven Baumstämmen mit einem kleinen Fenster, von Bäumen und Sträuchern umwachsen.

Tom und Freya verließen den Weg und schlugen sich ins Dickicht, was das Anschleichen zu einem Pfadfinderjob machte, den ihr Kollege erheblich besser beherrschte als sie. Tom zeigte mit der Hand auf eine Stelle neben dem Haus, und Freya erkannte einen alten Polo. Das Kennzeichen passte. Es war der Wagen, den Pontiak von Vulcovic bekommen hatte.

Tom deutete erst auf das Seitenfenster, dann mit Zeige- und Mittelfinger auf seine Augen.

Freya nickte ihm zu. Tom war hier im Dickicht weit mehr in seinem Element als sie. Er schlich gebückt zur seitlichen Wand, richtete sich neben dem Fenster auf, wartete ein paar Sekunden – und riskierte mit einer raschen Drehung des Oberkörpers einen kurzen Blick ins Innere des Hauses.

Er reckte Zeige- und Mittelfinger in die Höhe. Also zwei Personen. Er formte mit den Lippen Namen, die Freya unschwer als Pontiak und Kandel erkannte.

Also war Elias am Leben. Das war die gute Nachricht. Bald würden sie wissen, ob es dazu auch eine schlechte gab.

Tom ging wieder in die Knie, schlich unterhalb des Fensters an der Hauswand entlang Richtung Vorderseite der Hütte und deutete Freya an, ihm zu folgen. Sie brauchte deutlich länger, um das halbwegs geräuschlos zu bewältigen, aber letztlich trafen sie sich an der Ecke der Hütte.

Von drinnen hörte Freya Stimmen. Genauer gesagt eine Stimme, die sie sofort mit Pontiak in Verbindung brachte. Der

Sprecher klang aufgebracht und wütend. Freya verstand keine Details, meinte aber, immer wieder kräftige Flüche herauszuhören. Sie konnte sich lebhaft vorstellen, dass die zweite Person im Raum sich höchst unbehaglich fühlen musste.

»Pontiak ist außer Rand und Band. Er trägt einen Revolver bei sich«, flüsterte Tom ihr zu. »Er hat Kandel am Hals gepackt und schüttelt ihn. Der scheint unverletzt zu sein. Noch.«

Sie traten um die Ecke, schlichen an der Vorderfront entlang. Dort gab es kein Fenster, nur die Tür. Die war zugedrückt, aber der Riegel für ein Vorhängeschloss war augenscheinlich außer Gefecht gesetzt worden.

»Was machen wir?«, fragte Freya mit Flüsterstimme.

Tom wusste natürlich, welche Szenarien zur Auswahl standen: auf das Einsatzkommando warten, denen die gefährliche Arbeit überlassen und dabei in Kauf nehmen, dass Kandel etwas zustieß. Oder sofort zugreifen, einen Schusswechsel riskieren, aber die Geisel nicht länger als notwendig in den Händen des Verbrechers lassen.

Pontiak brüllte erneut, gefolgt von einem lauten Poltern. Ein schwerer Gegenstand war gerade durch den Raum geflogen und irgendwo gegengedonnert. Oder der Körper von Elias Kandel.

»Wir gehen rein!«, sagte Tom. »Einverstanden?«

Eine Entscheidung, die sie nur einvernehmlich treffen konnten. Freya zögerte keine Sekunde.

71

»Nein, verdammte Scheiße!«

Elias' Offenbarung zog Ralf den Stecker. Der sprang auf, packte Elias am Kragen, zerrte ihn vom Stuhl und schrie ihm seinen Frust ins Gesicht. »Das kann nicht sein. Das ist nicht wahr. Du musst dich irren.«

Es kann nicht sein, was nicht sein darf. Das Glaubensbekenntnis aller Wahnkranken, dachte Elias. Ralf stand mit wutentflammten Augen vor ihm. Eine Bombe, deren ohnehin kurze Lunte abgebrannt war. Und die nach einer winzigen Atempause explodieren würde. Jede einzelne seiner Körperzellen schien darauf aus, sich auf Elias zu stürzen und die unliebsame Wahrheit, die gerade sein Gedankengebäude einstürzen ließ, zu einem unkenntlichen Brei zu zerstampfen.

Ralf ballte die rechte Hand zur Faust, holte weit aus.

Angst spürte Elias nicht, eher eine Art ruhiger Trauer darüber, dass in so kurzer Zeit der Traum zweier Menschen zerplatzt war.

»Ich wünschte, du hättest recht. Es tut mir leid.« Elias sprach leise. Vielleicht hörte Ralf ihn gar nicht in seiner Raserei. Vielleicht aber doch, denn die Faust krachte nicht frontal in seinen Kopf und knipste dort für immer die Lampen aus. Sondern sie sauste an ihm vorbei, packte den Stuhl, auf dem Elias gerade noch gesessen hatte, und schleuderte ihn mit Urgewalt in die hölzerne Schrankwand. Holz zersplitterte, die Einzelteile des Stuhls regneten über den Boden.

Ralf schnaufte, aber das Feuer in den Augen erlosch und wich einem hadernden, fragenden Blick. Er trat einen Schritt von Elias weg.

Etwas schlug gegen das Fenster, und beide drehten sich herum. Zu sehen war nichts. Ein Vogel vielleicht, dachte Elias, der gegen die Scheibe geflogen war und sich jetzt unterhalb des Fensters berappelte oder dort verendete. Er könnte …

Weiter kam er nicht. Die Hüttentür krachte auf, im Türrahmen stand ein groß gewachsener Kerl. »Polizei! Hoch mit den Händen, sofort!«

Es war der Kripomann, Tom Weiler, dieses Arschloch. Er hielt eine Pistole in der Hand. Elias drehte den Kopf weg von der Tür. Ralf verharrte regungslos neben ihm. Für einen Moment begegneten sich ihre Blicke.

»Mir tut es auch leid, Kumpel«, sagte Ralf. Er sprang von Elias weg, wirbelte herum Richtung Tür. Dann donnerten Schüsse durch die Hütte.

72

Zwei Schüsse, direkt nacheinander, Freya erkannte Toms Walther P99 am Klang.

»Scheiße!« Hoffentlich hatten die Kugeln den Richtigen erwischt. Zumindest schoss Pontiak nicht zurück, somit hatte ihr Ablenkungsmanöver am Fenster wohl Erfolg. Sie eilte an der Wand entlang zur Vorderseite des Hauses und weiter zur Tür. Tom stand halb im Raum, die Waffe hielt er im Anschlag. In einigen Schritt Entfernung kauerte Elias Kandel auf den Knien, er hatte die Hände vors Gesicht geschlagen und zitterte am ganzen Körper.

Ralf Pontiak lag rücklings auf dem Boden der Waldhütte. Zwei Schüsse, zwei Treffer. In den Kopf und in die Brust, zweimal tödlich. Die beiden Blutlachen vermengten sich in Höhe des Halses zu einer großen, blutigen Pfütze. Tom war auf Nummer sicher gegangen.

Freya trat in die Hütte, stellte sich neben Elias, fasste ihn an der Schulter.

Tom senkte die Hand mit der Waffe. »Es ist vorbei«, sagte er.

73

Der Anruf erreichte Malte am frühen Abend. Er hatte sich vor die Glotze gehängt und suchte nach einem Film oder einer Serie, die ihn für ein paar Stunden ablenken konnte.

»Hier ist Freya Svensson. Die Kommissarin.« Die Frau klang müde und düster.

»Ich habe nicht vergessen, wer Sie sind«, sagte Malte. Sein Herzschlag ging in die Höhe, und er hielt unwillkürlich den Atem an. Die Polizistin würde nicht anrufen, wenn es nicht Neuigkeiten über Elias zu berichten gäbe. Die Art, wie sie sprach, verhieß keine guten Nachrichten.

»Wir haben ihn«, sagte sie. »Kandel ist in Sicherheit. Pontiak ist tot, erschossen während der Befreiungsaktion.«

Malte atmete tief durch. Elias war am Leben und außer Gefahr. »Wie geht es ihm? Wo ist er?«

»Wir haben ihm angeboten, ihn direkt zu Ihnen, in eine Klinik oder sonst wohin zu bringen«, sagte die Polizistin. »Er wollte aber nur nach Hause, wir haben ihn in seiner Straße abgesetzt. Er meinte, er hätte morgen einen Termin bei Ihnen. Den wollte er auf jeden Fall wahrnehmen.«

»Das mit dem Termin stimmt«, sagte Malte. »Hat Elias erzählt, was ihm mit Pontiak widerfahren ist?«

Kurzes Schweigen. »Nein«, sagte Svensson. »Nicht wirklich. Wir haben ihn nur kurz vernommen, und er war denkbar einsilbig. ›Ralf hat mir nichts getan‹, hat er gesagt. Und dass Pontiak wirres Zeug geredet hat.«

»Haben Sie ihm vom Tod seines Anwalts erzählt?«

»Nein. Das überlasse ich gerne Ihnen«, sagte Svensson. »Ich muss jetzt auflegen. Wir hören voneinander.«

Sie legten auf. Malte sah auf die Zeitanzeige seines Handys: Es war kurz nach acht und damit die Uhrzeit überschritten, zu der seriöse Psychotherapeuten ihre Patienten anriefen. Drauf geschissen. Elias' wichtigste Bezugsperson der letzten zehn Jahre war nicht mehr am Leben. Der junge Mann hatte alles Recht der Welt, dies von der wohl zweitwichtigsten Bezugsperson zu erfahren. Und zwar persönlich. Malte rappelte sich hoch. Elias' Wohnanschrift befand sich in den Patientenaufzeichnungen, die er in der Praxis verwahrte. Er würde ein Taxi rufen, rasch dorthin fahren – und anschließend Elias einen Besuch abstatten.

74

Freya betrat die Goldfischbar, eine in Würde gealterte Kneipe in einer der Seitenstraßen der Reeperbahn. Eigentlich war sie mehr als bedient vom Tag und hätte ausnahmsweise nichts dagegen gehabt, früh schlafen zu gehen. Aber seit der Rückfahrt von der Waldhütte quälte sie eine Frage von höchster Brisanz, die sie Tom nicht stellen wollte, solange sie die Hände am Steuer hatte. Sie wollte sich komplett auf ihn und seine Antwort konzentrieren können.

»Ein Geheimtipp«, hatte Tom gesagt, nachdem sie ihm das abendliche Treffen vorgeschlagen hatte. »Aber wie komme ich zu der Ehre?«

Tatsächlich war der kleine Innenraum mit dunklen Holzstühlen und -tischen recht behaglich, fast schon chic eingerichtet. An den Wänden hingen weder alte Hans-Albers-Fotos noch Beatles-Schallplatten oder auf alt getrimmte Blechschilder mit Reeperbahnmotiven, sondern abstrakte Kunstdrucke in dezenten Farben. Aus unsichtbaren Lautsprechern klang basslastige Loungemusik, und die anwesenden Gäste – überwiegend Männer jenseits der dreißig – saßen paarweise und in kleinen Gruppen zusammen, tranken Longdrinks und Cocktails oder machten sich über Tapas her.

Tom hielt einen Tisch im hinteren Bereich besetzt, hatte ein halb geleertes Bierglas vor sich stehen und redete mit einem Mann – der Kleidung und Frisur nach einer der letzten noch lebenden Langzeitstudenten. Die beiden wirkten recht vertraut miteinander. Tom bemerkte Freya, nickte ihr zu, und der Typ streichelte Tom über die Schulter und verzog sich Richtung Tresen.

Verdammt, dachte Freya. Sie hatte die Bar gegoogelt und sich bis eben nichts dabei gedacht, dass sie unter den Top 20 der beliebtesten Hamburger Schwulenklubs gelistet war.

Sie schluckte ihren Ärger runter. Den auf Tom, der sie ruhig früher in das kleine, private Detail hätte einweihen können. Vor allem den auf sich selbst, weil sie in Bezug auf Tom so blind gewesen war. Sie war gar nicht auf die Idee gekommen, dass er etwas anderes im Sinn gehabt haben könnte, als sie anzubaggern.

Sie setzte sich zu ihm, rückte ihren Stuhl so zurecht, dass ihr Rücken zur Wand wies, und stellte ihre Umhängetasche neben sich auf den Boden. Der Langzeitstudent kam zurück, legte ihr eine Speise- und Getränkekarte hin. Sie bestellte einen Gin Tonic, und der Typ zog wieder ab.

»Du hättest es mir auch einfach sagen können. Das hätte mir so manches Kopfkino erspart. Und dir die eine oder andere Abfuhr.«

Tom zuckte mit den Achseln. »Hat sich halt nie ergeben«, sagte er.

Der Longdrink kam. Tom hob sein Bierglas in die Höhe und lächelte. »Also: auf den erfolgreichen Abschluss des Falls. Der Bösewicht ist besiegt. Und das unschuldige Opfer befreit und in Sicherheit.«

Tom meinte vermutlich Arjana und nicht Elias. Tatsächlich hatten die Kollegen die junge Albanerin vor wenigen Stunden in einem heruntergekommenen Zimmer eines illegal betriebenen Hostels aufgespürt. Sie befand sich jetzt in Polizeigewahrsam, wurde von einer Ärztin untersucht und bestens versorgt und beschützt. Morgen würden sie sie im Beisein eines Dolmetschers vernehmen. Und dann hoffentlich herausfinden, warum Pontiak hinter ihr her gewesen war.

Freya nippte an ihrem Gin Tonic, musterte Tom über den

Rand des Glases. »Ich muss dir eine Frage stellen. Eine echt doofe Frage. Und ich will dein Gesicht sehen, wenn du antwortest.« Sorry, Tom, dachte sie. Aber da müssen wir jetzt durch.

»Oha, da bin ich aber gespannt.« Tom versuchte, sich seine plötzliche Anspannung nicht anmerken zu lassen, aber er war ein schlechter Schauspieler. Er nahm sein Bierglas, trank einen tiefen Schluck.

»Ich muss wissen, ob du da mit drinsteckst«, sagte sie.

Toms Augenlider zuckten fast unmerklich, dann grinste er. Ein wirklich mieser Schauspieler. »Ich verstehe nicht, was du meinst. Wo mit drinstecken?«

»In der Geschichte rund um Elias Kandel. Er hat mir erzählt, dass du einer der Beamten warst, die ihn damals verhaftet haben. Und einer von denen, die ihn später in der Verwahrzelle misshandelt haben.«

»Du glaubst diesem Psychopathen doch nicht wirklich?«, fragte er. Aber seine zunehmend blasse Gesichtsfarbe und erstarrte Mimik entlarvten ihn, bevor der Satz ganz ausgesprochen war.

»Vlado Vulcovic hat nach dem dritten Glas Rakija angedeutet, dass die Balkanmafia vor zehn Jahren beste Kontakte zu Hamburger Behörden hatte. Leute, die sie wegen irgendwelcher alten Geheimnisse in der Hand hatten. Oder denen sie einfach sehr viel Geld bezahlt haben fürs Weggucken.«

»Das sind jetzt zwei unterschiedliche Anklagepunkte. Wenn ich richtig gezählt habe.«

»Du weichst mir aus, Tom.«

»Also gut. Punkt eins.« Er strich sich mit der Hand übers Kinn. »Kandel hat die Wahrheit gesagt. Ich war nach seiner Verhaftung mit ein paar jungen Kollegen bei ihm in der Arrestzelle. Die Stimmung war aufgeheizt. In der gesamten Polizeiführung. Ich meine, er hat nicht irgendjemanden umgebracht. Und er schien als Täter festzustehen. Eins kam zum anderen, irgendwann hat einer den Anfang gemacht und ihm den Arm auf den Rücken gedreht.«

»Hat euch jemand angewiesen oder ermuntert?«

Tom schüttelte den Kopf. »Nicht wirklich. Niemand hat gesagt: ›Geht runter zu ihm und erteilt ihm eine Lektion.‹ Aber es gab so eine Stimmung.«

»Eine Stimmung?«

Er senkte den Kopf. »Ich bin nicht stolz darauf. Es war nicht in Ordnung. Aber es ist eine Ewigkeit her, ich war jung und unerfahren.«

Er sah wieder zu ihr hoch. »Mehr war es nicht. Ich habe keine Ahnung, ob die Balkanleute Verbindungen zur Polizei hatten. Ob der Vater von Elias Kandel tiefer in die Sache verstrickt war oder es eine Art Verschwörung gab. Der Oberstaatsanwalt ist schon lange tot. Wir können ihn nicht mehr fragen.«

»Pontiak ist auch tot. Den können wir auch nicht mehr fragen.«

»Verdammt, Freya!« Tom beugte sich vor. Er ballte die Hände zu Fäusten und presste sie auf den Tisch. »Ich habe ihn erschossen, richtig. Es war Notwehr. Er hat sich zu mir gedreht und war drauf und dran, seinen Revolver zu ziehen, okay? Wäre es dir lieber gewesen, es hätte mich erwischt?« Seine Kiefermuskeln bebten.

»Nein«, sagte sie kühl. »Natürlich nicht.«

»Dann hör auf, solche Scheiße zu reden.« Er stand auf. Seine Wut kochte gerade erst hoch. Sein Gesicht färbte sich rot. Er griff nach der Jacke, die um die Stuhllehne hing, wandte sich ab, trat vom Tisch weg, kam aber noch einmal zurück. Er griff in seine Hosentasche, angelte einen Geldschein heraus und knallte ihn auf den Tisch.

75

Manchmal redete Helga mit dem Mond. Eigentlich war es weniger ein Gespräch, mehr eine Art stilles Gebet mit jemandem, der wie sie seine Kreise in einer eigenen, einsamen Umlaufbahn zog und sich die meiste Zeit versteckte. Heute Nacht lugte er als dünne Sichel von einem fast sternklaren Himmel durch einige kahle Stellen in den Baumkronen zu ihrem Nachtlager in dem kleinen Park herunter, und sie nahm die Einladung gerne an. Ihr Zwiegespräch handelte von einem Schwarm Krähen, der vor drei Tagen über sie hergefallen war, und einem schwarzen Hund namens Elias, der ihr Angst gemacht hatte, obwohl er eigentlich nett zu ihr gewesen war. Das Apfelmus hatte sie restlos weggeputzt. Sie hatte erst zögerlich einen Löffel voll gekostet, als könnte es sich doch noch als lecker verpacktes Gift erweisen, aber bereits nach kurzer Zeit hatte sie sämtliche Vorsicht über Bord geworfen und sich die köstliche Mahlzeit direkt in den Mund laufen lassen. Erst ganz am Ende hatte sie wieder zum Löffel gegriffen, die beiden Verpackungen aufgerissen und die spärlichen Reste von den Pappen gekratzt. Insgeheim hatte sie gehofft, dass der junge Mann wiederkommen und ihr erneut etwas Leckeres vorbeibringen würde. Inzwischen wusste sie sogar, dass er im zweiten Stock wohnte, sie hatte ihn einige Male dort oben am Fenster stehen sehen. Am frühen Abend war er aus einem Golf gestiegen, der einer rothaarigen Frau gehörte, die Elias bereits mehrmals abgeholt und zurückgebracht hatte. Schwarze Hunde waren ihrem Wesen nach Einzelgänger. Aber dieser hatte offenbar Menschen, mit denen er verkehrte.

Also wieder kein Apfelmus. So blieben ihr nur die Erinnerung an das satte Gefühl im Bauch und ein stiller Plausch mit ihrem blassen Freund. Sie fragte ihn, was der morgige Tag an unerwarteter Freude oder altbekanntem Leid für sie bereithalten würde. Statt einer Antwort hörte sie das Motorgeräusch eines Autos, das sich auf der Straße näherte und genau auf der gegenüberliegenden Seite der Hecke hielt, neben der Helga ihr Lager aufgeschlagen hatte. Eine Tür wurde geöffnet und wieder zugeschlagen, das Auto entfernte sich, kurz darauf erklang eine höchst irdische Stimme: »Guten Abend, Elias. Ich bin's, Doktor Fischer.«

Der schwarze Hund bekam nächtlichen Besuch. Helga richtete den Oberkörper auf. Durch eine lichte Stelle der Hecke erahnte sie die Silhouette eines Mannes, der offenbar telefonierte.

»Ich bin mit dem Taxi gekommen und stehe jetzt unten vor Ihrer Tür. Entschuldigen Sie noch mal, dass ich Sie so überfalle. Aber es ist wichtig, dass wir persönlich sprechen.«

Schlechte Nachrichten, dachte Helga. Dunkle Stunde, dunkle Kunde.

Das schien auch Elias zu kapieren. Der Türsummer ging, und der Mann, der sich als Doktor Fischer vorgestellt hatte, verschwand im Haus.

»Es tut mir aufrichtig leid. Ich kann mir, glaube ich, ganz gut vorstellen, wie wichtig er für Sie war. Als Anwalt. Und vor allem als Mensch.«

Elias saß mit herabhängenden Schultern auf seinem Schlafsofa, Malte vor ihm auf dem Sessel. Der junge Mann hatte den Bericht von Julius' Tod regungslos aufgenommen. Elias lag seelisch bereits am Boden, dachte Malte. Da konnten ihn zusätzliche schlechte Nachrichten kaum noch weiter runterdrücken. »Ich weiß, dass gerade viel zu viel auf Sie einprasselt.«

Elias schüttelte den Kopf. »Manchmal ist es ganz gut, wenig zu fühlen.« Er atmete tief durch. »Aber was mit mir ist, ist zweitrangig.« Er griff in die Hosentasche, holte einen USB-Stick hervor. »Ralf Pontiak hat mir den hier gegeben, kurz bevor ...« Er kniff die Augen zusammen. Als wollte er Bilder verscheuchen, die sich in sein Gedächtnis eingebrannt hatten.

»Was ist da drauf?«

»Ralf hat alles aufgeschrieben, was er über die Machenschaften der Balkanmafia und deren früheren Chef Vlado Vulcovic weiß. In der Hoffnung, dass er jemanden findet, der es an die große Glocke hängt und ernsthafte Ermittlungen anstößt.«

Er hob den Stick in die Höhe. »Ich habe es in der letzten Stunde durchgelesen. Das ist nicht das irre Gefasel eines Paranoiden. Ralf nennt Namen, Daten und beschreibt detailliert Geschehnisse, alles höchst stichhaltig. Und damit hochbrisant.« Er ließ die Hand wieder sinken, verkniff die Augen.

»Und das haben Sie gegenüber der Polizei verschwiegen?«

»Ralf hat mich gewarnt. Er meinte, dass die mit drinste-cken.«

»Mmh«, machte Malte. »Alle? Jemand Bestimmtes?«

»Er wusste es selbst nicht genau«, sagte Elias. »Aber er war sicher, dass Leute von der Polizei für Vulcovic gearbeitet haben.« Er sah auf den Stick. »Vielleicht wurde Ralf deswegen erschossen. Damit er das nicht ausplaudern kann.«

»Sie meinen …«

»Oberkommissar Tom Weiler. Der Kollege von Freya Svensson. Er hat Ralf getötet. Weiler wird es als eine Art Notwehr darstellen. Dabei war es eher eine Hinrichtung. Ralf trug in der Waldhütte einen Revolver, aber der steckte in seinem Hosenbund. Vielleicht musste er sterben, weil er zu viel wusste. Jetzt ist nur noch dieser USB-Stick übrig.«

Ein beklemmendes Gefühl schnürte sich um Maltes Brustkorb. Sie brauchten dringend einen Plan, das war klar. Bevor ihnen die Sache noch mehr über den Kopf wuchs. »Okay«, sagte er und fuhr sich mit den Fingern durch die Haare. »Wenn da etwas dran ist, brauchen wir Hilfe. Von der Polizei. Was ist mit der Kommissarin, Freya Svensson? Vertrauen Sie der?«

Elias blickte auf. Nach einigen Sekunden nickte er.

77

Freya Svensson saß am Steuer und lenkte den Golf mit der Zuverlässigkeit eines Autopiloten. Malte saß hinten neben Elias auf der Rückbank. Er sah aus dem Fenster und betrachtete die nächtlichen Lichter der Großstadt, die als stumme Leuchtstreifen an ihnen vorbeizogen. Er kannte die Ausfallstraße Richtung Süden, war schon öfter dort entlanggefahren, und doch war nichts an der Situation vertraut. Es war eine Fahrt an einen sicheren Ort im Nirgendwo. Er und sein Patient waren jetzt Vertriebene, auf der Flucht vor einer diffusen Gefahr, mit nichts als den wenigen Habseligkeiten, die sie am Körper trugen. Die Handys hatten sie ausgeschaltet.

Die junge Kommissarin hatte nicht lange gefackelt, nachdem sie in Elias' Wohnung erschienen war. Allein, darauf hatte Elias bestanden, ohne ihren Kollegen Tom Weiler.

Sie hatte Pontiaks Unterlagen überflogen, sich Elias' Aussage zu den Geschehnissen in der Waldhütte angehört, mit ihrem Chef telefoniert und ihnen eröffnet, dass eine akute Gefährdungslage nicht auszuschließen sei und sie die beiden in Sicherheit bringen wolle. Ob für ein paar Stunden, ein paar Tage oder Wochen, das hatte sie offengelassen.

»Die Behörden unterhalten mehrere sichere Häuser in und um Hamburg«, sagte die Kommissarin. »Die stehen die meiste Zeit leer, und wir können bei Bedarf rund um die Uhr darauf zurückgreifen. In einer dieser Unterkünfte werden Sie bleiben, bis wir einschätzen können, ob von Vulcovic und seinen Helfern eine Gefahr ausgeht.«

Südlich der Elbe bog Svensson von der Schnellstraße ab. Ein schmaler Asphaltweg führte durch eine gottverlassene Ödnis am Rande eines Gewerbegebiets im Süden Hamburgs. Die Straßenlaternen waren entweder kaputt oder abgeschaltet. Wahllos am Fahrbahnrand abgestellte Lkws zwangen die Kommissarin zu einem Slalomkurs, der Malte und Elias auf der Rückbank gemächlich hin und her schaukelte. Dunkel aufragende Gittertore verwehrten den Zutritt zu den Betriebsgeländen von Speditionsunternehmen, Reifenhändlern und Umzugsfirmen.

Nach endlosen Minuten hielt der Wagen vor einer der unzähligen Zufahrten. Ein mächtiges Stahltor schob sich geräuschlos zur Seite. Svensson schaltete das Abblendlicht aus, fuhr durch die Einfahrt und stoppte neben einem dort abgestellten Passat. Vor ihnen erhob sich ein zweigeschossiger Bungalow, dessen graue Fassade nahtlos in das einheitliche Dunkel des Hofes überging. Durch ein von innen verhangenes Fenster im Erdgeschoss sickerte fahles Licht auf den Hof.

Svensson wandte sich nach hinten. »Wir sind da«, sagte sie, als ob sich das nicht von selbst erklärte. Alle stiegen aus, näherten sich der Eingangstür.

Die Tür war mit einem beleuchteten digitalen Zahlenschloss versehen. Freya tippte eine Reihe von Zahlen ein, die Verriegelung öffnete sich mit einem leisen Klicken. Es ging durch einen kurzen Flur in einen Raum, der aussah wie die billige Attrappe eines Hotelappartements. Die Raufasertapete und die Auslegeware auf dem Boden hatten sich im Verlauf der Jahrzehnte auf ein gemeinsames Beige geeinigt, und es roch, als würde die Tapete nur noch von unsichtbarem Schimmel an den Wänden gehalten. Die Sperrholzmöblierung aus Schlafsofa, Holztisch und Couchgarnitur erweckte den Anschein, als hätte sie in den letzten dreißig Jahren auf einem Dachboden vor sich hin gerottet.

Ein hagerer Mann mit ergrauten Haaren in Jeans und Sakko stand inmitten der Requisite.

»Hauptkommissar Kai Sievers«, stellte er sich vor und nickte Malte und Elias zu. Er wandte sich an Freya. »Sicher, dass euch niemand gefolgt ist?«, fragte er.

»Sicher«, antwortete Freya.

»Gut. Dann ist alles unter Kontrolle. Vorerst.«

Das letzte Wort schnitt in Maltes Eingeweide wie ein kaltes Messer.

»Wo ist der USB-Stick?«, fragte Freyas Vorgesetzter.

»Ich habe ihn«, sagte Elias.

Sievers trat einen Schritt vor und streckte die Hand aus. Elias zögerte einen Augenblick, dann zog er den Datenspeicher aus der Hosentasche und reichte ihn dem Hauptkommissar.

»Ich hatte nur wenig Zeit, den Inhalt zu überprüfen«, sagte Svensson. »Aber anscheinend stützen Pontiaks Aufzeichnungen den Verdacht, dass er und Kandel im Zentrum einer Art Verschwörung standen, an der neben Vulcovic auch Mitarbeiter von Polizei und Justiz verwickelt waren. Sie haben nicht nur Pontiak unter Druck gesetzt, sondern vor zehn Jahren Laura Kandel ermordet, um ihren Vater, den damaligen Oberstaatsanwalt, unter Druck zu setzen. Sie haben es so aussehen lassen, als hätte Elias Kandel die Tat begangen.«

Aus den Augenwinkeln sah Malte, dass Elias kaum merklich den Kopf schüttelte. Kai Sievers ließ nicht erkennen, ob er sie ernst nahm oder alles nur für wildes Gefasel hielt.

»Und ich kann nicht ausschließen, dass Tom mit drinsteckt«, sagte die Polizistin.

»Tom?« Der Hauptkommissar hob den Kopf, verkniff die Augen. »Wie kommen Sie darauf?«

»Er kennt Elias von früher, war bei dessen Verhaftung dabei und hat damals mitgeholfen, ihn unter Druck zu setzen, den Mord zu gestehen. Und er hat Pontiak erschossen. Klar war's eine brenzlige Situation, aber die Schüsse in Kopf und Brust lassen Raum für böse Fantasien. Vielleicht hat Tom auch nur einen unliebsamen Zeugen aus dem Weg geräumt.«

Der Chef schüttelte den Kopf. »Tom ist ein guter Mann. Wenn du jemandem Vorwürfe machen willst, dann mir. Ich habe Tom mehrmals vor Pontiak gewarnt. Ihm eingebläut, kein Risiko einzugehen und im Zweifel kurzen Prozess zu machen. Nun, wie es aussieht, hat er auf mich gehört.«

Sievers' Umschwenken auf das vertrauliche Du und ein unscheinbares Zucken der Mundwinkel weckten Maltes Aufmerksamkeit. Es sah aus wie ein unterdrücktes Schmunzeln, und es hatte etwas Teuflisches. »Er ist ein braver Junge und so leicht zu manipulieren. Er hat gar nicht mitgekriegt, dass er uns in die Hände gespielt hat.«

Svenssons Hand zuckte zu ihrer Jacke, aber bevor sie ihre Waffe ziehen konnte, hielt ihr Chef eine Pistole in der Hand und zielte auf die Kommissarin. Die erstarrte mitten in der Bewegung.

Malte fühlte sich, als würde sich unter seinen Füßen ein Strudel bilden und ihn langsam aufsaugen. Elias schien es ähnlich zu gehen. Aus den Augenwinkeln sah Malte, wie sein junger Patient Augen und Mund aufriss.

»Ich muss dir gratulieren«, sagte Sievers, der jetzt unverhohlen grinste. »Du hast die richtigen Schlüsse gezogen. Nur leider den falschen Mann verdächtigt. Ich fürchte, es wird dein letzter Fehler sein. Halt die Hände so, dass ich sie sehen kann.«

Svensson streckte die Arme seitlich von sich weg. »Damit kommst du nicht durch.«

»Oh, ich denke schon«, sagte der Chef. »Niemand außer uns weiß, dass ihr hier seid. In ein paar Minuten besuchen uns ein paar alte Freunde, um die Sauerei aufzuräumen, die ich jetzt leider hier anrichten muss. Tut mir leid, dass es so weit kommen musste. Aber ihr lasst mir keine Wahl.«

Svensson ließ den Kopf sinken. Malte fühlte sich wie gelähmt. Er wollte nicht glauben, dass die Kommissarin sich kampflos ihrem Henker ergab.

»Warum hast du bei Vulcovic mitgemacht?«, fragte sie.

»Er hatte eine Menge Geld zu verteilen, okay? Und ich habe dringend eine Menge Geld gebraucht. So einfach ist das.«

»Und das war es wert? All die Toten und all das Leid?« Die Polizistin biss die Zähne aufeinander.

»Erspar uns die Moralpredigt!«, sagte Sievers. »Das ändert gar nichts.« Er streckte den Arm mit der Pistole durch, zielte auf Svenssons Oberkörper. »Aber falls es dich tröstet: Ich wünschte wirklich, ich müsste das hier nicht tun.«

Malte konnte nicht fassen, was sich abspielte. Dieser Typ würde sie erschießen, einen nach dem anderen, ohne mit der Wimper zu zucken. Es war so unwirklich, dass Malte nicht einmal Angst empfand. Er würde Emma nicht wiedersehen, wurde ihm klar. Seine Tochter musste einen weiteren Verlust verkraften, ohne dass er ihr diesmal beistehen konnte. Der schmerzliche Gedanke bohrte sich durch sein Bewusstsein und trieb ihm Tränen in die Augen.

Hinter dem feuchten Schleier bemerkte er im Flur eine Bewegung.

»Waffe runter, Kai! Ich will dich nicht erschießen. Aber ich tue es, wenn ich muss.«

Im Türrahmen stand eine Gestalt. Sie blieb weitgehend in Deckung, zu sehen waren nur ein Teil der Schulter und ein Arm mit einer Pistole in der Hand.

Kai Sievers zuckte zusammen, der Lauf seiner Waffe schwankte rüber zu dem Mann im Flur. Svensson reagierte geistesgegenwärtig. Schneller, als Malte blinzeln konnte, zog sie ihre eigene Pistole aus dem Halfter und richtete sie auf ihren Chef. Damit stand es zwei zu eins.

»Tom«, sagte sie mit unendlicher Erleichterung in der Stimme. »Dein Timing ist perfekt.«

»Nach deinem Verhör in der Kneipe wusste ich, dass etwas faul ist, also bin ich dir gefolgt. Ich tauge einfach nicht zum Sündenbock«, erwiderte er. »Sind wir ein Team?«

»Team.«

Malte trat einige Schritte zurück. Weg aus der Raummitte und damit möglichst weit weg von den Waffen und deren Schussfeldern. Auch Elias trat den Rückzug an. Den Showdown mussten die Polizisten unter sich ausmachen.

»Was meinst du, Tom«, sagte Sievers, dessen Stimme jetzt locker eine Oktave höher klang und leicht zitterte. »Kann ich dich überreden, die Seiten zu wechseln? Denk mal einen Moment darüber nach. Es springt eine Menge Geld für dich dabei raus. Eine Beförderung sowieso. Wir lassen alles nach einer Racheaktion der Mafia aussehen.«

Tom Weiler antwortete nicht. Eine Sekunde verging, noch eine. Der Polizist konnte unmöglich ernsthaft über den Vorschlag nachdenken, dachte Malte, und dann donnerte ein Schuss durch den Raum. Sievers stöhnte, zuckte zusammen, die Pistole fiel ihm aus der Hand und klapperte über das Linoleum. Er presste die linke Hand auf die Schulter, wo sich unter dem Sakko ein Blutfleck bildete.

Tom Weiler trat aus der Deckung. Er hielt die Waffe noch immer auf seinen Chef gerichtet. Mit drei großen Schritten war er bei ihm, verpasste dessen auf dem Boden liegenden Pistole einen Tritt. Sie rutschte auf Svensson zu, die sich mit einer fließenden Bewegung bückte und sie aufsammelte.

»Wie es aussieht, haben wir nicht viel Zeit«, sagte sie. »Wenn es stimmt, was er sagt, rücken in ein paar Minuten Vulcovics Leute hier an.«

78

»Und wir sind hier wirklich sicher?«

Malte zuckte mit den Achseln. »Laut Kommissarin Svensson sitzen wir hinter Panzerplatten, haben Essen, Wasser, Luft und Strom für zwei Tage und entscheiden ganz allein, wann wir rauskommen. Von außen lässt die Tür sich nur mit einem Schweißbrenner öffnen. Ich würde sagen: ja. In jedem Fall sicherer als alle anderen hier.«

»Gut«, Elias nickte, atmete tief aus und sank auf dem Stuhl zusammen. Der junge Mann war ein Schatten seiner selbst. Kein Wunder nach allem, was er zu verkraften hatte.

Zwei Stühle, ein Tisch, ein Fernsehmonitor, auf dem die Bilder mehrerer im Haus verteilter Videokameras zu sehen waren, Telefon, Verpflegung – und eine meterdicke Panzertür. Ein Saferoom in einem Safehouse, gut versteckt im Keller und nur über einen im Flur hinter der Garderobe verborgenen Zugang zu erreichen. Hier drin würden sie ausharren, bis die gerufene Verstärkung eintraf und alles unter Kontrolle gebracht hatte. Freya Svensson und Tom Weiler hatten sich davongemacht, nachdem sie ihren Chef Kai Sievers gefesselt, geknebelt und dessen Schussverletzung notdürftig versorgt hatten.

»Wie es aussieht, hatte Ralf Pontiak recht mit seinen Vermutungen«, sagte Malte.

»Das macht ihn nicht wieder lebendig.« Elias sah zu Malte hinüber. »Ralf hatte recht, was ihn, seine Tochter und die Verstrickung der Polizei betraf. Nur bei mir lag er falsch.«

Das Zittern in Elias' Stimme ließ Malte aufhorchen. »Wie meinen Sie das?«, fragte er.

»Ich habe mich erinnert. Am Morgen, bevor Ralf mich entführt hat. Ich habe bei Hannah übernachtet, bin bei ihr im Bett aufgewacht, dachte an unsere EMDR-Sitzung, und plötzlich war es da.« Er schluckte, seine Lippen und sein Kinn bebten, in den Augen bildete sich ein feuchter Glanz. »Ich sah Laura auf dem Boden der Waldhütte liegen, sah mich selbst über sie gebeugt mit dem Messer in der Hand. Ich habe zugestochen. Ich habe sie getötet. Daran gibt es keinen Zweifel. Ich bin schuldig. Ich bin ein ...«

Weiter kam er nicht. Seine Stimme versagte, sein Gesicht zerfloss in einem Schwall von Verzweiflung. Das Antlitz zerplatzter Träume. Er schluchzte und bebte am ganzen Körper.

Das unausgesprochene Wort hallte als Echo durch Maltes Verstand. Die unerträgliche Last ihrer Bedeutung senkte sich wie in Zeitlupe über ihn und gesellte sich zu der Erschöpfung und Müdigkeit, die sich seiner bemächtigte. Die Erkenntnis, dass Elias entgegen aller Hoffnung seine Schwester Laura brutal mit einem Messer ...

Nein! Malte stemmte sich gegen die Resignation und drohende Lähmung. Elias brauchte ihn jetzt mehr denn je. Nicht unbedingt als Therapeuten. Sondern als Mensch. Er sprang vom Stuhl auf, trat zu Elias und schloss ihn in die Arme.

79

Die Putzkolonne kam in zwei schwarz lackierten Kleintransportern und rollte mit ausgeschaltetem Abblendlicht auf den Hof. Sechs Leute entstiegen den Wagen. Dunkel gekleidete, kräftig gebaute Typen, vermutlich dieselben, die in Vlado Vulcovics Firmensitz herumgelungert hatten. Sie streiften sich Handschuhe und Strumpfmasken über. Einer von ihnen machte sich an der Sicherheitstür zu schaffen – offenbar hatte Kai Sievers den achtstelligen Zahlencode weitergegeben. Die Tür sprang auf, die Männer verschwanden im Inneren des Gebäudes. Das Ganze hatte keine dreißig Sekunden gedauert und war fast geräuschlos abgelaufen.

Freya und Tom kauerten gute zwanzig Meter entfernt mit gezogenen Waffen hinter einem Müllcontainer. Tom hielt sein Handy in der freien Hand und brachte die Einsatzzentrale auf den aktuellen Stand.

»Vulcovic ist nicht dabei«, sprach Tom ins Telefon. Und, an Freya gerichtet: »Er darf nicht davonkommen.«

Freya nickte. Verstärkung war nicht nur zu ihnen unterwegs. Zusätzlich raste ein Dutzend Streifenwagen zu Vulcovics Firmensitz und dessen Privatwohnung. Die Beamten würden alles festnehmen, was dort auf zwei Beinen herumlief. Allerdings, fragte sie sich, passte es zu Vulcovic, es sich in der warmen Stube gemütlich zu machen, während woanders die Post abging? Eigentlich nicht.

Irgendwo auf der Straße bellte ein Hund. Dem Geräusch nach kein Leichtgewicht. Es fuhr Freya durch Mark und Bein. »Er ist hier«, flüsterte sie. »Mit seinem Köter Balko. Vermutlich wartet er draußen, bis alles sicher ist.«

Tom nickte. »Sehen wir nach. Nicht, dass er stiften geht, wenn seine Leute ihn warnen.«

»Gut.« Freya schaute zur Tür des Safehouse. »Hoffen wir, dass die sich da drinnen noch ein bisschen beschäftigen.«

Sie schlichen los, hielten sich dabei im Schatten am Rand des Hofs. Freya riskierte einen Blick durch das Eingangstor auf die Straße.

Keine zehn Meter entfernt parkte ein schwarz lackierter Porsche Cayenne. Auf dem Fahrersitz saß eine Gestalt, die in der Dunkelheit nur am roten Glimmen einer Zigarette zu erkennen war. Auf dem Beifahrersitz konnte Freya die Umrisse eines großen Tieres ausmachen. Das Fenster auf der Fahrerseite war geöffnet. Die dünne Rauchfahne von Vulcovics Zigarette zog durch die Öffnung raus in den Nachthimmel.

»Acht Meter, linke Seite. Vulcovic mit seinem Schoßhündchen«, flüsterte sie.

»Wenn seine Leute Kai finden, werden sie wissen, was los ist, und ihren Boss warnen«, sagte Tom. »Dann ist er auf und davon.«

Freya nickte. »Informiere die Zentrale. Ich schleich mich ran.«

»Bist du sicher, dass nicht besser ich ...«

Freya ging tief in die Hocke und schlich, ihre Walther P99 im Anschlag, um den Torflügel herum auf die Straße. Nein, antwortete sie ihrem Kollegen im Geiste. Der Köter würde vermutlich unauffälliger reagieren, wenn er sie witterte und nicht Tom.

Sie hielt auf den Wagen zu. Zum Glück gab es hier keine funktionierende Straßenlaterne, und sie hoffte, dass Vulcovic zu sehr mit Rauchen und seinem Streichelzoo beschäftigt war, um sie in der Dunkelheit zu erspähen.

Sie würde sich dem Wagen von schräg vorne nähern, den

Serben in Schach halten und auf Verstärkung warten, dachte sie. Und zur Not musste sie Vlado und den Monsterhund eben erschießen.

Im Innenraum des Porsche leuchtete ein blasses Licht auf. Vulcovics Handy war angegangen. Er hob es in die Höhe, schaute aufs Display – und ließ es fast im selben Moment wieder fallen. Die Kippe flog aus dem Fenster, der Motor des Cayenne sprang an, das hochtourige Dröhnen des Wagens erfüllte die Nacht.

Okay, Planänderung, dachte Freya. Die Männer im Haus hatten ihren Chef gewarnt, und der wollte abhauen. Es blieben Sekunden. Sie richtete sich auf, hob den Arm mit der Waffe.

»Freya!« Toms Stimme war im Motorlärm kaum zu hören. Er musste aus der Torauffahrt getreten sein und stand jetzt einige Schritte hinter ihr.

Die Scheinwerfer des Cayenne gingen an, eine Welle aus Licht brandete über Freya hinweg und raubte ihr die Sicht. Sie konnte Vlado nicht mehr sehen. Er sie dafür umso besser.

Der Motor heulte auf.

Freya feuerte mitten hinein in das gleißende Licht. Einmal, zweimal, dreimal. Der gewaltige Schatten des SUV schoss auf sie zu.

80

Minuten vergingen, und Elias hörte nicht auf zu weinen. Malte hielt ihn in den Armen, sein Hemdkragen war inzwischen von Tränen durchtränkt.

Der junge Mann hat seine Gefühle wiederentdeckt, dachte er. Das wäre bei den allermeisten Patienten ein klarer Fortschritt. Bei Elias lag der Fall anders. Malte hatte keinen Grund, an dessen Erinnerung zu zweifeln. Das Ergebnis war niederschmetternd, begrub seinen Patienten unter sich wie eine Gerölllawine und ließ keinerlei Platz für Hoffnung. Alles in Malte sträubte sich, die Wahrheit anzuerkennen, aber sie befand sich direkt vor ihm: Er hielt einen Mörder in den Armen.

Irgendwann erwachten die Videobilder auf dem Monitor zum Leben und erregten Maltes Aufmerksamkeit. Es gab versteckte Kameras an den Decken von Flur, Wohn- und Schlafzimmer sowie unmittelbar vor der Panzertür des sicheren Raumes, in dem sie saßen. Malte verfolgte auf dem Bildschirm, wie die Eingangstür des Hauses aufgestoßen wurde. Fünf oder sechs Männer mit Strumpfmasken und Pistolen im Anschlag drangen in das Haus ein, eilten durch den Flur, erreichten das Wohnzimmer – und blickten sich irritiert um. Sie entdeckten einen frischen Blutfleck auf dem alten Teppich, der von Kai Sievers' Schussverletzung herrührte – und sonst gar nichts. Einer der Kerle, vermutlich der Anführer, gestikulierte wild, die Männer verteilten sich im Haus. Er selbst blieb im Wohnzimmer stehen, zückte sein Handy, tippte etwas ein.

Malte war überrascht von der absoluten Stille der Aktion, bis er kapierte, dass die Monitore keinen Ton übertrugen. Also Stummfilm: Die Männer durchkämmten die Zimmer im Erdgeschoss. Malte spürte, wie sein Puls in die Höhe schoss, aber rational betrachtet bestand für sie keinerlei Gefahr. Selbst wenn die Eindringlinge den verborgenen Kellerzugang entdeckten, lagen immer noch viele Zentimeter Panzerstahl zwischen ihnen und denen. Sie waren sicher, machte er sich klar. Freya Svensson und Tom Weiler konnten das vermutlich gerade nicht von sich behaupten.

81

Freya feuerte ein viertes Mal auf den Wagen und sprang zur Seite. Keine Sekunde zu früh. Der Porsche verfehlte sie um wenige Zentimeter, der Luftzug fegte an ihr vorbei und zupfte an ihrer Kleidung.

Sie wirbelte herum, riss die Waffe hoch, richtete sie auf die Rückseite des SUV. Tom stand in der Toreinfahrt, auch er feuerte auf Vlados Nobelkutsche. Am Heck flammten rote Bremslichter auf. Der Porsche kam zum Stillstand, der Motor drehte im Leerlauf.

»Haben wir ihn erwischt?«, fragte Tom.

Das blieb zunächst eine rhetorische Frage. Freya ließ den Wagen nicht aus den Augen und zielte weiter mit ihrer Walther. Sie bewegte sich ein Stück Richtung Straßenmitte, bis sie die Fahrertür gut im Blick hatte, näherte sich mit vorsichtigen Schritten. Tom hielt sich dicht am Fahrbahnrand und sicherte die Beifahrerseite.

»Die Verstärkung ist gleich da.« Tom sprach gerade laut genug, dass Freya ihn verstehen konnte. »Allerdings kommen die aus der anderen Richtung und können ihm nicht den Weg abschneiden.«

Die Fahrertür wurde aufgestoßen, eine Gestalt beugte sich seitlich heraus. Das Innenlicht des Porsche beleuchtete Kopf und Oberkörper von Vlado Vulcovic. Er drehte sich zu Freya. Seine rechte Gesichtshälfte war blutverschmiert, der Rest war eine einzige mordlüsterne Fratze. Eine Kugel oder ein Splitter der zerschossenen Windschutzscheibe mussten ihn erwischt haben. Er öffnete den Mund zu einem hasserfüllten Grinsen und starrte sie an. Vermutlich realisierte er gerade, dass er auf ganzer Linie verloren hatte. Der Schlamm der Vergangenheit brach ans Licht und klatschte mit voller Wucht auf die weiße Weste, die er sich in den letzten Jahren zugelegt hatte. Diesmal kam er nicht davon. Nichts würde bleiben von Vulcovic-Security. Vlados Zukunft hatte Gitterstäbe vor den Fenstern.

Freya war froh, dass eine Pistole sich zwischen ihr und dem Serben befand. Und sie auf der richtigen Seite des Laufs stand. »Langsam rauskommen! Hände hoch!«, rief sie.

Die Heckklappe des Porsche flog auf, und ein absurd großes schwarzgraues Ungetüm sprang heraus. Vlados Wolfshund fletschte die Zähne und jagte Freya entgegen. Der Serbe verschwand im Inneren des Wagens, schlug die Tür zu. Der Motor heulte auf, Vlado Vulcovic brauste davon. Der Teufel schickte seinen Höllenhund in die letzte Schlacht und sicherte sich selbst die Flucht.

Freya und Tom feuerten zeitgleich auf den Riesenköter. Der Wolfshund zuckte zusammen. Mehrere Treffer an Flanke, Brust und seitlich am Kopf ließen das Fell aufplatzen und blutige Einschussstellen entstehen. Das Tier rannte einfach weiter. Es erreichte Freya, sprang sie an. Ein riesiges Maul mit Reißzähnen flog ihr entgegen. Sie riss den linken Arm in die Höhe, das Maul klappte zu, Zähne bohrten sich durch die Jacke in ihr Fleisch, die Wucht des Aufpralls warf sie nach hinten und holte sie von den Beinen.

Der Wolfshund lag auf ihr, verbiss sich in ihrem Arm, und trotzdem ging dem angeschossenen Vieh spürbar die Puste aus. Der Biss war schmerzhaft, aber in Topform hätte ein Hund dieser Größe ihr vermutlich sämtliche Muskeln und Knochen zerfetzt. Tom war da, kniete sich neben sie, drückte den Lauf seiner Waffe an die Flanke des Hundes und ballerte den Rest des Magazins in dessen Brustkorb.

Balko jaulte auf, ein kurzer, schriller Laut, der in die Ohren stach, dann fiel er in sich zusammen und regte sich nicht mehr.

Tom half ihr, sich unter dem toten Hund hervorzuwinden und auf die Beine zu kommen. Sie warf einen Blick durch das geöffnete Tor Richtung Eingang des Safehouse. Vulcovics Putzkolonne würde früher oder später aus dem Haus stürmen. In dem Fall hätten sie ohne Unterstützung mehr als schlechte Karten.

Tom wechselte das Magazin seiner Walther. »Wie schlimm ist es?«, fragte er und deutete auf ihren linken Arm. Am Ärmel ihrer Jacke bildete sich ein Blutfleck.

»Der Stoff hat das meiste abgefangen. Tut weh. Aber bringt mich nicht um.«

Ein Geräusch vom Ende der Straße ließ sie beide aufblicken.

Autoscheinwerfer durchschnitten die Dunkelheit. Zwei Streifenwagen brausten heran, es folgten drei Autos in Zivil, das Blaulicht hatten sie vorsorglich abgeschaltet.

»Wie es aussieht, kannst du jetzt eh Feierabend machen. Die Kavallerie ist da«, sagte Tom. Er winkte die Wagen herbei, sie hielten vor ihnen auf der Straße und löschten die Frontlichter.

Türen wurden aufgestoßen, die Kollegen stiegen aus den Fahrzeugen, die meisten trugen bereits Schutzkleidung und Helme. Einer der Beamten aus dem vordersten Auto sprang heraus und trat zu den beiden. Ein kräftiger Mann in Toms Alter, dabei etliche Zentimeter größer und deutlich muskulöser. Er trug eine schwarze Lederjacke und wirkte so entspannt, als führe er gerade mit der Familie zum Campingausflug. »Also«, sagte er, »wo sind die bösen Jungs?«

82

Malte und Elias verharrten im sicheren Raum im Keller des Hauses und beobachteten die Eindringlinge per Monitor. Im ersten Stock gab es keine Kameras, aber vermutlich nahmen einige der Typen die Treppe nach oben und sahen sich dort um. Malte wusste, was sie dort außer alten Matratzen, Handtüchern und verstaubter Ersatzbettwäsche finden würden, besser gesagt: wen. Tatsächlich zogen irgendwann zwei der Kerle den verletzten Hauptkommissar ins Wohnzimmer und setzten ihn auf dem Boden ab. Kai Sievers krümmte sich vor Schmerzen. Sie lösten ihm die Fesseln, befreiten ihn vom Knebel, und Malte konnte sich denken, was der korrupte Polizist den Männern zu sagen hatte.

Malte konnte sich ein Schmunzeln nicht verkneifen. Ihr Plan hatte funktioniert. Kai Sievers hatte ihnen unfreiwillig geholfen, kostbare Zeit zu gewinnen. Zeit, in der Spezialeinheiten der Polizei anrückten, um den Verbrechern endgültig das Handwerk zu legen.

Die Männer eilten planlos zwischen den Räumen hin und her. Einer lief den Flur entlang und öffnete die Eingangstür des Hauses, zuckte sofort wieder zurück. Was er gesehen hatte, ob ein Schuss aus einer Polizeiwaffe ihn getroffen oder knapp verfehlt hatte, konnte Malte auf dem Bildschirm nicht erkennen. So oder so, die Kerle saßen in der Falle. Panik brach aus. Die Typen diskutierten und gestikulierten, einige fuchtelten mit den Pistolen herum, und fast sah es so aus, als würden sie sich gleich gegenseitig erschießen. Kai Sievers saß abseits der Männer mit hängendem Kopf auf dem Fußboden vor dem Sofa. Der Kripochef schien sich seinem Schicksal ergeben zu haben. Oder er war durch den Blutverlust zu geschwächt, um etwas Sinnvolles beizutragen.

Ein Lichtblitz flammte plötzlich auf. Für einen Moment ertrank Maltes Bildschirm in grellem Weiß. Als wieder Konturen zu sehen waren, wimmelten Flur und Wohnzimmer von Polizisten mit Helmen, Schutzwesten und schweren Waffen. Nach wenigen Sekunden war der Spuk vorbei, und alle Eindringlinge lagen entwaffnet auf dem Boden.

Wenig später zeigte die vor der Panzertür des Saferooms installierte Kamera einen der Beamten. Er streifte seinen Helm ab, wischte sich eine Ladung Schweiß aus der Stirn und aktivierte die Sprechanlage. Malte musste eine grün blinkende Taste betätigen, um den Anruf anzunehmen. Die Stimme des SEK-Mannes dröhnte aus dem Lautsprecher. »Doktor Fischer? Herr Kandel? Das Haus ist gesichert. Sie können jetzt rauskommen.«

83

Die Nacht zog sich. Die gute Nachricht: Sie waren in Sicherheit. Diesmal wirklich. Die schlechte für Elias: Es machte für ihn letztlich keinen Unterschied.

Der Hamburger Polizeiapparat brummte wie eine riesige Maschine, die sich ihrer bemächtigt hatte. Elias kam sich vor wie ein Werkstück, das von einer Arbeitseinheit zur nächsten weitergereicht wurde. Sie hätten sich schon mit Gewalt dagegen stemmen und darauf bestehen müssen zu gehen. Doktor Fischer fehlte dazu vermutlich die Kraft. Der Therapeut sah fix und fertig aus und hielt sich nur noch mühsam aufrecht.

Elias hingegen hätte schlicht nicht gewusst, wozu. Klar war auch er müde und sehnte sich nach Schlaf. Aber ihm graute schon jetzt vor dem Erwachen. Für ihn gab es keinen Alltag, in den er zurückkehren würde. Das Einzige, was auf ihn wartete, war die nüchterne Gewissheit, dass sein Leben keinerlei Sinn mehr hatte. Klar, er hatte Ralf geholfen, alte Geschichten aufzudecken, Übeltäter zu überführen und dessen Tochter zu beschützen. Die Gerechtigkeit hatte gesiegt, das war ein schwacher Trost, auch wenn Ralf als ihr vorderster Kämpfer dabei auf der Strecke geblieben war. Für sich selbst hatte Elias nichts gewonnen, aber so gut wie alles verloren an menschlicher Unterstützung, materiellem Rückhalt und, am allerwichtigsten: an Hoffnung.

Hannah musste er aus seinem Leben streichen. Dass Julius tot war und er auch ihn nie wiedersehen würde, hatte er noch nicht mal richtig realisiert. Aber die Erinnerung daran, wie er seine Schwester ermordet hatte, das Wissen, dass er schuldig war, warf einen übermächtigen Schatten auf alles andere.

Vorhin, im Saferoom, hatte er Tränen vergossen, zum ersten Mal seit einer gefühlten Ewigkeit. Ein Teil der tiefen Verzweiflung, so hatte es sich angefühlt, hatte sich gelöst und war aus ihm herausgeflossen. Geblieben war eine gewaltige Leere in ihm. Nicht tot, nicht lebendig, dabei halbwegs erträglich, solange er abgelenkt war und nicht allzu sehr über sich und seine Situation nachdachte. Also ließ er die Polizeimaschine ihre Arbeit an ihm verrichten, das verschaffte ihm zumindest etwas Ablenkung und Aufschub vor dem Unvermeidlichen.

Der mitternächtlichen Fahrt vom Safehouse ins Polizeipräsidium folgte die erneute Feststellung ihrer Personalien, ein kurzer Check durch eine Ärztin, die Vernehmung durch zwei Kripobeamte, die Elias nicht kannte. Dazwischen lange Wartezeiten auf viel zu harten Plastikstühlen in verwaisten Fluren. Eine freundliche Polizistin bot ihnen Getränke und Snacks an. Elias lehnte ab. Doktor Fischer nahm eine Flasche Cola und einen Schokoriegel.

Sein Therapeut probierte mehrfach, mit ihm ins Gespräch zu kommen, Elias antwortete gar nicht oder einsilbig und ließ die Versuche versanden. Irgendwann schlug Doktor Fischer einen Therapietermin am Morgen des nachfolgenden Tages vor, wenn sie sich ausgeschlafen und ein wenig erholt hatten. Elias nickte.

Irgendwann tauchte Freya Svensson auf. Auch sie sah übermüdet aus und war offenbar verletzt – ihr rechter Arm steckte in einem Verband –, aber beides schien ihrer Tatkraft keinen Abbruch zu tun.

»Ich habe mit dem Einsatzleiter gesprochen«, sagte sie. »Sie können nach Hause. Wenn Sie wollen, fahre ich Sie.«

»Geht das mit Ihrem Arm?«, fragte Doktor Fischer.

Die Kommissarin nickte. »Halb so schlimm. Und ich habe bei Ihnen beiden etwas gutzumachen.«

Svensson ging voran, Doktor Fischer ließ Elias den Vortritt. Also dann, dachte er. Auf zur letzten Fahrt.

84

Malte realisierte die absurde Tageszeit erst, als sie in Svenssons Auto aus der Tiefgarage des Polizeipräsidiums herausfuhren. Es wurde bereits wieder hell. Die erste frühmorgendliche Verkehrswelle ergoss sich im Schein der noch brennenden Straßenlaternen auf Hamburgs Straßen.

Er war komplett im Eimer und heilfroh, dass es endlich nach Hause ging. Erst mal ausschlafen, dann weitersehen. Er würde einige Zeit und wohl das eine oder andere Gespräch mit befreundeten Kollegen brauchen, um die dramatischen Stunden zu verarbeiten und die Schatten der Vergangenheit, die nach solchen Ereignissen unweigerlich hervorkrochen, wieder ins Reich der Erinnerungen zu verbannen.

Elias saß neben ihm auf der Rückbank und starrte aus dem Fenster. Im Vergleich zu Malte hatte der junge Mann es unendlich schwerer. Elias stand vor einem Trümmerhaufen, unter dem sich, sollte es ihm je gelingen, den Schutt halbwegs beiseite zu räumen, ein gewaltiges Nichts auftun würde.

Unterwegs berichtete Svensson von den laufenden Ermittlungen. Vielleicht glaubte sie ernsthaft, dass Malte und Elias sich noch für etwas anderes interessierten als ein warmes Bett. Vermutlich versuchte sie damit vor allem, während der Fahrt selbst wach zu bleiben. Vlado Vulcovic war weiter auf der Flucht und europaweit zur Fahndung ausgeschrieben. Die Ermittler gingen davon aus, dass er versuchte, sich in die ehemaligen Balkanstaaten abzusetzen und dort unterzutauchen. Egal, ob die Polizei ihn vorher fasste oder nicht: Eine unmittelbare Gefahr ging nicht mehr von ihm aus. Pontiaks Tochter Arjana war wohlauf und befand sich in Polizeigewahrsam. So weit, so gut. Malte und Elias hatten den Berichten stumm gelauscht, und Malte ahnte die Gedanken seines Patienten: Für ihn gab es kein Happy End.

Nach knapp halbstündiger Fahrt erreichten sie Elias' Straße. Die graue Dämmerwelt gewann bereits an Farbe, und die Straßenlaternen beendeten ihre Nachtschicht.

»Wir sind da.« Svensson hielt an. »Eine Zivilstreife wird die Straße und Ihre Wohnung im Auge behalten. Nur für alle Fälle.« Elias nickte, öffnete seine Tür und machte Anstalten auszusteigen.

»Wir sehen uns morgen früh, okay?«, sagte Malte. Der junge Mann reagierte nicht, verließ das Auto, schlug die Tür zu, trottete zur Haustür.

»Einen Moment bitte«, sagte Malte zu der Kommissarin. »So kann ich ihn nicht gehen lassen.« Er stieg aus, eilte Elias hinterher und erreichte ihn an der Tür.

»Sie haben auf meine Frage nicht geantwortet«, sagte er.

Elias nickte. »Was finden Sie denn, was ich sagen soll?«

»Als Erstes erwarte ich, dass Sie mir in die Augen sehen.«

Elias brauchte ein paar Sekunden, aber dann hob er den Kopf.

»Und dann möchte ich, dass Sie morgen wohlbehalten in meiner Praxis auftauchen. Ich will, dass Sie sich nicht vorher umbringen, kapiert? Ich will, dass Sie mir das versprechen und dass ich mich darauf verlassen kann.«

»Und wenn ich das nicht garantieren kann?«

»Dann kommen wir beide in den nächsten Stunden doch nicht so schnell ins Bett wie erhofft.«

»Also gut. Ich verspreche es.« Elias verzog den Mund, nickte.

»Hand drauf?« Malte hielt ihm seine hin. Dieser Pakt war eines der fast magischen Rituale, die Psychiater und Psychologen im Verlauf ihrer Ausbildung lernten. Logisch betrachtet ergab es wenig Sinn, von jemandem, der sich umbringen wollte, ein Versprechen einzufordern. Aber der Handschlag besiegelte eine emotionale Verbindlichkeit, die selbst einen Lebensmüden in die Pflicht nehmen konnte.

Elias schlug ein, ließ Maltes Hand wieder los, wollte sich abwenden, zögerte jedoch, blieb stehen, hob noch einmal den Kopf. »Danke!«, sagte er.

Elias zog ab, und Malte wandte sich zurück zum Auto. Svensson war ebenfalls ausgestiegen, er ging zu ihr.

»Wie geht es weiter mit ihm?« Die Kommissarin wies mit einer Bewegung des Kopfes in Richtung der Haustür, die sich gerade hinter Elias schloss. »Werden Sie ihm helfen können?«

»Schwer zu sagen. Ich werde es versuchen. Er muss eine Menge Scheiß verarbeiten.« Malte kniff den Mund zusammen. »Er hat mir versprochen, sich fürs Erste nichts anzutun. Aber mittelfristig bin ich nicht sicher, ob er es packt. Ihm bleibt fast nichts, auf dem er aufbauen könnte.«

»Er hat Sie. Das muss doch etwas wert sein.«

Malte nickte. »Tut mir leid«, sagte Svensson. »Dass ich neulich in Ihrer Praxis etwas unfreundlich war. Der Umgang mit Psychotherapeuten weckt in mir keine guten Erinnerungen.« Im Gesicht der Polizistin deutete sich ein Lächeln an. Es hatte etwas Versöhnliches.

Malte nickte. »Geht mir mit Polizisten genauso«, sagte er und erwiderte das Lächeln. Sie sahen sich an, schwiegen. Sie hatten beide ihre Geschichten, dachte Malte. Aber heute war nicht der Zeitpunkt, sie zu teilen.

Die Kommissarin kniff die Augen zusammen und sah an Malte vorbei. »Sieht so aus, als bekämen wir Besuch«, sagte sie.

Malte drehte sich herum. Auf der anderen Straßenseite, wo ein Sandweg in den angrenzenden Park mündete, stand eine verwahrloste Frau mit verfilzten Haaren. Sie zögerte eine Sekunde, dann setzte sie sich in Bewegung und stapfte auf Malte und Freya zu. Sie trug einen dreckigen Parka, der überwiegend aus Flicken bestand, und verströmte bereits aus einigen Metern Abstand den muffigen Geruch von jemandem, dessen Haut und Kleidung lange nicht mehr mit Wasser und Seife in Berührung gekommen waren. Die Augen der Frau waren zu schmalen Schlitzen verkniffen. Maltes erster Gedanke war, dass sie ihn und die Polizistin anschnorren oder anpöbeln würde, vielleicht auch beides, aber dann erkannte er die Furcht in ihrem Blick.

Sie versuchte zu sprechen. Malte konnte nicht verstehen, was sie sagte, aber mit etwas Fantasie konnte er das krächzende Geräusch zusammen mit der Bewegung der Lippen in ein Wort übersetzen:

Elias.

Sie hob den rechten Arm in die Höhe, und wieder brauchte er einige Sekunden, um die Bedeutung zu erkennen: Sie zeigte auf das Haus, genauer: auf ein Fenster im zweiten Stock.

Malte trat einen Schritt auf die Frau zu. Langsam, bedächtig, um sie nicht noch weiter zu verängstigen. »Sie haben etwas gesehen?«, fragte er. »Dort oben? Am Fenster von Elias Kandel?«

Die Augenschlitze der Frau weiteten sich zu einem Ausdruck nackter Angst. Sie nickte heftig, hob die linke Hand, führte sie in die Höhe ihres Kopfes und hielt sie sich vors Gesicht. »Ein Geist«, sagte sie.

Malte drehte sich zu der Polizistin herum. »Ich glaube, diese Frau möchte uns ...«

Der Satz blieb ihm im Hals stecken. Die restlichen Worte konnte er sich sparen. Freya Svensson hatte ihre Pistole gezogen und rannte auf die Haustür zu.

85

Die Treppe hinauf in den zweiten Stock kam Elias endlos vor. Mit jeder neuen Stufe schien die Kraft in den Beinen zu schwinden, die Motivation für den nächsten Schritt zu schrumpfen, die Anstrengung exponentiell zu wachsen. Er ahnte, dass es oben in der Wohnung nicht besser würde – auch ohne Treppenstufen.

Er rannte in eine Sackgasse, aus der es kein Entrinnen gab.

Im Badezimmer, auf dem Rand der Badewanne, lag noch immer das Gemüsemesser, und gerade kam es ihm so vor, als wäre das der einzige Ausweg, der ihm blieb. Aber im Moment fühlte er sich schlicht zu schwach, um irgendetwas zu planen oder umzusetzen. Außerdem hatte er Doktor Fischer sein Wort gegeben. So merkwürdig es war – eigentlich konnte ihm seine Wortbrüchigkeit egal sein, wenn er erst mal tot war –, er wollte seinen Therapeuten nicht enttäuschen.

Er schleppte sich bis vor die Wohnungstür, schloss sie auf, drückte sie hinter sich zu – und wunderte sich. War es der Hauch eines fremden Geruchs in der Luft? Oder der Umstand, dass die Badezimmertür seiner Erinnerung nach einen Spalt weiter geöffnet gewesen war, als er die Wohnung verlassen hatte?

Er mochte sich irren. Aber er war auf einmal hellwach, und sein Herz wummerte lautstark bis hoch in den Schädel.

Er trat einen Schritt weiter in den Flur. Nein, keine Einbildung. Er war nicht allein. Trotz der grellen Warnlampe in seinem Kopf spulte sein Verstand noch ein paar nüchterne Fakten herunter. Erstens: Es gab keine Einbruchsspuren, also musste der Einbrecher sich den Schlüssel zu Elias' Wohnung bei Julius besorgt haben. Zweitens: Wenn der Eindringling noch hier war, konnte er sich nur im Badezimmer oder im Wohnzimmer versteckt halten. Drittens: Es war zweifellos das Beste, sofort wieder rauszurennen. Mit etwas Glück war die Kommissarin noch unten und würde …

Die Badezimmertür flog auf, eine Gestalt huschte heraus, und Elias stand seinem Albtraum gegenüber. Der Dämon mit dem Hautgesicht war in schwarzes, hautenges Leder gekleidet, trug eine Strumpfmaske über dem Kopf und hielt ein weißes Tuch in der Hand. Mit unmenschlicher Geschwindigkeit sauste er auf Elias zu und drückte ihm das Tuch vors Gesicht. Elias konnte sich keinen Millimeter rühren. Ein scharfer Alkoholgeruch stach ihm in Mund und Nase, bohrte sich weiter ins Gehirn und legte sich auf sein Bewusstsein. Die Beine gaben nach. Der Dämon packte ihn, schleifte ihn über den Flur. Das Hautgesicht schmiegte sich seitlich an seinen Kopf, durch die Strumpfmaske spürten Elias' schwindende Sinne den warmen Atemhauch an der Wange und hörten eine leise, heisere Stimme ihm ins Ohr flüstern: »Hallo, Elias. Schön, dich nach all den Jahren wiederzusehen.«

86

Freya rannte durchs Treppenhaus und erreichte den zweiten Stock. Die Wohnungstür war zugedrückt. Sie war außer Atem, und ihr verletzter rechter Arm pochte wie verrückt, aber zum Jammern blieb keine Zeit. Die obdachlose Frau mochte verwahrlost sein und wirr im Kopf, aber offenbar kannte sie Elias. Und sie hatte etwas gesehen, was sie zutiefst beunruhigte und antrieb, zwei ihr wildfremde Menschen anzusprechen.

Freya entsicherte ihre Walther, umfasste die Pistole mit beiden Händen, stellte das linke Bein vor, holte mit dem rechten Schwung und trat mit voller Wucht zu. Die meisten Türen, die nicht gründlich verschlossen oder zusätzlich gesichert waren, hielten so einem Tritt nicht stand, und diese hier war keine Ausnahme. Sie flog auf, eröffnete den Blick auf den Flur. Links die kleine Wandgarderobe, dahinter die offene Badezimmertür, am Ende die Tür zum Wohnzimmer. Dort stand eine komplett in schwarzes Leder gekleidete Gestalt. Sie wandte Freya den Rücken zu, Elias hing schlaff in ihren Armen.

»Polizei. Keine Bewegung!«, rief sie.

Die Ledergestalt reagierte. Sie ließ Elias los. Der glitt ihr aus den Armen und plumpste auf den Boden. Sie drehte den Kopf und Oberkörper in Freyas Richtung.

Der Anblick der Strumpfmaske jagte ihr einen kalten Schauer über den Rücken. Der schlanke, drahtige Körperbau des Maskierten und die katzenhafte Geschmeidigkeit, mit der er sich bewegte, kam Freya bekannt vor.

Das war kein Er. Es war eine Sie.

Die Gestalt mit der Maske war die Katzenfrau. Vlado Vulcovics Ledermätresse, die ihr und dem Serben in dessen Firmensitz den Rakija und die Minigürkchen serviert hatte. Offenbar umfasste ihr Aufgabengebiet mehr, als Freya sich hatte vorstellen können.

»Lydia, richtig?«, sagte sie. »Vlado muss ja mächtig sauer sein, wenn er seine Kellnerin noch einmal auf Killertour schickt.«

Lydia hob ihre rechte Hand, fasste den unteren Rand der Strumpfmaske und zog sie sich vom Kopf. Ihre schwarzen Haare waren am Hinterkopf zu einem dichten Knoten zusammengebunden. Sie trug roten Lippenstift, der an den Mundwinkeln etwas verschmiert war. Mit ihrem eiskalten Lächeln stellte sie sogar ihren Boss in den Schatten. Aus den dunklen Augen sprühte Freya reinstes Gift entgegen.

»Richtig sauer«, zischte die Katzenfrau.

Freya hörte Schritte hinter sich. Malte Fischer hastete durchs Treppenhaus, erreichte den zweiten Stock.

Tom wäre jetzt eine echte Hilfe, dachte sie. Der Psychologe war eine Komplikation.

Vielleicht spürte Lydia, dass Freya eine Sekunde abgelenkt war. Vielleicht entschied sie einfach so, alles auf eine Karte zu setzen. Die Katzenfrau wirbelte herum. In der linken Hand blitzte ein Messer auf.

Gott, ist die schnell, dachte Freya. Die Klinge verließ die Hand, sauste durch die Luft auf sie zu. Freya schoss. Einmal, zweimal. Dicht neben Lydias Kopf platzte Putz aus der Wand. Der Rückstoß der Walther trieb eine fiese Schmerzwelle durch den verletzten Arm.

Freya spürte einen dumpfen Schlag rechts am Brustkorb, gefolgt von einem Pfeifgeräusch. Es klang, als würde Luft durch ein kleines Loch aus einem Fahrradschlauch entweichen.

Dieses Miststück hatte sie mit dem Messer erwischt. Ihr

Herz schlug wild, das Atmen fühlte sich auf einmal an, als läge ein beschissener Betonblock auf ihrer Brust.

Mach jetzt bloß nicht schlapp, Mädchen, sagte sie sich. Reiß dich gefälligst zusammen! Freyas innere Stimme verhallte ohne Wirkung. Die Pistole fiel ihr aus der Hand, sie sank auf die Knie.

87

Malte konnte kaum fassen, was er sah. Der Wohnungsflur im zweiten Stock des unscheinbaren Mietshauses, in dem Elias wohnte, hatte sich in einen Kriegsschauplatz verwandelt. Und er war mittendrin. Freya Svensson kniete in der Tür. Sie atmete schwer, in das Atemgeräusch mischte sich ein ungesund klingendes Pfeifen. Sie rang offensichtlich mit der Bewusstlosigkeit und würde, so sah es aus, den Kampf alsbald verlieren. Hinten im Flur lag Elias mehr oder weniger regungslos. Tot war er nicht. Seine Arme zuckten unkontrolliert, und er versuchte vergeblich, den Kopf vom Boden zu heben.

Eine schlanke dunkelhaarige Frau in engen Lederklamotten stand in der Mitte des Flurs wie eine finstere Göttin, die Tod und Verzweiflung über die Menschen gebracht hatte.

Die schwer verletzte Kommissarin musste ihn bemerkt haben. Sie hob die linke Hand in die Höhe, obwohl es sie den letzten Rest an Kraft zu kosten schien. »Verschwinden Sie, solange …« Der Rest des Satzes ging in einem erstickten Stöhnen unter. Svensson ließ den Arm wieder sinken, stützte sich damit auf dem Boden ab.

Malte zögerte. Er sollte tun, was die Polizistin sagte. Runterrennen und mit dem Handy Hilfe rufen. Bis die eintraf, hätte die Todesgöttin allerdings ihr Werk vollendet. Sein Blick blieb an der Dienstwaffe hängen, die neben der Kommissarin auf dem Flurboden lag. Mit zwei schnellen Schritten könnte er dort sein, nach der Waffe greifen und hoffen, dass er die Frau in Schach halten konnte.

Vielleicht zuckte er, vielleicht konnte die Frau auch Gedanken lesen. Mit fast übermenschlicher Beweglichkeit huschte sie durch den Flur, und bevor Malte auch nur ansatzweise entscheiden konnte, ob er flüchten oder angreifen sollte, stand sie vor Svensson und stellte ihren Fuß auf deren Pistole.

»Nun sieh mal an.« Die Frau hatte eine tiefe, schnurrende Stimme mit osteuropäischem Akzent. »Wenn Vlado gewusst hätte, wer mir hier noch alles ins Netz geht, wäre er noch für ein letztes Glas Rakija vorbeigekommen.«

Freya hob den Kopf in die Höhe. »Er soll an seinem Schnaps verrecken.«

»Ich sage es ihm.« Sie grinste. »Wenn wir gemeinsam auf euren Tod anstoßen.«

Noch war es nicht zu spät zum Abhauen, dachte Malte. Bis die Lederfrau die Waffe greifen und auf ihn schießen konnte, war er schon halb die Treppe runter.

Er sah eine Bewegung am Ende des Flurs. Elias lag noch immer dort, aber er kam zu sich. Er hatte den Kopf gehoben, starrte die Frau an.

Statt wegzurennen, trat Malte einen Schritt vor, stand jetzt hinter Svensson in der Wohnungstür. Er sah das Messer, das zentimetertief im Brustkorb der Kommissarin steckte, im Zentrum eines Blutflecks, der sich rasch ausbreitete. Das sah überhaupt nicht gut aus.

Er atmete tief durch. »Und, werden Sie es auch wieder wie einen erweiterten Selbstmord aussehen lassen wie vor zehn Jahren in der Waldhütte?«, fragte er. Zum Glück zitterte seine Stimme nicht so schlimm wie die Beine.

Die Frau in Schwarz nahm ihn mit ihrem Blick ins Visier.

88

Elias fühlte sich, als hätte ihn jemand mit Beton übergossen. Sein Körper war unendlich schwer, sein Geist starr und steif. Er musste kurzzeitig das Bewusstsein verloren haben. Sekunden, in denen die Einbrecherin ihn durch den Flur geschleift und die Kommissarin mit einem Wurfmesser getroffen hatte. Doktor Fischer tauchte im Treppenhaus auf. Svensson sagte etwas zu ihm. Elias versuchte, den Kopf zu heben. Das ging, zumindest mit größter Anstrengung.

Die Frau in der schwarzen Lederkleidung bewegte sich mit übermenschlicher Schnelligkeit durch den Flur, baute sich vor Svensson auf und stellte ihren rechten Fuß auf die Dienstwaffe der Polizistin. Elias konnte den Blick nicht von ihr abwenden.

Sie hatte ihm in seiner Wohnung aufgelauert und ihn betäubt. Sie hatte die Strumpfmaske getragen. Sie war das Hautgesicht aus seinen Albträumen. »Hallo, Elias. Schön, dich nach all den Jahren wiederzusehen«, hatte sie ihm ins Ohr geflüstert.

Und auf einmal war alles da: Er sah sich und Laura in der Waldhütte, über ihre Matheunterlagen gebeugt. Die schwere Holztür flog auf. Jemand stürmte herein. Nicht jemand, es war diese Frau, und sie trug die Strumpfmaske auf dem Kopf. Das Hautgesicht. Elias und Laura fuhren herum. Laura erstarrte vor Schreck. Hände in Lederhandschuhen pressten ihm ein Tuch auf Nase und Mund. Der Geruch einer stechenden Flüssigkeit vernebelte sein Bewusstsein. Elias war unfähig, sich zu wehren. Er sank auf die Knie.

Laura schrie. Die Frau mit der Strumpfmaske packte sie und brachte sie zu Boden. Die Hände kamen zurück, griffen Elias' rechten Unterarm, schoben ihm einen Messergriff zwischen die Finger und bewegten seine Hand in Position. Mehr bewusstlos als wach sah er Lauras entsetztes Gesicht und ihre weit aufgerissenen Augen.

»Stoß zu!« Es war die Stimme der Frau hinter der Maske, es waren ihr Wille und ihre tödliche Kraft, die seine Hand mit dem Messer führte und sie herabsinken ließ.

Die Erinnerungen überfluteten ihn, zusammen mit den Bildern, Gerüchen und Geräuschen stieg etwas auf in ihm, das schlagartig seine Sinne schärfte und jeden Muskel seines Körpers erbeben ließ. Er wusste, was Wut war. Im Knast war sie regelmäßig der Angst hinterhergeschlichen, ohne sich je aus der Deckung zu trauen.

Die Maskenfrau hatte sein Leben zerstört. Sie hatte den teuflischen Plan ausgeführt, den er zwar überlebt hatte, der sein Leben jedoch in unendlicher Schuld hatte versinken lassen.

Die Frau sagte etwas über Vulcovic, die Kommissarin antwortete mit einem Fluch. Doktor Fischer trat vor. Er war kreidebleich, und die nackte Angst schrie aus jeder Pore seines Gesichts, aber er baute sich hinter der Polizistin auf. Der Blick des Psychologen streifte Elias. Der schien zu bemerken, dass Elias wieder bei Bewusstsein war. Doktor Fischer erhob die Stimme: »Und, werden Sie es auch wieder wie einen erweiterten Selbstmord aussehen lassen wie vor zehn Jahren in der Waldhütte?«

Die Maskenfrau wandte sich dem Therapeuten zu. »Schöne Idee«, sagte sie mit übertrieben sanftem Tonfall. »Aber ich fürchte, dazu fehlt mir heute die Zeit.«

Elias rappelte sich hoch. Die Beine fühlten sich wackelig an, aber die Wut hielt ihn aufrecht und trieb ihm das Betäubungsmittel aus den Muskeln.

»Nein!«, schrie er aus Leibeskräften. Er stürmte vor. Die Maskenfrau zuckte zusammen, drehte sich zu ihm herum, aber Elias war bereits bei ihr. Er hatte keinen Plan für seinen Angriff, aber intuitiv schlang er ihr den Arm um den Hals und drückte fest zu. »Nein! Nein! Nein!«, brüllte er weiter.

Der Körper der Frau wand sich unter dem Würgegriff, ihre linke Hand wanderte Richtung Fuß, der noch immer auf Svenssons Dienstwaffe stand.

Er schaffte es nicht, wurde Elias klar. Die Killerfrau war zu geschmeidig, er selbst hatte zu wenig Kraft, um sie festzuhalten.

89

Sie verloren, dachte Freya.

Elias hatte sich heldenhaft auf die Ledertussi gestürzt, während der Psychologe für Ablenkung gesorgt hatte. Trotzdem reichte es nicht. Lydia wand sich Stück für Stück aus dem Würgegriff. Sobald die Killerin das nötige Maß an Bewegungsfreiheit besaß, würde sie nach der Pistole unter ihrem Fuß greifen, und von da an würde es tödlich schnell gehen.

Freya konnte nichts tun. Das Wurfmesser hatte ihre Brustwand durchstochen, der rechte Lungenflügel war offensichtlich kollabiert. Da sie noch bei Bewusstsein war und sich zumindest auf den Knien hielt, hatte es kein großes Blutgefäß erwischt, aus dem sie innerhalb kürzester Zeit verblutet wäre.

Aber genügend Kraft für einen entscheidenden Nahkampf hatte sie nicht. Ihre Pistole war unerreichbar, und eine andere Waffe hatte sie nicht.

Oder doch?

Die Ledertussi hatte unter Elias' Angriff den Oberkörper heruntergebeugt. Sie packte mit der rechten Hand seinen Unterarm, krallte ihm ihre Fingernägel ins Fleisch und versuchte, sich am Hals Luft zu verschaffen. Mit der Linken tastete sie nach der Pistole.

Freya spürte eine Bewegung hinter sich. Doktor Fischer regte sich und versuchte, sich an ihr vorbei durch die Tür zu quetschen, offenkundig, um Elias zu helfen. Freya konnte sich beim besten Willen nicht vorstellen, dass der freundliche Psychologe über Nahkampferfahrungen verfügte. Nein, Doktor Fischer würde sie nicht retten. Aber Freya konnte es. Eine Chance gab es noch.

Sie hob die Hände. Umschlang mit den Fingern den Griff des Messers, das zwischen ihren Rippen steckte.

Und zog es heraus. Zusammen mit der Klinge schwappte ein Blutschwall aus der offenen Wunde. Sie schrie, weil die Einstichstelle brannte, als bohrte jemand mit einem glühenden Schürhaken in ihr herum. Trotzdem stemmte sie den Oberkörper in die Höhe. Drehte das Messer in der Hand.

Und rammte es Lydia in die Brust.

Die Anstrengung verlange ihr das Letzte ab. Der Schmerz zwischen den Rippen stach durch den ganzen Brustkorb und blockierte ihre Atmung. Ihr Herz stolperte.

Freya hielt sich lange genug aufrecht, um zu sehen, wie die Killerin erstarrte. Für eine oder zwei Sekunden regungslos in ihrer Position verharrte – dann erschlaffte, zur Seite fiel und sich nicht mehr regte. Elias löste den Griff um deren Hals und sank ebenfalls zu Boden.

Wahrscheinlich ein glatter Stich ins Herz. Gut gemacht, altes Mädchen, konnte sie noch denken. Dann brach auch sie zusammen.

90

Fünfzig bis sechzig Leute hatten sich auf dem Friedhof versammelt und lauschten mit gesenkten Köpfen der Trauerrede. Der Himmel hatte sich in passendes Grau gekleidet, anders als so mancher Anwesende vergoss er bisher aber keine Tränen.

Die Pastorin, eine schlanke Frau jenseits der fünfzig, beschrieb mit treffenden Worten das Leben eines tapferen, kämpferischen Menschen, der zwar als spröde und sperrig gegolten, jedoch bei allen, die ihn näher kennengelernt hatten, einen tiefen emotionalen Eindruck hinterlassen hatte. Jemand mit dem Herzen am rechten Fleck, der vielen schmerzlich fehlen würde.

Das sprach Malte aus der Seele. Und, dachte er, Elias umso mehr. Der junge Mann stand wenige Schritte von Malte entfernt. Hannah war bei ihm, und Malte musste seine Neugierde zügeln, um nicht allzu oft zu den beiden rüberzuschauen.

Von den übrigen Trauergästen kannte Malte kaum jemanden. Julius Kießling hatte außer ein paar Cousinen offenbar keine nähere Verwandtschaft gehabt. Sicher waren einige alte Freunde gekommen, viele Berufskollegen und vielleicht sogar der eine oder andere frühere Mandant.

Malte riskierte einen verstohlenen Blick zur Seite. Die beiden jungen Menschen hatten die Augen geschlossen und standen so nahe beieinander, dass sich ihre Schultern berührten.

Eine halbe Stunde später waren viele Worte gesprochen, Tränen geweint und Blumen am Grab niedergelegt. Die Menschentraube löste sich in kleine Grüppchen auf, die sich in gemächlichem Tempo auf den Weg zum Friedhofsausgang machten.

Malte folgte Elias und Hannah in gebührendem Abstand. Die beiden gingen etwas abseits, hielten sich an den Händen.

»Vielleicht ist Therapie doch zu etwas nutze.«

Malte zuckte zusammen. Er hatte Freya Svensson nicht bemerkt. Die Kommissarin musste abseits der Trauergemeinde der Andacht gelauscht haben.

»Ich wollte Sie nicht erschrecken«, sagte sie. »Mein Beileid zum Tod Ihres Freundes.«

»Danke.«

Svensson bewegte sich mit sichtlicher Anstrengung und hielt den rechten Arm eng an den Körper gepresst.

»Schön, Sie wieder auf den Beinen zu sehen«, sagte Malte. »Das sah übel aus oben in der Wohnung.«

»Es war scheißknapp.« Die Kommissarin fasste sich mit der linken Hand an die Stelle, wo vor einer guten Woche das Messer gesteckt hatte. »Scheint aber gut zu verheilen. Ich bin seit gestern aus dem Krankenhaus raus. Und ich kann schon fast wieder normal atmen.«

»Das freut mich sehr.« Malte lächelte ihr zu. »Sie haben uns da oben das Leben gerettet.«

Svensson schüttelte den Kopf. »Nicht ich allein. Das war Eins-a-Teamwork. Ich habe nur von uns allen am meisten abgekriegt.« Sie blieb stehen, musterte Elias. »Und wie geht es Ihnen mit der ganzen Sache?«

»Ich schlafe schlecht, bin nervös und schreckhaft, alles Zeichen einer posttraumatischen Reaktion.« Malte bemühte sich um einen tapferen Gesichtsausdruck. »Aber ich will mich nicht beschweren. Das kriege ich in den Griff.«

Sie gingen weiter, setzten sich ans Ende der sich auflösenden Trauerprozession.

»Und wie kommt Elias klar?« Die Polizistin grinste. »Soweit Sie mir das trotz Schweigepflicht verraten dürfen.«

»Julius' Tod setzt ihm mächtig zu«, sagte Malte. »Alles andere sieht hingegen rosig aus. Er wird juristisch komplett rehabilitiert. Die anstehende Haftentschädigung verschafft ihm ein solides Finanzpolster für den Neustart. Er kann sein Studium fortsetzen. Aber etwas anderes ist gerade viel wichtiger.«

Malte wies mit dem Kopf nach vorn. Elias und Hannah hatten inzwischen einen ordentlichen Vorsprung herausgeholt und näherten sich dem Ausgang des Friedhofs. Sie gingen nebeneinander, hielten sich eng umschlungen und schmiegten die Köpfe aneinander.

91

»Frau Svensson, ich muss Sie daran erinnern, dass unsere Arbeit um acht Uhr beginnt. Und nicht um ...« Tom schob den Hemdsärmel hoch und sah auf seine Armbanduhr. »Neun Uhr dreißig.« Er funkelte sie an, schaffte es aber nicht länger als zwei Sekunden. Dann lachte er, eilte auf sie zu und nahm sie in die Arme.

So nah war Freya ihm noch nie gekommen. Jetzt, wo sie wusste, dass er schwul war, fühlte es sich sogar gut an. Trotzdem schälte sie sich nach kurzer Zeit aus der Umarmung. Tom hielt sie an den Schultern fest, sah sie an. »Fast wieder die Alte«, sagte er. »Und ganz ohne Schläuche am Körper. Geht's dir gut?«

»Gut genug. Ich wollte auf keinen Fall die Gelegenheit verpassen, dem leitenden Polizeidirektor die Hand zu schütteln.«

»Der hat sich für zehn Uhr angekündigt«, sagte Tom. »Er will uns persönlich danken. Und uns eine Versetzung in einen anderen Bereich anbieten für die Zeit, in der die internen Ermittler hier alles auf den Kopf stellen.«

»Ich höre mir gerne an, was er anzubieten hat.« Freya zuckte mit den Achseln. »Wo würdest du am liebsten hin? Mordkommission? Sitte? Oder in den Innendienst?«

»Mir ist vor allem eins wichtig.« Tom lächelte, und es sah einen Hauch verlegen aus. »Dass wir weiter zusammenbleiben. Erst recht, wo wir endlich unbefangen ein Bier trinken gehen können.« Er sah sie an. »Was meinst du?«

»Team.« Freya lächelte zurück. Sie trat an den Schreibtisch, wo ein Stapel Post auf sie wartete. Ein Paket von der Größe eines Schuhkartons erregte ihre Aufmerksamkeit. Sie hob es in die Höhe, drehte es herum. Kein Absender. »Was ist das?«

»Wurde gestern von einem Boten in der Poststelle für dich abgegeben.«

Freya wusste, dass alle Pakete, die es ins Innere des Polizeipräsidiums schafften, vorher auf Gefahrstoffe gescannt wurden. Trotzdem beschlich sie ein mulmiges Gefühl, als sie das Klebeband abzog und den Pappdeckel aufklappte. Die Schachtel war mit edel aussehendem Glanzpapier verkleidet, darunter kam eine Schicht Sägespäne zum Vorschein, auf der eine Flasche gebettet war. Sie erkannte sofort das Etikett mit den kyrillischen Buchstaben. Es lagen weder ein Zettel noch eine Karte dabei. Sie nahm das Gefäß heraus. »Rakija«, sagte sie.

Tom trat neben sie, betrachtete Flasche und Verpackung. »Was bedeutet das?«

»Nichts Gutes, sagte Freya. »Dass jemand nicht vergessen wird, was wir ihm genommen haben.« Sie hielt das Gefäß in die Höhe. Die Flasche war leer.

Ende

NACHWORT UND DANKSAGUNG

Schuldgefühle haben ein gravierendes Imageproblem: Niemand mag sie. Niemand will sie haben. Sie gelten als Quelle von seelischem Leid, und sich davon durch Therapie oder Selbsterfahrung zu befreien, ist ein hehres Ziel.

Natürlich können Schuldgefühle in der psychischen Entwicklung eines Menschen eine höchst konfliktträchtige Bedeutung erlangen und in dessen Seelenwelt regelrechte Abgründe bilden. Mein Protagonist Elias Kandel hatte durch seine biografische Prägung und die Umstände der Ermordung seiner Schwester keine Chance, seinem persönlichen Abgrund zu entkommen. In der Realität leiden viele Menschen mit Depressionen und Selbstwertstörungen darunter. Scheinbar unverhältnismäßige Anlässe führen aufgrund biologischer Veranlagung, biografischer oder gesellschaftlicher Prägungen zu übertriebenen Schuldgefühlen. Diese können sich wie Fesseln um die Seele legen und verhindern, dass Menschen sich entfalten, frei fühlen, autonome Lebensentscheidungen treffen und sich in sozialen Situationen selbstbewusst verhalten. Verschiedene Therapieschulen wie Psychoanalyse, Verhaltenstherapie, Gestalt- und systemische Therapie haben ihre jeweils eigenen Strategien und Techniken entwickelt, um Menschen zu helfen, mit ihrem zu strengen Gewissen besser klarzukommen.

Gleichwohl möchte ich eine Lanze für Schuldgefühle brechen. Mein Eindruck ist, dass das Pendel beim individuellen Umgang mit Schuld in Zeiten von Hate Speech, Shitstorms, Hasskriminalität im Internet und zunehmender Respektlosigkeit und Gewalt gegenüber Ordnungskräften in die falsche Richtung auszuschlagen droht.

Entwicklungspsychologisch spielt das Erleben von Schuld eine zentrale Rolle in der Ausbildung eines funktionierenden Gewissens. Im günstigen Fall lernen wir Menschen in unzähligen Alltagssituationen in der Kindheit und Jugendzeit, wann Schuldgefühle angemessen sind und wie wir sie durch Reue und Wiedergutmachung regulieren können. Wir werden emotional dafür belohnt, uns sozial zu verhalten, und erleben uns als Teil einer Welt, die sich an Regeln hält, Reue zulässt, ehrliche Entschuldigungen annimmt und Fehler verzeiht. In diesem Sinne: Wenn Sie das nächste Mal etwas verbocken, sich deswegen mies fühlen und den Mut aufbringen, sich zu entschuldigen, dann stärken Sie den sozialen Kitt, der Paare, Freunde, Familien und letztlich unsere Gesellschaft zusammenhält.

Apropos sozialer Kitt: Schreiben Sie mir gerne eine Nachricht an mail@krauskrimi.de oder über meine Social Media Accounts, wie Ihnen die Geschichte von Malte, Freya und Elias gefallen hat. Insbesondere Lob gebe ich gerne weiter und teile ihn mit den Menschen, ohne deren Unterstützung dieser Roman in dieser Form nicht zustande gekommen wäre. Mein erster Dank gilt, wie so oft, meiner Frau Inken, die auch bei *Tiefer als der Abgrund* den Job der Erstleserin übernommen hat. Ihr verdanke ich wertvolle Anregungen zu den Figuren und der Entwicklung des Plots. Ebenso danke ich Annemarie Lüning, die mir jetzt bereits zum zweiten Mal mit ihrem unvergleichlichen Blick für Details und Sprache eine unschätzbare Hilfe war und die als Bloggerin und Sachbuchautorin ihre Expertise in Sachen Vornamen eingebracht hat. Ich danke ein weiteres Mal meinem Agenten Dirk Meynecke von buchplanung.de und dem Team von Droemer Knaur für das Vertrauen und die anhaltende Unterstützung. Ein weiterer Riesendank geht an »meine« Lektorin Dr. Clarissa Czöppan für die tolle und bewährte Zusammenarbeit bei unserem inzwischen vierten Buchprojekt.

Dieses Buch habe ich meinem langjährigen Freund Simon gewidmet, der im Frühjahr 2022 nach langer Krankheit verstorben ist. Als Psychiater- und Schriftstellerkollegen haben wir uns unzählige Stunden die Köpfe über das Schreiben heißgeredet und uns gegenseitig inspiriert und unterstützt. Simon war ein unglaublich herzlicher, lebensfroher und liebenswerter Mensch. Sosehr sein Tod in meinem Leben und dem vieler anderer eine schmerzliche Lücke hinterlässt, so sehr werden mich die gemeinsamen Erlebnisse und nicht zuletzt die intensiven Gespräche in den Wochen vor seinem Tod für immer bereichern.

Ihr Christian Kraus
Hamburg, im Frühjahr 2023

Traue niemandem.
Vor allem nicht dir selbst.

CHRISTIAN KRAUS

TÖTE, WAS DU LIEBST

PSYCHOTHRILLER

Ihr Gesicht ist so schön. Sie trägt Lippenstift, ein tiefdunkles Rot. Ihre Haut ist blass und dünn wie Butterbrotpapier.
Verletzlich.
Ein Jammer, dass Sie sie nicht sehen können.
Ich bin kein Dichter oder so. Aber bestimmt ahnen Sie, was ich meine. Wie ein dicker Tropfen Blut auf frischem Schnee.

Ein Mörder geht um in Hamburg. Getrieben von einem alten Versprechen aus dunkler Vergangenheit, tötet er erst Katzen, dann Menschen.
Der junge Kriminalkommissar Alexander Pustin tritt seinen Dienst bei der Mordkommission an. Er trifft auf die unnahbare Gerichtsmedizinerin Luise Kellermann, zu der er sich magisch hingezogen fühlt.
Und setzt damit eine verhängnisvolle Entwicklung in Gang.

Abgründig, verstörend und hochspannend –
ein Psychothriller von einem Experten für gestörte Seelen.

Was tust du, wenn dir alles genommen wird –
und du weißt nicht, von wem?

CHRISTIAN KRAUS

NICHTS WIRD DIR BLEIBEN

PSYCHOTHRILLER

Der Psychoanalytiker Thomas Kern ist geschockt, als er den
Freitod einer jungen Patientin mit ansehen muss, ohne ein-
greifen zu können. Doch es kommt noch schlimmer: Kurz darauf erhält er Besuch von der Polizei. Ihm wird vorgeworfen,
das Mädchen missbraucht und so erst in den Tod getrieben zu
haben. Thomas' Frau setzt ihn vor die Tür, Freunde und Kollegen wenden sich ab, seine Tochter Natascha will nichts mehr
mit ihm zu tun haben. Erst als Thomas herausfindet, dass Na-
taschas neuer Freund Mitglied in einer gefährlichen Sekte ist,
ahnt er, welches perfide Netz sich Stück für Stück um ihn zu-
sammenzieht.

Ein atemberaubend spannender Psychothriller über einen
Psychoanalytiker und seinen Wettlauf gegen die Zeit von dem
Psychotherapeuten und Psychoanalytiker Christian Kraus.

Die Grenze zwischen Wahn und Wirklichkeit
ist schmaler, als du denkst …

CHRISTIAN KRAUS

TIEF WIRST DU SCHLAFEN

PSYCHOTHRILLER

In den sozialen Medien kursiert angeblich ein Hypnosevideo, das normale Menschen zu Mördern werden lässt. Und tatsächlich soll eine junge Frau, die das Video gesehen hat, direkt danach und völlig grundlos ihren Freund ermordet haben. Der renommierte forensische Psychiater und Gerichtsgutachter Christoph Kerber hält das für blanken Unsinn – bis er während einer Gerichtsverhandlung ohne erkennbaren Grund mit einem Bleistift attackiert und am Hals verletzt wird. Als sich in Christophs Umfeld unerklärliche Vorfälle häufen, wachsen seine Zweifel. Doch wie weit würde er gehen, um das alles zu beenden?

Atemlose Psychospannung über ein Video, das
Menschen zu Mördern macht, und einen Psychiater,
der Schritt für Schritt den Verstand verliert.